YVAIN
ou
LE CHEVALIER AU LION

CHRÉTIEN DE TROYES

YVAIN
OU
LE CHEVALIER
AU LION

Traduction
de
Michel Rousse

GF-Flammarion

ISBN 2-08-070569-5

INTRODUCTION

UNE JEUNE FILLE LISAIT...

Avant la plus sauvage et la plus terrible des aventures, Yvain, qui vient de pénétrer sous les invectives du portier et des habitants du lieu, dans le château de Pire Aventure au nom lourd de menaces, a découvert devant la grande salle le préau où les jeunes prisonnières tissent la soie dans la douleur ; passant de l'autre côté de la salle, il arrive dans un verger :

> Il entre, escorté de son lion et de la jeune fille ; il voit un seigneur allongé sur un drap de soie ; il était appuyé sur son coude, et, devant lui, une jeune fille lisait un roman dont j'ignore le sujet. Pour écouter le roman, une dame était venue s'accouder près d'eux ; c'était la mère de la jeune fille, et le seigneur était son père. Ils avaient tout lieu de se réjouir à la voir et à l'entendre, car elle était leur seule enfant. Elle n'avait pas dix-sept ans [1]...

Scène idyllique. Symétrique de l'enfer des tisseuses, un havre de paix paradisiaque. Un moment de rêve au milieu de cette réalité vouée à la douleur, à l'angoisse et au malheur. L'auteur tend à son œuvre un miroir, un miroir où se voir anonyme. Miroir magique qui lui promet l'éternité d'une lecture heureuse.

Mais nous, qui nous apprêtons, le livre entre les mains, à lire un roman comme cette jeune fille divinement belle, que comprenons-nous de ce qui, au sens premier des mots, se dit ici. Qu'est-ce qu'un roman ? Qu'est-ce que lire ?

---

1. V. 5360-5374.

Le roman

Le mot littérature n'existait pas encore. Et on commençait depuis à peine un siècle, quelque chose comme les soixante ans de la coutume établie à la fontaine, à utiliser la langue populaire pour mettre dans les manuscrits des œuvres qui y trouvent place à côté du latin, en quoi jusqu'alors, les poètes avaient rêvé, réfléchi, chanté, loué et raconté. La *Chanson de Roland* fut sans doute composée aux environs de 1100, et, à la même époque, dans son riche duché d'Aquitaine, l'audace d'un prince puissant, Guillaume IX, ouvre l'ère des troubadours.

Puis, vers le milieu du siècle, des bouleversements se précipitent. La deuxième croisade vient d'échouer : on s'aperçoit que l'on n'est pas invincible. La reine de France divorce de son royal époux. Avec éclat. Et c'est le destin politique de deux nations qui bascule. Car cette Aliénor, petite-fille du premier des troubadours, née de l'union du fils de Guillaume IX et de la fille de sa Maubergeonne, la maîtresse adulée publiquement, rentrée dans ses vastes domaines d'Aquitaine, épouse le comte d'Anjou, Henri Plantagenêt qui, deux ans plus tard, en 1152, est porté au trône d'Angleterre. On a toutes raisons de croire que c'est en cette cour d'Angleterre que naquit le roman.

Mais, pour mieux comprendre cette naissance, retraçons rapidement l'errance de ce mot riche d'histoire. Destin que notre littérature assume avec constance, tout commence par Rome. Le *Romanus* est l'habitant de cette cité, qui devient royaume, république, empire, règne sur l'Italie, passe les Alpes et réduit sous sa loi, une partie du monde. Le *Romanus* est désormais le citoyen de cet empire. Il parle latin, il n'est que mépris pour les baragouins d'alentour, « bar... bar... bar... » : il ne faut pas le confondre avec les barbares.

L'histoire se chargea de faire chanceler cet empire sous la pression des Germains, ces barbares qui s'étaient fait un nom. Mais la langue résista. Le *Romanus* n'était plus citoyen de l'empire, mais il continuait de parler la langue de Rome. Les siècles usèrent cette langue, elle perdit son visage impérial, on finit par ne plus la reconnaître. Au début du IXe siècle, un concile, à Tours, enjoignit que l'on prêche désormais « in rusticam romanam linguam », en langue romane, et il fut désormais évident que cette langue dite « de Rome », ce « roman », n'était plus du latin. Rome n'était plus dans Rome, et sa langue était partout dans l'Europe, méconnaissable et défigurée mais bien vivante.

Si vivante même qu'on envia aux clercs (ceux qui furent aux écoles, où on ne savait enseigner et étudier qu'en latin), les belles histoires qu'ils trouvaient dans leurs livres. Cela ne se passait pas au fond des campagnes où l'on avait assez de contes pour occuper les veillées d'hiver, mais dans les cours, surtout dans la plus riche et la plus animée, celle d'Angleterre. Autour d'Henri II et d'Alié-nor, on trouvait abondance de lettrés, Jean de Salisbury, Pierre de Blois, Giraud de Barri, et les poètes y étaient les bienvenus ; Bernard de Ventadour y passa, d'autres y trouvèrent la protection et le vivre qui leur étaient nécessaires.

Pour la cour, pour la reine et ses dames, on traduisit du latin les belles histoires d'armes et d'amour de l'Antiquité. On adapta du latin en roman la guerre fratricide des fils d'Œdipe : ce fut le *Roman de Thèbes* ; on fit de même pour l'*Enéide ;* on traduisit les faits d'armes et les intrigues d'amour du siège de Troie, et ce fut le *Roman de Troie*. La vogue ainsi lancée dura une vingtaine d'années. La version « romane » de ces récits antiques prit le nom de roman. Le nom d'une langue devint le nom d'un genre, le récit traduit.

L'on comprit vite qu'il y avait là une veine à exploiter. On ne se contenta pas de traduire, on inventa, on puisa où l'on put (et l'on découvrit le mystère des contes bretons). L'essentiel était de savoir mêler assez d'aventures amou-reuses aux entreprises guerrières : le roman était né. Et fut bien vite si vigoureux que nos ancêtres durent chercher un autre nom pour désigner leur langue ; on la baptisa « française » au début du XIIIe siècle.

L'on roman, c'était le raffinement du récit, le plaisir des jeux offerts à la langue, la saveur neuve des histoires d'amour et l'épanouissement d'un nouvel art de vivre. Il gagna la faveur des cours les plus nobles, la cour de Blois à laquelle préside Aélis, fille d'Aliénor, la cour de Champagne, où règne Marie, l'autre fille d'Aliénor, la cour de Flandres. La cour du roi de France paraît être restée plus austère...

Gautier d'Arras fut à la cour de Blois et à la cour de Flandres. De Chrétien de Troyes en dehors de ce qu'on peut apprendre des romans qu'il nous a laissés, on ne sait rien. Il n'est pas impossible qu'il ait composé à la cour d'Angleterre son premier roman, *Erec et Enide*; pris dans le mouvement général, il avait traduit les *Commandements d'Ovide*, l'*Art d'amour* du même auteur, que l'on a perdus, ainsi que d'autres contes tirés des *Métamorphoses*; il avait livré aussi un conte du *Roi Marc et d'Iseut la Blonde* que l'on n'a plus. C'est peut-être à la cour de Champagne qu'un peu plus tard, il composa *Cligès*; il est assuré en tout cas que c'est pour la cour de Marie de Champagne qu'il œuvra au *Chevalier à la charrette* en même temps qu'au *Chevalier au lion* dans les années 1176-1181, et que le *Conte du Graal*, dédié au comte de Flandres, vit le jour, en 1181-1182, soit à la cour de Champagne, soit à la cour de Flandres; et c'est sans doute en 1182 qu'il mourut, comme nous l'apprend Gerbert de Montreuil, qui s'employa avec d'autres à continuer le *Conte du Graal* resté inachevé parce que « la mort le surprit ».

Le goût de ces cours allait au roman. La chanson de geste perdait de sa faveur. On avait écouté dans la grande salle des châteaux, le jongleur psalmodier les exploits de Roland, de Guillaume et de beaucoup d'autres, en s'accompagnant de la vielle. On trouva peut-être monotones ces vers de dix syllabes unis autour de l'assonance finale; on se lassa des grands coups d'épée qui fendent cavalier et cheval; on ne crut plus en ces héros capables de tenir tête à une armée entière de Sarrasins, — l'échec de la deuxième croisade avait peut-être engendré la prudence, et seuls les fanfarons parlaient à la fin des repas, comme ironise Keu, d'aller pourfendre Noradin (v. 596). On voulait autre chose. Le roman avait son heure.

Le roman venait à point. Tout au moins pour ceux qui

voulaient qu'à la vaillance au combat (la *prouesse*) s'alliât désormais une vertu policée par la vie de cour, faite de bonnes manières, d'attention à l'autre et de plaisir au commerce des dames : la *courtoisie*.

Mais gardons-nous de trop simplifier. La chanson de geste continua de fleurir. On peut imaginer qu'il y avait dans les cours des clans comme dans la peinture que Jean Renart nous fait de la cour de Conrad, empereur d'Allemagne ; d'un côté ceux qui ne rêvent que coups et combats, et pour qui la seule distraction ne peut être que la chasse au cerf (et quels trophées de cornes on en rapporte !) ; de l'autre, tous les chevaliers, jeunes et ardents, fougueux aux armes autant ou plus que les autres, mais qui savent goûter le charme des nuits prolongées dans le lit des dames et qui, le soir, préfèrent converser avec elles, plutôt que d'écouter les récits de chasse de ces vantards, et se gardent bien de manger les plats aillés qui font les délices des chasseurs fourbus ; pendant que ceux-ci iront se coucher, les autres danseront au son de chansons galantes [1].

Les dames qu'on lutine discrètement et qu'on courtise avec enjouement en sont encore plus belles quand les romans dont elles sont les héroïnes viennent enflammer l'imagination. La chanson de geste était la part de rêve des guerriers ; le roman fut celle des dames et des chevaliers qui avaient appris des *troubadours* qu'il n'y avait tourment plus délicieux que de se faire le chevalier d'une dame, son vassal, soumis à son bon plaisir, comme on était le vassal, l'homme, d'un seigneur ; qu'il y avait mérite à ce *service d'amour*, source de toute valeur, et de toute joie. Ils apprenaient à cultiver le désir, à tirer tous les raffinements de délices que pouvait offrir le jeu d'amour, soumis aux caprices des dames qui devaient être déjà mariées. Car ce jeu n'est piquant que s'il est mêlé de la crainte du mari jaloux et des rivaux envieux (les *losangiers*) ; jeu précieux, jeu léger, mais aussi jeu sérieux où le cœur est pris et où

1. Jean Renart, *Le Roman de la Rose ou de Guillaume de Dole*, éd. par Félix Lecoy, Paris, Champion, 1962 (Classiques français du Moyen Age) ; v. 160-550.

l'amant découvre dans le vertige d'un embrasement de tout son être le sens de sa vie. Chrétien de Troyes recueillit ces apports de la *fine amor* des troubadours[1]. Il en garda l'élan, mais il en modifia les conditions. Pour lui, la joie d'amour n'est jamais si grande que lorsqu'elle naît de l'amour qui unit le mari à sa femme, et que par eux elle rejaillit sur la société qui les accueille, la cour. La dernière aventure d'*Erec et Enide* qui couronne l'amour des deux héros, porte un nom significatif : la Joie de la cour.

A ce contenu neuf du roman, correspond une forme nouvelle. La chanson de geste se déclamait dans la grande salle ; les décasyllabes à deux temps forts, groupés en laisses qui pouvaient rassembler soixante vers sur la même assonance, cédèrent le pas aux vers de huit syllabes sans autre accent que celui de la rime qui les regroupe désormais deux par deux. Plus n'est besoin de la voix forte du jongleur ni du son de sa vielle pour capter dans le tumulte l'attention d'un auditoire peu attentif : une jeune fille dans le calme d'un verger fait la lecture à ses parents.

Lire un roman

Lire un roman n'est donc pas, comme aujourd'hui, un acte personnel et solitaire. Sans doute, il ne s'agit plus de la vaste audience des salles de château ou des places publiques que connaissaient les chansons de geste ; nous sommes ici dans un espace intime, le verger, qui pour le châtelain du Moyen Age représente, à la belle saison, l'endroit accueillant où il fait bon séjourner, ou bien les appartements privés, la chambre des dames, tous espaces réservés aux proches et aux familiers. Mais il reste que lire est une activité de distraction qui réunit un petit groupe d'intimes, et il en sera longtemps ainsi. Au XVIᵉ siècle, Gilles Picot, en son manoir de Gouberville, lisait encore à ses gens « en *Amadis de Gaulle*, comment il vainquit

---

1. En ancien français, aussi bien en langue d'oc qu'en langue d'oïl, *amor* est féminin. L'adjectif *fine* est presque un terme d'alchimie ; il désigne l'amour sublimé, raffiné.

Dardan », ainsi qu'il le note dans son journal au soir d'un jour de pluie, le 6 février 1554.

Mais qui lit ? On a tendance à penser que seuls les clercs, qui avaient été aux écoles, savaient lire. Notre texte nous apporte un démenti tout à fait instructif. Dans le *Chevalier au lion*, nous constatons qu'il est des femmes qui savent lire. Outre la fille du seigneur de Pire Aventure, il apparaît que Laudine a entre les mains, lors de l'enterrement de son époux, un psautier dans lequel elle lit, ainsi que le précise Chrétien de Troyes (v. 1414-1415). Il est aussi question d'une lettre que fit parvenir à Laudine la Demoiselle Sauvage (v. 1619-1621). On pourra penser qu'elle s'est fait lire la lettre comme il est souvent d'usage. En tout cas, dans le *Chevalier de la charrette*, l'arrivée d'une lettre qui serait de Lancelot donne lieu à une scène instructive : « ... le valet qui tenait une lettre à la main la tend au roi. Ce dernier la prend vite et la fait lire à haute voix par quelqu'un d'entendu à pareille besogne. Celui qui la lisait leur dit sans ânonner ce qu'il voyait écrit sur le morceau de parchemin... » (v. 5252-5257)[1]. Les précisions que donne Chrétien montre que lire n'est pas une activité facile.

Il semble donc qu'au XIIe siècle, les femmes savaient parfois lire, plus peut-être que les fils de famille noble que l'entraînement guerrier accaparait constamment (encore que Lancelot pourra déchiffrer lui-même les noms écrits sur les pierres tombales d'un cimetière, v. 1863-1864). N'est-il pas significatif qu'Aliénor soit représentée sur son tombeau tenant entre ses mains un livre ouvert ? Et un peu plus tôt dans le siècle, Héloïse était en tête à tête avec Abélard devant des livres...

Comment lisait-on ? On ne saurait exactement le savoir. A haute voix donc, et sans doute avec difficulté. On a même peine à concevoir comment une jeune fille peut faire une lecture suivie à haute voix, d'un texte qui n'est pas ponctué. C'est précisément pour nous une indication précieuse. Cela signifie, en effet, que la syntaxe ne commande pas la lecture. Paul Zumthor parle, à la suite

---

1. Traduction de Jean Frappier, Paris, 1969, p. 144.

des érudits du XIXᵉ siècle, de « cantillation »[1]. Essayons de préciser. Le texte est écrit en vers de huit syllabes rimant deux à deux. A qui fait l'expérience d'une lecture rythmée, mettant en relief la rime, et lui donnant dans le chantonnement répétitif des vers une durée plus longue, au besoin en scandant du pied le rythme de la lecture, il apparaît que le déchiffrement en est grandement facilité. Pour satisfaire au rythme, les huit syllabes sont indispensables, et bien souvent le rythme appelle le mot dont on a déchiffré le début ; les syllabes viennent se mettre en place d'elles-mêmes et devancent parfois la lecture. Ainsi en même temps nous est suggérée la façon dont un texte est lu : d'une voix dont les effets tiennent peu au sens, mais avant tout au rythme. En sorte que le temps fort à la rime, qui est aussi un temps long, va permettre de saisir d'une compréhension rétrospective l'organisation de la phrase. A distinguer dans la description l'acte de lecture et la compréhension, on souligne arbitrairement ce qui était étroitement uni et inconscient dans l'esprit des auditeurs.

Mais il y avait aussi des professionnels de la lecture et les jongleurs, devant la vogue de ces romans, durent s'y engager. Le roman de *Flamenca,* nous présente la joyeuse irruption des jongleurs à la fin du repas, lorsque Archambaut fête l'arrivée de Flamenca et la venue du roi à sa cour : « Ceux qui voulurent entendre des histoires de rois, de marquis et de comtes, purent satisfaire leur envie ; car l'un conta de Priam, l'autre de Pyrame, l'un conta de la belle Hélène que Pâris enleva, d'autres d'Ulysse, d'Hector, d'Achille et d'Enée qui laissa Didon malheureuse et dolente, et Lavine qui, du haut des remparts, fit lancer la lettre et le trait par la sentinelle. L'un conta d'Apollinice, de Tidée et d'Etéocle, l'autre d'Apollonius. [...] L'un dit de la Table ronde où la vaillance fut toujours en honneur, et où le roi répondait de son mieux à tout venant, l'autre contait de Gauvain et du lion qui accompagnait le chevalier que délivra Lunete ; l'un dit de la pucelle

1. *La Lettre et la voix. De la « littérature » médiévale,* Paris, 1987 (Coll. Poétique).

bretonne qui tint Lancelot en prison, lorsqu'il lui eut
refusé son amour ; l'autre de Perceval ; l'un conta d'Erec
et d'Enide, l'autre d'Ugonet de Péride ; l'un de Gouver-
nail qui pour Tristan eut à souffrir tant de peines, l'autre
de Fenisse que sa nourrice fit passer pour morte [1] ». Ce
sont autant de romans dont beaucoup nous sont connus ;
l'*Enéas*, le *Roman de Thèbes*, tous les romans de Chrétien
de Troyes... Les romans étaient donc également lus lors
de grandes fêtes par des jongleurs, et on ne peut guère
douter qu'ils aient eu entre les mains le texte qu'ils
déclamaient. Leur lecture était sûrement plus souple, plus
aisée et plus expressive que celle d'une jeune fille, mais le
fondement ne pouvait guère en être différent.

   L'auteur lui-même, semble-t-il, n'écrivait pas son
texte ; il composait à haute voix, entraîné par le rythme
imprimé par l'octosyllabe ; là où aujourd'hui nous disons
écrire, le Moyen Age disait « ditier », dicter.

   Nous ne lisons donc pas comme la jeune fille du roman,
nous ne lisons pas comme les jongleurs. Dans notre
approche du texte aujourd'hui, il nous manque un
élément essentiel, la voix. Nous lisons avec les yeux ; à
l'époque, lire c'était entendre. Nous lisons seuls face au
texte, tenant en nos mains le livre, présence concrète et
figurée de l'auteur ; on lisait en cercle, on écoutait, on
partageait l'émotion, et la voix qui disait le texte était une
voix familière. Tout cela influait la réception de l'œuvre,
et, bien évidemment, sa composition.

   La brisure du couplet en prend par exemple un relief
étonnant. La diction liait inévitablement dans sa mélodie
le couple de rimes. Il était donc naturel de mouler la
phrase sur ce couplet de vers unis par la rime et formant
un ensemble rythmiquement clos. Mais Chrétien entre-
prit de sortir de cette organisation figée et de provoquer
ainsi des effets d'attente et de surprise, des rencontres de
rimes non liées par la syntaxe, des appels de sens par-
delà les phrases. Le procédé est constant, écoutons au
hasard :

---

1. Traduction de P. Mayer, citée par Edmond Faral, *Les Jongleurs au
Moyen Age*, Paris, 1909, p. 101-102.

> Por ce tel duel par demenoit
> La dame qu'ele forsenoit
> et crioit come fors del san :
> « Ha, Des ! don ne trovera l'an
> L'omecide, le traïtor,
> Qui m'a ocis mon buen seignor ?
> Buen ? voire le meillor des buens !
> Voirs Des, li torz an sera tuens
> S'einsi le leisses eschaper [...]   (v. 1203-1211)

Un premier couplet de rimes semble clore la première phrase sur « forsenoit », et de fait le sens serait satisfaisant ; mais en la continuant sur le vers suivant, l'auteur nous surprend et, comme devant une nouvelle vague de lamentations, il rend sensibles les explosions de douleur qui ne cessent de jaillir ; le v. 1205 n'ajoute rien au sens, puisqu'il reprend pratiquement le contenu du vers précédent ; mais en prolongeant ainsi la phrase en un sursaut de sens identique, il nous fait sentir concrètement le surcroît de douleur où s'abîme la jeune femme. Cette brisure isole du même coup le vers suivant qui clôt le couplet de rimes tout en nous laissant en attente d'un complément, attente qui donnera à « l'omecide, le traïtor » le relief qui en souligne le pathétique. Le couple de rimes suivant est encore brisé entre deux phrases. On clôt sur la mise en accusation de Dieu, et la conditionnelle qui la complète et la nuance vient seulement dans le couplet suivant. Toute la tirade, entendue dans la matérialité vocale de ces ruptures, de ces chaos que suscitent les mouvements contrariés du rythme et de la syntaxe, en prend une violence exacerbée qui renforce et dépasse celle qu'expriment les mots.

Bien d'autres effets ne prennent leur véritable force qu'à l'énonciation vocale du texte :

— rejets et contre-rejets, jouant de plus parfois sur la brisure du couplet :

> Et si lor voit cheoir les gotes
> Des lermes qui lor decoroient
> Des iaux, si come eles ploroient.   (v. 5244-5246)

— vers fortement scandé par le retour régulier d'un même son :

A d*emie* liu*e* galesche...   (v. 192)
At*ant an* la cour *an an*trames
Le *p*ont et la *p*orte *p*assames...   (v. 209-210)

— effets sonores particulièrement expressifs : v. 4838-4846 (voir la note à ce passage).

C'est à chaque vers que peuvent s'entendre les marques de cette réalisation sonore du texte qui est sa seule véritable façon d'exister authentiquement.

Mais il est encore un autre élément de la lecture qui demande à être pris en compte. « La jeune fille lisait *en* un roman » : la préposition marque une sorte d'immersion dans cette mer de mots. Elle souligne aussi que la lecture est fragmentaire, qu'elle n'est pas continue, et on ne saurait en être surpris. A regarder de près ce que proposent les jongleurs de *Flamenca*, on peut supposer qu'ils ne récitaient que les meilleurs passages : la poursuite d'Esclados et l'aide de Lunete à Yvain pris au piège des portes coulissantes ; l'irruption soudaine du lion dans les combats... Mais si l'on peut ainsi se distraire un soir de fête, le *Chevalier au lion* est fait pour être lu en entier. Or, si l'on ménage le rythme d'une lecture scandée, si l'on accorde qu'il faut au lecteur le temps de lire le texte en le disant et à l'auditoire le temps de saisir l'ordonnancement des mots dans la syntaxe, on ne lira pas plus de mille octosyllabes dans une heure. La lecture doit donc être coupée en plusieurs séances.

Le premier épisode du *Chevalier au lion* offre une belle unité : il est consacré au récit de Calogrenant, encadré par une introduction (la cour d'Arthur) et une conclusion (l'intervention d'Yvain). On peut formuler l'hypothèse que Chrétien composant son roman a modelé la longueur de son épisode sur la durée que l'on peut attendre d'une séance de lecture. Si tel était le cas, on comprendrait le rôle des v. 693-717, où Yvain en formulant le projet d'aller à son tour à la fontaine, récapitule les divers événements mentionnés par Calogrenant. Ces vers seraient à la fois clôture et ouverture ; clôture, ils lient en un rappel final les péripéties de l'épisode ; ouverture, ils permettent de reprendre en début de lecture l'essentiel de ce qui s'est passé auparavant.

Nous aurions ainsi en cet épisode, un module correspondant à la fois au temps d'une séance de lecture et aux dimensions d'un épisode ou d'une série d'épisodes formant un segment narratif complet. La précision est évidemment exclue et l'appréciation quantitative en nombre de vers de ce module ne peut qu'être approximative. Il en ressort également que la jonction entre deux modules doit correspondre à une pause de l'action, mais peut ne pas être aussi fortement marquée qu'ici. D'une lecture à l'autre, il est également possible de reprendre quelques vers. Imaginons donc ce que donnerait la lecture du *Chevalier au lion* en séances successives d'environ 700 à 800 vers, qui correspondrait donc à la capacité d'attention moyenne de l'auditoire d'une lecture.

Première séance : vers 1-722. *Le récit de Calogrenant.* Lors d'une assemblée de la cour d'Arthur, Calogrenant raconte qu'il a rencontré l'aventure de la fontaine merveilleuse, et qu'il y a subi un échec honteux. Projets : Arthur veut s'y rendre avec la cour et Yvain décide d'aller seul, avant les autres, tenter l'aventure.

Deuxième séance : vers 723-1405. *Yvain à la fontaine.* Yvain blesse à mort le défenseur de la fontaine. Mais il est pris au piège de portes coulissantes. Lunete vient à son aide. Il assiste à l'enterrement du corps de son ennemi et voit Laudine. Yvain a réussi l'aventure, mais il n'a pas de preuve de ce succès, mais il est prisonnier, mais il tombe amoureux de Laudine.

Troisième séance : vers 1406-2163. *Yvain épouse Laudine,* grâce à Lunete. Ainsi il n'est plus prisonnier, il pourra prouver sa victoire et son amour est comblé. On attend la venue du roi Arthur.

Quatrième séance : vers 2164-2813. *Fêtes et tournois.* Arthur vient avec sa cour. Yvain triomphe de Keu. Fêtes. Gauvain entraîne Yvain dans les tournois. Yvain oublie le terme que la dame lui avait fixé pour son retour. Rejeté par sa dame, Yvain, éperdu, quitte la cour.

Cinquième séance : vers 2814-3484. *La folie d'Yvain.*

La dame de Noroison le guérit ; il combat pour elle le comte Alier. Il sauve le lion du serpent ; le lion l'accompagne.

Sixième séance : vers 3485-4303. *Yvain, éperdu de douleur, revient à la fontaine*. Il découvre que Lunete est emprisonnée à cause de lui. Il promet de venir la défendre le lendemain. En attendant, il combat Harpin de la montagne qui s'en prenait aux enfants de celui qui lui a accordé l'hospitalité.

Septième séance : vers 4304-5106. *Yvain combat pour Lunete*. Il revoit Laudine sans se faire connaître. Un différend naît entre les filles du seigneur de Noire Epine. La cadette se met en quête du Chevalier au lion ; quand sa messagère le trouve, il promet de combattre pour elle.

Huitième séance : vers 5107-5809. *Yvain au château de Pire Aventure* ; il doit combattre les deux fils du nétun.

Neuvième séance : vers 5810-6526. *Yvain et Gauvain se combattent* chacun pour une des filles du seigneur de Noire Epine, sans se reconnaître d'abord.

Dixième séance : vers 6527-fin. *Yvain retourne à la fontaine* et, avec l'aide de Lunete peut rentrer en grâce auprès de Laudine.

Chacune des séances est équilibrée et s'attache à faire le récit d'une action qui a son unité, en même temps sont posés les prémisses d'une nouvelle action. Dans chacune d'entre elles on trouve la description d'un combat, et l'intervention d'un élément merveilleux. Seule exception, la troisième séance ne comporte aucun combat : l'intérêt se porte entièrement sur les manœuvres de persuasion de Lunete. Les combats mettent aux prises : 1. Calogrenant contre le défenseur de la fontaine ; 2. Yvain contre le défenseur de la fontaine ; (3. Aucun combat) ; 4. Yvain contre Keu ; 5. Yvain contre les gens du comte Alier ; 6. Yvain contre Harpin de la montagne ; 7. Yvain contre les trois accusateurs de Lunete ; 8. Yvain contre les fils du nétun ; 9. Yvain contre Gauvain. On n'est pas surpris que le public de cour se plaise aux descriptions de combat, et l'on ne peut qu'admirer l'art de Chrétien à en varier les conditions et à renouveler constamment la façon de les présenter.

De même qu'un auteur de théâtre doit tenir compte de la capacité d'attention de son public, le romancier ne peut faire fi des conditions qui gouvernent la diffusion de son œuvre. On peut donc soupçonner que la progression du roman suit un rythme dont l'élément de base serait la durée moyenne d'une séance de lecture, et que le récit est ordonné de façon à favoriser ce découpage.

ET CE FUT EN BROCELIANDE...

Chrétien situe le début de son roman à la cour d'Arthur, mais cette cour n'a rien de spécifiquement breton, hormis le nom des personnages qu'il juge bon de nommer : une assemblée annuelle des hauts vassaux, des conversations après le repas et, au milieu d'un groupe, un chevalier qui entreprend de raconter ce qui lui est arrivé. De telles scènes, avec les épisodes plaisants du roi qui se retire pour se reposer, ou de Keu qui prend à partie Calogrenant, devaient paraître tout à fait contemporaines à un auditoire du XIIe siècle. Nous ne sommes pas au temps du roi Arthur, en ce bon temps ancien si différent du nôtre nous assure Chrétien, nous sommes dans une cour comme celle de Champagne ou d'ailleurs. Et le récit que commence Calogrenant met tout d'un coup les auditeurs dans une situation qui a toutes les apparences de la réalité : leur cour et celle d'Arthur se superposent, le roman qu'ils sont en train d'écouter lire fait place soudain au récit de Calogrenant ; ils sont à côté de la reine, de Gauvain, de Sagremor ou d'Yvain, et le roi se repose dans une chambre proche. Le récit les séduit, mais pour l'instant, il n'a rien d'extraordinaire. Chacun connaît les chevauchées dans les forêts, on peut s'y perdre, et les chemins ne sont pas toujours faciles à suivre. Quand soudain le récit bascule, le héros débouche au-delà de la forêt, il en sort :

Et ce fut en Brocéliande [1]...

La perspective n'est plus la même : jusqu'alors les

1. V. 189.

verbes étaient à la première personne, le narrateur se débattait avec les ronces et les embûches de chemins broussailleux ; maintenant de l'action, on passe à l'état ; de la première personne engagée dans sa progression obstinée, à un démonstratif neutre qui ne renvoie finalement qu'à l'attribut en une sorte de circularité de la phrase ; du monde de l'effort au monde de l'évidence ; du monde humain à un pays de légende. Tout cela par la magie d'un nom : nous sommes en Brocéliande. Rien ne sera vraiment comme avant.

Pour en user ainsi, il fallait que le nom ne soit pas inconnu du public. Il en était fait mention, et de façon assez marquante dans un livre, le *Roman de Rou,* qu'un clerc de Jersey, maître Wace, avait écrit une dizaine d'années auparavant pour le roi d'Angleterre, Henri II. Retraçant les étapes de la conquête de l'Angleterre par Guillaume, il évoquait les troupes que le Normand avait rassemblées autour de lui ; et parmi ses gens se trouvaient beaucoup de Bretons, autour d'Alain Fergan, autour du seigneur de Dinan ou de Raoul de Gaël, « et bien des Bretons de bien des châteaux, et ceux de Brechelient, dont les Bretons font tant de contes, une forêt profonde et immense, très renommée en Bretagne », et Wace d'évoquer la fontaine de Barenton et de poursuivre : « C'est là qu'on peut voir les fées, si les Bretons ne mentent pas, et bien d'autres merveilles : il y a là des nids d'autours et grande abondance de cerfs ; mais les paysans ont tout dévasté. Je m'en allais là-bas en quête de merveilles, je vis la forêt, je vis le pays, mais je ne trouvai rien[1] ». Belle curiosité que la sienne ! il a beau dans les vers qui suivent se traiter de fou et prétendre qu'il était fou à l'aller comme au retour, que c'était folie de se lancer dans pareille quête, il reste qu'il y est allé, et que s'il s'y est décidé, lui, le « clerc lisant », c'est qu'on en parlait assez autour de lui pour qu'il ne paraisse pas insensé d'aller voir sur place ce qu'il en était. Une trentaine d'années plus tard, Henri II

---

1. On trouvera ce texte dans la langue originale aux vers 6363-6398 du *Roman de Rou,* publié par A. J. Holden, Paris, 1971 (Société des anciens textes français), p. 121-122.

obtiendra bien que les moines de Glastonbury se décident à faire des fouilles et à retrouver le tombeau du roi Arthur !

De ces légendes bretonnes on parlait en effet beaucoup. On ne sait trop comment cela avait commencé, probablement par des récits venus avec les Bretons d'Armorique nombreux dans les troupes de Guillaume mais aussi, et peut-être surtout, par des contes en vogue dans le pays de Galles qui vivait des heures prospères. Tout part peut-être de l'Irlande, cette terre qui a tant fait pour notre culture et a conservé à travers le haut Moyen Age le culte de l'Antiquité quand les autres s'en désintéressaient, cette terre qui a envoyé ses missionnaires un peu partout en Europe. L'Irlande a accueilli le christianisme au ve siècle, mais a conservé ses mythes à côté des révélations de la religion chrétienne, en les christianisant au besoin superficiellement. Et de l'Irlande les récits mythiques sont passés à cet autre pays celtique qu'était le Pays de Galles, qui se trouvait en étroites relations avec elle.

Geoffroy de Montmouth avait livré en 1136 une *Histoire des rois de Bretagne* en latin. Il empruntait beaucoup de ses matériaux aux récits légendaires. Arthur, dont on ne sait vraiment s'il a existé, y prenait une place de premier plan. Vingt ans plus tard, en 1555, Wace, dont nous connaissons la curiosité pour ces récits, offrit à la reine Aliénor le *Roman de Brut*, qui était une traduction et une adaptation de l'*Histoire* de Geoffroy de Monmouth ; Arthur et sa cour étaient gagnés par la courtoisie. Le succès fut immense ; on peut en juger par les vingt-quatre manuscrits qui nous en restent (nous n'en avons conservé que sept du *Chevalier au lion* !). Avec ces ouvrages, Arthur, la Table ronde (dont Wace est le premier à parler), la chevalerie adonnée aux exploits dédiés aux dames, entrèrent dans la littérature, disons même : entrèrent dans l'histoire, car on ne faisait guère la différence.

Chrétien connaît l'œuvre de Wace ; à tout le moins le passage qui concerne la forêt de Brocéliande ; il s'est même amusé à donner aux considérations finales de Calogrenant après son cuisant échec, un contenu et un ton empruntés au conteur normand (voir v. 577-580 et la note à ce passage), rapprochant non sans malice la déconvenue du clerc, revenant bredouille de sa quête de merveilles, de la honte du chevalier bafoué et humilié par plus fort que lui. Cependant les différents romans de Chrétien de Troyes empruntent peu à Geoffroy ou à Wace. Que leur doit-il ? « L'esquisse de quelques personnages, de Gauvain notamment, une teinte courtoise, l'idée que la cour arthurienne est un centre brillant de civilisation, propose un modèle de noblesse et de chevalerie. C'est à peu près tout. » Et Jean Frappier, à qui nous devons cette mise au point, de conclure qu' « un hiatus énorme sépare la légende arthurienne » telle que la présentent ses prédécesseurs « des fictions utilisées par un Chrétien de Troyes[1] ».

Il a puisé son inspiration à d'autres sources. A des sources orales. L'époque ne confiait pas tout au livre, et moins que les autres, les peuples celtes. Des conteurs bretons, de Grande et de Petite Bretagne sont attestés assez clairement. On a trace d'un certain Bréri, du Pays de Galles, présenté par Giraud de Barri comme « famosus ille fabulator », ce célèbre conteur, auquel Thomas fait également appel pour garantir la valeur de son *Tristan*, et qui fut probablement à la cour de Poitiers[2].

D'autres conteurs venaient de la Bretagne armoricaine ; il est bien des noms de héros qui appartiennent au breton continental. Christian Guyonvarc'h et Françoise Le Roux assurent, dans un ouvrage très documenté sur *La Civilisation celtique*, que « les textes arthuriens ne s'expliquent pas en dehors de la transformation de thèmes mythologiques celtiques en thèmes littéraires européens. Ils ont perdu dans cette transformation toute signification religieuse préchrétienne et le symbolisme de la coupe de souveraineté, sublimé par le Graal, a été annexé par l'ésotérisme chrétien médiéval ». Par conséquent, « il est permis de supposer que l'influence des bardes bretons et gallois a été déterminante à une époque où la cour ducale de Bretagne,

1. *Chrétien de Troyes*, p. 35.
2. R. Bezzola, *Les Origines*, III/1, p. 67 et 68, en note. Pierre Gallais, « Bleheri, la cour de Poitiers et la diffusion des récits arthuriens sur le continent », *Actes du 7ᵉ congrès national de littérature comparée*, Paris, 1967, p. 47-79.

de langue française, était en relations constantes avec les principales cours d'Europe, de l'Anjou à la Champagne et de l'Angleterre à l'Allemagne[1] ». L'évolution même du mot qui désignait le barde en breton continental est instructive, puisque *barz* ne signifie plus en moyen breton que « mime, jongleur ».

A l'époque de Chrétien de Troyes, le monde des cours avait donc découvert les merveilles de ces contes celtiques, et c'est vers eux que le roman se tourne pour y trouver matière à tisser les rêves de l'aristocratie. La branche I du *Roman de Renart,* de peu postérieure à notre roman, nous présente Renart métamorphosé en jongleur « breton » et proposant en un français approximatif des lais bretons de Merlin, de Tristan, d'Arthur ou de saint Brendan[2].

Ainsi se répandit la « matière de Bretagne », de façon dispersée, incohérente parfois, et l'on peut penser qu'entre les différents conteurs, les versions devaient parfois présenter bien des divergences. Que Brocéliande ait occupé une place privilégiée dans cette géographie légendaire, ne paraît guère douteux ; le témoignage de Wace est encore renforcé par ce que l'on peut savoir de Viviane ou Niniane qui y a domicile constamment dans le *Lancelot en prose,* et dont le nom est peut-être celui d'une ancienne divinité de la rivière Ninian qui arrose encore les environs de ce qui reste de la forêt de Brocéliande[3].

Chrétien a sûrement puisé dans ce fonds de légendes. De multiples indices nous y conduisent. Dans la littérature galloise, il existe un récit en prose intitulé *Owen et Lunet* ou la *Dame de la fontaine,* qui offre un matériau narratif tout proche du *Chevalier au lion.* Il fait partie de la collection des *Mabinogion* dont on admet qu'ils furent sans doute écrits au début du XIIIe siècle[4]. La comparai-

1. P. 107-108.
2. V. 2387-2395.
3. Michel Rousse, « Niniane en Petite Bretagne », *Bulletin de la Société internationale arthurienne,* 16 (1964), p. 107-120.
4. *Les Mabinogion du Livre rouge de Hergest,* traduits du gallois par J. Loth, Paris, 1913, 2 vol. ; *La Dame de la fontaine* se trouve au début du t. II, p. 1-45. Le texte d'Owen et Lunet ou La Dame de la fontaine est reproduit ici, p. 389 et s.

son des deux textes ne permet pas d'établir que ce mabinogion soit la copie du roman de Chrétien, ni sa source. Jean-Claude Lozachmeur qui a repris le problème à partir du texte gallois l'a parfaitement démontré. Il en conclut qu'*Owen* est une adaptation d'un conte celtique qui a également servi de modèle à Chrétien ; cet archétype aurait été composé entre 1160 et 1170[1].

Le récit gallois est tout proche de celui de Chrétien : à la cour d'Arthur, Kynon fait un récit analogue à celui de Calogrenant. Owein décide donc de faire à son tour le voyage à la fontaine ; il blesse mortellement le chevalier, est prisonnier des portes, et finit, grâce à Lunet, par épouser la dame de la fontaine... Le récit se poursuit en parallèle avec celui que nous connaissons. On y retrouve le départ d'Owen, son oubli du délai, la folie, la guérison par la « Comtesse Veuve », la rencontre du lion, des combats contre un géant et contre les ennemis de Lunet et, finalement, le retour au château de la dame et le pardon. Mais plus que les similitudes frappantes, les différences peuvent se révéler instructives. La belle ordonnance des quatre combats que mène Yvain après la rencontre de son lion ne se retrouve pas dans le Mabinogion : Owen combat en effet Gwalchmei (Gauvain), après avoir vaincu Kay (Keu), lorsque le roi Arthur se présente à la fontaine ; l'épisode du château de Pesme Aventure qui s'appelle le château du Noir Oppresseur dans le Mabinogion, y suit la réconciliation d'Yvain et de sa dame et clôt le récit ; rien dans le roman gallois ne correspond aux démêlés des deux filles du seigneur de Noire Epine, ce qui est attendu, puisque c'est ce qui motive le combat d'Yvain contre Gauvain dans le *Chevalier au lion*.

Cette rapide comparaison permet de saisir que Chrétien de Troyes travaille tout particulièrement la structure de ses romans, ainsi qu'il le proclamait dans le prologue d'*Erec et Enide*, où il affirmait tirer « d'un conte d'aventure, une mout belle conjointure » (v. 13-14). Le conte d'aventure serait donc ici un récit qui a servi également de

---

1. *La Genèse de la légende d'Yvain*, Thèse dactylographiée, Rennes, 1978.

modèle au roman gallois, et le travail de Chrétien aurait consisté, entre autres, à faire, de la série d'aventures que lui proposait le conte celtique, un ensemble cohérent et organisé (une très belle « conjointure ») propre à dégager un sens.

Des comparaisons de détails permettent également de mieux mesurer l'originalité de Chrétien. Un exemple suffira à souligner l'orientation nouvelle qu'il donne à son écriture. Voici, faite par l'hôte de Kynon, la description de l'homme noir qui tient dans son récit le même rôle que le *vilain* (le rustre) dans celui de Calogrenant :

« Au milieu (de la clairière) s'élève un tertre sur le haut duquel tu verras un grand homme noir, aussi grand au moins que deux hommes de ce monde-ci ; il n'a qu'un pied et un seul œil au milieu du front ; à la main il porte une massue de fer, et je te réponds qu'il n'y a pas deux hommes au monde qui n'y trouvassent leur faix. Ce n'est pas que ce soit un homme méchant, mais il est laid [1]. »

Le rustre rencontré par Calogrenant est d'une laideur épouvantable, mais, sous ses apparences hideuses, proches de l'animalité, il proclamera pour la plus grande surprise de l'auditoire qu'il est un homme. On pourrait vérifier dans d'autres épisodes que Chrétien atténue le caractère monstrueux ou prodigieux des personnages, et qu'il se plaît à jouer délicatement de ce qui reste de mystère dans les faits qu'il rapporte pour charmer son public et donner à son récit une tonalité poétique et énigmatique. Pourrait-on d'ailleurs prouver qu'il connaissait le sens des contes qui lui étaient livrés par ces jongleurs bretons ? Leur visage original devait être bien souvent effacé. En tout cas, c'est dans les franges de ces événements situés entre réel et mythe, que Chrétien excelle à nous entraîner.

Revenons à Brocéliande. La première rencontre qu'y fait Calogrenant n'a rien de mythique. Dans cette forêt de légende, il trouve sur son chemin, non plus ronces et épines, mais un petit manoir avec tourelle, flanqué d'une palissade et d'un fossé, comme on devait en voir beaucoup

---

1. *Les Mabinogion*, II, p. 9.

en France. Ce qui est ici surprenant, c'est que le vavasseur est sur le seuil, prêt à accueillir le chevalier, comme s'il avait été prévenu de son arrivée. Et s'il y a mythe ensuite, c'est dans le plaisir absolu qu'éprouve Calogrenant à tenir compagnie à une demoiselle, qui au fond de sa campagne a toutes les qualités de la plus raffinée des demoiselles élevées à la cour, dans cet enchantement qui lui fait perdre conscience du temps et de son entreprise. Ce qui séduit dans la façon dont Chrétien adapte sa matière, c'est qu'il lui garde, peut-être sans être exactement conscient de sa valeur précise, des résonances mythiques à l'état de traces. Rien ne sera donc appuyé, rien ne sera explicité. Il restera, pour des esprits qui baignent dans ces mythologies païennes, une impression, un sentiment qui les atteint comme par surprise. Car il ne faut pas s'y tromper. La matière est sûrement d'origine celtique, mais entre les mythes celtes et bien des rites païens que l'on pratiquait sur l'actuel territoire français, il y avait étroite parenté.

On a reconnu, non sans raison, derrière le récit de Calogrenant, un voyage vers l'Autre Monde : « ... le mythe complexe de la Fontaine Périlleuse, étroitement lié aux thèmes de l'Hôte Hospitalier et du Géant-Berger, est dominé par la conception générale et celtique de l'Autre Monde [1] ». On peut même préciser, car cet Autre Monde est pour les Celtes un lieu paradisiaque. Bien des caractéristiques du *sid* (« paix »), ainsi que les Irlandais appellent ce lieu, apparaissent en filigrane dans le début du *Chevalier au lion*. Empruntons au livre de Françoise Le Roux et Christian Guyonvarc'h, *Les Druides,* un aperçu des caractéristiques du *sid,* et reconnaissons l'écho que l'on peut en percevoir dans le récit de Calogrenant :

— « Lorsque des hommes se rendent dans l'Autre Monde, le voyage est toujours très court puisque la distance, comme le temps, est abolie » (p. 298). N'y a-t-il pas là une des raisons qui ont pu amener Chrétien à ignorer qu'entre Carduel et la forêt de Brocéliande, il y avait la Manche à traverser, comme certains le lui ont reproché ? Ce qui fait la magie du lieu, de cette forêt de

1. J. Frappier, *Etude,* p. 101.

Brocéliande dont chacun sait bien qu'elle est située en Bretagne, c'est que précisément nous y sommes transportés soudain et comme par enchantement.

— Un poème, au début de la *Navigation de Bran*, évoque « le son de la musique » et « la douce chanson des oiseaux dans la grande tranquillité » qui règne dans le *sid* (p. 283). Les oiseaux sur l'arbre de la fontaine et leur merveilleux concert répondent aux mêmes intentions : « La musique est l'une des manifestations terrestres de l'Autre Monde. Les oiseaux chantent tous une musique divine. » (p. 292)

— « La consommation de mets succulents et inépuisables » est un des éléments essentiels des descriptions de l'Autre Monde (p. 287). Lunete qui vient d'accueillir Yvain emprisonné, lui offre aussitôt à manger, et lui apporte avec diligence un repas dont Chrétien nous détaille assez longuement les mets (v. 1043-1054).

— Une messagère de l'Autre Monde en fait le tableau suivant :

> « C'est le pays qui rend plein de joie
> l'esprit de quiconque y va.
> Il n'y a là d'autres gens
> que des femmes et des jeunes filles. » (p. 285)

La description de la fontaine fait retentir à plusieurs reprises ce même mot *joie*, en une suggestion paradisiaque :

> « Et quand je vi l'air cler et pur,
> De *joie* fui toz a sëur,
> Que *joie*, se onques la conui,
> fait tost oblier grand enui. » (v. 455-458)

> « De lor *joie* me *resjoï*
> S'escoutai tant qu'il orent fet
> Lor servise trestot a tret ;
> Qu'ains mes n'oï si bele *joie*... » (v. 470-474)

— A lire Chrétien, Yvain a surtout affaire aux dames. Mais il ne faut pas oublier non plus l'accueil que réserve d'abord Laudine au roi Arthur, puis ses demoiselles aux chevaliers qui l'accompagnent : ce sont plaisirs sans réserves dans un « donoi », une cour empressée, où tous ces jeux semblent se pratiquer dans une innocence quasi enfantine (v. 2385-2388 et 2441-2451). L'accueil de la cour au château de Laudine a quelque chose du séjour dans le *sid* qui est « un havre de paix, de délices et de volupté » (p. 287) dont les occupants « sont aimés de femmes d'une beauté extraordinaire [1] ».

— La joie qui « fait vite oublier grand ennui » (v. 458) nous renvoie à un autre élément du *sid* : « la disparition de toute faute et de toute maladie » (p. 287). On pourrait remarquer ici, qu'il n'est pas trace des coups terribles que, dans le combat contre Esclados, Yvain a reçus. Il est immédiatement guéri. Ce qui ne sera pas le cas en d'autres combats.

— Un des traits les plus constants des récits de voyage dans l'Autre Monde est l'abolition du temps (p. 295-296). Le thème ne se retrouverait-il pas, inversé, dans l'absence d'Yvain pour qui l'année s'est écoulée sans qu'il la voit passer (et l'auteur lui consacre à peine quelques vers) ?

Ce petit relevé n'entend pas prouver que la fontaine et le château de Laudine sont conçus par Chrétien comme des lieux appartenant à l'Autre Monde. Il a seulement utilisé des éléments qui dans la mythologie celtique marquaient ce lieu de délices, pour créer l'atmosphère de bonheur qu'il souhaitait donner à cet épisode. Et l'on peut dire qu'il a ignoré tout ce que l'épisode aurait pu avoir de proprement mythique.

Il est d'ailleurs bien dans la nature de Chrétien qui aime surprendre son public, d'en appeler pour les effets plus spécifiquement merveilleux à des données qui ne sont pas propres au monde celtique. Le culte des fontaines et les manifestations qui lui sont liées est universellement répandu. L'anneau qui rend invisible n'est pas spécifiquement celtique... et le lion n'appartient pas à l'imaginaire celte. Quand on aura souligné que le mystérieux *netun* du château de Pire Aventure semble continuer le latin Neptunus, et que ses fils sont harnachés comme des vilains qui entrent en lice pour un combat judiciaire, on aura rendu à Chrétien le génie d'avoir joué des suggestions

---

1. *La Civilisation celtique*, p. 159.

mystérieuses que portent en eux des lieux et des mots, des situations et des conduites, aux limites de notre conscience, dans un jeu d'écriture subtil et raffiné.

LA PAROLE EST COMME LE VENT
QUI VOLE SI LE CŒUR...

Chrétien de Troyes, parmi les multiples partis pris de virtuosité du début de son roman, a repoussé le prologue traditionnel jusqu'à le faire prononcer par un de ses personnages, à qui il confie également le soin de faire un récit. Calogrenant en paraît sans doute un peu raisonneur, mais l'auteur s'allège d'autant et peut parler encore plus librement, puisqu'il n'a plus l'air de prêcher pour lui-même.

Calogrenant demande donc qu'on l'écoute attentivement. Et il ne voile pas ses prétentions. En une formule qui s'inspire de l'Evangile de Matthieu, il insiste pour que son auditoire ne se contente pas d'entendre ses propos mais s'efforce de les recevoir en son cœur et y applique son intelligence. Bref, il ne s'agit pas seulement d'un divertissement passager, ce roman se veut œuvre de réflexion, digne d'être méditée.

> Les paroles viennent aux oreilles comme le vent qui vole, elles passent et disparaissent, elles s'effacent en un instant, si l'on ne s'est pas préparé à les recevoir en son cœur[1].

On ne peut plus clairement dire, à une époque où l'Eglise invitait à méditer les quatre sens de l'Ecriture, et en donnait l'exemple dans ses sermons, que les épisodes présentés peuvent être lus autrement que dans la lettre de leurs péripéties narratives. Le roman se veut aussi riche que l'Ecriture, la parole du romancier est parabole.

La comparaison du *Chevalier au lion* avec ce que l'on pouvait deviner du conte qui l'avait inspiré, nous a amenés à insister sur la « conjoncture », l'ordre selon

1. V. 157-162.

lequel Chrétien organise et structure son récit. Une première évidence s'impose, Chrétien relance le récit et le dramatise au point où d'ordinaire le conte populaire l'achève : Yvain a franchi les obstacles qui lui étaient opposés, il a triomphé et il a conquis l'amour de la dame ; il s'est marié. Jusque-là rien que d'anodin, même si Chrétien sait magistralement le mettre en œuvre. La suite donne sens au début et lance le vrai débat. Yvain repris par le monde de la cour auquel il appartient, oublie ce qu'il doit à Laudine et se voit rejeté par elle. Nous revenons à une situation en apparence proche de la situation initiale. Le héros va-t-il pouvoir reconquérir la dame qu'il a perdue ? La question n'est même pas posée. Et nous allons suivre Yvain dans un itinéraire aventureux où les actions, les exploits qu'il va accomplir n'auront en apparence aucun lien avec la conquête de Laudine.

C'est que l'aventure n'est plus une aventure extérieure, faite de force de caractère, d'impétuosité et de valeur guerrière. On a pu soupçonner Yvain de vouloir conquérir Laudine de la même façon qu'il avait poursuivi Esclados, par un acharnement à gagner, une folle envie de tout soumettre à son jeune appétit. Il lui faut maintenant « dépouiller le vieil homme », il doit se perdre pour mieux se trouver, perdre jusqu'à son nom, jusqu'à son visage. Désormais il n'existe plus pour lui-même, il ne désire rien. Le seul désir qui lui vienne, c'est, devant l'horreur de sa faute, d'attenter à sa vie. Cependant en se dépouillant de lui-même, il a gagné un compagnon, un ami intime, proche comme de lui comme Enide pouvait l'être d'Erec, prêt à veiller constamment sur lui, à le soutenir dans les combats, à lui communiquer de sa force et à susciter les sursauts de vaillance qui lui permettront de triompher. Ce compagnon est si proche de lui qu'il lui donne son nom ; Yvain est devenu, comme par une intériorisation des multiples forces et qualités dont le lion est le symbole, le Chevalier au lion [1].

Si l'on considère uniquement la trame narrative du

---

1. Jean Dufournet, « Le lion d'Yvain », *Le Chevalier au lion de Chrétien de Troyes*, p. 77-104.

roman, on comprend mal quelle est la perspective
d'ensemble. Chaque épisode résout sans doute une situation, mais l'on aurait le sentiment d'une juxtaposition
d'événements, même si l'auteur les entrelace habilement
les uns dans les autres. La perspective d'ensemble réside
dans l'évolution du héros, dans le cheminement qu'il
poursuit à l'intérieur de lui-même et qui le mène vers un
dépouillement de plus en plus grand.

A l'issue de sa guérison, la bataille menée contre le
comte Alier était un acte de reconnaissance envers la dame
de Noroison qui lui avait sauvé la vie, l'avait guéri de sa
folie et lui avait rendu ses forces physiques. Il avait mis sa
vigueur recouvrée au service de sa bienfaitrice, il s'acquit-
tait là d'une dette. Sa propre gloire en était accrue
d'autant, et du haut des remparts, les habitants du
château avaient pu admirer sa vaillance et ses hauts faits.
Par ailleurs, dans son histoire personnelle, cet engagement peut paraître parfaire symboliquement son affrontement avec le chevalier de la fontaine. Il l'avait certes
blessé à mort, mais il n'avait pu le saisir ; Esclados lui
avait échappé dans la porte, au moment où il allait le
saisir ; cette fois, il s'était emparé de son adversaire juste
avant qu'il ne pénètre dans son château fort et il avait pu
le ramener et afficher aux yeux de tous sa valeur guerrière
(v. 3275-3303).

Yvain a dû d'abord choisir, « entre le lion des vertus et
le serpent de la tentation et de l'univers diabolique, qui est
le signe même de la déchéance et du manquement à tous
les codes, et qui est qualifié des mêmes adjectifs que
Keu [1] ». Il se donne de la sorte une morale, un idéal. Il a
choisi de mettre sa force et son art à manier la lance au
service du bien. Il ne combat plus pour augmenter son
propre renom. Il assume désormais son destin et sa vie
répond à de nouvelles exigences.

Le combat contre Harpin va le souligner : c'est à l'issue
de cette victoire rapidement conquise sur un être aussi
monstrueux physiquement que moralement, qu'il prend
le nom de Chevalier au lion (v. 4290). Yvain ne se soucie

1. *Ib.*, p. 98-99.

plus de sa gloire personnelle : il construit l'image d'un chevalier exemplaire. Après le combat pour Lunete, il couche son lion blessé dans son écu, en un geste symbolique qui fait du lion l'emblème de sa vie (v. 4665-4660), une figure de lui-même.

Désormais, il ne se contentera pas de livrer des combats que des devoirs d'amitié (pour les neveux et la nièce de Gauvain) ou de reconnaissance (pour Lunete) lui imposent. Il pénétrera au château de Pire Aventure, malgré les avertissements qu'on lui prodigue, et affrontera les forces du mal, obtenant la libération des prisonnières dont la misère l'a ému. Parmi les lectures qui peuvent être faites de cet épisode, il ne faut sans doute pas négliger celle à laquelle invitait la liturgie, qui dans la cérémonie qui précède Pâques, rappelle par des rites concrets (le célébrant frappe du pied de la croix les portes de l'église) la descente du Christ aux enfers dont il brise les portes, libérant ainsi les âmes des justes qui y étaient retenues prisonnières depuis la faute des premiers parents. Yvain, accompagné de son lion, symbole du Christ, devient, à l'image du Christ, un chevalier rédempteur du genre humain[1].

Yvain s'est ainsi élevé jusqu'à une conception mystique de la chevalerie. Les différents combats qu'il a menés jalonnent un cheminement intérieur. Yvain, guerrier hors pair, a cédé la place au Chevalier au lion qui, au fil des aventures rencontrées, a construit en ce nouveau personnage le modèle de tous les chevaliers. Tous peuvent se reconnaître en lui. Tant de chevaliers portent sur leur écu l'emblème d'un lion ! Et dans les divers combats qu'il mène, son heaume au large nasal ne permet pas de le distinguer. Il invite ainsi tous les chevaliers à devenir des chevaliers au lion. La voie est tracée. Les quatre combats que mène le Chevalier au lion, enchâssent par groupe de deux, un combat contre un ou des adversaires monstrueux, diaboliques d'apparence et de conduite, et un

1. Jacques Ribard, « Yvain et Gauvain dans le *Chevalier au lion*. Essai d'interprétation symbolique », *Le Chevalier au lion de Chrétien de Troyes*, p. 151.

combat judiciaire où le droit doit donner la force de gagner, même si la partie est inégale. A chaque fois le combat est dangereux et l'issue semble désespérée, mais Dieu vient en aide au chevalier qui ose entreprendre de défendre le Bien et lui donne la force du lion. Les formes du Mal sont multiples ; le bon chevalier se doit de les reconnaître et de ne pas reculer devant la difficulté de la tâche. Dieu et le droit combattront avec lui.

Au terme de sa quête Yvain retrouve son nom. Plus exactement Gauvain, dans ce combat qui se déroule devant la cour du roi Arthur, le lui rend en lui donnant l'occasion de prouver sa valeur et de dévoiler son identité. L'amitié vient parfaire et couronner la transformation intérieure qui avait fait d'Yvain, avide de victoire et de réussite, le Chevalier au lion, défenseur des femmes opprimées ou spoliées, libérateur des prisonnières et ferme appui de la justice.

Il peut dès lors se diriger vers la fontaine et provoquer une rencontre avec Laudine. Il s'en sait digne. Il n'est plus Yvain, fils d'Urien, dont le nom avait suscité la curiosité pleine d'estime de Laudine (v. 1815-1818). Il ne doit plus sa valeur à son lignage. On peut trouver que Lunete a manigancé une manœuvre qui n'est qu'un piège pour prendre Laudine au mot. En fait, le jeu sur les dénominations d'Yvain est lourd de sens. Il illustre la transformation profonde qui s'est opérée en lui.

Le roman n'a pas de sens tout fait. Chrétien, lorsqu'il invite à aller au-delà de la simple audition de son œuvre, le sait parfaitement. Et son public, habitué par les gens d'Eglise à entendre une lecture de l'Ecriture selon quatre sens différents, sait que cette lecture est toujours à reprendre.

Yvain a cherché le sens de sa vie. Et, dans cette quête, le temps revient comme une obsession. Dès le début, il s'empresse de partir de la cour d'Arthur pour arriver avant le roi à la fontaine et être sûr de pouvoir se réserver d'affronter l'aventure. Dans sa poursuite d'Esclados, il lui manque une fraction de seconde pour saisir celui qu'il touche presque. Lorsque ensuite, oublieux du délai que Laudine avait fixé à son retour, il conquiert une nouvelle identité, ses aventures seront placées sous le signe du temps mesuré. Deux d'entre elles ont un terme judiciaire fixé à quarante jours, et les deux épisodes qui viennent s'insérer dans chacune d'elles, obligent le héros à être constamment attentif afin d'arriver « à temps ».

Mais n'est-ce pas aussi, de la part de Chrétien de Troyes une façon d'explorer les nouvelles dimensions que l'humanité du XIIᵉ siècle se conquiert. L'aventure est par excellence l'irruption de l'imprévu dans la trame temporelle ; elle apporte bouleversement de l'être et révélation de soi. Le destin n'est plus connu d'avance. A chacun d'être prêt pour les signes que le ciel lui réserve.

En l'occurrence, la société pour laquelle écrit Chrétien paraît sentir peser sur elle, le poids d'une tradition qui s'oppose au travail légitime du temps. La coutume immuable est le symbole de ces pesanteurs mystérieuses qui veulent s'opposer au devenir des êtres. L'homme s'inscrit dans un flux temporel où il est constamment placé devant des choix à faire ; sa vie n'est plus tracée d'avance, il en devient seul responsable, à charge pour lui d'en découvrir le secret.

Les anciennes valeurs sont bouleversées. Il revient au chevalier de mener à bien la plus haute aventure qui soit, assurer l'avènement de la justice, dans un monde que menacent la violence, les pulsions les plus basses, le meurtre, la souffrance, l'injustice sous toutes ses formes. Mais le héros doit pour cela se lancer dans une quête qui est d'abord quête de lui-même, et accepter de risquer la folie, de connaître la souffrance, le doute et le désespoir. Dans le *Chevalier au lion*, la forêt n'est pas aussi redoutable que la souffrance intérieure.

Michel ROUSSE.

LE TEXTE

Le Chevalier au lion, en sa langue propre, n'est pas si éloigné de notre temps que l'on ne puisse assez vite en apprécier le timbre original. Il a donc paru utile de proposer le texte en ancien français sous sa traduction, afin que le lecteur puisse à son gré s'y reporter. A cet effet, la traduction suit de page en page, aussi exactement que possible, le texte médiéval.

Nous reproduisons le texte publié par Wendelin Foerster, tel qu'il le présenta dans la dernière révision parue en 1912. C'est une édition critique, qui essaie de retrouver à travers les sept manuscrits qui nous sont restés du roman de Chrétien de Troyes, le texte « authentique ». Une telle entreprise suscite bien des objections ; mais si l'on peut en contester le principe, le résultat ne manque pas de qualités, et en certains passages, il offre un texte plus cohérent que l'édition procurée par Mario Roques. On ne pouvait évidemment plus trouver dans le commerce cette édition critique fort utile ; il n'est donc pas superflu de la reproduire ici, et de permettre ainsi au lecteur de disposer du texte dans la langue originale.

Il reste que les habitudes d'édition allemandes diffèrent un peu des nôtres, en particulier pour ce qui est de la ponctuation. On notera en particulier que l'éditeur met une virgule devant la conjonction *que* ou devant les relatifs. On rencontre donc : « A cele feste, qui tant coste... » (v. 5), « cil, qui soloient amer... » (v. 21), « Por

ce, que onques mes nel virent... » (v. 46), « Et bien sai,
que vos le cuidiez, » (v. 75), etc.

Pour la lecture de l'ancien français, l'édition que nous
reproduisons offre l'avantage d'avoir uniformisé la graphie. Il existe aujourd'hui de bons manuels pour intro-
duire à notre ancienne langue. Qu'il suffise de dire à ceux
qui voudront en goûter la saveur, qu'il faut apprendre à
lire avec l'oreille : ce que présente à l'œil la graphie est
parfois déroutant pour nos habitudes, mais la forme
sonore du mot qui naît de cette graphie sera souvent
reconnaissable ; on distinguera à l'oreille *mes* (= mais), *et*
(= ait), *proesce* (= prouesse), *mançonge* (= mensonge)...
Parmi les graphies qui reviennent constamment, signalons
que *an* note tous les sons que le français moderne transcrit
par *an* et *en ;* que *ei* répond fréquemment à la graphie *ai*
du français moderne : *feisoient* est l'imparfait de « faire » ;
que le *o* note souvent un son qu'aujourd'hui nous
transcrivons par *ou :* cortois (= courtois), nos (= nous),
amors (amour), etc. Et disons pour donner de l'assurance
à ceux que trop de scrupules rendraient timorés que
personne ne peut aujourd'hui prétendre savoir quelle était
la musique de cette langue, quel accent avaient ceux qui la
parlaient, quelle était la mélodie et le rythme de leur
phrase. Nous serions peut-être extrêmement surpris si
nous pouvions remonter les siècles et, dans le verger du
château de Pire Aventure, écouter la jeune fille faire la
lecture à ses parents... Mais en cette scène, Chrétien
n'avait-il pas inscrit son rêve : des lecteurs d'âge en âge —
et quel que soit leur accent...

                                                        M.R.

YVAIN
OU
LE CHEVALIER AU LION

A LA COUR :
LE RÉCIT DE CALOGRENANT

Arthur, le sage roi de Bretagne[1], dont la prouesse nous incite à être vaillants et courtois, tint une cour, d'une magnificence toute royale, lors de cette fête qui tant coûte qu'il faut bien l'appeler la Pentecôte[2]. Le roi était à Carduel au pays de Galles[3] ; après le repas, les chevaliers se répandirent dans les salles pour former de petits groupes là où des dames, des demoiselles ou des jeunes filles les appelaient. Les uns échangeaient des nouvelles, les autres parlaient d'Amour, des tourments, des souffrances et des grands bienfaits qu'en ont souvent reçus les fidèles de son ordre, qui à cette époque était riche et généreux ; mais aujourd'hui on trouve bien peu de ses fidèles, car
20 voici que presque tous l'ont abandonné et Amour en est bien déprécié. Ceux qui aimaient avaient une réputation de courtoisie,

Artus, li buens rois de Bre-
[taingne,
La cui proesce nos ansaingne,
Que nos soïiens preu et cortois,
Tint cort si riche come rois
5 A cele feste, qui tant coste,
Qu'an doit clamer la pante-
[coste.
Li rois fu a Carduel an Gales.
Aprés mangier parmi cez sales
Li chevalier s'atropelerent
10 La, ou dames les apelerent
Ou dameiseles ou puceles.

Li un recontoient noveles,
Li autre parloient d'amors,
Des angoisses et des dolors
15 Et des granz biens, qu'an ont
[sovant
Li deciple de son covant,
Qui lors estoit riches et buens.
Mes ore i a mout po des suens ;
Que a bien pres l'ont tuit leis-
[siee,
20 S'an est amors mout abeissiee ;
Car cil, qui soloient amer,
Se feisoient cortois clamer

de vaillance, de largesse et d'honneur. Aujourd'hui Amour est devenu un sujet de plaisanterie, à cause de ceux qui, n'y connaissant rien, affirment qu'ils aiment ; en fait ils mentent, et à s'en vanter à tort, et ils le réduisent à une plaisanterie et un pur mensonge[4].

Mais parlons des hommes de jadis, et oublions ceux d'aujourd'hui : car, à mon sens, la courtoisie d'un mort a bien plus de prix que la grossièreté d'un vivant[5]. C'est pourquoi je veux faire un récit qui mérite qu'on l'écoute : il s'agit de ce roi qui avait une telle réputation qu'on en parle partout ; sur ce point je suis de l'avis des Bretons : sa renommée durera toujours[6], et c'est grâce à lui que l'on se souvient de

Et preu et large et enorable.
Ore est amors tornee a fable
25 Por ce que cil, qui rien n'an
        [santent,
Dïent qu'il aimment, mes il
        [mantent,
Et cil fable et mançonge an
        [font,
Qui s'an vantent et droit n'i
        [ont.
Mes por parler de çaus, qui
        [furent,
30 Leissons çaus, qui an vie
        [durent !

Qu'ancor vaut miauz, ce m'est
        [avis,
Uns cortois morz qu'uns
        [vilains vis.
Por ce me plest a reconter
Chose, qui face a escouter,
35 Del roi, qui fu de tel tesmoing,
Qu'an an parole pres et loing ;
Si m'acort de tant as Bretons,
Que toz jorz mes vivra ses
        [nons ;
Et par lui sont ramanteü

⁴⁰ l'élite des chevaliers accomplis qui par leurs travaux acquirent la gloire. Ce jour-là donc on fut bien étonné de voir le roi se lever pour les quitter ; certains en furent choqués et en disputèrent longtemps pour la raison que jamais encore ils ne l'avaient vu lors d'une si grande fête se retirer dans sa chambre pour dormir ou se reposer. Ce jour-là donc, c'est ce qui lui arriva en sorte que la reine le retint, et il resta tant auprès d'elle qu'il s'assoupit et s'endormit⁷.

A la porte de la chambre, à l'extérieur, se trouvaient Dodinet, Sagremor, Keu et monseigneur Gauvain ainsi que monseigneur Yvain ; Calogrenant était avec eux, un chevalier d'une grande amabilité qui s'est mis ⁶⁰ à leur faire un conte qui ne tournait pas à son honneur mais à sa honte⁸.

⁴⁰ Li buen chevalier esleü,
Qui an enor se traveillierent.
Mes cel jor mout s'esmerveil-
[lierent
Del roi, qui d'antre aus se leva,
S'i ot de tes, cui mout greva
⁴⁵ Et qui mout grant parole an
[firent
Por ce, que onques mes nel
[virent
A si grant feste an chanbre
[antrer
Por dormir ne por reposer ;

Mes cel jor einsi li avint,
⁵⁰ Que la reïne le detint,
Si demora tant delez li,
Qu'il s'oblia et andormi.
A l'uis de la chanbre defors
Fu Dodiniaus et Sagremors
⁵⁵ Et Kes et mes sire Gauvains,
Et si i fu mes sire Yvains,
Et avuec aus Cálogrenanz,
Uns chevaliers mout avenanz,
Qui lor ot comancié un conte,
⁶⁰ Non de s'enor, mes de sa
[honte.

        Tandis qu'il racontait son histoire,
voici que la reine l'écoutait ; quittant le roi elle se leva
et elle arriva sans bruit, si bien qu'avant qu'on l'ait
aperçue, elle était assise au milieu d'eux ; seul Calogrenant sauta sur ses pieds et se leva devant elle. Keu
qui aimait la raillerie, et les propos méchants, acerbes
et venimeux, lui dit :

        « Par Dieu, Calogrenant, je vous vois bien vaillant
et agile ; il n'est pas douteux, et je m'en réjouis, que
vous soyez le plus courtois d'entre nous ; c'est là, j'en
suis sûr, ce que vous vous imaginez tant vous
manquez de jugement. Il est normal que ma dame
croie que vous êtes plus courtois et plus vaillant que
80 nous tous [9] :

Que que il son conte contoit,
Et la reïne l'escoutoit,
Si s'est de lez le roi levee
Et vint sor aus si a anblee,
65 Qu'ainz que nus la poïst veoir,
Se fu leissiee antre aus
                          [cheoir,
Fors que Calogrenanz sanz
                          [plus
Sailli an piez contre li sus.
Et Kes, qui mout fu ranpos-
                          [neus,
70 Fel et poignanz et afiteus,

Li dist : « Par De, Calogre-
                          [nant !
Mout vos voi or preu et sail-
                          [lant,
Et certes mout m'est bel, que
                          [vos
Estes li plus cortois de nos ;
75 Et bien sai, que vos le cuidiez,
Tant estes vos de san vuidiez ;
S'est droiz que ma dame le
                          [cuit,
Que vos aiiez plus que nos tuit

c'est par paresse, sans doute, que nous ne nous sommes pas levés, ou bien par négligence. Par Dieu, monsieur, ce n'est rien de tout cela : quand vous vous êtes levé, nous n'avions pas encore vu ma dame.

— Certes, Keu, fait la reine, vous en crèveriez, je crois bien, si vous ne pouviez épancher le venin dont vous êtes plein. Vous êtes odieux et grossier de chercher querelle à vos compagnons.

— Dame, si votre compagnie ne nous profite pas, fait Keu, veillez à ce qu'elle ne nous nuise pas non plus. Je ne crois pas avoir rien dit

De corteisie et de proesce.
80 Ja le leissames por peresce,
Espoir, que nos ne nos
[levames,
Ou por ce, que nos ne dei-
[gnames !
Par ma foi ! sire, non feïmes,
Mes por ce, que nos ne veïmes
85 Ma dame, ainz fustes vos
[levez. »
« Certes, Kes ! ja fussiez cre-
[vez »,
Fet la reïne, « au mien cuidier,

Se ne vos poïssiez vuidier
Del venin, don vos estes
[plains.
90 Enuieus estes et vilains
De ranposner voz conpai-
[gnons. »
« Dame ! se nos ne gaei-
[gnons »,
Fet Kes, « an vostre conpai-
[gnie,
Gardez que nos n'i perdons
[mie !
95 Je ne cuit avoir chose dite,

qui puisse m'être
reproché ; s'il vous plaît, n'en parlez plus : c'est
manquer de courtoisie et de jugement que de prolon-
100 ger une discussion sur des sottises. Cette discussion
doit s'arrêter là, inutile de lui accorder plus d'importance. Faites-lui plutôt continuer le récit qu'il avait
commencé, car ce n'est pas le moment de se quereller. »

A ces mots, Calogrenant intervint pour répondre :
« Seigneur, fit-il, cette querelle ne m'inquiète
guère. Elle ne m'intéresse pas et j'en fais peu de cas.
Si vous m'avez offensé, ce sera sans dommage pour
moi : à de plus valeureux et de plus avisés que moi,
monseigneur Keu, vous avez souvent tenu des propos
odieux, car vous en êtes coutumier. Impossible
d'empêcher le fumier de puer, le taon de piquer, le
bourdon de bourdonner,

Qui me doie estre a mal escrite,
Et je vos pri, teisiez vos an !
Il n'a corteisie ne san
An plet d'oiseuse maintenir.
100 Cist plez ne doit avant venir,
Ne l'an nel doit plus haut mon-
                              [ter ;
Mes feites nos avant conter
Ce qu'il avoit ancomancié ;
Que ci ne doit avoir tancié. »
105 A ceste parole s'apont
Calogrenanz et si respont :
« Sire ! », fet il, « de la tançon

N'ai je mie grant cusançon ;
Petit m'an est et po la pris.
110 Se vos avez vers moi mespris,
Je n'i avrai ja nul domage :
A miauz vaillant et a plus sage,
Mes sire Kes ! que je ne sui,
Avez vos dit sovant enui ;
115 Que bien an estes costumiers.
Toz jorz doit puïr li fumiers
Et taons poindre et maloz
                              [bruire,

et le méchant de se rendre
odieux et de nuire. Je ne raconterai rien de plus
120 aujourd'hui si ma dame n'insiste pas, et je la prie de
n'en plus parler et de ne pas m'imposer une chose qui
me déplaît, si elle veut bien me faire cette grâce.

— Dame, tous ceux qui sont ici, fait Keu, vous
seront reconnaissants car ils ont envie de l'écouter ;
n'en faites rien pour moi, mais, par la foi que vous
devez au roi, votre seigneur et le mien, demandez-lui
de poursuivre, et vous ferez bien.

— Calogrenant, dit la reine, ne vous souciez pas
des saillies de monseigneur Keu le sénéchal ; il est
coutumier de dire du mal, impossible de l'en corriger.
Je vous demande, c'est une prière et un ordre, de ne
pas en garder de ressentiment et de ne pas refuser, à
cause de lui, de nous raconter une histoire plaisante à
140 entendre si vous voulez être encore mon ami ; repre-
nez donc depuis le début.

Enuieus enuiier et nuire.
Mes je n'an conterai hui mes,
120 Se ma dame m'an leisse an pes,
Et je li pri, qu'ele s'an teise,
Que ja chose, qui me despleise,
Ne me comant, soe merci. »
« Dame ! trestuit cil, qui sont
                                    [ci »,
125 Fet Kes, « buen gre vos an
                                    [savront ;
Que volantiers l'escouteront ;
Ne n'an feites ja rien por moi !
Mes foi, que vos devez le roi,

Le vostre seignor et le mien,
130 Comandez li, si feroiz bien ».
« Calogrenanz ! », fet la reïne,
« Ne vos chaille de l'anhatine
Mon seignor Ke, le seneschal !
Costumiers est de dire mal
135 Si qu'an ne l'an puet chastiier.
Comander vos vuel et priier,
Que ja n'an aiiez au cuer ire,
Ne por lui ne leissiez a dire
Chose, qui nos pleise a oïr,
140 Se de m'amor volez joïr,
Mes comanciez tot de
                                    [rechief ! »

— Certes, Dame, ce que vous m'ordonnez de faire
m'est bien pénible ; si je ne craignais de vous chagri-
ner, je préférerais me laisser arracher un œil plutôt
que de leur raconter quelque chose aujourd'hui ; mais
je ferai ce qui vous agrée, quoi qu'il m'en coûte.
Puisque vous le voulez, écoutez donc ! Prêtez-moi
cœur et oreilles, car les paroles qu'on ne fait qu'entendre sont perdues si le cœur ne les saisit. On rencontre
des gens qui ne saisissent pas ce qu'ils entendent, et
qui cependant ne manquent pas d'en faire l'éloge. Du
moment que le cœur ne saisit pas, on ne fait qu'entendre. Les paroles arrivent aux oreilles, comme le vent
160 qui vole ; elles passent sans s'arrêter ou se fixer et
disparaissent bien vite si le cœur n'est pas si vigi-
lant

« Certes, dame ! ce m'est mout
                            [grief,
Que vos me comandez a feire ;
Ainz me leissasse un des iauz
                            [treire,
145 Se correcier ne vos dotasse,
Que hui mes nule rien
                          [contasse ;
Mes je ferai ce qu'il vos siet,
Comant que il onques me
                            [griet.
Des qu'il vos plest, ore antan-
                            [dez !

150 Cuer et oroilles me randez !
Car parole oïe est perdue,
S'ele n'est de cuer antandue.
De tes i a, que ce, qu'il öent,
N'antandent pas et si le loent ;
155 Et cil n'an ont mes que l'oïe,
Des que li cuers n'i antant mie.
As oroilles vient la parole
Aussi come li vanz, qui vole ;
Mes n'i areste ne demore,
160 Ainz s'an part an mout petit
                            [d'ore,
Se li cuers n'est si esveilliez,

qu'il soit prêt à les saisir ; car il peut, lui, lorsqu'elles arrivent, les saisir, les enfermer et les retenir. Les oreilles sont la voie et le conduit par où la voix s'en vient au cœur, et le cœur saisit au plus profond de lui-même la voix qui y pénètre par l'oreille. Qui donc voudra me comprendre, doit m'abandonner cœur et oreilles, car mon intention n'est pas de vous proposer les rêveries, les plaisanteries ou les mensonges que tant d'autres vous ont prodigués. Je ne vous dirai que ce que j'ai vu [10].

Il m'arriva, voici près de sept ans, que, seul comme un paysan, je m'en allais en quête d'aventures, armé de pied en cap comme doit l'être un chevalier, et je trouvai sur ma droite un chemin qui s'engageait dans une épaisse forêt. C'était une voie dangereuse,

Qu'au prandre soit apareilliez ;
Que cil la puet an son venir
Prandre et anclorre et retenir.
165 Les oroilles sont voie et doiz,
Par ou s'an vient au cuer la
                              [voiz ;
Et li cuers prant dedanz le
                              [vantre
La voiz, qui par l'oroille i
                              [antre.
Et qui or me voldra antandre,
170 Cuer et oroilles me doit ran-
                              [dre ;

Car ne vuel pas parler de
                              [songe,
Ne de fable ne de mançonge,
Don maint autre vos ont servi,
Ainz vos dirai ce, que je vi.

175 Il avint, pres a de set anz,
Que je seus come païsanz
Aloie querant avantures,
Armez de totes armeüres
Si come chevaliers doit estre,
180 Et trovai un chemin a destre
Parmi une forest espesse.
Mout i ot voie felenesse,

pleine
de ronces et d'épines ; avec bien du mal et bien de la
peine, je suivis cette voie qui n'était qu'un sentier.
Pendant presque toute la journée je poursuivis ma
chevauchée, et je finis par sortir de la forêt : j'étais en
Brocéliande[11]. De la forêt je passai dans une lande, et
j'aperçus une tour à une demi-lieue galloise (peut-être
une demi-lieue mais pas plus). Je vins à bonne allure
de ce côté et j'aperçus la palissade, entourée d'un fossé
profond et large. Sur le pont se tenait le maître de
cette forteresse, debout, un autour mué sur le
200 poing[12]. Je n'avais pas fini de le saluer que déjà il
venait me prendre à l'étrier et m'invitait à descendre.
Je descendis — que faire d'autre ? — car j'avais besoin
de faire étape. Il n'attendit pas davantage

De ronces et d'espines
　　　　　　　[plainne ;
A quelqu'enui, a quelque
　　　　　　　[painne,
185 Ting cele voie et cel santier.
A bien pres tot le jor antier
M'an alai chevauchant einsi
Tant que de la forest issi,
Et ce fu an Broceliande.
190 De la forest an une lande
Antrai et vi une bretesche
A demie liue galesche :
Se tant i ot, plus n'i ot pas.

Cele part ving plus que le pas
195 Et vi le baille et le fossé
Tot anviron parfont et lé,
Et sor le pont an piez estoit
Cil, cui la forteresce estoit,
Sor son poing un ostor müé.
200 Ne l'oi mie bien salüé,
Quant il me vint a l'estrier
　　　　　　　[prandre,
Si me comanda a desçandre.
Je desçandi ; il n'i ot el,
Que mestier avoie d'ostel ;
205 Et il me dist tot maintenant

pour bénir
plus de dix fois de suite la route qui m'avait conduit
jusque-là. Nous pénétrâmes alors dans la cour et
passâmes le pont et la porte. Au milieu de la cour du
vavasseur — que Dieu lui donne la joie et l'honneur
qu'il m'accorda cette nuit-là ! — était suspendu un
plateau où il n'y avait, je crois bien, ni fer ni bois, rien
d'autre que du cuivre. Sur ce plateau, avec un maillet
qui pendait à un poteau, le vavasseur frappa trois
220 coups. Les gens qui se trouvaient à l'intérieur,
entendant retentir les coups de gong, sortirent de la
demeure et descendirent dans la cour. Les uns prirent
mon cheval que tenait le généreux vavasseur, et je vis
s'avancer vers moi une jeune fille belle et gracieuse.

Je m'attardai à la regarder, car elle était belle, fine
et élancée. Elle montra beaucoup d'adresse pour ôter
mon armure,

Plus de çant foiz an un tenant,
Que beneoite fust la voie,
Par ou leanz venuz estoie.
A tant an la cort an antrames,
210 Le pont et la porte passames.
Anmi la cort au vavassor,
Cui Des doint et joie et enor
Tant come il fist moi cele nuit,
Pandoit une table ; je cuit
215 Qu'il n'i avoit ne fer ne fust
Ne rien, qui de cuivre ne fust.
Sor cele table d'un martel,
Qui panduz iere a un postel,

Feri li vavassors trois cos.
220 Cil qui amont ierent anclos
Oïrent la voiz et le son,
S'issirent fors de la meison
Et vindrent an la cort aval.
Li un seisirent mon cheval,
225 Que li buens vavassors tenoit ;
Et je vis que vers moi venoit
Une pucele bele et jante.
An li esgarder mis m'antante :
Ele fu longue et gresle et
                    [droite.
230 De moi desarmer fu adroite ;

car ce fut bien et agréablement fait. Ensuite, elle me mit sur les épaules un court manteau, bleu paon, en soie fourrée de petit gris[13]. Tous autour de nous se retirèrent nous laissant seuls l'un avec l'autre, ce qui me plut bien, car je ne souhaitais pas d'autre compagnie. Elle m'emmena alors et me fit
240 asseoir dans le plus joli pré du monde, clos tout autour d'un petit muret. Là je la trouvai de si bonnes manières, de conversation si agréable, de si bonne éducation, d'une compagnie si gracieuse et d'un caractère si charmant que je prenais grand plaisir à être avec elle et que j'aurais voulu ne jamais devoir m'éloigner[14]. Mais le soir, l'arrivée du vavasseur qui vint me chercher lorsque le moment fut venu de souper, me fit l'effet d'un mauvais coup. Il était impossible de m'attarder davantage et, sur-le-champ, j'obéis à son invitation. Du souper je dirai seulement qu'il me convint tout à fait puisque la jeune fille vint s'asseoir face à moi.

Qu'ele le fist et bien et bel.
Puis m'afubla un cort mantel,
Ver d'escarlate peonace,
Et tuit nos guerpirent la place,
235 Que avuec moi ne avuec li
Ne remest nus, ce m'abeli ;
Que plus n'i queroie veoir.
Et ele me mena seoir
El plus bel praelet del monde,
240 Clos de bas mur a la reonde.
La la trovai si afeitiee,
Si bien parlant et anseigniee,
De tel sanblant et de tel estre,

Que mout m'i delitoit a estre,
245 Ne ja mes por nul estovoir
Ne m'an queïsse removoir ;
Mes tant me fist la nuit de [guerre,
Li vavassors, qu'il me vint [querre,
Quant de soper fu tans et ore.
250 N'i poi plus feire de demore,
Si fis lués son comandemant
Del soper vos dirai briemant,
Qu'il fu del tot a ma devise,
Des que devant moi fu assise

Après le repas, le vavasseur me
dit qu'il ne savait depuis combien de temps il n'avait
260 hébergé de chevalier errant en quête d'aventure [15] ; il
en avait pourtant reçu beaucoup. Il me pria ensuite de
lui faire la faveur de m'en revenir par sa maison, si je
le pouvais. « Volontiers, seigneur », lui dis-je, car il
eût été indigne de refuser ; j'aurais été bien mesquin
envers mon hôte si je n'avais accédé à sa requête.

Cette nuit-là je fus fort bien logé, et mon cheval
fut sellé sitôt que le jour parut ; je l'avais demandé
avec insistance la veille, et ma prière avait été
parfaitement entendue. Je recommandai mon bon
hôte et sa chère fille à l'Esprit-Saint, je pris congé de
tout le monde, et je partis aussitôt que je le pus. Je ne
m'étais guère éloigné de chez eux quand je trouvai,
280 dans des essarts,

255 La pucele, qui s'i assist.
Aprés soper itant me dist
Li vavassors, qu'il ne savoit
Le terme, puis que il avoit
Herbergié chevalier errant,
260 Qui avanture alast querant,
S'an avoit il maint herbergié.
Aprés ce me pria, que gié
Par son ostel m'an revenisse
An guerredon, se je poïsse.
265 Et je li dis : « Volantiers,
[sire ! »,
Que honte fust de l'escondire.

Petit por mon oste feïsse,
Se cest don li escondeïsse.

Mout fui bien la nuit ostelez,
270 Et mes chevaus fu anselez,
Lués que l'an pot le jor veoir ;
Car j'an oi mout proiié le soir ;
Si fu bien feite ma proiiere.
Mon buen oste et sa fille chiere
275 Au saint Esperit comandai,
A trestoz congié demandai,
Si m'an alai lués que je poi.
L'ostel gueires esloignié n'oi,
Quant je trovai an uns essarz

des taureaux sauvages en liberté ; ils
se battaient les uns contre les autres et menaient un tel
vacarme, montrant tant de fougue et de férocité, qu'à
vous avouer la vérité, j'eus un mouvement de recul,
car aucune bête n'a plus de fougue et de férocité que le
taureau. Un rustre, qui ressemblait à un Maure, d'une
laideur et d'une hideur extrêmes, — si laid qu'on ne
saurait le décrire, — était assis sur une souche, une
grande massue à la main. Je m'approchai du rustre ; je
vis qu'il avait une tête énorme, plus grosse que celle
d'un roncin ou d'une autre bête, des cheveux en
mèches, un front pelé, qui avait plus de deux mains de
300 large, des oreilles moussues et immenses, comme
celles d'un éléphant, des sourcils énormes, un visage
plat, des yeux de chouette, un nez de chat, une
bouche fendue comme un loup,

280 Tors sauvages et espaarz,
Qui s'antreconbatoient tuit
Et demenoient si grant bruit
Et tel fierté et tel orguel,
Se le voir conter vos an vuel ;
285 Que de peor me tres arriere ;
Que nule beste n'est tant fiere
Ne plus orguelleuse de tor.
Un vilain, qui ressanbloit mor,
Grant et hideus a desmesure,
290 (Einsi tres leide creature,
Qu'an ne porroit dire de
                              [boche),

Vi je seoir sor une çoche,
Une grant maçue an sa main.
Je m'aprochai vers le vilain,
295 Si vi qu'il ot grosse la teste
Plus que roncins ne autre
                              [beste,
Chevos meschiez et front pelé,
S'ot plus de deus espanz de lé,
Oroilles mossues et granz,
300 Autés come a uns olifanz,
Les sorciz granz et le vis plat,
Iauz de çuète et nes de chat,
Boche fandue come los,

des dents de sanglier, pointues et rousses, une barbe noire, des moustaches en broussaille, et le menton soudé à la poitrine, une échine longue, tordue et bossue. Il était appuyé sur sa massue, habillé d'un vêtement extraordinaire, où n'entrait ni lin ni laine ; c'était deux peaux de taureau ou de bœuf, nouvellement écorchées, qu'il avait attachées à son cou [16].

Le rustre sauta sur ses pieds dès qu'il me vit m'approcher. Je ne sais s'il voulait porter la main sur moi, ni quelles étaient ses intentions, en tout cas je me mis en état de me défendre jusqu'au moment où je vis
320 qu'il restait debout, sans bouger ni faire un mouvement ; il était monté sur un tronc et il avait bien dix-sept pieds de haut. Il se mit à me regarder sans dire un mot, comme aurait fait une bête, et je crus qu'il ne

Danz de sangler, aguz et ros,
305 Barbe noire, grenons tortiz,
Et le manton aers au piz,
Longue eschine, torte et
                    [boçue.
Apoiiez fu sor sa maçue,
Vestuz de robe si estrange,
310 Qu'il n'i avoit ne lin ne lange,
Ainz ot a son col atachiez
Deus cuirs de novel escorchiez
De deux toriaus ou de deus
                    [bués.
An piez sailli li vilains lués

315 Qu'il me vit vers lui aprochier.
Ne sai, s'il me voloit tochier,
Ne ne sai, qu'il voloit anpran-
                    [dre,
Mes je me garni de deffandre,
Tant que je vi, que il s'estut
320 An piez toz coiz, si ne se mut,
Et fu montez dessor un tronc,
S'ot bien dis et set piez de
                    [lonc ;
Si m'esgarda et mot ne dist,
Ne plus qu'une beste feïst ;
325 Et je cuidai que il n'eüst

savait pas parler et qu'il était dénué de raison.
Cependant, je poussai la hardiesse jusqu'à lui dire :
« Allons, dis-moi si tu es ou non une créature
bonne [17]. »

Il me répondit alors :

« Je suis un homme.

— Quel genre d'homme es-tu ?

— Le même que tu vois ; je ne change jamais
d'aspect.

— Que fais-tu ici ?

— C'est là que je me tiens, et je garde les bêtes
dans ce bois.

— Tu les gardes ? Par saint Pierre de Rome, elles
ne connaissent pas l'homme ; je ne crois pas qu'en
plaine ou en bois, ni autre part, on puisse garder une
340 bête sauvage, si elle n'est attachée ou parquée.

— Celles-ci, je les garde et m'en fais craindre en
sorte qu'elles ne quitteront jamais cet endroit.

— Comment fais-tu ? Dis-moi la vérité.

Reison ne parler ne seüst.
Totes voies tant m'anhardi,
Que je li dis : « Va, car me di,
Se tu es buene chose ou non ! »
330 Et il me dist : « Je sui uns
                              [hon. »
« Ques hon ies tu ? » — « Tes
                              [con tu voiz.
Je ne sui autre nule foiz. »
« Que fes tu ci ? » — « Je m'i
                              [estois,
Si gart cez bestes par cest
                              [bois. »

335 « Gardes ? Por saint Pere de
                              [Rome !
Ja ne conoissent eles home.
Ne cuit qu'an plain ne an bos-
                              [chage
Puisse an garder beste sauvage,
N'an autre leu por nule chose,
340 S'ele n'est liiée ou anclose. »
« Je gart si cestes et justis,
Que ja n'istront de cest por-
                              [pris. »
« Et tu comant ? Di m'an le
                              [voir ! »

— Il n'y en a pas une qui ose bouger dès qu'elles me voient approcher, car quand je peux en attraper une, de mes poings, que j'ai durs et robustes, je la tiens si fort par ses deux cornes que les autres tremblent de peur et se rassemblent autour de moi comme pour crier grâce. Mais en dehors de moi, personne ne pourrait s'y fier et aller se mettre au milieu d'elles : il serait aussitôt tué. Voilà comme je suis maître de mes bêtes, mais toi, tu devrais me dire à ton tour quel genre d'homme tu es et ce que tu cherches.

— Je suis, tu le vois, un chevalier et je cherche ce que je ne peux trouver ; j'ai beaucoup cherché et je ne trouve rien.

— Et que voudrais-tu trouver ?

— Des aventures pour mettre à l'épreuve ma vaillance et ma hardiesse.

« N'i a celi, qui s'ost movoir,
345 Des qu'eles me voient venir.
Car quant j'an puis une tenir,
Si la destraing par les deus corz
As poinz, que j'ai et durs et
                              [forz,
Que les autres de peor tran-
                              [blent
350 Et tot anviron moi s'assanblent
Aussi con por merci criër :
Ne nus ne s'i porroit fiër
Fors moi, s'antre eles s'estoit
                              [mis,

Que maintenant ne fust ocis.
355 Einsi sui de mes bestes sire :
Et tu me redevroies dire,
Ques hon tu ies et que tu
                              [quiers. »
« Je sui, ce voiz, uns cheva-
                              [liers,
Qui quier ce, que trover ne
                              [puis ;
360 Assez ai quis et rien ne truis. »
« Et que voldroies tu trover ? »
« Avantures por esprover
Ma proesce et mon hardemant.

Je te demande donc, je te prie, je te supplie, si tu en sais quelque chose, de m'enseigner aventure ou merveille.

— Pour cela, fait-il, c'est peine perdue. Les « aventures », je n'en sais rien et je n'en ai jamais entendu parler. Mais si tu voulais aller non loin d'ici jusqu'à une fontaine, tu n'en reviendrais pas sans mal si tu t'acquittais de ce qu'elle exige. Non loin d'ici, à l'instant même, tu trouveras un sentier qui t'y conduira. Suis-le sans faire de détours, si tu ne veux pas perdre tes pas, car tu pourrais vite t'égarer : il y a 380 beaucoup d'autres chemins. Tu verras la fontaine qui bout, et qui pourtant est plus froide que du marbre. Elle est à l'ombre du plus bel arbre que Nature ait jamais formé.

Or te pri et quier et demant,
365 Se tu sez, que tu me consoille
Ou d'avanture ou de mer-
                    [voille. »
« A ce », fet il, « faudras tu
                    [bien :
D' " avanture " ne sai je rien,
N'onques mes n'an oï parler.
370 Mes se tu voloies aler
Ci pres jusqu'a une fontainne,
N'an revandroies pas sanz
                    [painne,
Se tu li randoies son droit.

Ci pres troveras ore androit
375 Un santier, qui la te manra.
Tote la droite voie va,
Se bien viaus tes pas
                    [amploiier ;
Que tost porroies desvoiier,
Qu'il i a d'autres voies mout.
380 La fontainne verras, qui bout,
S'est ele plus froide que mar-
                    [bres.
Onbre li fet li plus biaus
                    [arbres,
Qu'onques poïst feire Nature.

En toutes saisons il garde ses feuilles, sans jamais les perdre, quelle que soit la rigueur de l'hiver. Un bassin de fer y est suspendu à une longue chaîne qui descend jusque dans la fontaine. A côté de la fontaine tu trouveras un bloc de pierre : tu verras ce qu'il en est (je suis incapable de te le dire, jamais je n'en ai vu de semblable); de l'autre côté il y a une chapelle, petite mais très belle. Si tu veux puiser de l'eau avec le bassin et la répandre sur la pierre, tu verras une tempête si terrible qu'il ne restera pas une bête dans cette forêt, ni chevreuil, ni cerf, ni daim, ni
400 sanglier ; même les oiseaux la quitteront. Car tu verras la foudre tomber, le vent souffler, les arbres se briser, de la pluie, du tonnerre, des éclairs, tout cela avec une telle violence que, si tu peux t'en aller sans de graves ennuis et sans qu'il t'en coûte,

An toz tans la fuelle li dure,
385 Qu'il ne la pert por nul iver,
Et s'i pant uns bacins de fer
A une si longue chaainne,
Qui dure jusqu'an la fon-
[tainne.
Lez la fontainne troveras
390 Un perron tel, con tu verras,
(Je ne te sai a dire, quel,
Que je n'an vi onques nul tel),
Et d'autre part une chapele
Petite, mes ele est mout bele.
395 S'au bacin viaus de l'eve pran-
[dre

Et dessor le perron espandre,
La verras une tel tanpeste,
Qu'an cest bois ne remandra
[beste,
Chevriaus ne dains ne cers ne
[pors,
400 Nes li oisel s'an istront fors ;
Car tu verras si foudroiier,
Vanter et arbres peçoiier,
Plovoir, toner et espartir,
Que, se tu t'an puez departir
405 Sanz grant enui et sanz
[pesance,

tu auras plus de chance que tous les chevaliers qui y soient jamais allés [18]. »

Je quittai le rustre qui m'avait bien montré le chemin. On était alors à peu près au milieu de la matinée et il pouvait être près de midi quand j'atteignis l'arbre et la fontaine. Pour l'arbre, en un mot, je suis convaincu que c'était le plus beau pin qui ait jamais poussé sur terre. Je ne pense pas qu'il y ait jamais eu de pluie assez forte pour qu'une goutte d'eau le traverse : tout coulait par-dessus. Je vis le bassin suspendu à l'arbre, de l'or le plus fin qu'on ait encore jamais trouvé à acheter sur une foire. Pour la fontaine, croyez-le, elle bouillait comme de l'eau chaude. La pierre était faite d'un bloc d'émeraude évidé comme un vase, porté par quatre rubis, plus flamboyants et plus vermeils

Tu seras de meillor cheance
Que chevaliers, qui i fust
                     [onques. »
Del vilain me parti adonques,
Qui bien m'ot la voie mostree,
410 Espoir si fu tierce passee
Et pot estre pres de midi,
Quant l'arbre et la chapele vi.
Bien sai de l'arbre (c'est la fins)
Que ce estoit li plus biaus pins,
415 Qui onques sor terre creüst.
Ne cuit qu'onques si fort
                     [pleüst,

Que d'eve i passast une gote,
Einçois coloit par dessus tote.
A l'arbre vi le bacin pandre
420 Del plus fin or, qui fust a
                     [vandre
Onques ancore an nule foire.
De la fontainne poez croire,
Qu'ele boloit come eve chaude.
Li perrons fu d'une esme-
                     [raude,
425 Perciez aussi come une boz,
S'i ot quatre rubiz dessoz
Plus flanboianz et plus ver-
                     [mauz,

que le soleil du matin
quand il monte à l'orient. Je tiens à ne pas m'écarter
d'un mot de la vérité pour vous raconter la suite. Je
voulus voir la merveille de la tempête et de l'orage,
mais je n'eus pas lieu de m'en féliciter, car, si je l'avais
pu, je m'en serais repenti sitôt qu'avec l'eau du bassin
j'eus arrosé la pierre évidée. J'en versai trop, je le
440 crains, car je vis le ciel se déchirer si violemment que
les éclairs venaient me frapper les yeux de plus de
vingt côtés, et les nuées, dans un énorme chaos,
déversaient pluie, neige et grêle. Ce fut une tempête si
terrible et si violente que cent fois je pensai périr de la
foudre qui tombait autour de moi et des arbres qui se
brisaient. Je fus terrifié, sachez-le, jusqu'au moment
où la tempête fut calmée. Mais Dieu voulut me rassurer, car elle ne dura guère

Que n'est au matin li solauz,
Quant il apert an oriant.
430 Ja, que je sache, a esciant
Ne vos an mantirai de mot.
La mervoille a veoir me plot
De la tanpeste et de l'orage,
Don je ne me ting mie a sage ;
435 Que volantiers m'an repantisse
Tot maintenant, se je poïsse,
Quant je oi le perron crosé
De l'eve au bacin arosé.
Mes trop an i versai, ce dot ;
440 Que lors vi le ciel si derot,

Que de plus de quatorze parz
Me feroit es iauz li esparz,
Et les nues tot pesle mesle
Gitoient noif et pluie et gresle.
445 Tant fu li tans pesmes et forz,
Que çant foiz cuidai estre morz
Des foudres, qu'antor moi
                                    [cheoient,
Et des arbres, qui depeçoient.
Sachiez que mout fui esmaiiez
450 Tant que li tans fu rapaiiez.
Mes Des tant me rasseüra,
Que li tans gueires ne dura

et toutes les bourrasques s'apaisèrent; puisque Dieu l'avait décidé, elles n'osèrent souffler. Quand je vis l'air clair et pur, tout joyeux, je retrouvai mon assurance, car la joie, si je sais ce dont je parle, dissipe vite de lourds tourments. 460 Aussitôt que la tempête fut passée, je vis sur le pin un grand rassemblement d'oiseaux, si grand, si on veut bien me croire, qu'on ne voyait ni branche ni feuille : tout était couvert d'oiseaux; l'arbre en était magnifique. Ils chantaient tous ensemble en un chœur parfait, tout en suivant chacun un motif différent; jamais je n'en entendis deux chanter la même mélodie. Leur joie me rendit la mienne, et je les écoutai jusqu'à ce qu'ils eurent achevé

Et tuit li vant se reposerent :
Quant De ne plot, vanter
                        [n'oserent.
455 Et quant je vi l'er cler et pur,
De joie fui toz a sëur;
Que joie, s'onques la conui,
Fet tost obliër grant enui.
Des que li tans fu trespassez,
460 Vi sor le pin tant amassez
Oisiaus (s'est, qui croire m'an
                        [vuelle),
Qu'il n'i paroit branche ne
fuelle,

Que tot ne fust covert d'oi-
                        [siaus,
S'an estoit li arbres plus biaus;
465 Et trestuit li oisel chantoient
Si que mout bien s'antracor-
                        [doient.
Mes divers chanz chantoit
chascuns ;
Qu'onques ce, que chantoit li
                        [uns,
A l'autre chanter n'i oï.
470 De lor joie me resjoï,
S'escoutai tant qu'il orent fet

tout d'un trait leur office. Jamais encore, je n'avais entendu pareille allégresse, et personne non plus, je crois, à moins d'aller écouter celle qui me charma et me donna tant de bonheur que je dus bien m'en tenir pour fou. J'y demeurai tant que j'entendis venir, me sembla-t-il,
480 une troupe de chevaliers ; je pensai qu'ils étaient bien dix, tel était le vacarme que menait à lui seul le chevalier qui arrivait.

Quand je vis qu'il venait tout seul, je sanglai aussitôt mon cheval et sautai en selle sans retard ; il arrivait plein de fureur, plus rapide que l'aigle, l'air féroce d'un lion.

Criant le plus fort qu'il pouvait, il se mit à me défier :

« Vassal, dit-il, sans même lancer de défi vous m'avez couvert de honte et gravement outragé. Vous auriez dû me porter un défi,

Lor servise trestot a tret ;
Qu'ains mes n'oï si bele joie,
Ne mes ne cuit, que nus hon
[l'oie,
475 Se il ne va oïr celi,
Qui tant me plot et abeli,
Que je m'an dui por fol tenir.
Tant i fui, que j'oï venir
Chevaliers, ce me fu avis
480 Bien cuidai que il fussent dis :
Tel noise et tel fraint demenoit
Uns seus chevaliers, qui
[venoit.

Quant je le vi tot seul venant,
Mon cheval restrains mainte-
[nant,
485 N'au monter demore ne fis ;
Et cil come mautalantis
Vint plus tost qu'uns alerions,
Fiers par sanblant come lions.
De si haut, come il pot criër,
490 Me comança a desfiër
Et dist : « Vassaus ! mout
[m'avez fet
Sanz desfiance honte et let.
Desfiër me deüssiez vos,

s'il y avait contestation
entre nous, ou au moins faire valoir votre droit avant
d'engager les hostilités. Mais, si je peux, monsieur le
chevalier, ce mal retombera sur vous ; le dommage est
500 visible ; autour de moi, mon bois abattu m'en est
garant. On doit se plaindre quand on est battu, et je
peux me plaindre à bon droit, car vous m'avez chassé
de ma demeure avec la foudre et la pluie. Vous m'avez
causé un tort qui m'est insupportable (et malheur à
qui peut s'en réjouir) car vous avez attaqué mon bois
et mon château avec tant de violence qu'une troupe
d'hommes, des armes ou des murailles ne m'auraient
été d'aucun secours. Il n'était pas question de trouver
un abri, aurait-on eu là une forteresse de bois ou de
pierre dure. Désormais, soyez sûr

S'il eüst querele antre nos,
495 Ou au mains droiture
                    [requerre,
Ainz que vos me meüssiez
                    [guerre.
Mes se je puis, sire vassaus !
Sor vos retornera li maus
Del domage, qui est paranz ;
500 Anviron moi est li garanz
De mon bois, qui est abatuz.
Plaindre se doit, qui est batuz :
Et je me plaing, si ai reison,
Que vos m'avez de ma meison

505 Chacié a foudres et a pluie.
Fet m'avez chose, qui m'enuie,
Et dahez et, cui ce est bel ;
Qu'an mon bois et an mon
                    [chastel
M'avez feite tel anvaïe,
510 Que mestier ne m'eüst aïe
De jant ne d'armes ne de mur.
Onques n'i ot home a seür
An forteresce, qui i fust,
De dure pierre ne de fust.
515 Mes sachiez bien, que des or
                    [mes

que vous n'obtien-
drez de moi ni paix ni trêves. »

   Sur ces mots nous nous lançons l'un contre l'autre,
les écus passés au bras ; chacun alors se couvrit du
sien. Le chevalier avait un cheval de valeur et une
lance solide ; il me dépassait sûrement de toute la tête.
C'est ainsi que mon malheur fut complet : j'étais plus
petit que lui et son cheval était meilleur que le mien.
Je rapporte toute la vérité, soyez-en sûrs, pour
atténuer ma honte. Je le frappai du plus fort que je
pus, sans me ménager ; je l'atteignis sur le haut de
l'écu ; j'y avais mis toute ma force en sorte que ma
lance vola en éclats ; mais la sienne demeura intacte,
car elle n'était pas légère mais pesait plus, me semble-
t-il, qu'aucune lance de chevalier : je n'en avais jamais
vu d'aussi grosse. Le chevalier me frappa

N'avroiz de moi triues ne
                       [pes. »
A cest mot nos antrevenimes,
Les escuz anbraciez tenimes,
Si se covri chascuns del suen.
520 Li chevaliers ot cheval buen
Et lance roide, et fu sanz dote
Plus granz de moi la teste tote.
Einsi del tot a meschief fui,
Que je fui plus petiz de lui,
525 Et ses chevaus plus forz del
                       [mien.
Parmi le voir, ce sachiez bien,
M'an vois, por ma honte
                       [covrir.

Si grant cop, con je poi ferir,
Li donai, qu'onques ne m'an
                       [fains ;
530 El conble de l'escu l'atains,
S'i mis trestote ma puissance
Si qu'an pieces vola ma lance ;
Et la soe remest antiere,
Qu'ele n'estoit mie legiere,
535 Ainz pesoit plus au mien cui-
                       [dier,
Que nule lance a chevalier ;
Qu'ains nule si grosse ne vi.
Et li chevaliers me feri

si violem-
540 ment qu'il me fit passer par-dessus la croupe de mon
cheval et me jeta tout à plat à terre.

Il m'abandonna honteux et découragé, sans même
me jeter un regard. Il prit mon cheval ; moi, il me
laissa, et il s'en retourna. Alors, complètement perdu,
je restai là plein d'angoisse et de tristesse. Je m'assis à
côté de la fontaine un moment, et me reposai. Je
n'osai pas suivre le chevalier, craignant de faire une
sottise. Et même si j'avais osé le suivre, je ne savais
pas ce qu'il était devenu. Finalement, je voulus tenir
la promesse faite à mon hôte et m'en revenir vers lui.
C'est ce que je décidai et c'est ce que je fis, mais je
jetai à terre toute mon armure, pour aller plus
560 légèrement, et je m'en revins honteusement [19].

Quand j'arrivai le soir chez lui, je trouvai mon hôte
dans les mêmes dispositions, aussi cordial et aussi
courtois qu'auparavant.

Si roidemant, que del cheval
540 Parmi la crope contre val
Me mist a la terre tot plat,
Si me leissa honteus et mat,
Qu'onques puis ne me regarda.
Mon cheval prist et moi leissa,
545 Si se mist arriere a la voie.
Et gié, qui mon roi ne savoie,
Remés angoisseus et pansis.
Delez la fontainne m'assis
Un petit, si me reposai.
550 Le chevalier siure n'osai,
Que folie feire dotasse ;

Et se je bien siure l'osasse,
Ne soi je, que il se devint.
An la fin volantez me vint,
555 Qu'a mon oste covant tandroie
Et que par lui m'an revan-
                              [droie.
Einsi me plot, einsi le fis ;
Mes mes armes totes jus mis,
Por aler plus legieremant,
560 Si m'an reving honteusemant.
Quant je ving la nuit a l'ostel,
Trovai mon oste tot autel,
Aussi lié et aussi cortois,

Je n'aperçus rien de changé
ni en sa fille ni en lui : ils se montrèrent aussi heureux
de me voir et ne me firent pas moins d'honneur que la
veille. Tous, dans la demeure, grâces leur soient
rendues, me traitèrent avec beaucoup d'égards ; ils
disaient que jamais personne, à ce qu'ils savaient ou à
ce qu'ils avaient entendu dire, n'avait réchappé de là
dont je venais : on y trouvait la mort ou la prison.
C'est ainsi que j'allai, ainsi que je revins ; à mon retour
je me tins pour fou. Et j'ai été bien fou de vous
580 raconter ce dont jamais encore je n'avais voulu faire le
récit [20]. »

« Sur ma tête, fait monseigneur Yvain, vous êtes
mon cousin germain, aussi nous devons-nous l'un à
l'autre une grande amitié ;

Come j'avoie fet einçois.
565 Onques de rien ne m'aparçui
Ne de sa fille ne de lui,
Que mains volantiers me veïs-
                    [sent
Ne que mains d'enor me feïs-
                    [sent,
Qu'il avoient fet l'autre nuit.
570 Grant enor me porterent tuit,
Les lor merciz, an la meison,
Et disoient, qu'onques mes
                    [hon
N'iere eschapez, que il seüs-
                    [sent

Ne qu'il oï dire l'eüssent,
575 De la, don j'estoie venuz,
Que n'i fust morz ou retenuz.
Einsi alai, einsi reving,
Au revenir por fol me ting ;
Si vos ai conté come fos
580 Ce qu'onques mes conter ne
                    [vos. »

« Par mon chief ! », dist mes
                    [sire Yvains,
« Vos estes mes cosins ger-
                    [mains,
Si nos devons mout antramer ;

je peux donc bien dire que
vous avez été fou de m'avoir si longtemps caché cette
histoire. Si je vous ai traité de fou, je vous prie de ne
pas vous en fâcher, car, si je peux et si j'en ai
l'occasion, j'irai venger votre honte.

— On voit bien que nous sommes après le repas,
dit Keu qui ne put se taire : il y a plus de mots dans
un plein pot de vin que dans un tonneau de bière. On
dit que chat repu est de belle humeur. Après manger,
chacun va tuer Loradin ; vous, vous irez venger
Fourré ! Vos bandes de selle sont-elles rembourrées,
600 vos chausses de fer fourbies, vos bannières déployées ?
Allons, vite, par Dieu, monseigneur Yvain ! partirez-
vous ce soir ou demain matin ? Faites-nous savoir,
cher seigneur, quand vous partirez pour cette exécution, nous tiendrons à vous faire escorte ; il n'y aura
prévôt ni viguier

Mes de ce vos puis fol clamer,
585 Quant vos le m'avez tant celé.
Se je vos ai " fol " apelé,
Je vos pri qu'il ne vos an poist ;
Car, se je puis et il me loist,
J'irai vostre honte vangier. »
590 « Bien pert qu'il est aprés man-
                              [gier, »
Fet Kes, qui teire ne se pot.
« Plus a paroles an plain pot
De vin, qu'an un mui de cer-
                              [voise.
L'an dit que chaz saous
                              [s'anvoise.

595 Aprés mangier sanz remuër
Va chascuns Noradin tuër,
Et vos iroiz vangier Forré !
Sont vostre panel anborré
Et voz chauces de fer froiiees
600 Et voz banieres desploiiees ?
Or tost, por De, mes sire
                              [Yvain !
Movroiz vos anuit ou demain ?
Feites le nos savoir, biaus sire,
Quant vos iroiz a cest martire ;
605 Que no vos voldrons convoiier.
N'i avra prevost ne voiier,

qui ne vous mène volontiers. De
toute façon, je vous en prie, ne partez pas sans
prendre congé de nous ; et si, cette nuit, vous faites un
mauvais rêve, restez donc[21] !

— Comment, fait la reine ? Avez-vous perdu la
tête, monseigneur Keu, que votre langue ne puisse
s'arrêter ? Honte à votre langue : c'est tout scammonée[22]. Ah oui, votre langue vous hait ; à chacun, quel
620 qu'il soit, elle dit tout ce qu'elle sait de pire. Maudite
soit la langue qui ne cesse de dénigrer ! La vôtre ne
réussit qu'à vous faire partout haïr, elle ne pourrait
mieux vous trahir. Sachez-le bien, si c'était la mienne,
je la poursuivrais pour trahison. Quand on ne peut
corriger quelqu'un, on devrait le traiter comme un fou
et l'attacher dans l'église

Qui volantiers ne vos convoit.
Et je vos pri, comant qu'il soit,
N'an alez pas sanz noz
                    [congiez ;
610 Et se vos anquenuit songiez
Mauvés songe, si remanez ! »
« Deable ! Estes vos forsenez,
Mes sire Kes ! », fet la reïne,
« Que vostre langue onques ne
                     [fine ?
615 La vostre langue soit honie,
Que tant i a d'escamonie !
Certes, vostre langue vos het ;

Que tot le pis, que ele set,
Dit a chascun, qui que il soit.
620 Langue, qui onques ne recroit
De mal dire, soit maleoite !
La vostre langue si esploite,
Qu'ele vos fet par tot haïr.
Miauz ne vos puet ele traïr.
625 Bien sachiez : je l'apeleroie
De traïson, s'ele estoit moie.
Home, qu'an ne puet chastiier,
Devroit an au mostier liier

                                        devant les grilles du
chœur[23].

— Certes, ma dame, fait mon seigneur Yvain, ses
railleries ne me touchent pas. Le seul pouvoir, le seul
savoir, la seule valeur de mon seigneur Keu dans
toutes les cours, c'est qu'il n'y sera jamais muet ni
sourd. A toute grossièreté, il a l'art de faire des
réponses empreintes de sagesse et courtoisie ; il n'a
jamais agi autrement. Vous savez bien si je mens.
640 Mais je ne veux pas me quereller, ni me lancer dans
une bêtise. Ce n'est pas celui qui donne le premier
coup qui crée la bagarre, mais celui qui réplique. Qui
raille son compagnon, se querellerait facilement avec
un inconnu. Je ne veux pas être comme le chien qui se
hérisse et trousse les babines quand un autre chien lui
montre les dents. »

    Tandis qu'ils parlaient,

Come desvé devant les
                [prosnes. »
630 « Certes, dame ! de ses ran-
                [posnes »,
Fet mes sire Yvains, « ne me
                [chaut.
Tant puet et tant set et tant
                [vaut
Mes sire Kes an totes corz,
Qu'il n'i iert ja muëz ne sorz.
635 Bien set ancontre vilenie
Respondre san et corteisie,
Si ne fist onques autremant.

Or savez vos bien, se je mant ;
Mes je n'ai cure de tancier
640 Ne de folie ancomancier ;
Que cil ne fet pas la meslee,
Qui fiert la premiere colee,
Ainz la fet cil, qui se revange.
Bien tanceroit a un estrange,
645 Qui ranposne son conpaignon.
Ne vuel pas sanbler le gaignon,
Qui se hericë et regringne,
Quant autre mastins le
                [rechingne. »

Que que il parloient einsi,

le roi sortit de la chambre où il s'était beaucoup attardé, car il avait dormi jusqu'à ce moment-là. Les barons, quand ils le virent, se levèrent tous à son approche, et lui les fit tous se rasseoir et prit place auprès de la reine. Celle-ci, aussitôt, lui rapporta par le menu les aventures de Calogrenant, dont elle fit un récit parfait. Le roi les écouta avec plaisir, et fit trois serments complets : il jura sur l'âme d'Uterpandragon, son père, sur l'âme de son fils, et sur l'âme de sa mère, qu'avant quinze jours passés, il irait voir la fontaine, ainsi que la tempête et la merveille; il y arrivera la veille de la saint Jean-Baptiste et y fera étape cette nuit-là [24]. Il ajouta que viendraient

650 Li rois fors de la chanbre issi,
Ou il ot fet longue demore ;
Que dormi ot jusqu'a cele ore.
Et li baron, quant il le virent,
Tuit an piez contre lui sailli-
          [rent,
655 Et il toz rasseoir les fist.
Delez la reïne s'assist,
Et la reïne maintenant
Les noveles Calogrenant
Li reconta tot mot a mot ;
660 Que bien et bel conter li sot.
Li rois les oï volantiers

Et fist trois seiremanz antiers
L'ame Uterpandragon son
          [pere,
Et la son fil et la sa mere,
665 Qu'il iroit veoir la fontainne,
Ja ainz ne passeroit quin-
          [zainne,
Et la tanpeste et la mervoille,
Si que il i vandra la voille
Mon seignor saint Jehan
          [Batiste,
670 Et s'i prandra la nuit son giste,
Et dit que avuec lui iront

avec lui tous ceux qui vou-
draient s'y rendre. La décision du roi accrut son
prestige auprès de la cour, car tous désiraient vivement s'y rendre, tant barons que jeunes chevaliers.
Mais qu'importe ceux qui s'en réjouirent, mon seigneur Yvain, lui, en fut affligé, car il pensait y aller
680 tout seul. Il fut tourmenté et anxieux d'apprendre que
le roi devait s'y rendre.

S'il en était fâché, c'est uniquement parce qu'il
savait bien que mon seigneur Keu était sûr d'obtenir
le combat avant lui ; s'il le réclamait, on ne le lui
refuserait pas ; à moins que mon seigneur Gauvain lui-
même, c'est possible, n'en fasse le premier la
demande ; si l'un de ces deux-là le réclame, on ne le
leur refusera pas[25]. Mais il ne les attendra pas, car il
n'a cure de leur compagnie ; il ira tout seul, c'est
décidé, pour son bonheur ou pour sa peine ; reste qui
voudra,

Tuit cil, qui aler i voldront.
De ce, que li rois devisa,
Tote la corz miauz l'an prisa ;
675 Car mout i voloient aler
Li baron et li bacheler.
Mes qui qu'an soit liez et
                    [joianz,
Mes sire Yvains an fu dolanz,
Qu'il i cuidoit aler toz seus,
680 S'an fu dolanz et angoisseus
Del roi, qui aler i devoit.
Por ce solemant li grevoit,
Qu'il savoit bien, que la
                    [bataille

Avroit mes sire Kes sanz faille
685 Ainz que il, — s'il la requeroit,
Ja veee ne li seroit, —
Ou mes sire Gauvains meïmes
Espoir la demanderoit primes.
Se nus de cez deus la requiert,
690 Ja contredite ne li iert.
Mes il ne les atandra mie,
Qu'il n'a soing de lor conpai-
                    [gnie,
Einçois ira toz seus son vuel
Ou a sa joie ou a son duel ;
695 Et qui que remaingne a sejor,

lui, il veut être avant trois jours en Brocéliande, et sa quête, s'il peut, n'aura de cesse qu'il n'ait
700 trouvé, — c'est le souci qui le ronge —, le sentier
étroit, plein de broussailles, la lande, le manoir
fortifié, la plaisante compagnie de la courtoise demoiselle, si accueillante et si belle, et, avec sa fille, le
noble chevalier qui s'épuise à faire honneur à ses
hôtes, tant il est généreux et de bonne naissance. Il
verra ensuite les taureaux et l'essart, et le grand rustre
qui les garde. Il lui tarde de voir ce rustre terriblement
laid, grand, hideux, contrefait, noir comme un forge-
ron. Ensuite il verra, s'il le peut, le perron, la
fontaine, le bassin, les oiseaux sur le pin ; il fera venir
la pluie et le vent. Mais il ne veut pas commencer à
720 s'en vanter, et, c'est décidé, personne ne le saura
jusqu'à ce qu'il en soit couvert d'opprobre ou de
gloire ; qu'alors seulement soit connue l'affaire.

Il viaut estre jusqu'a tierz jor
An Broceliande et querra,
Se il puet, tant qu'il trovera
L'estroit santier tot boisso-
                    [neus,
700 Que trop an est cusançoneus,
Et la lande et la meison fort
Et le solaz et le deport
De la cortoise dameisele,
Qui tant est avenanz et bele,
705 Et le prodome avuec sa fille,
Qui an enor feire s'essille,
Tant est frans et de buene part.
Puis verra les tors an l'essart

Et le grant vilain, qui les
                    [garde.
710 Li veoirs li demore et tarde
Del vilain, qui tant par est lez,
Granz et hideus et contrefez
Et noirs a guise de ferron.
Puis verra, s'il puet, le perron
715 Et la fontainne et le bacin
Et les oisiaus dessor le pin,
Si fera plovoir et vanter.
Mes il ne s'an quiert ja vanter,
Ne ja son vuel nus nel savra
720 Jusqu'a tant que il an avra
Grant honte ou grant enor eüe,
Puis si soit la chose seüe.

YVAIN TENTE L'AVENTURE
DE LA FONTAINE

Mon seigneur Yvain s'esquive et quitte la cour sans parler à personne, il va seul à son logis. Il y trouve tous ses gens, commande qu'on selle son cheval et appelle un de ses écuyers à qui il ne cachait rien : « Allons, fait-il, suis-moi hors de la ville et apporte-moi mes armes. Je vais sortir par cette porte sur mon palefroi, au pas. Surtout ne tarde pas, car j'ai un long voyage à faire ; fais mettre de bons fers à mon cheval et amène-le-moi vite ; tu ramèneras mon palefroi.
740 Mais garde-toi bien, je te l'enjoins, si l'on te demande de mes nouvelles, de ne rien dire ; tu sais que présentement tu peux me faire confiance, mais pour lors tu aurais tout à craindre.

Mes sire Yvains de la cort
      [s'anble
Si qu'a nul home ne s'assanble,
725 Mes seus vers son ostel s'an va.
Tote sa mesniee trova,
Si comanda metre sa sele
Et un suen escuiier apele,
Cui il ne celoit nule rien.
730 « Di va ! » fet il, « aprés moi
      [vien
La fors et mes armes
      [m'aporte !
Je m'an istrai par cele porte

Sor mon palefroi tot le pas.
Garde, ne demorer tu pas ;
735 Qu'il me covient mout loing
      [errer.
Et mon cheval fai bien ferrer,
Si l'amainne tost aprés moi,
Puis ramanras mon palefroi.
Mes garde bien, je te comant,
740 S'est nus, qui de moi te
      [demant,
Que ja novele ne l'an dies.
Si tu de rien an moi te fies,
Ja mar t'i fiëroies mes. »

— Seigneur, fait-il, soyez tranquille, personne ne saura rien de moi ; partez, je vous rejoindrai là-bas. »

Mon seigneur Yvain monte aussitôt à cheval, il vengera, s'il le peut, la honte de son cousin avant de revenir. L'écuyer court chercher les armes et le cheval, et enfourche la monture sans s'attarder plus car il ne manquait ni fer ni clou. Il s'élance sur les traces de son seigneur jusqu'au moment où il l'aperçoit à bas de son cheval : il l'avait un peu attendu, loin du chemin, à l'écart. L'écuyer qui lui avait apporté ses armes et son équipement, l'aida à s'en revêtir.

760 Une fois armé, mon seigneur Yvain ne perdit pas un instant mais se mit en route, cheminant chaque jour, par montagnes et par vallées, par forêts épaisses, par lieux étranges et sauvages, affrontant maints passages terribles,

« Sire ! » fet il, « il an iert pes ;
745 Que ja par moi nus nel savra.
Alez ! que je vos siurai ja. »

Mes sire Yvains maintenant
                              [monte,
qui vangera, s'il puet, la honte
Son cosin, ainz que il retort.
750 Li escuiiers as armes cort
Et au cheval, si monta sus ;
Que de demore n'i ot plus,
Qu'il n'i failloit ne fers ne clos.
Son seignor siut toz les esclos
755 Tant que il le vit desçandu ;

Qu'il l'avoit un po atandu
Loing del chemin an un des-
                              [tor.
Tot son hernois et son ator
Ot aporté, si l'atorna.
760 Mes sire Yvains ne sejorna,
Puis qu'armez fu, ne tant ne
                              [quant,
Einçois erra chascun jor tant
Par montaingnes et par valees
Et par forez longues et lees,
765 Par leus estranges et sauvages,
Et passa mainz felons passages

maints dangers, maintes diffi-
cultés, si bien qu'il arriva droit sur le sentier plein de
ronces et de nuit. Alors il se sentit en sécurité : il ne
pourrait plus se perdre.

Qu'importe le prix à payer, il continuera jusqu'à ce
qu'il voie le pin qui ombrage la fontaine, et le perron,
et la tempête avec la grêle, la pluie, le tonnerre, le
vent. Le soir, vous vous en doutez, il fut hébergé
780 comme il le souhaitait, car il trouva encore plus de
bien et d'honneur dans le vavasseur qu'on ne lui en
avait rapporté, et dans la pucelle, il put voir à son tour
cent fois plus de sagesse et de beauté que n'en avait
conté Calogrenant, car on ne peut dire

Et maint peril et maint des-
                         [troit,
Tant qu'il vint au santier tot
                         [droit,
Plain de ronces et d'oscurté,
770 Et lors fu il a seürté ;
    Qu'il ne pooit mes esgarer.
    Qui que le doie comparer,
    Ne finera tant que il voie
    Le pin, qui la fontainne
                         [onbroie,
775 Et le perron et la tormante,
    Qui gresle et pluet et tone et
                         [vante.

La nuit ot, ce poez savoir,
Tel ostel, come il vost avoir ;
Car plus de bien et plus d'enor
780 Trova assez el vavassor,
    Qu'an ne li ot conté ne dit ;
    Et an la pucele revit
    De san et de biauté çant tanz,
    Que n'ot conté Calogrenanz ;
785 Qu'an ne puet pas dire la some
    De buene dame et de pro-
                         [dome.
    Des qu'il s'atorne a grant
                         [bonté,

la perfection d'une femme de qualité et d'un sage chevalier. Quand un tel homme atteint l'excellence, on ne pourra tout conter de lui ; les mots manquent pour retracer les égards que peut prodiguer un sage chevalier.

Mon seigneur Yvain, cette nuit-là, reçut une hospitalité excellente et qui lui plut extrêmement. Le lendemain, il parvint aux essarts, vit les taureaux et le rustre qui lui indiqua le chemin ; mais il se signa plus de cent fois, confondu d'étonnement que Nature ait

800 pu faire une créature aussi laide et fruste. Il alla ensuite jusqu'à la fontaine, y vit tout ce qu'il voulait voir ; sans marquer d'arrêt et sans s'asseoir, il versa sur le perron un plein bassin de l'eau. Aussitôt, il venta et plut, et la tempête attendue se déchaîna. Quand Dieu ramena le beau temps, les oiseaux vinrent sur le pin et firent fête merveilleuse au-dessus de la fontaine périlleuse. Avant que la fête ne fût apaisée,

Ja n'iert tot dit ne tot conté ;
Que langue ne porroit retreire
790 Tant d'enor, con prodon set
[feire.
Mes sire Yvains cele nuit ot
Mout buen ostel et mout li
[plot,
Et vint es essarz l'andemain,
Si vit les tors et le vilain,
795 Qui la voie li anseigna ;
Mes plus de çant foiz se seigna
De la mervoille, que il ot,
Comant Nature feire sot

Oevre si leide et si vilainne.
800 Puis erra jusqu'a la fontainne,
Si vit quanquë il vost veoir.
Sanz arester et sanz seoir
Versa sor le perron de plain
De l'eve le bacin tot plain ;
805 Et maintenant vanta et plut
Et fist tel tans, con feire dut.
Et quant Des redona le bel,
Sor le pin vindrent li oisel
Et firent joie merveilleuse
810 Sor la fontainne perilleuse.
Ainz que la joie fust remese,

arriva, enflammé d'une colère plus vive que
la braise, le chevalier, dans un tel vacarme qu'on
aurait dit qu'il chassait un cerf en rut. A peine se
furent-ils aperçus qu'ils s'élancèrent l'un contre l'autre et laissèrent paraître la haine mortelle qu'ils se
portaient. Chacun avait une lance rigide et solide ; ils
820 échangèrent de si grands coups que les deux écus qui
pendaient à leurs cous sont percés et les hauberts
démaillés ; les lances se fendent et éclatent et les
tronçons en volent en l'air. Ils s'attaquent alors à
l'épée ; à grands coups, ils tranchent les courroies des
écus, ils brisent les écus, taillant de tous côtés si bien
que les morceaux en pendent et qu'ils ne peuvent plus
s'en couvrir pour se défendre. Ils les ont si bien
tailladés que les épées étincelantes ont accès libre aux
flancs, aux bras, aux hanches.

Vint, d'ire plus ardanz que
[brese,
Li chevaliers a si grant bruit,
Con s'il chaçast un cerf de ruit,
815 Et maintenant qu'il s'antrevi-
[rent,
S'antrevindrent et sanblant
[firent,
Qu'il s'antrehaïssent de mort.
Chascuns ot lance roide et fort,
Si s'antredonent si granz cos,
820 Qu'andeus les escuz de lor cos
Percent, et li hauberc desli-
[cent,

Les lances fandent et esclicent,
Et li tronçon volent an haut.
Li uns l'autre a l'espee assaut,
825 Si ont au chaple des espees
Les guiges des escuz coupees
Et les escuz dehachiez toz
Et par dessus et par dessoz,
Si que les pieces an dependent,
830 N'il ne s'an cuevrent ne def-
[fandent ;
Car si les ont harigotez,
Qu'a delivre sor les costez
Et sor les braz et sor les
[hanches

Ils se mesurent avec rage et ne cèdent pas un pouce de terrain, on aurait dit deux rocs ; jamais on ne vit deux chevaliers plus désireux de hâter leur mort. Ils évitent de gaspiller leurs coups et les ajustent du mieux qu'ils peuvent ; les heaumes se cabossent et se plient, les mailles des hauberts volent, ils font couler beaucoup de sang ; leurs hauberts en sont tout chauds et ne valent guère mieux qu'un froc de moine pour l'un comme pour l'autre. De la pointe de l'épée, ils se frappent en plein visage ; il est extraordinaire que puisse se prolonger un combat d'une telle violence.

Se fierent des espees blanches.
835 Felenessemant s'antresprue-
         [vent,
N'onques d'un estal ne se mue-
         [vent
Ne plus que feïssent dui gres.
Ains dui chevalier si angrés
Ne furent de lor mort haster.
840 N'ont cure de lor cos gaster ;
Qu'au miauz qu'il pueent les
         [anploient.
Li hiaumë anbuingnent et
         [ploient,

Et des haubers les mailles
         [volent
Si que del sanc assez se tolent ;
845 Car d'aus meïsmes sont si
         [chaut
Li hauberc, que li suens ne
         [vaut
A chascun guieres plus d'un
         [froc.
Anz el vis se fierent d'estoc,
S'est mervoille, comant tant
         [dure
850 Bataille si fiere et si dure ;

Mais tous deux sont si
déterminés, qu'à aucun prix l'un ne céderait à l'autre
un pied de terrain avant de le blesser à mort. Signe de
leur haute valeur : jamais ils ne frappèrent ni ne
blessèrent les chevaux ; ils ne le voulaient ni ne le
860 daignaient. Ils restèrent constamment à cheval, et ne
mirent jamais pied à terre : le combat en fut d'une
plus grande beauté.

Finalement, monseigneur Yvain brisa le heaume du
chevalier qui resta hébété et étourdi du coup ; son
trouble fut profond, car jamais il n'avait essuyé de
coup aussi terrible ; sous la coiffe il lui avait fendu la
tête jusqu'à la cervelle, si bien que la maille du blanc
haubert était maculée de cervelle et de sang.

Mes andui sont de si grant
          [cuer,
Que li uns por l'autre a nul
          [fuer
De terre un pié ne guerpiroit,
Se jusqu'a mort ne l'anpiroit.
855 Et de ce firent mout que preu,
Qu'onques lor chevaus an nul
          [leu
Ne navrerent ne anpirierent ;
Qu'il ne vostrent ne ne degnie-
          [rent ;
Mes toz jorz a cheval se tin-
          [drent,

860 Que nule foiz a pié ne vin-
          [drent ;
S'an fu la bataille plus bele.
An la fin son hiaume escartele
Au chevalier messire Yvains.
Del cop fu estordiz et vains
865 Li chevaliers, si s'esmaia ;
Qu'ains si felon cop n'essaia ;
Qu'il li ot dessoz le chapel
Le chief fandu jusqu'au cervel,
Si que del cervel et del sanc
870 Taint la maille del hauberc
          [blanc,

Il en
ressentit une telle douleur, que le cœur fut bien près
de lui manquer.

S'il prit la fuite, il n'eut point tort ; car il se sentait
blessé à mort ; se défendre ne lui aurait été d'aucun
secours. Il prit donc la fuite aussitôt qu'il en prit
conscience, et se précipita vers son château ; on lui
abaissa le pont et on lui ouvrit toute grande la porte ;
880 monseigneur Yvain, à toute allure, le plus vite qu'il
pouvait, donnait de l'éperon à sa suite. Comme le
gerfaut qui fond sur une grue, prend son élan de loin,
arrive si près qu'il est sur le point de la saisir et ne la
touche pas encore, ainsi l'un fuit et l'autre le poursuit
de si près qu'il le tient presque, sans pourtant pouvoir
l'atteindre ; il est si près qu'il l'entend gémir sous la
douleur qu'il éprouve ; mais l'un ne pense qu'à fuir, et
l'autre s'évertue à le pourchasser, car il craint d'avoir
perdu sa peine,

Don si tres grant dolor santi,
Qu'a po li cuers ne li manti.
S'adonc foï, n'ot mie tort ;
Qu'il se santi navrez a mort ;
875 Car riens ne li valut deffanse.
Si tost s'an fuit, come il
[s'apanse,
Vers son chastel toz esleissiez,
Et li ponz li fu abeissiez
Et la porte overte a bandon ;
880 Et mes sire Yvains de randon,
Quanqu'il puet, aprés espe-
[rone.

Si con girfauz grue randone,
Qui de loing muet, et tant
[l'aproche,
Tenir la cuide, mes n'i toche :
885 Einsi fuit cil, et cil le chace
Si pres, a po qu'il ne l'anbrace,
Et si ne le par puet ataindre,
Si est si pres, que il l'ot plain-
[dre
De la destresce que il sant ;
890 Mes toz jorz au foïr antant.
Et cil del chacier s'esvertue ;
Qu'il crient sa painne avoir
[perdue,

s'il ne le saisit mort ou vif; il se souvient bien des railleries que monseigneur Keu lui avait adressées. En effet il ne sera pas quitte de la promesse faite à son cousin, et on ne pourra pas le croire, s'il ne rapporte des preuves indubitables. 900 Piquant des éperons, le chevalier l'a mené jusqu'à la porte de son château, et ils y ont pénétré tous les deux. Personne dans les rues où ils s'engouffrent; les voici tous deux au grand galop à la porte du palais.

La porte était très haute et très large, mais le passage était si étroit que deux hommes ou deux chevaux ne pouvaient entrer ensemble ou s'y croiser sans se mettre en fâcheuse posture;

Se mort ou vif ne le detient;
Que des ranposnes li sovient,
895 Que mes sire Kes li ot dites.
N'iert pas de la promesse
[quites,
Que son cosin avoit promise,
Ne creüz n'iert an nule guise,
S'ansaingnes veraies n'an
[porte.
900 A esperon jusqu'a la porte
De son chastel l'an a mené,
Si sont anz anbedui antré,
N'ome ne fame ne troverent

Es rues, par ou il passerent,
905 Et vindrent anbedui d'eslés
Jusqu'a la porte del palés.

La porte fu mout haute et lee,
Si avoit si estroite antree,
Que dui home ne dui cheval
910 Sanz anconbrier et sanz grant
[mal
N'i poïssent ansanble antrer,
N'anmi la porte antrancon-
[trer;

elle était faite à la façon de l'arbalète à l'affût du rat qui vient faire ses rapines, avec la lame qui le guette au-dessus prête à fondre, à frapper et à prendre, jaillissant et tombant
920 aussitôt que quelque chose touche la cheville, fût-ce en l'effleurant. C'est ainsi que sous l'entrée se trouvaient deux trébuchets qui retenaient dans la voûte une porte coulissante, en fer aiguisé et tranchant. Si l'on venait à monter sur ces pièges, la porte tombait d'en haut, et tout ce qu'elle atteignait ne pouvait manquer d'être tranché. Au milieu de l'entrée, le passage n'était pas plus large que la trace d'un sentier. Le chevalier s'engagea par le bon passage, en homme averti, mais monseigneur Yvain, sans réfléchir, piqua à vive allure derrière lui. Il le serrait de si près

Car ele estoit autressi feite,
Con l'arbaleste, qui agueite
915 Le rat, quant il vient au for-
                              [fet ;
Et l'espee est an son aguet
Dessus, qui tret et fiert et
                              [prant ;
Qu'ele eschape lués et desçant,
920 Que riens nule adoise a la clef,
Ja n'i tochera si soef.
Einsi dessoz la porte estoient
Dui trebuchet, qui sostenoient
Amont une porte colant

De fer, esmolue et tranchant.
925 Se riens sor cel angin montoit,
La porte d'amont desçandoit,
S'estoit pris et detranchiez toz,
Cui la porte ateignoit dessoz.
Et tot anmi a droit conpas
930 Estoit si estroiz li trepas,
Con se fust uns santiers batuz.
El droit chemin s'est anbatuz.
Li chevaliers mout sagemant,
Et mes sire Yvains folemant
935 Hurte grant aleüre aprés,
Si le vint ateignant si pres,

qu'il le
prit par l'arrière de l'arçon, et ce fut pour lui une
940 chance que de s'être ainsi penché en avant, car sans
cette circonstance, il eût été coupé en deux. Son
cheval en effet marcha sur la planche qui retenait la
porte de fer, elle descendit et tomba avec un bruit
d'enfer. Elle atteignit la selle et l'arrière du cheval,
trancha tout en deux, mais, Dieu merci, ne toucha pas
monseigneur Yvain; elle s'abattit seulement au ras de
son dos, au point de lui trancher les deux éperons au
ras des talons. Il tomba à terre tout empli d'épou-
vante.

Ainsi lui échappa celui qu'il avait blessé à mort. A
l'autre bout, il y avait une porte semblable à celle de
l'entrée, et c'est par cette porte que le chevalier en
960 fuite disparut; la porte tomba derrière lui. Monseigneur Yvain était prisonnier.

Qu'a l'arçon deriere le tint.
Et de ce mout bien li avint,
Qu'il se fu avant estanduz.
940 Toz eüst esté porfanduz,
Se ceste avanture ne fust;
Que li chevaus marcha le fust,
Qui tenoit la porte de fer.
Aussi con deables d'anfer
945 Desçant la porte contreval,
S'ataint la sele et le cheval
Deriere et tranche tot parmi;
Mes ne tocha, la De merci,
Mon seignor Yvain fors que
                                    [tant

950 Qu'au res del dos li vint reant,
Si qu'anbedeus les esperons
Li trancha au res des talons.
Et il cheï toz esmaiiez,
Et cil, qui iere a mort plaiiez,
955 Li eschapa an tel meniere.
Une autel porte avoit deriere
Come cele devant estoit.
Li chevaliers, qui s'an fuioit,
Par cele porte s'an foï,
960 Et la porte aprés lui cheï.
Einsi fu mes sire Yvains pris.

YVAIN ÉPOUSE LAUDINE

Fort inquiet et embarrassé, il se retrouva enfermé à l'intérieur de la salle : le plafond en était entièrement constellé de clous dorés et les murs étaient recouverts de peintures d'excellente facture aux couleurs précieuses. Mais rien ne l'affligeait plus que de ne pas savoir de quel côté s'en était allé son adversaire. Au cœur de sa détresse, il entendit s'ouvrir tout près la porte étroite d'une petite chambre ; il en sortit une demoiselle, toute seule, fort gracieuse et fort belle, qui referma la porte derrière elle.

Quand elle trouva monseigneur Yvain, elle commença par en être épouvantée.

« Certes, dit-elle, chevalier, je crains que vous ne soyez mal accueilli. Si vous restez prisonnier ici, vous serez mis en pièces,

Mout angoisseus et antrepris
Remest dedanz la sale anclos,
Qui tote estoit celee a clos
965 Dorez, et paintes les meisieres
De buene oevre et de colors
[chieres ;
Mes de rien si grant duel
[n'avoit
Con de ce, que il ne savoit,
Quel part cil an estroit alez.
970 D'une chanbrete iluec delez

Oï ovrir un huis estroit,
Que que il iere an cel destroit ;
S'an issi une dameisele
Sole, mout avenanz et bele,
975 Et l'uis après li referma.
Quant mon seignor Yvain
[trova,
Si s'esmaia mout de premiers.
« Certes », fet ele, « cheva-
[liers !
Je criem que mal soiiez venuz.
980 Se vos estes ceanz veüz,
Vos i seroiz toz depeciez ;

car mon maître est blessé à mort,
et je sais bien que c'est vous qui l'avez tué. Ma dame
en laisse voir une violente affliction, et ses gens autour
d'elle ne sont que cris ; tous sont bien près de se tuer
de chagrin. Ils savent bien que vous êtes ici, mais ils
sont plongés dans une telle douleur qu'ils n'arrivent
pas à décider s'ils veulent vous tuer ou vous faire
prisonnier ; ils ne manqueront pas de le faire quand ils
viendront vous attaquer. »

Monseigneur Yvain lui répondit :

« Certes, s'il plaît à Dieu, ils ne me tueront pas, et
ils ne me feront pas prisonnier non plus.

— Non, dit-elle, car je vais m'y employer de toutes
mes forces avec vous. Il n'est pas digne d'un vaillant
1000 chevalier de se livrer à une peur excessive : et à vous
voir contenir votre frayeur, je vous crois vaillant
chevalier.

Car mes sire est a mort bleciez,
Et bien sai que vos l'avez mort.
Ma dame an fet un duel si fort,
985 Et ses janz anviron li crïent,
Que por po de duel ne s'ocïent,
Si vos sevent il bien ceanz !
Mes antre aus est li dïaus si
          [granz,
Que il n'i puent ore atandre.
990 S'il vos vuelent ocire ou pran-
          [dre,
A ce ne puent il faillir,
Quant il vos vandront assail-
          [lir. »

Et mes sire Yvains li respont :
« Ja, se De plest, ne m'ocir-
          [ront,
995 Ne ja par aus pris ne serai. »
« Non », fet ele ; « car j'an
          [ferai
Avuec vos ma puissance tote.
N'est mie prodon, qui trop
          [dote.
Por ce cuit, que prodon soiiez,
1000 Que n'estes pas trop esmaiiez.

Sachez-le, si je le pouvais, je serais prête à vous servir avec honneur, car c'est ainsi que vous m'avez traitée jadis. Un jour, ma dame m'envoya en messagère à la cour du roi. Peut-être n'étais-je pas aussi bien apprise, aussi courtoise ou aussi naturellement noble que doit l'être une jeune fille, mais il n'y eut aucun chevalier qui daignât m'adresser un mot en dehors de vous seul que je vois ici. Car, je vous en rends grâces, vous m'avez servie avec honneur ; et je vous revaudrai l'honneur avec lequel vous m'avez traitée. Je sais bien comment vous vous appelez, je vous ai bien reconnu : vous êtes le fils du roi Urien et 1020 on vous nomme monseigneur Yvain. Soyez donc sûr et certain, si vous consentez à me croire, que vous ne serez jamais ni capturé ni mis à mal. Vous prendrez cet anneau que je vous donne, et, si vous le voulez, vous me le rendrez,

Et sachiez bien, se je pooie,
Servise et enor vos feroie ;
Que vos le feïstes ja moi.
Une foiz a la cort le roi
1005 M'anvoia ma dame an mes-
[sage.
Espoir si ne fui pas si sage,
Si cortoise ne de tel estre,
Come pucele deüst estre ;
Mes onques chevalier n'i ot,
1010 Qu'a moi deignast parler un
[mot,
Fors vos tot seul, qui estes ci ;

Mes vos, la vostre grant merci,
M'i enorastes et servistes.
De l'enor, que la me feïstes,
1015 Vos randrai ci le guerredon.
Bien sai, comant vos avez non,
Et reconeü vos ai bien :
Fiz estes au roi Uriien
Et avez non mes sire Yvains.
1020 Or soiiez seürs et certains,
Que ja, se croire me volez,
Ne seroiz pris ne afolez.
Et cest mien anelet prandroiz
Et, s'il vos plest, sel me ran-
[droiz,

quand je vous aurai délivré. »
Elle lui remit alors son anneau en lui disant qu'il
avait la même vertu que l'écorce sur le tronc : elle le
recouvre et n'en laisse rien voir mais il faut le saisir en
tenant la pierre enfermée dans son poing. On n'a plus
rien à craindre quand on a l'anneau au doigt, car on ne
peut être vu de personne, même s'il ouvre grand les
yeux, tout comme est invisible le tronc recouvert de
l'écorce qui croît sur lui[26]. Voilà qui plaît bien à
1040 monseigneur Yvain. Cela dit, elle le fit s'asseoir sur un
lit recouvert d'une couverture si riche que jamais le
duc d'Autriche n'en eut de semblable ; elle ajouta que
s'il le voulait, elle lui apporterait à manger, et il
répondit qu'il en avait bien envie.

1025 Quant je vos avrai délivré. »
Lors li a l'anelet livré,
Si li dist qu'il avoit tel force,
Come a dessor le fust l'escorce,
Qui le cuevre, qu'an n'an voit
                              [point ;
1030 Mes il covient que l'an
                        l'anpoint,
Si qu'el poing soit la pierre
                          [anclose,
Puis n'a garde de nule chose
Cil, qui l'anel an son doi a ;
Que ja veoir ne le porra

1035 Nus hon, tant et les iauz overz,
Ne que le fust, qui est coverz
De l'escorce, qui sor lui nest.
Ice mon seignor Yvain plest,
Et quant ele li ot ce dit,
1040 Sel mena seoir an un lit
Covert d'une coute si riche,
Qu'ains n'ot tel li dus d'Oste-
                              [riche,
Et li dist que, se il voloit,
A mangier li aporteroit ;
1045 Et il dist que li estoit bel.

La demoiselle courut rapidement dans sa chambre, et revint très vite apportant un chapon rôti, un gâteau, une nappe, un vin de bon cru (un plein pot, couvert d'un blanc hanap). Elle lui présenta à manger, et lui, qui en avait bien besoin, se restaura et but de bon cœur.

Il avait fini de manger et boire quand se répandirent dans le château les chevaliers à sa recherche ; ils voulaient venger leur seigneur qui avait déjà été mis en bière.

1060 « Ami, lui dit-elle, vous entendez qu'ils sont déjà tous à vous chercher, ils mènent grand bruit et grand tapage ; mais sans vous soucier des entrées et des sorties, ne bougez pas, ignorez ce tapage, car on ne vous trouvera jamais si vous restez sur ce lit. Vous allez voir cette salle envahie par une foule de gens hostiles et méchants, persuadés qu'ils seront de vous trouver là.

La dameisele cort isnel
A sa chambre et revint mout
[tost,
S'aporta un chapon an rost
Et un gastel et une nappe
1050 Et vin, qui fu de buene grape,
Plain pot d'un blanc henap
[covert,
Si li a a mangier ofert.
Et cil, cui il estoit mestiers,
Manja et but mout volantiers.

1055 Quant il ot mangié et beü,
Par leanz furent esmeü

Li chevalier, qui le queroient ;
Que lor seignor vangier
[voloient,
Qui ja estoit an biere mis.
1060 Et cele li a dit : « Amis !
Oëz, qu'il vos quierent ja tuit ?
Mout i a grant noise et grant
[bruit.
Mes qui que vaingne ne qui
[voise,
Ne vos movez ja por la noise ;
1065 Que vos n'i seroiz ja trovez,
Se de cest lit ne vos movez.

Je pense aussi qu'ils feront passer le corps par ici pour le mettre en terre ; ils se mettront à vous chercher, sous les bancs, sous les lits. Pour un homme que la peur épargnerait, ce serait plaisir et divertissement que de voir des gens aveuglés de la sorte. Car ils seront tous si aveugles, si dépités, si bernés, qu'ils en
1080 deviendront fous de rage. Je ne vois pas ce que je peux ajouter, et je n'ose pas m'attarder davantage. Mais je tiens à remercier Dieu qui m'a donné l'occasion et la chance de pouvoir vous être agréable, car j'en avais grand désir. »

Elle est alors retournée sur ses pas, et quand elle s'en fut repartie, toute la foule, en armes, se présenta aux portes, à l'entrée et à la sortie, bâtons et épées en main.

Ja verroiz plainne ceste sale
De jant mout enuieuse et male,
Qui trover vos i cuideront,
1070 Et si cuit qu'il aporteront
Par ci le cors, por metre an
                              [terre ;
Si vos comanceront a querre
Et dessoz bans et dessoz liz.
Ce seroit solaz et deliz
1075 A home, qui peor n'avroit,
Quant jant si avugle verroit ;
Qu'il seront tuit si avuglé,
Si desconfit, si desjuglé,
Que il esrageront tuit d'ire.

1080 Je ne vos sai or plus que dire,
Ne je n'i os plus demorer.
Mes De puisse je aorer,
Qui m'a doné le leu et l'eise
De feire chose, qui vos pleise ;
1085 Que mout grant talant an
                              [avoie. »
Lors s'est arriers mise a la voie,
Et, quant ele s'an est tornee,
Fu tote la janz aünee,
Qui de deus parz as portes
                              [vindrent
1090 Et bastons et espees tindrent,

Il y avait là foule et presse de gens méchants et
agressifs. Ils aperçurent devant la porte la moitié du
cheval qui avait été coupé en deux. Ils étaient donc
assurés, leur semblait-il, de trouver à l'intérieur, une
fois les portes ouvertes, celui qu'ils cherchaient pour
1100 le tuer. Ils firent alors remonter les portes qui avaient
causé bien des morts, mais, cette fois-ci, ni trébuchet
ni piège n'avaient été tendus et tous y pénétrèrent de
front ; ils trouvèrent près du seuil l'autre moitié du
cheval tué devant le seuil ; mais, tous, tant qu'ils
étaient, il leur était impossible de voir monseigneur
Yvain qu'ils brûlaient de mettre à mort. Quant à lui, il
les voyait fous de rage, perdre la tête et éclater :
« Que signifie cela ? disaient-ils.

S'i ot mout grant fole et grant
                              [presse
De jant felenesse et angresse,
Et virent del cheval tranchié
Devant la porte la meitié.
1095 Lors cuidoient bien estre cert,
Quant li huis seroient overt,
Que dedanz celui troveroient,
Que il por ocirre queroient.
Puis firent treire amont les
                              [portes,
1100 Par quoi maintes janz furent
                              [mortes ;

Mes il n'i ot a celui triege
Tandu ne trebuchet ne piege,
Ainz i antrerent tuit de front.
Et l'autre moitié trovee ont
1105 Del cheval mort delez le suel ;
Mes onques antre aus n'orent
                              [oel,
Don mon seignor Yvain veïs-
                              [sent,
Que mout volantiers oceïssent.
Et il les veoit esragier
1110 Et forcener et correcier.
Et disoient : « Ce que puet
                              [estre ?

Il n'y a ici ni porte
ni fenêtre par où l'on puisse s'évader à moins d'être
oiseau et de voler, ou écureuil, ou rat, ou bestiole
aussi petite ou plus encore, car les fenêtres ont des
barreaux et les portes étaient closes quand monsei-
1120 gneur en sortit[27]. Mort ou vif, le corps est à l'intérieur, car dehors il n'y en a trace. Il y a largement plus
de la moitié de la selle à l'intérieur, nous le voyons
bien, et nous ne trouvons pas trace de lui, sauf les
éperons qui lui ont été tranchés aux pieds. Fouillons
tous les recoins, et ne nous attardons pas à ces
balivernes : il est encore ici, j'en suis sûr, à moins que
nous ne soyons tous victimes d'un sortilège ou que les
diables ne nous l'aient dérobé. »

Emportés par la colère, ils le cherchaient partout
dans la salle, ils frappaient contre les murs, sur les lits,
sur les bancs,

Que ceanz n'a huis ne fenestre,
Par ou riens nule s'an alast,
Se ce n'iere oisiaus, qui volast,
1115 Ou escuriaus ou cisemus,
Ou beste aussi petite ou plus ;
Que les fenestres sont ferrees
Et les portes furent fermees,
Des que mes sire an issi fors.
1120 Morz ou vis est ceanz li cors ;
Que la fors ne remest il mie.
La sele assez plus que demie
Est ça dedanz, ce veons bien,
Ne de lui ne veomes rien
1125 Fors que les esperons tran-
                              [chiez,
Qui li cheïrent de ses piez.
Or del cerchier par toz cez
                              [angles,
Si leissomes ester cez jangles !
Qu'ancore est il ceanz, ce cuit,
1130 Ou nos somes anchanté tuit,
Ou tolu le nos ont maufé. »
Einsi trestuit d'ire eschaufé
Parmi la sale le queroient
Et parmi les paroiz feroient
1135 Et parmi liz et parmi bans ;

mais le lit sur lequel Yvain était couché fut épargné et échappa aux coups, de sorte qu'aucun coup ne l'atteignit. Des coups, il en pleuvait tout 1140 autour, et ils bataillaient partout avec leurs bâtons, comme un aveugle qui cherche quelque chose à tâtons. Tandis qu'ils étaient occupés à fouiller sous les lits et sous les bancs, arriva une des plus belles dames qu'on puisse voir ici-bas. Jamais encore on n'a évoqué une aussi belle chrétienne. Mais elle était folle de douleur et il s'en fallait de peu qu'elle ne se tue ; par moments, elle poussait des cris tout ce qu'elle pouvait de perçant, et tombait à terre sans connaissance ; et quand on l'avait relevée, comme une femme qui a perdu la tête, elle se mettait à s'écorcher, à s'arracher les cheveux. Elle s'arrache les cheveux, elle déchire 1160 ses vêtements, et perd connaissance à chaque pas ;

Mes des cos fu quites et frans
Li liz, ou il s'estoit couchiez,
Qu'il n'i fu feruz ne tochiez ;
Mes assez ferirent antor
1140 Et mout randirent grant estor
Par tot leanz de lor bastons,
Come avugles, qui a tastons
Vet aucune chose cerchant.
Que qu'il aloient reverchant
1145 Dessoz liz et dessoz eschames,
Vint une des plus beles dames,
Qu'onques veïst riens ter-
[riiene.
De si tres bele crestiiene.
Ne fu onques plez ne parole.
1150 Mes de duel feire estoit si fole,
Qu'a po qu'ele ne s'ocioit.
A la foiiee s'escrioit
Si haut, qu'ele ne pooit plus,
Et recheoit pasmee jus.
1155 Et quant ele estoit relevee,
Aussi come fame desvee
Se comançoit a descirer
Et ses chevos a detirer.
Ses chevos tire et ront ses dras,
1160 Si se repasme a chascun pas,

pour elle, pas de consolation quand elle voit porter
devant elle dans la bière son époux mort ; comment
pourrait-elle jamais s'en consoler ? Elle en criait à voix
aiguë. En tête allaient l'eau bénite, les croix et les
cierges portés par les religieuses d'un couvent, puis
venaient les livres, les encensoirs et les prêtres, à qui
appartient le privilège de dispenser la haute absolu-
tion à laquelle la pauvre âme aspire[28].

Monseigneur Yvain entendait les cris de douleur :
jamais on ne réussira à en donner une description
juste, personne ne saurait le faire, et il n'est rien de
semblable dans les livres. Le cortège passa, mais au
milieu de la salle se fit un grand remue-ménage de
1180 gens qui s'assemblaient autour de la bière, car de la
plaie du mort s'écoulait un sang chaud, clair et
vermeil. C'était là un signe véridique que celui qui
avait engagé le combat et qui avait tué et vaincu leur
seigneur, de toute évidence, se trouvait encore à
l'intérieur[29].

Ne riens ne la puet conforter ;
Que son seignor an voit porter
Devant li an la biere mort,
Don ja ne cuide avoir confort ;
1165 Por ce crioit a haute voix.
L'eve beneoite et la croiz
Et li cierge aloient devant
Avuec les dames d'un covant,
Et li texte et li ançansier
1170 Et li clerc, qui sont despansier
De feire la haute despanse,
A quoi la cheitive ame panse.

Mes sire Yvains oï les criz
Et le duel, qui ja n'iert descriz ;
1175 Que nus ne le porroit descri-
                              [vre,
Ne tes ne fu escriz an livre.
Et la processions passa,
Mes anmi la sale amassa
Antor la biere uns granz toauz ;
1180 Que li sans chauz, clers et
                           [vermauz
Rissi au mort parmi la plaie.
Et ce fu provance veraie,
Qu'ancore estoit leanz sanz
                            [faille

Alors on fouille partout, on cherche, on renverse, on retourne ; tous en suaient d'angoisse — et de tant se démener —, tout cela pour le sang vermeil qui s'était mis à couler sous leurs yeux. Monseigneur Yvain, reçut, là où il s'était couché, beaucoup de bourrades et de coups ; mais, pour autant, il ne fit pas un mouvement.

Les cris ne cessaient de croître à la vue des plaies qui crevaient. Tous s'interrogent devant le prodige qui les fait saigner, et restent impuissants, ne sachant à qui s'en prendre. Chacun alors de dire :

1200 « Il est parmi nous, le meurtrier, et nous ne le voyons pas. Le diable et la magie s'en mêlent. »

La dame n'en pouvait plus de douleur, elle en délirait ; elle criait à en perdre la tête :

« Ah, Dieu, ne trouvera-t-on pas

Cil, qui feite avoit la bataille,
1185 Et qui l'avoit mort et conquis.
Lors ont par tot cerchié et quis
Et reverchié et remüé
Tant que tuit furent tressüé
Et de l'angoisse et del tooil,
1190 Qu'ils orent por le sanc ver-
[moil,
Qui devant aus fu degotez ;
Si fu mout feruz et botez
Mes sire Yvains la, ou il jut,
N'onques por ce ne se remut.
1195 Et les janz plus et plus des-
[voient

Por les plaies, qui escrevoient,
Si se mervoillent, por quoi
[saingnent,
Ne ne sevent, a quoi s'an prai-
[gnent.
Et dit chascuns et cist et cist :
1200 « Antre nos est cil, qui l'ocist,
Ne nos ne le veomes mie.
Ce est mervoille et deablie. »
Por ce tel duel par demenoit
La dame, qu'ele forsenoit
1205 Et crioit come fors del san :
« Ha ! Des ! don ne trovera l'an

l'assassin, le
traître qui a tué mon vaillant époux ? Vaillant ? plutôt
le plus valeureux des vaillants ! Vrai Dieu, la faute
t'en reviendrait, si tu le laisses échapper. Je ne peux
accuser que toi, puisque tu le dérobes à ma vue.
Jamais on n'a vu une violence ou un déni de justice
semblables à ce que par toi je subis quand tu ne
permets même pas que je le voie, alors qu'il est tout
près de moi. Puisque je ne le vois pas, il est juste que
1220 je dise que, parmi nous, ici, s'est glissé un fantôme ou
un diable. Je suis victime d'un maléfice. A moins que
ce ne soit un lâche qui a peur de moi ? C'est un lâche
puisque je le fais trembler. Il faut être bien lâche pour
ne pas oser se montrer devant moi ! Ah, fantôme,
lâche créature,

L'omecide, le traïtor,
Qui m'a ocis mon buen sei-
                    [gnor ?
Buen ? Voire le meillor des
                    [buens !
1210 Voirs Des, li torz an sera
                    [tuens,
S'einsi le leisses eschaper.
Autrui que toi n'an sai blas-
                    [mer ;
Que tu le m'anbles a veüe.
Ains tes force ne fu veüe
1215 Ne si lez torz, con tu me fes,

Que nes veoir tu ne me les
Celui, qui est si pres de moi.
Bien puis dire, quant je nel
                    [voi,
Que antre nos s'est ceanz mis
1220 Ou fantosmes ou anemis,
S'an sui anfantosmee tote.
Ou il est coarz, si me dote :
Coarz est il, quant il me crient.
De grant coardise li vient,
1225 Quant devant moi mostrer ne
                    [s'ose.
Ha ! fantosmes, coarde chose !

pourquoi tant de lâcheté devant moi,
quand tu eus tant d'audace devant mon époux?
Ombre vaine, ombre lâche, que ne t'ai-je à présent en
mon pouvoir? Que ne puis-je à présent te tenir? Mais
comment a-t-il pu se faire que tu aies tué mon époux?
Tu l'as tué par traîtrise? Jamais tu n'aurais pu vaincre
mon époux s'il t'avait vu, car on ne pouvait lui
comparer personne; ni Dieu ni homme ne connaissait
son pareil, et désormais il n'est plus personne comme
1240 lui. Certes, si tu avais été un être mortel, tu n'aurais
pas osé attendre mon époux, car personne ne pouvait
rivaliser avec lui[30]. »

Voilà comme elle se malmène, comme elle s'en
prend à elle-même et se torture et se détruit elle-
même, et, autour d'elle, ses gens font éclater la
douleur la plus vive.

Por qu'ies vers moi acoardie,
Quant vers mon seignor fus
                    [hardie?
Chose vainne, chose faillie,
1230 Que ne t'ai ore an ma baillie!
Que ne te puis ore tenir!
Mes ce comant pot avenir,
Que tu mon seignor oceïs,
S'an traïson ne le feïs?
1235 Ja voir par toi conquis ne fust
Mes sire, se veü t'eüst;
Qu'el monde son paroil
                    [n'avoit,

Ne Des ne hon ne l'i savoit,
N'il n'an i a mes nul de tes.
1240 Certes, se tu fusses mortés,
N'osasses mon seignor atan-
                    [dre;
Qu'a lui ne se pooit nus pran-
                    [dre. »

Einsi la dame se debat,
Einsi tot par li se conbat,
1245 Einsi se tormante et confont.
Et ses janz avuec li refont
Si grant duel, que greignor ne
                    [pueent;

On emporte le corps et on
l'enterre. Ils ont cherché partout, ils ont tout remué,
ils n'en peuvent plus de fouiller ; ils abandonnent,
écœurés : impossible de voir personne qui offre prise
au moindre soupçon. Les religieuses et les prêtres
avaient achevé la cérémonie ; à leur tour ils avaient
quitté l'église et étaient arrivés à la sépulture.

Mais la demoiselle de la chambre ne s'en préoccu-
1260 pait aucunement ; elle s'était souvenue de monseigneur Yvain, et venait en hâte vers lui :

« Cher seigneur, dit-elle, c'était une véritable inva-
sion que ces gens dans cette salle. Ils ont tout
bouleversé ici et fouillé les moindres recoins, plus
minutieusement que des chiens de chasse quand ils
sont sur la trace d'une perdrix ou d'une caille ; vous
avez sûrement eu peur.

Le cors an portent, si
    [l'anfueent...
Et tant ont quis et tribolé,
1250 Que del querre sont tuit lassé,
Si le leissent tuit par enui,
Quant ne pueent veoir nelui,
Qui de rien an face a mes-
    [croire.
Et les nonains et li provoire
1255 Orent ja fet tot le servise.
Repeirié furent de l'iglise
Et venu sor la sepouture. —
Mes de tot ice n'avoit cure

La dameisele de la chanbre.
1260 De mon seignor Yvain li man-
    [bre,
S'est a lui venue mout tost
Et dist : « Biaus sire ! a mout
    [grant ost
A sor vos ceste janz esté.
Mout ont par ceanz tanpesté
1265 Et reverchié toz cez quachez
Plus menuëmant, que brachez
Ne va traçant perdriz ne
    [quaille.
Peor avez eü sans faille. »

— Ma foi, dit-il, vous avez raison, je n'ai jamais eu de plus grande peur. Mais, s'il était possible, j'aimerais bien regarder encore dehors et trouver une ouverture ou une fenêtre pour voir le cortège et le corps. »

En fait il ne s'intéressait ni au corps ni au cortège ; il les aurait bien voulu au diable, lui en eût-il coûté millé marcs — Mille marcs ? Oui, par ma foi, ou même trois mille marcs ! Tout ce qu'il voulait, c'était voir la dame du château. La demoiselle le plaça à une petite fenêtre ; elle tenait à lui revaloir de son mieux la conduite courtoise qu'il avait eue à son égard. Par la fenêtre monseigneur Yvain observait la belle dame ; elle disait :

« Cher époux, que Dieu prenne votre âme en pitié, car jamais, je crois,

« Par foi ! », fet il, « vos dites
                        [voir !
1270 Ja ne cuidai si grant avoir.
Ancore, se il pooit estre,
Ou par pertuis ou par fenestre
Verroie volantiers la fors
La procession et le cors. »
1275 Mes il n'avoit antancion
N'au cors n'a la procession ;
Qu'il vossist qu'il fussent tuit
                        [ars,
Si li eüst costé mil mars.
Mil mars ? Voire, par foi, trois
                        [mile.
1280 Mes por la dame de la vile,
Que il voloit veoir, le dist.
Et la dameisele le mist
A une fenestre petite.
Quanqu'ele puet, vers lui
                        [s'aquite
1285 De l'enor, qu'il li avoit feite.
Parmi cele fenestre agueite
Mes sire Yvains la bele dame,
Qui dist : « Biaus sire ! de vos-
                        [tre ame
Et Des merci si voiremant,
1290 Come onques au mien esciant

chevalier prêt au combat n'approcha de votre valeur. Personne, cher époux, n'égala votre sens de l'honneur, personne ne fut d'aussi bonne compagnie. Générosité était votre amie, et courage votre compagnon. Que votre âme soit maintenant en la société des saints, très cher époux. »

1300   Elle se frappe et déchire tout ce que ses mains rencontrent. Monseigneur Yvain a bien de la peine à s'empêcher, quoi qu'il puisse arriver, de courir lui tenir les mains. Mais la damoiselle, avec beaucoup de courtoisie et de délicatesse, lui fait prière et supplication, recommandation et objurgation, de n'aller point commettre de folie.

« Vous êtes ici en sécurité, disait-elle, ne bougez pas tant que ce deuil n'est pas apaisé ;

Chevaliers sor sele ne sist,
Qui de rien nule vos vaussist !
De vostre enor, biaus sire
                          [chiers !
Ne fu onques nus chevaliers,
1295 Ne de la vostre corteisie.
Largesce estoit la vostre amie,
Et hardemanz vostre conpainz.
An la conpaignie des sainz
Soit la vostre ame, biaus douz
                          [sire ! »
1300 Lors se dehurte et se descire
Trestot, quanquë as mains li
                          [vient.

A mout grant painne se detient
Mes sire Yvains, a quoi que
                          [tort,
Que les mains tenir ne li cort.
1305 Mes la dameisele li prie
Et loe et comande et chastie
Come cortoise et de bon' eire,
Qu'il se gart de folie feire,
Et dit : « Vos estes ci mout
                          [bien.
1310 Ne vos movez por nule rien
Tant que cist diaus soit abeis-
                          [siez,

laissez ces gens
s'en aller, ils ne vont pas tarder à le faire. Si
maintenant vous me faites confiance pour la conduite
à tenir et si vous voulez bien suivre mes conseils, vous
pourrez en retirer de grands bénéfices. Vous pouvez
rester ici et vous y installer, regarder les gens passer et
1320 traverser, dehors comme dedans, sans être vu de
personne ; ce sera pour vous un grand atout. Mais
gardez-vous de toute insolence, car agir avec brutalité
et emportement ou se mettre en peine d'insolences en
toutes occasions, c'est montrer, à mon avis, plus de
lâcheté que de courage. Gardez-vous bien si quelque
folie vous vient à l'esprit, de n'en rien faire. L'homme
avisé rejette ses pensées extravagantes et s'en tient, s'il
le peut, à des actions honorables. Comportez-vous en
homme de bon sens, et vous éviterez de laisser votre
tête en gage

Et cez janz departir leissiez ;
Qu'il se departiront par tans.
Se vos contenez a mon sans
1315 Si con je vos lo contenir,
Granz biens vos an porra venir.
Ci poez ester et seoir
Et anz et fors les janz veoir,
Qui passeront parmi la voie ;
1320 Ne ja n'iert nus, qui ci vos
                                    [voie,
S'i avroiz mout grant avantage.
Mes gardez vos de dire
                                [outrage ;

a Car qui se desroie et sormainne
b Et d'outrage feire se painne,
c Quant il an a et eise et leu,
Je l'apel plus mauvés que preu.
d Gardez, se vos pansez folie,
Que por ce ne la feites mie.
1325 Li sages son fol pansé cuevre
Et met, s'il puet, le bien a
                                [oevre.
Or vos gardez donc come
                                [sages,
Que n'i metez la teste an
                                [gages ;

aux mains de vos ennemis qui n'en accepteraient pas de rançon. Faites bien attention à vous et souvenez-vous de mes conseils. Restez tranquille jusqu'à mon retour, je n'ose pas m'attarder davantage, car si je restais ici trop longtemps, on pourrait en concevoir des soupçons, parce qu'on ne me verrait pas avec tout le monde, et j'y risquerais une pénitence amère. »

1340 Elle le quitta alors, le laissant seul, en train de s'interroger sur la conduite à tenir, car il est ennuyé de voir qu'on enterre le corps sans qu'il puisse rien en prendre pour prouver qu'il l'a bien vaincu et tué. S'il n'a pas de gage probant, il n'évitera pas une honte complète.

Que l'an n'an prandroit rean-
                          [çon.
1330 Soiiez por vos an cusançon,
     Et de mon consoil vos
                          [sovaingne !
     Soiiez an pes tant que je
                          [vaingne ;
     Que je n'os ci plus arester.
     Je porroie tant demorer
1335 Espoir, que l'an me mescrer-
                          [roit
     Por ce, que l'an ne me verroit
     Avuec les autres an la presse,

S'an   prandroie   male
                          [confesse. »

A tant s'an part, et cil remaint,
1340 Qui ne set, comant se demaint.
Del cors, qu'il voit que l'an
                          [anfuet,
Li poise, quant avoir n'an puet
Aucune chose, qu'il an port
Tesmoing, qu'il l'a conquis et
                          [mort,
1345 Que mostrer puisse an aparant.
S'il n'an a tesmoing et garant,
Donc est il honiz an travers.

Face à Keu qui fait preuve de tant de
perfidie et de méchanceté, et qui déborde de sarcasmes odieux, il ne pourra plus jamais se défendre. Il
sera sans cesse l'objet de ses provocations, de ses
moqueries et de ses railleries, comme l'autre jour. Ses
perfides sarcasmes, bien qu'il en soit à l'abri, restent
une blessure fraîche au fond de lui-même. Mais, tout
sucre et tout miel, Amour nouveau qui vient de mener
une incursion sur sa terre, adoucit son mal ; il ne
1360 manque rien à son butin : le cœur d'Yvain a été ravi
par son ennemie ; il aime la femme qui lui voue la plus
grande haine. A son insu, elle a bien vengé la mort de
son époux ; elle en a pris vengeance plus grande
qu'elle n'aurait su le faire, si Amour ne s'en était
chargé ; il a mené l'attaque avec tant de douceur que
par les yeux il a atteint Yvain au cœur et lui a infligé
une blessure plus durable qu'un coup de lance ou
d'épée :

Tant par est Kes fel et pervers,
Plains de ranposnes et d'enui,
1350 Que ja mes ne garroit a lui :
Tor jorz mes l'iroit afitant
Et gas et ranposnes gitant,
Aussi come il fist l'autre jor.
Celes ranposnes a sejor
1355 Li sont el cuer batanz et
             [fresches,
Mes de son çucre et de ses
             [bresches
Li radoucist novele Amors,
Qui par sa terre a fet son cors,

S'a tote sa proie acoillie.
1360 Son cuer an mainne s'anemie,
S'aimme la rien, qui plus le
             [het.
Bien a vangiee, et si nel set,
La dame la mort son seignor.
Vanjance an a prise greignor,
1365 Qu'ele prandre ne l'an seüst,
S'Amors vangiee ne l'eüst,
Qui si doucemant le requiert,
Que par les iauz el cuer le fiert.
Et cist cos a plus grant duree,
1370 Que cos de lance ne d'espee :

on guérit vite d'un coup d'épée, dès qu'un
médecin s'y emploie ; mais la plaie faite par Amour
s'aggrave quand s'en approche son médecin.

Telle est la plaie dont souffre monseigneur Yvain et
dont il ne guérira jamais, car Amour s'est transporté
tout entier en lui. Il abandonne après les avoir
1380 saccagés tous les lieux où il s'était rendu. Il ne veut
avoir d'autre logis qu'en notre héros, et il agit
sagement en se retirant des lieux indignes pour se
livrer tout entier à lui. Il ne veut laisser aucune trace
de lui ailleurs ; il fouille tous ses anciens logis. (Il y a
de quoi s'affliger à voir Amour se montrer si médiocre
que d'aller se loger dans le lieu le plus méprisable qu'il
puisse trouver tout aussi bien qu'au meilleur emplace-
ment du camp.)

Cos d'espee garist et sainne
Mout tost, des que mires i
                        [painne,
Et la plaie d'Amors anpire,
Quant ele est plus pres de son
                        [mire.
1375 Cele plaie a mes sire Yvains,
Dont il ne sera ja mes sains ;
Qu'Amors s'est tote a lui ran-
                        [due.
Les leus, ou ele iere espandue,
Va reverchant et si s'an oste :
1380 Ne viaut avoir ostel ne oste

Se cestui non, et que preuz fet,
Quant de mauvés leu se retret,
Por ce qu'a lui tote se doint ;
Ne viaut qu'aillors et de li
                        [point,
1385 Si cerche toz cez vils ostés.
C'est granz honte, qu'Amors
                        [est tes,
Et quant ele si mal se prueve,
Que el plus vil leu, qu'ele
                        [trueve,
Se herberge tot aussi tost,
1390 Come an tot le meillor de l'ost.

Mais le voici en bonne maison ; il y sera traité avec honneur et y trouvera bon gîte. Voilà comment Amour qui est de si haut prix devrait se conduire, car il y a de quoi s'étonner à voir que la honte ne l'empêche pas de descendre en des lieux abominables. Il ressemble à celui qui répand son 1400 baume dans la cendre et la poussière, qui hait l'honneur et recherche le blâme, qui adoucit la suie avec du miel, et mélange le sucre avec du fiel. Mais en l'occurrence, il a agi tout autrement, il s'est logé en noble fief et il n'en peut encourir aucun reproche [31].

Quand on eut enterré le mort, tout le monde se sépara ; il ne resta là ni clercs, ni chevaliers, ni serviteurs, ni dames, hormis celle qui laissait éclater sa douleur. Elle restait là toute seule, et ne cessait de se prendre au visage,

Mes ore est ele bien venue,
Ci iert ele a enor tenue
Et ci li fet buen demorer.
Einsi se devroit atorner
1395 Amors, qui si est haute chose,
Que mervoille est, comant ele
[ose
De honte an si vil leu desçan-
[dre.
Celui sanble, qui an la çandre
Et an la poudre espant son
[basme,
1400 Et het enor et aimme blasme,

Et destanpre çucre de fiel,
Et mesle suie avueques miel.
Mes or n'a ele pas fet ceu,
Ainz s'est logiee an un franc
[leu,
1405 Don nus ne li puet feire tort.
Quant an ot anfoï le mort,
S'an partirent totes les janz.
Clers ne chevaliers ne serjanz
Ne dame n'i remest que cele,
1410 Qui sa dolor mie ne cele.
Mes cele i remaint tote sole,
Qui sovant se prant a la gole

de se tordre les poings, de se
frapper les paumes l'une contre l'autre tout en lisant
ses psaumes dans un psautier enluminé de lettres
d'or [32].

Monseigneur Yvain était toujours à la fenêtre à la
regarder. Plus il l'observe, plus elle lui plaît et plus il
1420 l'aime. Il voudrait bien qu'elle cesse de pleurer et de
prier et qu'elle accepte de lui parler. Tel est le désir
qu'Amour lui a inspiré en s'emparant de lui à la
fenêtre. Mais son désir le désespère, car il ne peut
imaginer ni croire qu'il puisse se réaliser :

« Je me fais l'effet d'un fou, dit-il, à désirer ce que
je n'obtiendrai jamais. Je lui ai blessé à mort son
époux et je prétends me réconcilier avec elle ! Sur ma
foi, c'est une idée absurde, car à présent elle me hait
plus que personne, et elle a raison.

Et tort ses poinz et bat ses
                        [paumes
Et list an un sautier ses
                        [saumes,
1415 Anluminé a letres d'or.
Et mes sire Yvains est ancor
A la fenestre, ou il l'esgarde,
Et come il plus s'an done
                        [garde,
Plus l'aimme et plus li abelist.
1420 Ce qu'ele plore et qu'ele list,
Vossist qu'ele leissié eüst,
Et qu'a li parler li leüst.

An cest voloir l'a Amors mis,
Qui a la fenestre l'a pris.
1425 Mes de son voloir se despoire ;
Car il ne puet cuidier ne croire,
Que ses voloirs puisse avenir,
Et dit : « Por fol me puis tenir,
Quant je vuel ce que ja n'avrai.
1430 Son seignor a mort li navrai,
Et je cuit a li pes avoir ?
Par foi ! ne cuit mie savoir,
Qu'ele me het plus ore androit,
Que nule rien, et si a droit.
1435 D'" ore androit " ai je dit que
                        [sages ;

" A présent " est le
mot juste, car souvent femme varie[33]. Le sentiment
qu'elle éprouve maintenant, elle en changera peut-
être un jour ; " peut-être " est de trop : elle en
1440 changera, je suis bien fou de m'en désespérer ; mieux
vaut prier Dieu qu'il l'en fasse changer bientôt
puisque je ne peux faire autrement que de lui être
soumis pour toujours : Amour le veut. Ne pas
accueillir Amour de bon cœur quand il nous appelle
près de lui, c'est félonie et trahison, et j'affirme
(l'entende qui voudra), qu'on est indigne de tout
bonheur et de toute joie[34]. Mais je ne risque rien,
j'aimerai toujours mon ennemie, car je ne dois pas la
haïr sous peine de trahir Amour.

« Quand Amour l'ordonne, je dois l'aimer, mais
elle, doit-elle m'appeler son ami ?

Que fame a plus de mil
[corages.
Celui corage, qu'ele a ore,
Espoir changera ele ancore, —
Ainz le changera sanz
[" espoir "
1440 Si sui mout fos, qui m'an des-
[poir.
Et Des li doint par tans chan-
[gier !
Qu'estre m'estuet an son dan-
[gier
Toz jorz mes, des qu'Amors le
[viaut !

Qui Amor an gre ne requiaut,
1445 Des que ele antor li l'atret,
Felenie et traïson fet,
Et je di (qui se viaut, si l'oie !),
Que n'an doit avoir bien ne
[joie.
Mes por ce ne perdrai je mie,
1450 Ançois amerai m'anemie ;
Que je ne la doi pas haïr,
Se je ne vuel Amor traïr.
Ce qu'Amors viaut, doi je
[amer.
Et moi doit ele ami clamer ?

Oui, bien sûr, étant
donné que je l'aime. Alors moi, je l'appelle mon
ennemie puisqu'elle me hait, et non sans raison,
puisque j'ai tué celui qu'elle aimait. Je suis donc son
1460 ennemi ? Non point, mais son ami, car jamais je n'ai
eu un tel désir d'aimer. Je souffre pour ses beaux
cheveux, qui sont plus éclatants que l'or fin. La colère
me brûle quand je la vois les arracher, et quand rien
ne peut arrêter les larmes qui coulent de ses yeux ; j'en
suis profondément mécontent. Tout emplis qu'ils
sont de larmes intarissables, jamais il n'en fut de plus
beaux.

1455 Oïl voir, por ce que je l'aim.
Et je m'anemie la claim,
Qu'ele me het, si n'a pas tort ;
Que ce, qu'ele amoit, li ai
                                    [mort.
Et donc sui je ses anemis ?
1460 Nenil certes, mes ses amis ;
Qu'onques rien tant amer ne
                                    [vos.
Grant duel ai de ses biaus che-
                                    [vos,
Qui fin or passent, tant relui-
                                    [sent :

D'ire m'esprannent et agui-
                                    [sent,
1465 Quant je li voi ronpre et tran-
                                    [chier :
N'onques ne pueent estanchier
Les lermes, qui des iauz li
                                    [chieent.
Totes ces choses me dessieent.
Atot ce qu'il sont plain de
                                    [lermes,
1470 Si que n'an est ne fins ne
                                    [termes,
Ne furent onques si bel oel.

Ses pleurs m'affligent, mais rien ne m'attriste
autant que son visage qu'elle meurtrit et qui est
innocent : jamais je n'en vis d'aussi bien dessiné, de
teint aussi frais et aussi vif. Mais ce qui me transperce
1480 le cœur, c'est de la voir se prendre à la gorge. Non,
elle ne s'épargne pas, elle se fait tout le mal qu'elle
peut ; pourtant il n'est pas de cristal ni de glace aussi
clairs ni aussi lisses. Dieu ! pourquoi cette frénésie ?
pourquoi ne met-elle moins de rage à se blesser ? A
quoi lui sert de tordre ses belles mains, de se frapper
la poitrine, de s'écorcher ?

« Ne serait-elle pas merveilleuse à contempler si elle
était heureuse, quand elle est si belle dans le chagrin ?
Oui vraiment, je peux bien le jurer, jamais Nature ne
s'est montrée si excessive en beauté ;

De ce qu'ele plore, me duel,
Ne de rien n'ai si grant des-
                    [tresce
Come de son vis, qu'ele
                    [blesce ;
1475 Qu'il ne l'eüst pas desservi.
Onques si bien taillie ne vi
Ne si fres ne si coloré.
Et ce me par a acoré,
Que je li voi sa gorge estrain-
                    [dre.
1480 Certes, ele ne se set faindre,
Qu'au pis, qu'ele puet, ne se
                    [face.

Et nus cristaus ne nule glace
N'est si clere ne si polie.
Des ! por quoi fet si grant folie
1485 Et por quoi ne se blesce
                    [mains ?
Por quoi detort ses beles mains
Et fiert son piz et esgratine ?
Don ne fust ce mervoille fine
A esgarder, s'ele fust liee.
1490 Quant ele est or si bele iriee ?
Oïl voir, bien le puis jurer :
Onques mes si desmesurer
An biauté ne se pot Nature ;

en cette femme,
elle a oublié toute mesure, mais peut-être n'y est-elle
pour rien ? Comment cela aurait-il pu se faire ? D'où
proviendrait une si grande beauté ? De Dieu lui-même
qui l'a faite de ses propres mains pour emplir Nature
1500 de stupéfaction : passerait-elle toute sa vie à vouloir la
reproduire qu'elle ne pourrait y arriver. Même Dieu,
je crois, s'il voulait s'en mettre en peine, ne pourrait
jamais réussir à en refaire une autre, quels que soient
ses efforts [35]. »

Voilà les mots dont monseigneur Yvain dépeint
celle qui s'abîme dans la douleur ; jamais, je crois, il
ne s'est encore trouvé qu'un homme pris, comme
Yvain l'est, et risquant d'y laisser la tête, se soit lancé
dans un amour aussi fou, un amour dont on peut
présumer que ni lui, ni personne à sa place, ne pourra
faire l'aveu. Il ne quitta pas la fenêtre

Que trespassee i a mesure.
1495 Ou ele espoir n'i ovra onques ?
Comant poïst avenir donques ?
Don fust si granz biautez
                    [venue ?
Ja la fist Des de sa main nue,
Por Nature feire muser.
1500 Tot son tans i porroit user,
S'ele la voloit contrefeire ;
Que ja n'an porroit a chief
                    [treire.
Nes Des, s'il s'an voloit pener,
N'i porroit, ce cuit, assener,

1505 Que ja mes nule tel feïst
Por painne, que il i meïst. »

Einsi mes sire Yvains devise
Celi, qui de duel se debrise,
Ne mes ne cuit, qu'il avenist,
1510 Que nus hon, qui prison tenist,
Tel con mes sire Yvains la
                    [tient,
Qui de la teste perdre crient,
Amast an si fole meniere,
Dont il ne fera ja proiiere
1515 Ne autre por lui, puet cel estre.
Tant fu iluec a la fenestre,

avant de voir la
dame s'en retourner, et les deux portes coulissantes
1520 descendues. Un autre en aurait été abattu, et aurait
préféré retrouver la liberté plutôt que de rester là,
mais, pour lui, il lui était parfaitement égal qu'on les
ouvre ou qu'on les ferme. Il ne s'en irait sûrement pas
si on les lui ouvrait ou si la dame le laissait partir lui
pardonnant généreusement la mort de son époux et lui
permettant de s'éloigner en toute sécurité. C'est
qu'Amour et Honte le retiennent ; chacun de son côté,
ils se présentent à lui : honte à lui s'il s'en va, car
personne ne voudrait ajouter foi à ses exploits ; d'un
autre côté, il est possédé d'un tel désir de voir à tout le
moins cette belle dame, s'il n'en peut obtenir davan-
1540 tage,

Qu'il an vit la dame raler,
Et que l'an ot fet avaler
Anbedeus les portes colanz.
1520 De ce fust uns autre dolanz,
Qui miauz amast sa delivrance,
Qu'il ne feïst la demorance.
Et il met autretant a oevre,
Se l'an les clot, con s'an les
[oevre.
1525 Il ne s'an alast mie certes,
Se eles li fussent overtes,
Ne se la dame li donast
Congié et si li pardonast

La mort son seignor buene-
[mant,
1530 Si s'an alast seüremant ;
Qu'Amors et Honte le detie-
[nent,
Qui de deus parz devant li
[vienent.
Il est honiz, se il s'an va ;
Que ce ne crerroit nus hon ja,
1535 Qu'il eüst einsi esploitié.
D'autre part a tel coveitié
De la bele dame veoir
Au mains, se plus n'an puet
[avoir,

qu'il ne se soucie pas de sa prison ; il préfère mourir plutôt que de s'en aller.

Mais la demoiselle revenait, elle voulait lui tenir compagnie, le consoler, le divertir, et lui procurer et lui apporter à discrétion tout ce qu'il voudrait. Elle le trouva plongé dans ses pensées et abattu, par l'effet de l'Amour qui l'avait envahi.

« Monseigneur Yvain, lui dit-elle, comment s'est passée la journée [36] ?

— Fort bien, fit-il, j'ai eu beaucoup de plaisir.

— Du plaisir ? Par Dieu, dites-vous la vérité ? Comment peut-on aller bien quand on voit qu'on est recherché pour être tué, sinon parce qu'on aime et désire sa propre mort ?

— Certes, fit-il, ma chère amie, je ne voudrais surtout pas mourir ;

Que de la prison ne li chaut ;
1540 Morir viaut ainz que il s'an
            [aut. —
Mes la dameisele repeire,
Qui li viaut conpaignie feire
Et solacier et deporter,
Et porchacier et aporter,
1545 Quanqu'il voldra, a sa devise.
De l'amor, qui an lui s'est
            [mise,
Le trova trespansé et vain,
Si li a dit : « Mes sire Yvain !
Quel siecle avez vos hui eü ? »

1550 « Tel », fet il, « qui mout m'a
            [pleü. »
« Pleü ? Por De ! dites vos
            [voir ?
Comant ? Puet donc buen sie-
            [cle avoir,
Qui voit qu'an le quiert por
            [ocirre,
S'il ne viaut sa mort ou
            [desirre ? »
1555 « Certes », fet il, « ma douce
            [amie,
Morir ne voldroie je mie,

pourtant, ce que j'ai vu m'a ravi,
Dieu le sait : m'a ravi et continuera de me ravir à
jamais[37].

1560 — N'en parlons plus, fit la jeune fille, je vois bien
où vous voulez en venir. Je ne suis pas si sotte ni si
niaise que je ne comprenne bien ce qu'on me dit.
Suivez-moi plutôt, je vais sans tarder m'occuper de
vous libérer. Je vous mettrai en lieu sûr, si vous
voulez, dès ce soir ou demain ; allons, venez, je vous
emmène. »

Mais il répondit :

« Soyez sûre que je ne suis pas près de m'en aller
comme un voleur, à la dérobée. Il me faut tous les
gens assemblés dans les rues, dehors, pour pouvoir
sortir honorablement ; ce serait plus honorable que de
m'en aller de nuit. »

Et si me plot mout tote voie
Ce que je vi, se Des me voie,
Et plest et pleira toz jorz
[mes. »
1560 « Or leissomes trestot an pes »,
Fet ele ; « que bien sai antan-
[dre,
Ou ceste parole viaut tandre.
Ne sui si nice ne si fole,
Que bien n'antande une
[parole ;
1565 Mes ore an venez aprés moi ;
Que je prandrai prochain
[conroi

De vos giter fors de prison.
Bien vos metrai a garison,
S'il vos plest, anuit ou demain. »
1570 Ore an venez, je vos an main. »
Et il respont : « Soiiez cer-
[tainne,
Je n'istrai de ceste semainne
Au larrecin ne an anblee.
Quant la janz iert tote assan-
[blee
1575 Parmi cez rues la defors,
Plus a enor m'an istrai lors,
Que je ne feroie nuitantre. »

Tout en parlant, il entra à sa suite dans la petite
1580 chambre. La demoiselle qui était vive, s'employa à le
servir ; elle lui fit avance et fourniture de tout ce dont
il eut besoin [38]. Le moment venu, elle se souvint de ses
paroles : qu'il avait été ravi par ce qu'il avait vu,
tandis que le cherchaient dans la salle les gens qui lui
vouaient une haine mortelle.

La demoiselle était en si bons termes avec sa
maîtresse qu'elle ne craignait d'aborder aucun sujet,
car elle était sa gouvernante et sa confidente. Pourquoi aurait-elle eu peur de réconforter sa maîtresse et
de lui donner de bons conseils ? La première fois, elle
lui dit seule à seule :

« Dame, vous me surprenez à agir de façon aussi
1600 insensée. Pensez-vous, dame, que votre douleur vous
rendra votre époux ?

A cest mot aprés li s'an antre
Dedanz la petite chanbrete.
1580 La dameisele, qui fu brete,
Fu de lui servir an espans,
Si li fist creance et despans
De tot, quanqu'il li covint.
Et quant leus fu, bien li sovint
1585 De ce, que il li avoit dit,
Que mout li plot ce que il vit,
Quant par la sale le queroient
Cil qui ocirre le voloient.

La dameisele estoit si bien
1590 De sa dame, que nule rien

A dire ne li redotast,
A quoi que la chose montast ;
Qu'ele estoit sa mestre et sa
                                    [garde.
Mes por quoi fust ele coarde
1595 De sa dame reconforter
Et de s'enor amonester ?
La premiere foiz a consoil
Li dist : « Dame ! mout me
                                    [mervoil,
Que folemant vos voi ovrer.
1600 Dame ! cuidiez vos recovrer
Vostre seignor por feire
                                    [duel ? »

— Non point, fit-elle, mais je voudrais être morte de tristesse.

— Pourquoi?

— Pour le suivre.

— Le suivre? Dieu vous en préserve et vous rende un époux de même vaillance, comme il en a le pouvoir.

— Tu dis le pire des mensonges; il ne pourrait pas m'en rendre un de la même vaillance.

— Il vous en donnera un meilleur, si vous consentez à l'accepter, et je vais le prouver.

— Hors d'ici! Plus un mot! Impossible d'en trouver un comme lui.

— Je dis que si, dame, si vous le voulez. Sans vous fâcher, dites-moi donc, qui va défendre votre terre quand le roi Arthur s'y présentera : il doit venir la semaine prochaine au perron et à la fontaine. Vous en avez été avertie par une lettre que vous envoya la Demoiselle Sauvage [39].

« Nenil », fet ele, « mes mon
                    [vuel
Seroie je morte d'enui. »
« Por quoi? » — « Por aler
                    [aprés lui. »
1605 « Aprés lui? Des vos an def-
                    [fande
Et aussi buen seignor vos
                    [rande,
Si come an est poesteïs. »
« Ains tel mançonge ne deïs;
Qu'il ne me porroit si buen
                    [rendre. »

1610 « Meillor, se vos le volez pran-
                    [dre,
Vos randra il, sel proverai. »
« Fui! tes! Ja voir nel trove-
                    [rai. »
« Si feroiz, dame! s'il vos siet.
Mes or dites, si ne vos griet :
1615 Vostre terre qui deffandra,
Quant li rois Artus i vandra,
Qui doit venir l'autre semainne
Au perron et a la fontainne?
Vos an avez eü message
1620 De la Dameisele Sauvage,

Hélas, c'était bien la peine! Vous devriez être en train de pourvoir à la défense de votre fontaine, et vous n'arrêtez pas de pleurer! Pourtant, ma chère dame, si vous vouliez, il n'y aurait pas de temps à perdre. Tous vos chevaliers, vous le savez bien, n'ont pas plus de vaillance qu'une chambrière. Le plus suffisant d'entre eux n'ira pas jusqu'à prendre écu et lance. Vous ne manquez pas de lâches, mais vous n'avez personne d'assez téméraire pour oser se mettre sur un cheval et le roi, qui arrive avec une armée immense, s'emparera de tout sans trouver de résistance [40]. »

La dame sait fort bien que la jeune fille lui donne de
1640 fidèles avis; mais elle a en elle la même folie que les autres femmes;

Qui letres vos an anvea.
Ahi! con bien les anplea!
Vos deüssiez or consoil pran-
                              [dre
De vostre fontainne deffandre,
1625 Et vos ne finez de plorer!
N'i eüssiez que demorer,
S'il vos pleüst, ma dame
                        [chiere!
Que certes une chanberiere
Ne valent tuit, bien le savez,
1630 Li chevalier, que vos avez.
Ja par celui, qui miauz se
                        [prise,

N'an iert escuz ne lance prise.
De jant mauvaise avez vos
                        [mout,
Mes ja n'i avra si estout,
1635 Qui sor cheval monter an ost;
Et li rois vient a si grant ost,
Qu'il seisira tot sanz def-
                        [fanse. »
La dame set mout bien et
                        [panse,
Que cele la consoille an foi;
1640 Mes une folor a an soi,
Que les autres fames i ont,

toutes, pratiquement, en sont vic-
times; elles excusent leur folie et s'opposent à ce
qu'elles désirent[41].

« Va-t'en, dit-elle, ne m'en parle plus. Si tu abordes
encore le sujet, mieux vaudra disparaître ou tu t'en
repentiras. A tant parler tu m'irrites énormément.

— Voilà qui est parfait! dit-elle. Dame, on voit
bien que vous êtes femme, toujours prête à se mettre
en colère quand elle entend un avis profitable. »

Elle la quitta alors, la laissant seule. La dame se
ravisa et comprit qu'elle avait eu grand tort. Elle
voudrait bien savoir comment la demoiselle aurait pu
prouver qu'il était possible de trouver un chevalier
1660 meilleur que son époux.

Et a bien pres totes le font,
Que de lor folies s'escusent
Et ce, qu'eles vuelent, refu-
        [sent.
1645 « Fui ! », fet ele, « ne dire
        [mes !
Se je t'an oi parler ja mes,
Ja mar feras mes que t'an
        [fuies !
Tant paroles, que trop
        [m'enuies. »
« A buen eür », fet ele,
        [« dame !

1650 Bien i pert, que vos estes fame,
Qui se corroce, quant ele ot
Nelui, qui bien feire li lot. »

Lors s'an parti, si la leissa ;
Et la dame se rapansa
1655 Qn'ele avoit mout grant tort
        [eü.
Mont vossist bien avoir seü,
Comant ele porroit prover,
Qu'an porroit chevalier trover
Meillor, qu'onques ne fu ses
        [sire.

Elle aimerait le lui entendre dire, mais elle lui en a fait défense.

Cette pensée l'obséda jusqu'à ce que la jeune fille revînt. Celle-ci ne tint pas compte de la défense qui lui avait été faite et lui dit immédiatement :

« Ha, dame, faut-il maintenant vous laisser ainsi mourir de douleur ? Par Dieu, reprenez-vous, et cessez, ne serait-ce que par crainte de vous déshonorer. Il ne convient pas qu'une dame de votre rang prolonge aussi longtemps ses pleurs. Rappelez-vous ce que vous devez à votre honneur et à votre haut rang. Prétendez-vous que toute prouesse soit morte avec votre époux ? Il s'en trouve encore de par le monde d'aussi bons ou de meilleurs par centaines.

— Si ce n'est pas là pur mensonge, je consens que
1680 Dieu m'anéantisse.

1660 Mout volantiers li orroit dire,
Mes ele li a deffandu.
An cest voloir a atandu
Jusqu'a tant que ele revint.
Mes onques deffanse n'an tint,
1665 Ainz li redit tot maintenant :
« Ha, dame ! est ce ore ave-
[nant,
Que si de duel vos ociëz ?
Por De ! car vos an chastiëz,
Sel leissiez seviaus non de
[honte.
1670 A si haute dame ne monte,

Que duel si longuemant main-
[taingne.
De vostre enor vos resso-
vaingne
Et de vostre grant jantillesce !
Cuidiez vos, que tote proesce
1675 Soit morte avuec vostre sei-
[gnor ?
Çant aussi buen et çant meillor
An sont remés parmi le
[monde. »
« Se tu n'an manz, Des me
[confonde !

Pourtant nomme-m'en un seul qui
1680 ait la réputation de vaillance dont mon époux a joui
toute sa vie.

— Vous m'en voudriez, et vous vous mettriez
encore en colère.

— Je n'en ferai rien, je te le jure.

— Alors, je peux souhaiter que l'avenir vous
comble de bonheur, pourvu que vous sachiez le
vouloir, et j'espère bien que Dieu vous en donnera le
désir ! Je ne vois rien qui m'empêche de parler car il
n'y a personne pour nous entendre ou nous écouter.
Vous allez sûrement me tenir pour une insolente, mais
je peux bien dire, me semble-t-il : quand deux
chevaliers en sont venus à s'affronter en combat,
lequel croyez-vous le plus valeureux, quand l'un a
vaincu l'autre ? En ce qui me concerne,

Et neporquant un seul m'an
         [nome,
1680 Qui et tesmoing de si pro-
         [dome,
Con mes sire ot tot son aé. »
« Ja m'an savriiez vos mal gré,
Si vos an corroceriiez
Et m'an remenaceriiez. »
1685 « Non ferai, je t'an asseür. »
« Ce soit a vostre buen eür,
Qui vos an est a avenir,
Se il vos venoit a pleisir,
Et Des doint ce, que il vos
         [pleise !

1690 Ne voi rien, por quoi je me
         [teise ;
Que nus ne nos ot ne escoute.
Vos me tandroiz ja por estoute,
Mes je dirai bien, ce me san-
         [ble.
Quant dui chevalier sont
         [ansanble
1695 Venu as armes an bataille,
Li ques cuidiez vos, qui miauz
         [vaille,
Quant li uns a l'autre conquis ?
Androit de moi doing je le pris

je donne le
prix au vainqueur[42]. Et vous, que décidez-vous?

1700   — Je crois que tu me tends un piège et que tes
paroles veulent m'attraper.

— Ma foi, vous n'avez pas de peine à voir que je
vais droit à la vérité, et qu'on ne peut échapper à mon
raisonnement : celui qui a vaincu votre époux est de
plus grande valeur que lui; il l'a vaincu et il a eu la
hardiesse de le poursuivre jusqu'ici et de l'enfermer
dans son propre château.

— J'entends là une monstruosité, la plus énorme
qu'on ait jamais proférée. Va-t'en, fille sotte et
odieuse. Ne profère plus jamais de telles bêtises et ne
te présente plus devant moi, si c'est encore pour
parler de lui.

Au veinqueor. Et vos que
                    [feites ? »
1700 « Il m'est avis; que tu
                    [m'agueites,
Si me viaus a parole prandre. »
« Par foi ! vos poez bien antan-
                    [dre,
Que je m'an vois parmi le voir,
Et si vos pruis par estovoir,
1705 Que miauz vaut icil, qui
                    [conquist
Vostre seignor, que il ne fist.
Il le conquist et sel chaça

Par hardemant an jusque çà,
Si qu'il l'anclost an sa mei-
                    [son. »
1710 « Ore oi », fet ele, « desreison
La plus grant, qui onques fust
                    [dite.
Fui ! plainne de mal esperite,
Fui ! garce fole et enuieuse !
Ne dire ja mes tel oiseuse,
1715 Ne ja mes devant moi ne
                    [vaingnes,
Por quoi de lui parole
                    [taingnes ! »

— Certes, dame, je le savais bien, que vous m'en
1720 voudriez et je vous avais bien prévenue. Mais vous
vous êtes engagée à ne pas vous mettre en colère et à
ne pas m'en vouloir. Vous avez mal tenu votre
promesse et j'ai dû essuyer les reproches que vous
aviez envie de me faire ; j'ai perdu une bonne occasion
de me taire. »

Elle retourne alors dans sa chambre, où se repose
monseigneur Yvain sur qui elle est bien heureuse de
veiller. Mais pour lui, il trouve la situation insupportable puisqu'il ne peut voir la dame ; quant à l'affaire
que la demoiselle est en train de machiner, il ne s'en
doute pas et ignore tout.
Toute la nuit la dame fut en débat avec elle-même,
préoccupée qu'elle était de défendre sa fontaine. Elle
1740 commence alors à regretter les blâmes et les violents
reproches qu'elle a adressés à la demoiselle, car elle est
absolument sûre que celle-ci, en abordant ce sujet, n'a
pas agi par espoir d'un salaire ou d'une récompense,

« Certes, dame ! bien le savoie,
Que ja de vos gre n'an avroie,
Et jel vos dis mout bien avant.
1720 Mes vos m'eüstes an covant,
Que mal gre ne m'an savriiez
Ne ja ire n'an avriiez.
Mal m'avez mon covant tenu,
Si m'est ore einsi avenu,
1725 Que dit m'avez vostre pleisir,
Si ai perdu un buen teisir. »

Atant vers la chanbre retorne
La, ou mes sire Yvains sejorne,
Cui ele garde a mout grant
[eise ;

1730 Mes n'i a chose, qui li pleise,
Quant la dame veoir ne puet ;
Et del plet, que cele li muet,
Ne se garde ne n'an set mot.
Mes la dame tote nuit ot
1735 A li meïsme grant tançon ;
Qu'ele estoit an grant cusançon
De sa fontainne garantir,
Si se comance a repantir
De celi, qu'ele avoit blasmee
1740 Et leidie et mesaesmee ;
Qu'ele est tote seüre et certe,
Que por loiier ne por desserte

ou par l'amour qu'elle porterait au chevalier ; la
demoiselle l'aime certainement plus que lui, et elle ne
songerait pas à lui conseiller ce qui pourrait la
déshonorer ou lui causer du tort, car c'est une amie
d'une loyauté parfaite.

Voici changés les sentiments de la dame : pour celle
qu'elle avait rabrouée, elle s'imagine que celle-ci ne
pourra plus jamais l'aimer du fond du cœur ; pour
celui qu'elle avait refusé, elle lui trouve des excuses
sincères conformes à la raison et au droit : il n'a pas de
tort à son égard. Elle argumente exactement comme
s'il avait comparu devant elle et engage le débat :

1760   « Veux-tu donc, fait-elle, nier que mon époux ne
soit mort de tes mains ?

— C'est un fait, dit-il, que je ne conteste pas, je le
reconnais sans réticence.

Ne por amor, que a lui et,
Ne l'an mist ele onques an
                        [plet ;
1745 Et plus aimme ele li que lui,
Ne sa honte ne son enui
Ne li loeroit ele mie ;
Car trop est sa leaus amie.
Ez vos ja la dame changiee
1750 De celi, qu'ele ot leidangiee ;
Que ne cuide ja a nul fuer,
Qu'amer la doie de bon cuer.
Et celui, qu'ele ot refusé,
A mout leaumant escusé

1755 Par reison et par droit de plet,
Qu'il ne li avoit rien forfet ;
Si se desresne tot einsi,
Con s'il fust venuz devant li.
Lors si comance a pleidoiier :
1760 « Va ! » fet ele, « puez tu
                        [noiier,
Que par toi ne soit morz mes
                        [sire ? »
« Ce », fet il, « ne puis je des-
                        [dire,
Ainz l'otroi bien. » — « Di
                        [donc, por quoi ?

— Dis-moi donc, quelle raison avais-tu ? L'as-tu
tué pour me faire du mal, ou bien par haine ou mépris
à mon égard ?

— Je veux bien mourir immédiatement si jamais
j'ai agi pour vous faire du mal.

— Donc tu n'as commis aucune faute envers moi,
et envers lui tu n'as eu aucun tort, car s'il l'avait pu, il
t'aurait tué. Voilà pourquoi, je crois pouvoir dire que
j'ai bien jugé et selon le droit [43]. »

Ainsi conclut-elle toute seule que ses réponses sont
justes, sensées et raisonnables et qu'elle n'a pas le
droit de le haïr. Elle en dit ce qu'elle voudrait
entendre, et s'enflamme toute seule, comme le feu qui
1780 fume jusqu'au moment où la flamme y éclate, sans
que personne ne souffle dessus ou ne l'attise. Et si
maintenant arrivait la demoiselle, elle gagnerait la
cause qu'elle a tant plaidée devant elle et qui lui a valu
bien des rebuffades.

Elle revint au matin et recommença son prêche où
elle l'avait laissé.

Feïs le tu por mal de moi,
1765 Por haïne ne por despit ? »
« Ja n'aie je de mort respit,
S'onques por mal de vos le
                    [fis. »
« Donc n'a tu rien vers moi
                    [mespris,
Ne vers lui n'eüs tu nul tort ;
1770 Car, s'il poïst, il t'eüst mort.
Por ce mien esciant cuit gié,
Que j'ai bien et a droit jugié. »
Einsi par li meïsme prueve,
Que droit, san et reison i
                    [trueve,

1775 Qu'an lui haïr n'a ele droit,
S'an dit ce, que ele voldroit,
Et par li meïsme s'alume.
Aussi con la busche, qui fume,
Tant que la flame s'i est mise,
1780 Que nus ne sofle ne atise.
Et s'or venoit la dameisele,
Ja desresneroit la querele,
Dont ele l'a tant pleidoiiee,
S'an a esté mout leidangiee.
1785 Et ele revint par matin,
Si recomance son latin
La, ou ele l'avoit leissié.

　　　　　La dame tenait la tête baissée, se sentant dans son tort pour l'avoir rudoyée, mais maintenant elle est prête à faire des concessions et à lui demander le nom du chevalier, son rang et son lignage. Elle a la sagesse de s'excuser :

　　　　« Je veux vous demander pardon, dit-elle, pour les paroles impudentes et blessantes que j'ai eu la folie de vous dire. A l'avenir, je suivrai vos avis. Mais, dites-moi, si vous le savez, ce chevalier dont vous m'avez si longuement entretenu, quelle est sa qualité, quelle est sa famille ? S'il peut prétendre à moi, et que de son côté il ne s'y oppose pas, je le ferai, c'est entendu, seigneur de ma terre et de ma personne. Mais il faudra faire en sorte qu'on évite tout commentaire à mon sujet et qu'on ne dise pas : " C'est celle qui a épousé celui qui a tué son mari [44]. "

Et cele tint le chief beissié,
Qui a mesfeite se savoit
1790 De ce que leidie l'avoit ;
Mes or li voldra amander
Et del chevalier demander
Le non et l'estre et le linage ;
Si s'umelie come sage
1795 Et dit : « Merci criër vos vuel
Del grant outrage et de
　　　　　　　　　[l'orguel,
Que je vos ai dit come fole,
Si remandrai a vostre escole.
Mes dites moi, se vos savez,

1800 Li chevaliers, don vos m'avez
Tenue an plet si longuemant,
Ques hon est il et de quel jant ?
Se il est tes, qu'a moi ataingne,
(Mes que de par lui ne
　　　　　　　　　[remaingne),
1805 Je le ferai, ce vos otroi,
Seignor de ma terre et de moi.
Mes il le covandra si feire,
Qu'an ne puisse de moi retreire
Ne dire : " C'est cele, qui prist
1810 Celui, qui son seignor
　　　　　　　　　[ocist. " »

— Par le nom de Dieu, dame, on y veillera. Vous aurez le mari le plus aimable, le plus distingué et le plus beau qui se puisse trouver dans le lignage d'Abel.

— Quel est son nom ?

— Monseigneur Yvain.

— Ma foi, ce n'est pas un rustre, il est de bonne noblesse, je le sais bien ; c'est le fils du roi Urien.

— Ma foi, dame, vous dites la vérité.

1820 — Et quand pourrons-nous l'avoir ?

— D'ici cinq jours.

— C'est trop long ; je voudrais qu'il soit déjà là. Qu'il vienne ce soir ou demain au plus tard.

— Dame, je ne crois pas qu'un oiseau pourrait faire tant de chemin en une seule journée. Mais je vais y envoyer un de mes serviteurs qui est très rapide ;

« En non De, dame ! einsi iert
[il.
Seignor avroiz le plus jantil
Et le plus franc et le plus bel,
Qui onques fust del ling
[Abel. »
1815 « Comant a non ? » — « Mes
[sire Yvains. »
« Par foi ! cist n'est mie vilains,
Ainz est mout frans, je le sai
[bien,
Si est fiz au roi Uriien. »
« Par foi, dame ! vos dites
[voir. »

1820 « Et quant le porrons vos
[avoir ? »
« Jusqu'a cinc jorz. » —
« Trop tarderoit ;
Que mon vuel ja venuz seroit.
Vaingne anuit ou demain
[seviaus ! »
« Dame ! ne cuit que nus
[oisiaus
1825 Poïst an un jor tant voler.
Mes je i ferai ja aler
Un mien garçon, qui mout tost
[cort,

il

peut arriver, je crois, à la cour du roi Arthur, demain soir au plus tôt ; il sera impossible de le trouver avant.

— C'est un délai beaucoup trop long. Les jours sont longs. Dites-lui d'être de retour demain soir et d'aller plus vite que d'habitude ; car s'il consent à forcer l'allure, il fera deux journées en une ; cette nuit la lune luira : que de la nuit il fasse une nouvelle 1840 journée, et je lui donnerai au retour toutes les récompenses qu'il souhaitera.

— Comptez sur moi, dans trois jours au plus tard vous l'aurez à votre disposition. Pendant ce temps, de votre côté vous convoquerez vos gens et vous leur demanderez quelle décision arrêter pour la venue du roi.

Qui ira bien jusqu'a la cort
Le roi Artu au mien espoir
1830 Au mains jusqu'a demain au
　　　　　　　　　　　　　[soir ;
Que jusque la n'iert il trovez. »
« Cist termes est trop lons
　　　　　　　　　　　　　[assez.
Li jor sont lonc. Mes dites li,
Que demain au soir resoit ci
1835 Et aut plus tost, que il ne
　　　　　　　　　　　　　[siaut ;
Car, se bien esforcier se viaut,
Fera de deus jornees une.

Et anquenuit luira la lune,
Si reface de la nuit jor.
1840 Et je li donrai au retor,
Quanqu'il voldra, que je li
　　　　　　　　　　　　　[doingne. »
« Sor moi leissiez ceste
　　　　　　　　　　　　　[besoingne ;
Que vos l'avroiz antre voz
　　　　　　　　　　　　　[mains
Jusqu'a tierz jor a tot le mains.
1845 Et andemantres manderoiz
Voz janz et si demanderoiz
Consoil del roi, qui doit venir.

Pour maintenir la coutume et pour défendre la fontaine, il faudrait, direz-vous, prendre des mesures efficaces : il n'y en aura pas un, même des plus hauts seigneurs, qui osera se vanter qu'il s'y rendra. Alors vous serez fondée à dire qu'il faudrait vous marier. Un chevalier de grand renom demande votre main, direz-vous, mais vous n'osez pas le prendre pour époux sans leur consentement à tous. Le résultat est garanti, 1860 croyez-moi. Je les sais si lâches que, pour se décharger sur un autre d'une tâche trop pénible pour eux, ils se jetteront tous ensemble à vos pieds et vous en remercieront, car vous les aurez soulagés d'un grand poids. Qui a peur de son ombre se garde volontiers, s'il le peut, d'affronter lance ou javeline,

Por la costume maintenir
De vostre fontainne deffandre,
1850 Vos covandroit buen consoil
[prandre.
Et il n'i avra ja si haut,
Qui s'ost vanter, que il i aut.
Lors porroiz dire tot a droit,
Que mariër vos convandroit.
1855 Uns chevaliers mout alosez
Vos requiert, mes vos ne l'osez
Prandre, s'il nel vos loent tuit.
Et ce praing je bien an
[conduit :

Tant les conois je a mauvés,
1860 Que por chargier autrui le fes,
Dont il seroient trop chargié,
Vos an vandront trestuit au
[pié,
Et si vos an merciëront,
Que fors de grant painne
[seront.
1865 Car, qui peor a de son onbre,
S'il puet, volantiers se descon-
[bre
D'ancontre de lance ou de
[dart ;

car c'est un
jeu dangereux pour des couards. »

La dame répondit alors :

« Par ma foi, telle est ma volonté et telle est ma
décision, et j'avais déjà fait les réflexions que vous
m'avez présentées : c'est donc ainsi que nous agirons.
Mais que faites-vous encore ici ? Partez ! Ne tardez
pas davantage ! Arrangez-vous pour le trouver, tandis
que moi je vais rester avec mes gens. »

Leur assemblée se sépara sur ces mots[45].

La demoiselle fit semblant d'envoyer chercher
1880 monseigneur Yvain dans son pays. Chaque jour elle le
baigna, lui lava la tête, le peigna. De plus elle lui
prépara une robe d'écarlate vermeille, fourrée de
petit-gris, encore saupoudrée de craie[46]. Elle n'épar-
gna rien de ce qui était nécessaire pour le rendre
élégant : une broche d'or pour fermer le col, incrustée
de pierres précieuses qui donnent beaucoup de grâce à
ceux qui les portent, une ceinture, une aumônière

Car c'est mauvés jeus a coart. »
Et la dame respont : « Par foi !
1870 Einsi le vuel et si l'otroi,
Et je l'avoie ja pansé
Si con vos l'avez devisé,
Et tot einsi le ferons nos.
Mes ci por quoi demorez vos ?
1875 Alez ! ja plus ne delaiiez,
Si feites tant que vos l'aiiez.
Je remandrai avuec mes janz. »
Einsi fina li parlemanz.
Et cele faint, qu'ele anvoit
[querre

1880 Mon seignor Yvain an sa terre,
Si le fet chascun jor beignier
Et laver et aplanoiier.
Et avuec ce li aparoille
Robe d'escarlate vermoille
1885 De ver forree atot la croie.
N'est riens, qu'ele ne li acroie,
Qui covaingne a lui acesmer :
Fermail d'or a son col fermer,
Ovré a pierres precïeuses,
1890 Qui font les janz mout gra-
[cïeuses,
Et ceinturë et aumosniere,

tressée richement : elle lui a fourni tout ce qu'il fallait [47].

Elle glissa alors à sa dame que son messager était revenu ; il avait eu la sagesse de faire diligence.

« Comment ! dit la dame. Quand monseigneur Yvain arrivera-t-il ?

— Il est déjà là.

1900 — Il est là ! Alors amenez-le vite, discrètement et sans vous faire voir, tandis que je suis seule. Veillez à ne laisser personne venir, car je détesterais qu'il y ait quelqu'un en plus. »

La demoiselle la quitta alors et revint vers son hôte, mais sans laisser paraître sur son visage la joie qui emplissait son cœur. Elle se borna à dire que sa maîtresse savait qu'elle l'avait gardé ici.

« Monseigneur Yvain, dit-elle, il n'est plus temps de rien cacher ; les choses en sont au point

Qui fu d'une riche seigniere.
Bien l'a del tot apareillié,
Et a sa dame a conseillié,
1895 Que revenuz est ses messages,
Si a esploitié come sages.
« Comant ? », fet ele, « Quant
[vandra
Mes sire Yvains ? » — « Ceanz
[est ja. »
« Ceanz est il ? Vaingne donc
[tost
1900 Celeemant et an repost,
Demantres qu'avuec moi n'est
[nus.

Gardez, que n'an i vaingne
[plus ;
Car je harroie mout le quart. »
La dameisele a tant s'an part,
1905 S'est venue a son oste arriere ;
Mes ne mostra mie a sa chiere
La joie, que ses cuers avoit,
Ainz dist, que sa dame savoit,
Qu'ele l'avoit leanz gardé,
1910 Et dit : « Mes sire Yvains ! par
[De !
Ne m'i vaut mes neant celee.
Tant est de vos la chose alee,

que ma
maîtresse sait toute l'affaire; elle ne cesse de me le
reprocher et y trouve sujet de m'accuser et de me
détester. Pourtant elle m'a donné la garantie que je
peux vous conduire devant elle sans que vous ayez à
craindre qu'elle vous fasse du mal. Elle ne vous fera
1920 aucun mal, sauf que (je ne dois pas vous mentir, ce
serait me montrer déloyale), elle veut vous avoir en sa
prison; et elle y veut avoir votre personne tout entière
sans en excepter le cœur.

— Certes, dit-il, j'y consens volontiers, et il ne
m'en coûtera pas, car je désire vivement être son
prisonnier.

— Vous le serez donc, je vous l'assure par la main
dont je vous tiens.

Que ma dame la chose set,
Qui mout m'an blasme et mout
                            [m'an het
1915 Et mout m'an a achoisonee.
Mes tel seürté m'a donee,
Que devant li vos puis
                            [conduire
Sanz rien grever et sanz rien
                            [nuire.
Ne vos grevera rien, ce croi,
1920 Fors tant (que mantir ne vos
                            [doi,

Que je feroie traïson) :
Avoir vos viaut an sa prison,
Et s'i viaut si avoir le cors,
Que nes li cuers n'an soit
                            [defors. »
1925 « Certes », fet il, « ce vuel je
                            [bien,
Ce ne me grevera ja rien.
An sa prison vuel je bien
                            [estre. »
« Si seroiz vos, par la main
                            [destre,
Don je vos taing ! Ore an venez

Venez, mais je vous conseille de
vous conduire si naturellement devant elle qu'elle ne
vous impose pas une prison trop rude. Ne soyez pas
inquiet, je ne crois pas que vous deviez subir une
prison trop insupportable. »

Tels sont les propos de la demoiselle tandis qu'elle
le conduit : elle l'inquiète, elle le rassure, et parle à
1940 mots couverts de la prison où il va être mis car on ne
peut être ami sans être prisonnier ; elle a donc raison
de l'appeler de ce nom puisque c'est être captif que
d'aimer[48].

La demoiselle tient monseigneur Yvain par la main
et le conduit là où il va être aimé tendrement.
Pourtant il craint d'être mal accueilli, et il n'y a là rien
d'étonnant.

Ils trouvèrent la dame assise sur une couverture
vermeille.

1930 Et a mon los vos contenez
Si hunblement devant sa face,
Que male prison ne vos face.
Ne por el ne vos esmaiiez !
Ne cuit mie, que vos aiiez
1935 Prison, qui trop vos soit gre-
[vainne. »
La dameisele einsi l'an
[mainne,
Si l'esmaië et rasseüre
Et parole par coverture
De la prison, ou il iert mis ;
1940 Que sanz prison n'est nus
[amis.

Ele a droit, se prison le
[claimme ;
Que bien est an prison, qui
[aimme.

La dameisele par la main
An mainne mon seignor Yvain
1945 La, ou il iert mout chier tenuz,
Si crient il estre mal venuz ;
Et s'il le crient, n'est pas mer-
[voille.
Dessor une coute vermoille
Troverent la dame seant.

Je vous assure qu'une grand peur s'empara de monseigneur Yvain à l'entrée de la chambre quand il fut face à la dame qui ne lui disait mot. Ce silence l'effraya terriblement, il fut glacé de peur, persuadé qu'il avait été trahi. Il se tint à distance, et finalement la jeune fille prit la parole[49].

1960 « Mille fois maudite, dit-elle, celle qui mène dans la chambre d'une belle dame un chevalier qui ne s'en approche pas, et qui n'a ni langue ni bouche, ni présence d'esprit pour l'aborder. »

Ce disant, elle le tira par le bras :

« Venez là, chevalier, fit-elle, et n'ayez pas peur de ma dame, elle ne vous mordra pas. Demandez-lui plutôt de conclure la paix avec vous, et je joindrai mes prières aux vôtres pour qu'elle vous pardonne la mort d'Esclados le Roux, qui était son époux. »

1950 Grant peor, ce vos acreant,
Ot mes sire Yvains a l'antree
De la chanbre, ou il a trovee
La dame, qui ne li dist mot.
Et por ce plus grant peor ot,
1955 Si fu de peor esbaïz,
Qu'il cuida bien estre traïz ;
Et s'estut loing cele part la,
Tant que la pucele parla
Et dist : « cinc çanz dahez et
            [s'ame,
1960 Qui mainne an chanbre a bele
            [dame

Chevalier, qui ne s'an aproche
Et qui n'a ne langue ne boche
Ne san, dont acointier se
            [sache. »
A cest mot par le braz le sache,
1965 Si li a dit : « Ça vos traiiez,
Chevaliers ! et peor n'aiiez
De ma dame, qu'ele vos
            [morde,
Mes querez li pes et acorde.
Et j'an proierai avuec vos,
1970 Que la mort Esclados, le Ros,
Qui fu ses sire, vos pardoint. »

Monseigneur Yvain joignit aussitôt les mains et se
mit à genoux en disant, comme doit le faire un ami
véritable [50] :

« Dame, non, je ne vous demanderai pas d'avoir
merci de moi, mais je vous remercierai de tout ce que
vous voudrez me faire subir, car rien ne m'en pourrait
déplaire.

— Non, seigneur ? Et si je vous fais mettre à mort ?

1980   — Dame, grand merci à vous, c'est tout ce que
vous m'entendrez dire.

— Je n'ai encore jamais rien entendu de pareil,
fait-elle : vous acceptez de vous mettre entièrement en
mon pouvoir, sans même que j'ai à vous y contrain-
dre.

Mes sire Yvains maintenant
                        [joint
Ses mains, si s'est a genouz mis
Et dist come verais amis :
1975 « Dame ! ja voir ne criërai
Merci, ainz vos merciërai
De quanque vos me voldroiz
                        [feire ;
Que riens ne me porroit des-
                        [pleire. »
« Non, sire ? Et se je vos oci ? »
1980 « Dame ! la vostre grant
                        [merci ;

Que ja ne m'an orroiz dire el. »
« Ains mes », fet ele, « n'oï tel,
Que si vos metez a devise
Del tot an tot an ma franchise
1985 Sanz ce, que ne vos an
                        [esforz. »
« Dame ! nule force si forz
N'est come cele sanz mantir,
Qui me comande a consantir
Vostre voloir del tot an tot.
1990 Rien nule a feire ne redot,
Que moi vos pleise a coman-
                        [der.

— Dame, aucune force n'égale celle qui, sans mentir, me commande de suivre en tout votre volonté. De tout ce qu'il vous plaira de commander il n'est rien que je craigne de faire, et si je pouvais réparer la mort dont je me suis rendu coupable envers vous, je le ferais sans discuter.

— Comment, fait-elle ? Dites-moi donc, — et vous serez quitte —, si vous avez commis une faute quand vous avez tué mon époux ?

2000   — Dame, fait-il, pardonnez-moi ; si votre époux m'a attaqué, quel tort ai-je eu de me défendre ? Un homme qui veut en tuer un autre ou s'en emparer, si on le tue en se défendant, dites-moi, en est-on pour autant coupable ?

— Non point, à y bien réfléchir, et je crois que je ne gagnerais rien à vous faire mettre à mort. Mais je voudrais bien savoir d'où provient cette force

Et se je pooie amander
La mort, don je n'ai rien mes-
                                    [fet,
Je l'amanderoie sanz plet. »
1995 « Comant ? », fet ele, « Or le
                              [me dites,
Si soiiez de l'amande quites,
Se vos de rien ne mesfeïstes,
Quant vos mon seignor
                              [oceïstes ? »
« Dame ! », fet il, « vostre
                              [merci,
2000 Quant vostre sire m'assailli,

Quel tort oi je de moi deffan-
                              [dre ?
Qui autrui viaut ocirre ou
                              [prandre,
Se cil l'ocit, qui se deffant,
Dites, se de rien i mesprant ? »
2005 « Nenil, qui bien esgarde a
                              [droit.
Et je cuit, que rien ne vau-
                              [droit,
Quant fet ocirre vos avroie.
Et ce mout volantiers savroie,
Don cele force puet venir,

qui vous
commande de consentir sans réserve à mes volontés.
Je vous tiens quitte de tous les torts dont vous vous
êtes rendu coupable. Mais asseyez-vous et racontez-
moi comment vous êtes devenu aussi soumis.

— Dame, dit-il, cette force provient de mon cœur
qui vous est attaché. C'est mon cœur qui m'a mis en
cette disposition.

— Et qui a ainsi disposé le cœur, cher ami ?

— Dame, mes yeux.

— Et les yeux ?

2020   — La grande beauté que j'ai vue en vous.

— Et la beauté, quel tort y a-t-elle eu ?

— Dame, celui de me faire aimer.

— Aimer ? Et qui ?

— Vous, dame très chère.

— Moi ?

— Oui vraiment.

— Oui ? De quelle façon ?

— De telle façon qu'il ne peut être de plus grand
amour,

2010 Qui vos comande a consantir
Tot mon voloir sanz contredit.
Toz torz et toz mefez vos quit.
Mes seez vos, si me contez,
Comant vos estes si dontez. »
2015 « Dame ! », fet il, « la force
                              [vient
De mon cuer, qui a vos se
                              [tient ;
An cest voloir m'a mes cuers
                              [mis. »
« Et qui le cuer, biaus douz
                              [amis ? »

« Dame ! mi oel. » « Et les
                              [iauz qui ? »
2020 « La granz biautez, que an vos
                              [vi. »
« Et la biautez qu'i a forfet ? »
« Dame ! tant que amer me
                              [fet. »
« Amer ? Et cui ? » — « Vos,
                              [dame chiere. »
« Moi ? » — « Voire
Voir ? » « En quel meniere ? »
2025 « An tel, que graindre estre ne
                              [puet,

de telle façon que mon cœur ne peut s'éloigner
de vous et qu'il ne vous quitte jamais, de telle façon
que je ne puis avoir d'autre pensée, de telle façon que
je me donne entièrement à vous, de telle façon que, si
tel est votre plaisir, je veux à l'instant vivre ou mourir
pour vous[51].

— Et oseriez-vous entreprendre de défendre pour
moi ma fontaine ?

— Oui, dame, contre n'importe qui sans exception.

— Alors sachez-le, notre paix est faite[52]. »

Ainsi fut promptement conclue la paix entre eux.
La dame, qui avait auparavant tenu l'assemblée de ses
barons, déclara :

2040   « Nous allons nous rendre dans la salle où sont les
seigneurs qui m'ont donné leur avis et leur approbation, et qui m'ont invité à prendre un mari,

An tel, que de vos ne se muet
Mes cuers, n'onques aillors nel
                                    [truis,
An tel, qu'aillors panser ne
                                    [puis,
An tel, que toz a vos m'otroi,
2030 An tel, que plus vos aim que
                                    [moi,
An tel, s'il vos plest, a delivre,
Que por vos vuel morir ou
                                    [vivre. »
« Et oseriiez vos anprandre
Por moi ma fontainne a deffan-
                                    [dre ? »

2035 « Oïl voir, dame ! vers toz
                                    [homes. »
« Sachiez donc bien, acordé
                                    [somes. »
Einsi sont acordé briemant !
Et la dame ot son parlemant
Devant tenu a ses barons,
2040 Et dit : « De ci nos an irons
An cele sale, ou mes janz sont,
Qui loé et conseillé m'ont
Por le besoing que il i voient ;
Que mari a prandre
                                    [m'otroient.

à cause de la nécessité qu'ils y voient. La même nécessité m'incite à y consentir. Ici même je me donne à vous, car je ne dois pas refuser de prendre pour époux un homme qui est un chevalier valeureux et un fils de roi. »

La demoiselle a donc obtenu tout ce qu'elle voulait, et monseigneur Yvain est devenu maître et seigneur, encore plus qu'on ne saurait le dire. La dame le conduit avec elle dans la salle qui était pleine de chevaliers et de serviteurs. Monseigneur Yvain avait si noble allure que tous s'émerveillaient à le voir. A leur arrivée tous se levèrent, et tous de saluer monseigneur Yvain, de s'incliner devant lui et de prédire :

« Voici celui que ma dame prendra. Malheur à qui s'y opposera, car c'est merveille de voir aussi parfait chevalier !

2045 Et jel ferai por le besoing :
Ci meïsmes a vos me doing ;
Qu'a seignor refuser ne doi
Buen chevalier et fil de roi. »

Ore a la dameisele fet,
2050 Quanqu'ele voloit antreset.
Et mes sire Yvains est plus
[sire,
Qu'an ne porroit conter ne
[dire ;
Et la dame avuec li l'an mainne
An la sale, qui estoit plainne
2055 De chevaliers et de serjanz.

Et mes sire Yvains fu si janz,
Qu'a mervoilles tuit l'esgarde-
[rent,
Et ancontre aus tuit se leve-
[rent,
Et tuit salüent et anclinent
2060 Mon seignor Yvain et devi-
[nent :
« C'est cil, que ma dame pran-
[dra.
Dahez et, qui li deffandra ;
Qu'a mervoilles sanble pro-
[dome.

Certes, l'impératrice de Rome ne s'abaisse-
rait pas en l'épousant. Comme on voudrait que, main
dans la main, ils aient dès maintenant échangé leurs
promesses, elle pourrait l'épouser aujourd'hui ou
demain ! »

Tels étaient les propos qui passaient de l'un à
l'autre. En haut de la salle, il y avait un banc où la
dame alla prendre place de façon que tous puissent la
voir. Monseigneur Yvain s'apprêtait à s'asseoir à ses
pieds, quand elle le fit se relever ; elle pria alors le
sénéchal de prononcer son message, et à voix suffisamment haute pour être entendu de tous. Le séné-
2080 chal, qui savait obéir et parler clair, commença :

« Seigneurs, fit-il, une guerre nous menace ; il n'est
pas de jours où le roi ne fasse des préparatifs en toute
hâte pour venir dévaster nos terres. Avant que la
quinzaine soit passée, tout aura été dévasté,

Certes, l'anpererriz de Rome
2065 Seroit an lui bien mariëe.
Car l'eüst il ore afiëe
Et ele lui de nue main,
Si l'esposast hui ou demain ! »
Einsi parloient tuit an ranc.
2070 Au chief de la sale ot un banc,
Ou la dame s'ala seoir,
La, ou tuit la porent veoir.
Et mes sire Yvains sanblant
                              [fist,
Qu'a ses piez seoir se vossist,
2075 Quant ele l'an leva amont,

Et de la parole semont
Son seneschal, que il la die,
Si qu'ele soit de toz oïe.
Lors comança li seneschaus,
2080 Qui n'estoit ni restis ne baus.
« Seignor ! », fet il, « guerre
                              [nos sort.
N'est jorz, que li rois ne
                              [s'atort,
De quanquë il se puet haster,
Por venir noz terres gaster.
2085 Einçois que la quinzainne past,
Sera trestot alé a gast,

si ne se
lève un bon défenseur. Quand ma dame se maria, il
n'y a pas encore sept ans révolus, ce fut en se
soumettant à votre avis[53]. Son époux est mort et elle
en a un immense chagrin. Il ne reste plus qu'une toise
de terre à celui qui tenait tout ce pays et s'en occupait
si bien. Quel malheur qu'il ait si peu vécu ! Une
femme ne peut porter l'écu, ni frapper de la lance[54].
Prendre un bon époux ne peut que lui donner plus de
2100 prix et accroître sa valeur, elle n'en a jamais eu autant
besoin ! Invitez-la tous à prendre époux pour que ne
tombe en désuétude la coutume qui a régné dans ce
château depuis plus de soixante ans[55]. »

Ils furent unanimes à déclarer qu'à leur avis c'était
la conduite à tenir, et tous ensemble ils vinrent à ses
pieds

Se buen mainteneor n'i a.
Quant ma dame se maria,
N'a mie ancor set anz parclos,
2090 Si le fist ele par voz los.
Morz est ses sire, ce li poise.
N'a or de terre qu'une toise
Cil, qui tot cest païs tenoit
Et qui mout bien i avenoit.
2095 C'est granz diaus, que po a
                       [vescu.
Fame ne set porter escu,
Ne ne set de lance ferir.
Mout amander et ancherir

Se puet de prandre un buen
                       [seignor.
2100 Ains mes n'an ot mestier grei-
                       [gnor !
Loez li tuit, que seignor
                       [praingne,
Ainz que la costume
                       [remaingne,
Qui an cest chastel a esté,
Plus de seissante anz a passé. »
2105 A cest mot dïent tuit ansanble,
Que bien a feire lor ressanble,
Et trestuit jusqu'au pié li vie-
                       [nent.

la presser de faire ce qu'en elle-même elle avait déjà décidé. Elle se faisait prier de ce qu'elle désirait, jusqu'à ce que, comme à contrecœur, elle finisse par accorder ce qu'elle aurait fait même si tous s'y étaient opposés.

Elle dit :

« Seigneurs, puisque vous le désirez, voici près de moi un chevalier qui m'a maintes fois priée et maintes fois requise. Il veut se consacrer à mon service et à la défense de mon fief ; je lui exprime ma reconnaissance et je vous invite à faire de même. Jamais encore je ne
2120 l'avais rencontré mais j'avais beaucoup entendu parler de lui : il est de grande famille, sachez-le, c'est le fils du roi Urien. Il n'est pas seulement de haut lignage, il a de plus une grande réputation de vaillance et il montre tant de courtoisie et de sagesse qu'on ne peut que me le recommander.

De son voloir an grant la tie-
[nent ;
Si se fet proiier de son buen,
2110 Tant que aussi con maugré
[suen
Otroie ce, qu'ele feïst,
Se chascuns li contredeïst,
Et dit : « Seignor ! des qu'il
[vos siet,
Cist chevaliers, qui lez moi
[siet,
2115 M'a mout proiiee et mout
[requise.

An m'enor et an mon servise
Se viaut metre, et je l'an merci,
Et vos l'an merciëz aussi !
N'onques mes certes nel conui,
2120 S'ai mout oï parler de lui.
Si hauz hon est, ce sachiez
[bien,
Con li fiz au roi Uriien.
Sanz ce, qu'il est de haut
[parage,
Est il de si grant vasselage
2125 Et tant a corteisie et san,
Que desloer nel me doit l'an.

Tous, j'imagine, vous avez entendu parler de monseigneur Yvain, eh bien, c'est lui qui me demande en mariage. Le jour où cela se fera, j'aurai un époux de plus haut rang que je ne peux espérer. »

Tous répondirent :

« Si vous voulez agir sagement, vous ne laisserez pas passer ce jour sans célébrer le mariage. C'est folie que de tarder une heure seulement à profiter d'une aubaine. »

Ils la prièrent si vivement qu'elle leur accorda ce que de toute façon elle aurait fait, car Amour la pressait d'accomplir ce pour quoi elle leur demandait avis et conseil. Mais elle estime plus honorable d'agir avec l'approbation de ses gens. Les prières qu'on lui adresse sont loin de lui être désagréables, elles l'incitent et l'encouragent à faire ce que son cœur désire. Le cheval qui va déjà bon pas, force son allure quand on l'éperonne.

De mon seignor Yvain, ce cuit,
Avez bien oï parler tuit,
Et ce est il, qui me requiert.
2130 Plus haut seignor, qu'a moi
                    [n'afiert,
Avrai au jor, que ce sera. »
Tuit dïent : « Ja ne passera
Cist jorz, se vos feites que sage,
Que n'aiiez fet le mariage.
2135 Car mout est fos, qui se
                    [demore
De son preu feire une sole
                    [ore. »

Tant li prïent, que lor otroie
Ce, qu'ele feïst tote voie ;
Qu'Amors a feire li comande
2140 Ce, don los et consoil
                    [demande ;
Mes a plus grant enor le prant,
Quant ele a le los de sa jant.
Et les proïieres rien n'i grie-
                    [vent,
Ainz li esmuevent et solievent
2145 Le cuer a feire son talant.
Li chevaus, qui ne va pas lant,
S'esforce, quant an l'esperone.

En présence de tous ses barons la dame accorda sa
main à monseigneur Yvain. Par la main d'un chapelain du lieu, il épousa Laudine de Landuc : tel était le
nom de la dame, fille du duc Laudunet, dont on joue
un lai[56]. Il l'épousa sans plus attendre et les noces
furent célébrées le jour même. On y vit nombre de
mitres et de crosses, car la dame avait fait venir ses
évêques et ses abbés. La joie et l'allégresse furent
2160 vives, et grandes l'affluence et la magnificence, bien
plus que je ne saurais le raconter, même en y
travaillant longtemps ; il vaut mieux me taire que
d'être indigne de mon sujet.

Car la dame i avoit mandez
Veant toz ses barons se done
La dame a mon seignor Yvain.
2150 Par la main d'un suen chape-
                        [lain
Prise a Laudine de Landuc,
La dame, qui fu fille au duc
Laudunet, dont an note un lai.
Le jor meïsme sanz delai
2155 L'esposa et firent les noces.
Assez i ot mitres et croces ;

Ses evesques et ses abez.
Mout i ot joie et mout leesce,
2160 Mout i ot jant et mout
                        [richesce,
Plus que conter ne vos savroie,
Quant lonc tans pansé i avroie.
Miauz me vient teire, que po
                        [dire.

ARTHUR AU CHÂTEAU DE LAUDINE

A présent monseigneur Yvain est maître et seigneur, et le mort est bien oublié. Il l'a tué, et il est marié avec sa femme, ils partagent le même lit, et leurs gens ont plus d'amitié et d'estime pour le vivant qu'ils n'en eurent jamais pour le mort[57]. Lors des noces ils furent attentifs à le servir ; elles durèrent jusqu'à la veille du jour où le roi vint au perron et à la fontaine merveilleuse ; ses barons l'accompagnaient et toute sa cour le suivait dans cette chevauchée : absolument personne n'était resté.

« Hélas, disait monseigneur Keu, qu'est donc devenu Yvain ? il ne nous a pas accompagné, alors qu'il s'était vanté à la sortie du repas d'aller venger son cousin ? On voit bien que c'était après boire. Il a fui, je le pressens.

Mes ore est mes sire Yvains
      [sire,
2165 Et li morz est toz obliëz.
Cil, qui l'ocist, est mariëz
An sa fame, et ansanble gisent,
Et les janz aimment plus et
      [prisent
Le vif, qu'onques le mort ne
      [firent.
2170 A ses noces bien le servirent,
Qui durerent jusqu'a la voille,
Que li rois vint a la mervoille
De la fontainne et del perron,

Et avec lui si conpaignon ;
2175 Et trestuit cil de sa mesniee
Furent an cele chevauchiee ;
Qu'uns trestoz seus n'an fu
      [remés.
Et si disoit mes sire Kes :
« Ahi ! qu'est ore devenuz
2180 Yvains, quant il n'est ça
      [venuz,
Qui se vanta aprés mangier,
Qu'il iroit son cosin vangier ?
Bien pert, que ce fu aprés vin.
Foïz s'an est, je le devin ;

Il n'aurait pas osé venir, si cher qu'il dût le payer. Il se vanta de bien grande folie. C'est beaucoup de hardiesse que d'oser se vanter de chose dont personne ne vous loue, sans trouver d'autres garants que d'hypocrites flagorneurs. Il y a bien loin d'un lâche à un brave : le lâche, au coin du feu, tient de grands discours sur ses exploits ; il prend les gens pour des imbéciles et s'imagine qu'on ne le connaisse pas ; tandis que le brave serait profondément malheureux s'il entendait quelqu'un raconter les prouesses dont il est l'auteur. Pourtant je comprends le lâche, il n'a pas tort de se célébrer et de se vanter lui-même, car il ne trouve personne pour mentir à sa place. S'il ne le fait, qui le fera ? Tout le monde tait ses mérites, même les hérauts qui proclament le nom des plus vaillants et jettent les lâches au rebut. »

Tels étaient les propos de monseigneur Keu,

2185 Qu'il n'i osast venir por l'uel.
Mout se vanta de grant orguel.
Mout est hardiz, qui vanter
                          [s'ose
De ce, dont autre ne l'alose,
Ne n'a tesmoing de sa loange,
2190 Se ce n'est par fausse losange.
Mout a antre mauvés et preu ;
Que li mauvés joste le feu
Dit de lui unes granz paroles,
Si tient totes les janz a foles,
2195 Et cuide, que l'an nel conoisse.
Et li preuz avroit grant
                          [angoisse,

Se il ooit dire a autrui
Les proesces, qui sont an lui.
Neporquant certes bien
                          [m'acort
2200 Au mauvés, qu'il n'a mie tort,
Se il se prise et il se vante ;
Qu'il ne trueve, qui por lui
                          [mante.
Se il nel dit, qui le dira ?
Tuit s'an teisent, nes li hira,
2205 Qui des vaillanz crïent le ban
Et les mauvés gietent au van. »
Einsi mes sire Kes parloit,

et

monseigneur Gauvain répliquait :

« Pitié, monseigneur Keu, pitié ! Si monseigneur Yvain n'est pas ici en ce moment, vous ne savez ce qui le retient. Vraiment il ne s'est jamais abaissé à tenir sur vous des propos infamants ; il a toujours agi avec courtoisie à votre égard. — Seigneur, dit Keu, je ne dis plus rien ; vous ne m'entendrez pas en parler davantage puisque je vois que cela vous fâche. »

2220 Le roi, pour voir la pluie, versa sur le perron sous le pin un plein bassin d'eau ; et aussitôt il se mit à pleuvoir à verse[58]. Peu après, monseigneur Yvain revêtu de ses armes, pénétra sans perdre de temps dans la forêt, et surgit au grand galop ; son cheval était de grande taille, corpulent, robuste, impétueux et rapide. Monseigneur Keu eut envie de demander la première joute, car qu'elle qu'en fût l'issue,

Et mes sire Gauvains disoit :
« Merci, mes sire Kes, merci !
2210 Se mes sire Yvains n'est or ci,
Ne savez, quel essoine il a.
Onques voir tant ne s'avilla,
Qu'il deïst de vos vilenie
Tant come il a fet corteisie. »
2215 « Sire ! », fet Kes, « et je m'an
　　　　　　　　　　　　　　[tes.
Ne m'an orroiz parler hui mes,
Des que je voi, qu'il vos
　　　　　　　　　　　[enuie. »
Et li rois por veoir la pluie,

Versa de l'eve plain bacin
2220 Sor le perron dessoz le pin,
Et plut tantost mout fondel-
　　　　　　　　　　　　[mant.
Ne tarda mie longuemant,
Que mes sire Yvains sanz arest
Antra armez an la forest,
2225 Et vint plus tost que les galos
Sor un cheval et gras et gros,
Fort et hardi et tost alant.
Et mes sire Kes ot talant,
Qu'il demanderoit la bataille ;
2230 Car ques que fust la definaille,

il voulait
toujours commencer les combats et les mêlées ; sinon,
il aurait été extrêmement fâché. Avant tous, il inter-
pella le roi et lui demanda de lui laisser la première
joute.

« Keu, dit le roi, puisque cela vous fait plaisir et
que vous avez été le premier à la demander, on ne doit
pas vous la refuser. »

2240   Keu le remercia et sauta sur son cheval. Si, à
présent, monseigneur Yvain peut lui faire un peu
honte, il en sera tout joyeux et le fera volontiers, car il
reconnaît bien ses armes. Il a déjà empoigné l'écu par
les courroies, Keu de même, et ils s'élancent l'un
contre l'autre. Ils éperonnent leurs chevaux, baissent
les lances qu'ils tenaient au poing et les font glisser un
peu jusqu'à les tenir par la butée. Une fois aux prises
l'un avec l'autre, ils s'évertuèrent à frapper de tels
coups

Il voloit comancier toz jorz
Les batailles et les estorz,
Ou il i eüst grant corroz.
Le roi apele devant toz,
2235 Que ceste bataille li lest.
    « Kes ! », fet li rois, « des qu'il
                                    [vos plest
Et devant toz l'avez rovee,
Ne vos doit pas estre veee. »
Kes l'an mercie, puis si monte.
2240 S'or li puet feire un po de
                                    [honte
Mes sire Yvains, liez an sera

Et mout volantiers li fera ;
Que bien le reconoist as armes.
L'escu a pris par les enarmes,
2245 Et Kes le suen, si s'antresleis-
                                    [sent,
Chevaus poingnent, les lances
                                    [beissent,
Que il tenoient anpoigniees.
Un petit les ont aloigniees
Tant que par les quamois les
                                    [tindrent,
2250 Et a ce, que il s'antrevindrent,
De tes cos ferir s'angoissierent,

que les deux lances se brisèrent et se fendirent jusque dans leurs poings. Monseigneur Yvain lui donna un coup si puissant que Keu fit la culbute pardessus sa selle et que le heaume alla heurter le sol. Monseigneur Yvain ne voulut pas lui faire plus de mal ; il mit pied à terre et prit le cheval. Plus d'un y trouva matière à se réjouir, et nombreux furent ceux qui surent bien dire :

« Hélas, hélas, comme vous voici jeté à terre, vous qui vous êtes tant moqué des autres. Pourtant il est normal qu'on vous le pardonne cette fois parce que c'est la première. »

Entre-temps monseigneur Yvain s'avança devant le roi, il menait le cheval qu'il tenait lui-même par le frein, et voulait le lui remettre.

« Sire, lui dit-il, prenez

Que andeus les lances froissie-
[rent
Et vont jusqu'anz es poinz fan-
[dant :
Mes sire Yvains cop si puissant
2255 Li dona, que par son la sele
A fet Kes la torneboele,
Et li hiaumes an terre fiert.
Plus d'enui feire ne li quiert
Mes sire Yvains, einçois des-
[çant
2260 A la terre et le cheval prant ;
S'an fu mout bel a tes i ot,

Et fu assez, qui dire sot :
« Ahi, ahi ! come or gisiez
Vos, qui les autres despisiez !
2265 Et neporquant s'est il bien
[droiz,
Qu'an le vos pardoint ceste foiz
Por ce qu'ains mes ne vos
[avint. »
Antre tant devant le roi vint
Mes sire Yvains, et par le frein
2270 Menoit le cheval an sa main
Por ce, que il li voloit randre ;
Si li dist : « Sire ! feites pran-
[dre

ce cheval, car je serais
coupable si je gardais quelque chose qui vous appartient.

— Mais qui êtes-vous ? fit le roi. Je ne pourrais
jamais vous reconnaître si je ne vous entends vous
nommer ou si je ne vous vois sans votre armure. »

2280 Monseigneur Yvain se nomma alors, Keu en fut
éperdu de honte, comme mort et anéanti d'avoir dit
qu'il avait pris la fuite[59]. Mais les autres s'en réjouirent vivement et se montrèrent très heureux de
l'honneur où ils le voyaient. Le roi lui-même ne
manqua pas de s'en réjouir, et monseigneur Gauvain
cent fois plus que tous, car c'était de tous les
chevaliers qu'il connaissait celui dont il préférait la
compagnie.

Le roi le pria instamment de lui raconter, s'il le
voulait bien, ce qu'il avait fait, car il désirait vivement
savoir ce qui lui était arrivé ; il fallait lui dire la vérité,
il le voulait absolument.

Cest cheval ; que je mesferoie,
Se rien del vostre retenoie. »
2275 « Et qui estes vos ? » fet li rois ;
« Ne vos conoistroie des mois,
Se je nomer ne vos ooie
Ou desarmé ne vos veoie. »
Lors s'est mes sire Yvains
                    [nomez,
2280 S'an fu Kes de honte assomez
Et maz et morz et desconfiz,
Qu'il dist, qu'il s'an estoit foïz.
Et li autre mout lié an sont,
Qui de s'enor grant joie font.

2285 Nes li rois grant joie an mena,
Et mes sire Gauvains an a
Çant tanz plus grant joie que
                    [nus ;
Que sa conpaignie amoit plus
Que conpaignie, qu'il eüst
2290 A chevalier, que il seüst.
Et li rois li requiert et prie,
Se il li plest, que il li die,
Comant il avoit esploitié ;
Car mout avoit grant coveitié
2295 De savoir tote s'avanture ;
De voir dire mout le conjure.

Yvain leur fit un récit complet, et n'omit pas l'aide généreuse que lui apporta la jeune fille. Il n'enjoliva aucunement ses propos et n'oublia rien non plus. Après quoi il pria le roi de venir avec tous ses chevaliers s'installer chez lui : ce serait pour lui un honneur et une grande joie que de les recevoir. Le roi accepta volontiers et promit de lui accorder cette joie, cet honneur et sa compagnie huit jours pleins. Monseigneur Yvain l'en remercia ; sans plus attendre ils montèrent à cheval et s'en allèrent directement au château. Monseigneur Yvain envoya en avant de la troupe un écuyer porteur d'un faucon gruyer [60], prévenir la dame afin que leur venue ne la surprenne pas et que ses gens décorent leur maison pour l'arrivée du roi. Quand la dame apprit

Et il lor a trestot conté
Et le servise et la bonté,
Que la dameisele li fist ;
2300 Onques de mot n'i antreprist,
Ne rien nule n'i oblia.
Et aprés ce le roi pria,
Que il et tuit si chevalier
Venissent o lui herbergier ;
2305 Qu'enor et joie li feroient,
Quant o lui herbergié seroient.
Et li rois dit, que volantiers
Li feroit huit jorz toz antiers
Enor et joie et conpaignie.

2310 Et mes sire Yvains l'an mercie,
Ne de demore plus n'i font.
Maintenant montent, si s'an [vont
Vers le chastel la droite voie.
Et mes sire Yvains an anvoie
2315 Devant la rote un escuiier,
Qui portoit un faucon gruiier,
Por ce, que il ne sospreïssent
La dame, et que ses janz feïs-[sent
Contre le roi ses meisons beles.
2320 Quant la dame oï les noveles,

que le roi venait, elle en éprouva une grande joie, et à cette nouvelle, ce fut une liesse générale et tous s'empressèrent de monter à cheval tandis que la dame les invitait à aller à sa rencontre. Ils se gardèrent bien de protester ou de maugréer, tant ils avaient envie d'obéir à toutes ses volontés.

Montés sur de grands chevaux d'Espagne, ils se portèrent à la rencontre du roi de Bretagne. Ils adressèrent un solennel salut au roi d'abord puis à tous ceux qui l'accompagnaient.

« Bienvenue, disaient-ils, à cette compagnie de nobles chevaliers. Bénissons celui qui les conduit et qui nous amène des hôtes si distingués. »

A l'arrivée du roi, le château retentit de la joie que 2340 l'on y menait.

Del roi, qui vient, s'an a grant
                        [joie.
N'i a nul, qui la novele oie,
Qui n'an soit liez et qui ne
                        [mont.
Et la dame toz les semont
2325 Et prie, qu'ancontre lui voi-
                        [sent ;
Et il ne tancent ne ne noisent ;
Que de feire sa volanté
Estoient tuit antalanté.

Ancontre le roi de Bretaingne
2330 S'an vont sor granz chevaus
                        [d'Espaingne,
Si salüent mout hautemant
Le roi Artu premieremant
Et puis sa compaignie tote.
« Bien vaingne », font il,
                        [« ceste rote,
2335 Qui de si prodomes est
                        [plainne !
Beneoiz soit cil, qui les mainne
Et qui si buens ostes nos
                        [done ! »
Contre le roi li chastiaus tone
De la joie, que l'an i fet.

On avait sorti les étoffes de soie pour en parer les murs et on avait étendu un chemin de tapis sur les rues au-devant du roi que l'on attendait. Ils prirent encore d'autres dispositions : pour le protéger de la chaleur du soleil, ils recouvrirent les rues de tentures. Cloches, cors, trompes, résonnent par tout le château, à ne pas entendre Dieu tonner.

Les jeunes filles s'avancent vers lui en dansant ; tandis que résonnent flûtes et chalumeaux, tambourins, cymbales et tambours[61]. De leur côté, les jeunes gens font montre de leur savoir-faire et bondissent avec agilité. Tous rivalisent de joie et font fête au roi comme il se doit.

2360   Mais voici la dame qui s'avance, vêtue comme une impératrice : elle portait une robe d'hermine toute neuve, et, sur la tête, un diadème serti de nombreux rubis. Tout dans son visage était gaieté et rire, rien de chagrin ; elle était, j'ose le dire,

2340 Li drap de soie sont fors tret
     Et estandu a paremant,
     Et des tapiz font pavemant
     Et par les rues les estandent
     Contre le roi, que il atandent ;
2345 Et refont un autre aparoil ;
     Que por la chalor del soloil
     Cuevrent les rues de cortines.
     Li sain, li cor et les buisines
     Font le chastel si ressoner,
2350 Que l'an n'i oïst De toner.
     Contre lui dancent les puceles,
     Sonent flaütes et fresteles,
     Timbre, tabletes et tabor.

     D'autre part refont lor labor
2355 Li legier bacheler, qui saillent ;
     Trestuit de joie se travaillent.
     Et a ceste joie reçoivent
     Le roi, si con feire le doivent.
     Et la dame rest fors issue
2360 D'un drap anperial vestue,
     Robe d'ermine tote fresche,
     Sor son chief une garlandesche
     Tote de rubiz atiriee,
     Ne n'ot mie la chiere iriee,
2365 Ainz l'ot si gaie et si riant,
     Qu'ele estoit au mien esciant

plus belle qu'une déesse.

Autour d'elle la foule se pressait et tous répétaient :
« Bienvenue au roi, au maître des rois et des seigneurs du monde. »

Le roi se trouvait dans l'impossibilité de répondre à tous lorsqu'il vit la dame se diriger vers lui et s'apprêter à lui tenir l'étrier. Il eut à cœur de la devancer et se hâta de mettre pied à terre. Il descendit donc dès qu'il la vit et reçut son salut :

2380   « Bienvenu, mille fois bienvenu, le roi, mon seigneur, et béni soit monseigneur Gauvain, son neveu.

— Belle jeune femme, dit le roi, je souhaite joie et bonheur en abondance à votre noble personne. »

En un geste de courtoisie et de parfaite politesse, il la prit entre ses bras,

Plus bele que nule deesse.
Antor li fu la presse espesse,
Et disoient trestuit a tire :
2370 « Bien vaingne li rois et li sire
Des rois et des seignors del
                              [monde ! »
Ne puet estre, qu'a toz res-
                              [ponde
Li rois, qui vers lui voit venir
La dame a son estrier tenir,
2375 Et ce ne vost il pas atandre,
Ainz se hasta mout de desçan-
                              [dre,

Si desçandi lués, qu'il la vit.
Et ele le salue et dit :
« Bien vaingne par çant mile
                              [foiz
2380 Li rois, mes sire, et beneoiz
Soit mes sire Gauvains, ses
                              [niés. »
« Vostre janz cors et vostre
                              [chiés, »
Fet li rois, « bele creature !
Et grant joie et buene avan-
                              [ture ! »
2385 Puis l'anbraça parmi les flans

et elle fit de même, sans réserve.
Je ne dis rien de la façon dont elle accueillit les autres ;
mais je n'ai jamais entendu dire qu'on ait reçu des
gens avec tant de joie, tant d'honneur et tant d'attention. Je pourrais raconter longuement quelle fête ce
fut, si je ne risquais d'y gaspiller mes paroles ; je ferai
seulement brièvement mention de la rencontre qui se
fit dans l'intimité entre la lune et le soleil. Savez-vous
2400 de qui je veux parler ? Celui qui était le modèle des
chevaliers et qui entre tous était le plus renommé,
mérite bien d'être appelé le soleil. Par là je désigne
monseigneur Gauvain, car il fait briller la chevalerie à
la façon dont le soleil au matin déploie ses rayons et
emplit de clarté tous les lieux où il se répand. Elle, je
la compare à la lune,

Li rois come jantis et frans,
Et ele lui tot a plain braz.
Des autres parole ne faz,
Comant ele les conjoï ;
2390 Mes onques nus parler n'oï
De nule jant tant conjoïe,
Tant enoree et tant servie.
De la joie assez vos contasse,
Se ma parole n'i gastasse ;
2395 Mes solemant de l'acointance
Vuel feire une brief reman-
                              [brance,
Qui fu feite a privé consoil

Antre la lune et le soloil.
Savez, de cui je vos vuel dire ?
2400 Cil, qui des chevaliers fu sire
Et qui sor toz fu renomez,
Doit bien estre solauz clamez.
Por mon seignor Gauvain le
                              [di ;
Que de lui est tot autressi
2405 Chevalerie anluminee,
Con li solauz la matinee
Oevre ses rais et clarté rant
Par toz les leus, ou il s'espant.
Et de celi refaz la lune,

car il n'en peut être qu'une, éminente par sa sagesse et sa courtoisie ; néanmoins je ne le dis pas seulement pour l'excellence de sa renommée, mais aussi parce qu'elle s'appelait Lunete[62].

La demoiselle s'appelait Lunete, c'était une avenante brunette, sage, avisée et de bonnes manières. Elle lie connaissance avec monseigneur Gauvain qui l'apprécie et l'aime beaucoup, et qui l'appelle son amie parce qu'elle avait sauvé de la mort son compagnon et ami. Aussi se déclare-t-il entièrement à son service. Elle, elle lui raconte en détail quelle peine elle eut à convaincre sa maîtresse d'accepter monseigneur Yvain comme mari, et comment elle le fit échapper aux mains de ceux qui le cherchaient : il était au milieu d'eux et ils ne le voyaient pas ! Monseigneur Gauvain rit beaucoup

2410 Dont il ne puet estre que une
De grant san et de corteisie.
Et neporuec je nel di mie
Solemant por son buen renon,
Mes por ce, que Lunete a non.

2415 La dameisele ot non Lunete,
Et fu une avenanz brunete,
Tres sage et veziiee et cointe.
A mon seignor Gauvain
           [s'acointe,
Qui mout la prisë et mout
           [l'aimme,
2420 Et por ce s'amie la claimme,

Qu'ele avoit de mort garanti
Son conpaignon et son ami,
Si li ofre mout son servise.
Et ele li conte et devise,
2425 A con grant painne ele
           [conquist
Sa dame, tant que ele prist
Mon seignor Yvain a mari,
Et comant ele le gari
Des mains a çaus, qui le que-
           [roient ;
2430 Antre aus estoit, si nel veoient.
Mes sire Gauvains mout se rist

à ses récits et dit :

« Ma demoiselle, je vous fais don du chevalier que je suis, pour vous servir en cas de besoin et autrement. Ne m'échangez pas pour un autre, si vous ne pensez pas en valoir mieux. Je suis tout vôtre, soyez mienne dorénavant, ma demoiselle.

2440   — Je vous en suis reconnaissante, seigneur », dit-elle.

Voilà comment tous deux, ils lient connaissance, tandis que les autres échangent des propos galants, car il y avait là une centaine de dames, toutes belles, distinguées, gracieuses, nobles, élégantes, réfléchies et pleines d'esprit, toutes jeunes femmes de haut lignage. Tout les invitait à goûter au plaisir de les prendre par le cou, de les embrasser, de leur parler, de les regarder ou de s'asseoir à côté d'elles. Telles furent les faveurs que pour le moins on leur accorda.

Monseigneur Yvain a le cœur en fête de voir le roi demeurer avec lui. La dame s'employait à faire honneur

De ce, qu'ele li conte, et dist :
« Ma dameisele ! je vos doing
Et a mestier et sanz besoing
2435 Un tel chevalier con je sui.
Ne me changiez ja por autrui,
Se amander ne vos cuidiez.
Je sui vostrë, et vos soiiez
D'ore an avant ma damei-
                    [sele ! »
2440 « Vostre merci, sire ! » fet ele.
Einsi cil dui s'antracointoient,
Et li autre s'antredonnoient ;
Car dames i ot tes nonante,

Don chascune estoit bele et
                    [jante
2445 Et noble et cointe, preuz et
                    [sage,
Dameisele de haut parage ;
Si s'i pooient solacier
Et d'acoler et de beisier
Et de parler et de veoir
2450 Et de delez eles seoir :
Itant an orent il au mains.
Ore a feste mes sire Yvains
Del roi, qui avuec lui demore.
Et la dame tant les enore,

à chacun en particulier aussi bien qu'à tous
ensemble. Si bien que des sots pensèrent que les
attentions qu'elle avait pour eux et son comportement
à leur égard lui étaient inspirés par l'amour. On a
2460 toutes raisons d'appeler niais ceux qui s'imaginent
qu'une dame est prête à les aimer quand par courtoisie
elle leur touche le bras s'ils sont malheureux ou
qu'elle les prend par le cou. Quelques bonnes paroles
suffisent à exalter un sot qui s'en trouve bien vite
abusé [63].

Ils passèrent toute la semaine dans les réjouis-
sances ; on pouvait, si on en avait envie, chasser en
forêt ou au gibier d'eau ; et, si l'on voulait voir la terre
que monseigneur Yvain avait conquise en épousant la
dame, on pouvait s'avancer à deux lieues, voire trois
ou quatre, d'un château à l'autre dans les environs.

Quand le séjour du roi s'acheva

2455 Chascun par soi et toz ansan-
                            [ble,
Que tes fos i a, cui il sanble,
Que d'amor vaingnent li atret
Et li sanblant, qu'ele lor fet.
Et çaus puet l'an nices clamer,
2460 Qui cuident, que les vuelle
                            [amer,
Quant une dame est si cortoise,
Qu'a un maleüreus adoise,
Si li fet joie et si l'acole.
Fos est liez de bele parole,
2465 Si l'a an mout tost amusé. —

A grant joie ont lor tans usé
Trestote la semainne antiere :
Deduit de bois et de riviere
I ot mout, qui le vost avoir.
2470 Et qui vost la terre veoir,
Que mes sire Yvains ot
                            [conquise
An la dame, que il ot prise,
Si se repot aler esbatre
Ou deus liues ou trois ou qua-
                            [tre
2475 Par les chastiaus d'iluec antor.
Quant li rois ot fet son sejor,

et qu'il ne voulut plus s'attarder, il fit apprêter son retour. La semaine durant, tous avaient prié et insisté autant qu'ils l'avaient pu, afin d'emmener monseigneur Yvain avec eux.

« Comment, disait monseigneur Yvain, serez-vous maintenant de ceux qui à cause de leurs femmes se montrent moins vaillants ? Par sainte Marie, malheur à qui se marie pour déchoir ! Qui a pour amie ou pour femme une belle dame, doit gagner en valeur, et il n'est pas de raison qu'elle continue de l'aimer si sa gloire et sa renommée n'en sont pas accrues[64]. Vrai, vous auriez bientôt à souffrir de son amour, si vous n'y gagniez rien, car une femme a vite fait de reprendre son amour, et non sans raison, si elle méprise celui qui déchoit si peu que ce soit quand il est maître du royaume.

Tant qu'il n'i vost plus arester,
Si refist son oirre aprester.
Mes il avoient la semainne
2480 Trestuit proiié et mise painne
Au plus, qu'il s'an porent pener,
Que il an poïssent mener
Mon seignor Yvain avuec aus.
« Comant ? Seroiz vos or de [çaus »,
2485 Ce disoit mes sire Gauvains,
« Qui por lor fames valent [mains ?

Honiz soit de sainte Marie,
Qui por anpirier se marie !
Amander doit de bele dame,
2490 Qui l'a a amie ou a fame,
Ne n'est puis droiz, que ele l'aint,
Que ses pris et ses los remaint.
Certes, ancor seroiz iriez
De s'amor, se vos anpiriez ;
2495 Que fame a tost s'amor reprise,
Ne n'a pas tort, s'ele desprise
Celui, qui de neant anpire,
Quant il est del reaume sire.

Allons, il faut que votre gloire
2500 grandisse. Rompez le frein et le licol, et nous irons
affronter les tournois ensemble afin qu'on ne vous
fasse pas une réputation de jaloux. Ce n'est pas le
moment de rêver, il faut courir les tournois, vous
lancer dans les combats et les joutes serrées, même s'il
vous en coûte. Songe-creux que celui qui n'entreprend rien ! Oui, il faut que vous partiez, et je
combattrai sous vos couleurs. Prenez garde, cher
compagnon, que notre amitié ne cesse de votre fait,
car pour ce qui est de moi, elle n'a rien à craindre. Je
m'étonne de voir comment on s'inquiète d'un confort
qui dure sans cesse. Le bonheur gagne en saveur à
être attendu, et on a plus de plaisir à goûter un petit
bonheur qui se fait attendre qu'une grande félicité
dont on jouit immédiatement.

Or primes doit vostre pris
[croistre !
2500 Ronpez le frain et le chevois-
[tre,
S'irons tornoiier moi et vos,
Que l'an ne vos apiaut jalos.
Or ne devez vos pas songier,
Mes les tornoiemanz ongier,
2505 Anprandre estorz et fort joster,
Que que il vos doie coster !
Assez songe, qui ne se muet.
Certes, venir vos an estuet ;
Que je serai an vostre
[ansaingne.

2510 Gardez, que an vos ne
[remaingne,
Biaus conpainz ! nostre conpai-
[gnie ;
Qu'an moi ne faudra ele mie.
Mervoille est, comant an a cure
De l'eise, qui toz jorz li dure.
2515 Biens adoucist par delaiier,
Et plus est buens a essaiier
Uns petiz biens, quant il
[delaie,
Qu'uns granz, que l'an adés
[essaie.

« La joie d'amour qui met du temps à s'épanouir
2520 ressemble à la bûche encore verte que l'on met à
brûler et qui donne d'autant plus de chaleur et dure
d'autant plus longtemps qu'elle a été difficile à
allumer. Il est des choses auxquelles on s'habitue dont
on a beaucoup de peine à se passer ensuite ; quand on
s'y décide, on en est incapable. Mais je ne le dis pas
pour le cas où j'aurais une amie belle comme la vôtre,
cher compagnon ! Par la foi que je dois à Dieu et à ses
saints, j'aurais bien de la peine à la quitter. Je suis sûr
que j'en perdrais la tête. Mais on peut donner de bons
conseils à autrui et être incapable de les suivre soi-
même, tout comme les prédicateurs qui sont de fieffés
coquins, mais qui prêchent et enseignent la vertu
qu'ils ne veulent pas suivre. »

2540   Monseigneur Gauvain lui tint ces propos si fréquemment et avec tant d'insistance, qu'Yvain s'engagea à en parler

Joie d'amor, qui vient a tart,
2520 Sanble la vert busche qui art,
Qui de tant rant plus grant
                    [chalor
Et plus se tient an sa valor,
Con plus se tient a alumer.
L'an puet tel chose acostumer,
2525 Qui mout est grevainne a
                    [retreire ;
Quant an le viaut, nel puet an
                    [feire.
Et por ce ne le di je mie,
Se j'avoie si bele amie,

Con vos avez, sire conpainz !
2530 Foi, que je doi De et ses sainz,
Mout a anviz la leisseroie !
Mien esciant fos an seroie.
Mes tes consoille bien autrui,
Qui ne savroit conseillier lui,
2535 Aussi con li preecheor,
Qui sont desleal tricheor :
Ansaingnent et dïent le bien,
Dont il ne vuelent feire rien. »

Mes sire Gauvains tant li dist
2540 Ceste chose et tant li requist,
Qu'il creanta, qu'il le diroit

à sa femme et promit de partir, s'il pouvait en avoir congé. Folie ou non, il ne manquera pas de demander qu'elle lui permette de retourner en Bretagne.

Il prit à part la dame qui ne se doutait de rien, et lui dit :

« Ma très chère dame, vous qui êtes mon cœur et mon âme, mon bien, ma joie et ma santé, accordez-moi une chose, pour votre honneur et pour le mien[65]. »

La dame le lui promit, sans savoir ce qu'il voulait demander :

« Cher époux, lui dit-elle, vous pouvez exiger tout ce qu'il vous plaira. »

Sans attendre, monseigneur Yvain lui demanda 2560 congé d'accompagner le roi et d'aller combattre dans les tournois, pour éviter qu'on ne lui fasse une réputation de lâcheté[66].

A sa fame et si s'an iroit.
S'il an puet le congié avoir,
Ou face folie ou savoir,
2545 Ne leira, que congié ne
                    [praingne
De retorner an la Bretaingne.
La dame an a a consoil treite,
Qui del congié pas ne se gueite,
Si li dist : « Ma tres chiere
                    [dame !
2550 Vos, qui estes mes cuers et
                    [m'ame,
Mes biens, ma joie et ma san-
                    [tez,

Une chose me creantez
Por vostre enor et por la
                    [moie ! »
La dame tantost li otroie,
2555 Qui ne set, qu'il viaut deman-
                    [der,
Et dit : « Biaus sire ! comander
Me poez, quanque buen vos
                    [iert. »
Maintenant congié li requiert
Mes sire Yvains, de convoiier
2560 Le roi et d'aler tornoiier,
Que l'an ne l'apiaut recreant.

« Je vous accorde congé, dit-elle, mais je fixe un délai ; l'amour que je vous porte deviendra haine, soyez-en assuré, si vous veniez à passer la date que je vais vous donner. Sachez que je ne me dédierai pas. Si vous ne tenez pas parole, moi, je tiendrai la mienne. Si vous voulez gardez mon amour, et que vous m'aimiez quelque peu, pensez de revenir dans un an au plus tard, soit huit jours après la Saint-Jean dont on fête aujourd'hui l'octave. De mon amour il ne vous restera que blême affliction, si, à cette date, vous n'êtes pas de retour auprès de moi. »

2580 Monseigneur Yvain pleure et soupire si fort qu'il a de la peine à lui répondre :
« Dame, ce délai est trop long. Si je pouvais être colombe

Et ele dit : « Je vos creant
Le congié jusqu'à un termine ;
Mes l'amors devandra haïne,
2565 Que j'ai a vos, seürs soiiez,
Certes, se vos trepassiiez
Le terme, que je vos dirai.
Sachiez que ja n'an mantirai :
Se vos mantez, je dirai voir.
2570 Se vos volez m'amor avoir
Et de rien nule m'avez chiere,
Pansez de revenir arriere
A tot le mains jusqu'a un an
Huit jorz aprés la saint Jehan :
2575 Hui an cest jor sont les hui-
[taves.
De m'amor seroiz maz et
[haves,
Se vos n'estes a icel jor
Ceanz avuec moi a sejor. »

Mes sire Yvains plore et sos-
[pire
2580 Si fort, qu'a painnes li puet
[dire :
« Dame ! cist termes est trop
[lons.
Si je pooie estre colons

toutes les fois que je le voudrais, je serais
bien souvent près de vous. Et je prie Dieu, s'il y
consent, de ne pas me laisser attendre si longtemps.
Mais l'on imagine revenir bien vite, alors qu'on ne sait
rien de ce qui va se passer. Pour moi, je ne sais ce qui
m'attend ; peut-être serai-je retenu par quelque empê-
chement, une maladie ou la prison. Vous avez eu tort
de ne pas faire d'exception au moins en cas d'empê-
chement physique.

— Seigneur, dit-elle, je vous l'accorde. Mais je
vous assure que, hormis la mort dont je prie Dieu de
vous protéger, vous ne rencontrerez aucun contre-
2600 temps tant que vous penserez à moi. Passez donc à
votre doigt cet anneau qui m'appartient et que je vous
prête ; je vais vous dévoiler les propriétés de sa
pierre : aucun amant sincère et fidèle ne peut subir la
prison ou être blessé, aucun mal ne peut lui arriver,

Totes les foiz, que je voldroie,
Mout sovant avuec vos seroie.
2585 Et je pri De que, se lui plest,
Ja tant demorer ne me lest.
Mes tes cuide mout tost venir,
Qui ne set, qu'est a avenir.
Et je ne sai, que m'avandra,
2590 Se essoines me detandra
De malage ne de prison ;
S'avez de tant fet mesprison,
Que vos n'an avez mis defors
Sevïaus l'essoine de mon
                    [cors. »

2595 « Sire ! », fet ele, « et je l'i met.
Et neporquant bien vos pro-
                    [met,
Que, se Des de mort vos def-
                    [fant,
Nus essoines ne vos atant
Tant con vos sovandra de moi.
2600 Mes or metez an vostre doi
Cest mïen anel, que je vos
                    [prest.
Et de la pierre, ques ele est,
Vos dirai je tot an apert :
Prison ne tient ne sanc ne pert
2605 Nus amans verais et leaus,
Ne avenir ne li puet maus,

pourvu qu'il le porte et qu'il pense à son amie ; il en devient plus robuste que le fer. Cet anneau sera votre écu et votre haubert. Jamais encore je n'ai consenti à le prêter ou à le confier à un chevalier ; à vous je le donne par amour. »

Mes qu'il le port et chier le
        [taingne
Et de s'amie li sovaingne,
Einçois devient plus durs que
        [fers.

2610 Cil vos iert escuz et haubers.
Et onques mes a chevalier
Ne le vos prester ne baillier,
Mes par amor le vos doing
        [gié. »

LA FOLIE D'YVAIN

Voici donc monseigneur Yvain libre de partir et ils versèrent bien des larmes au moment de se séparer. Le roi ne voulait accepter aucun retard, si bonne qu'en soit l'excuse ; il avait hâte qu'on leur ait avancé 2620 tous les palefrois, prêts et harnachés. Puisque telle était sa volonté, ce fut rapidement fait. On sortit les palefrois, il ne restait plus qu'à se mettre en selle.

Je ne sais comment vous raconter le départ d'Yvain, les baisers qu'on lui prodigue, mêlés de larmes et parfumés de douceur. Vous dirais-je aussi l'escorte que fait au roi la dame, accompagnée de ses jeunes filles ainsi que de ses chevaliers ? Ce serait trop m'attarder. Voyant ses pleurs, le roi pria la dame de ne pas aller plus loin et de revenir à son manoir.

Ore a mes sire Yvains congié,
2615 S'ont mout ploré au congié
    [prandre. —
Et li rois ne vost plus atandre
Por rien, qu'an dire li seüst,
Ainz li tarda, qu'an lor eüst
Tost les palefroiz amenez
2620 Apareilliez et anfrenez.
Des qu'il le vost, mout fu tost
    [fet :
Li palefroi lor sont fors tret,
Si n'i a mes que del monter.
Ne sai, que vos doie conter,
2625 Comant mes sire Yvains s'an
    [part,
Et des beisiers, qu'an li depart,
Qui furent de lermes semé
Et de douçor anbaussemé.
Et del roi que vos conteroie,
2630 Comant la dame le convoie
Et ses puceles avuec li
Et si chevalier autressi ?
Trop i feroie grant demore.
La dame, por ce qu'ele plore,
2635 Prie li rois de remenoir
Et de raler a son menoir.

Il dut
la prier beaucoup pour qu'avec bien de la peine elle
consente à s'en retourner en emmenant ses gens.

2640 Monseigneur Yvain, à regret, s'est éloigné de la
dame, mais son cœur ne le suit pas. Le roi peut
emmener le corps, il ne peut rien emporter du cœur :
ce cœur est si étroitement uni au cœur de celle qui
reste qu'il n'a pas le pouvoir de l'emmener. Privé du
cœur, le corps est donc dans l'impossibilité de vivre,
et si le corps réussit à vivre sans le cœur, c'est un
miracle jamais vu. Ce miracle est arrivé : le corps est
resté en vie sans le cœur qui y résidait, et qui ne
voulait plus le suivre. Le cœur a choisi un agréable
séjour et le corps vit dans l'espoir de venir rejoindre le
cœur. C'est un cœur étrange que le sien,

Tant li pria qu'a mout grant
　　　　　　　[painne
S'an retorne, sa jant an
　　　　　　　[mainne.

Mes sire Yvains mout a anviz
2640 S'est de la dame departiz
Einsi, que li cuers ne se muet.
Li rois le cors mener an puet,
Mes del cuer n'an manra il
　　　　　　　[point ;
Car si se tient et si se joint
2645 Au cuer celi, qui se remaint,
Qu'il n'a pooir, que il l'an
　　　　　　　[maint.

Des que li cors est sanz le cuer,
Donc ne puet il vivre a nul
　　　　　　　[fuer ;
Et se li cors sanz le cuer vit,
2650 Tel mervoille nus hon ne vit.
Ceste mervoille est avenue ;
Qu'il a la vie retenue
Sanz le cuer, qui estre i soloit ;
Que plus siure ne le voloit.
2655 Li cuers a buene remenance,
Et li cors vit an esperance
De retorner au cuer arriere,
S'a fet cuer d'estrange meniere

qui est tout
2660 espérance, or l'attente est souvent trahie et trompée.
Je pressens qu'Yvain ne s'attendra pas à voir
l'espérance le trahir. Car, s'il dépasse d'un seul jour le
terme qu'ils ont fixé ensemble, il lui sera bien difficile
ensuite de trouver paix ou trêve auprès de sa dame. Je
pressens qu'il le dépassera, car monseigneur Gauvain
ne le laissera pas s'éloigner de lui. Ils vont tous les
deux affronter les tournois, en tous endroits où on en
donne.

Cependant voici l'année passée. Monseigneur
Yvain fit tant de prouesses tout au long de l'année que
monseigneur Gauvain se consacra à lui porter honneur. Il le fit tant tarder qu'une année complète passa
et une partie de l'année suivante, si bien qu'on arriva à
2680 la mi-août ; le roi tenait sa cour à Cestre[67]. La veille,
les deux compagnons étaient revenus d'un tournoi

D'esperance, qui mout sovant
2660 Traïst et fausse de covant.
Ja, ce cuit, l'ore ne savra,
Qu'esperance traï l'avra ;
Car se il un seul jor trespasse
Del terme, qu'il ont pris a
                          [masse,
2665 Mout a anviz trovera mes
A sa dame triues ne pes.
Je cuit, qu'il le trespassera ;
Car departir nel leissera
Mes sire Gauvains d'avuec lui ;
2670 Car as tornois s'an vont andui

Par tos les leus, ou l'an tornoie.
Et li anz passe tote voie,
Sel fist si bien mes sire Yvains
Tot l'an, que mes sire Gau-
                          [vains
2675 Se penoit de lui enorer
Et si le fist tant demorer,
Que trestoz li anz fu passez
Et de l'autre an aprés assez,
Tant que a la miaost vint,
2680 Que li rois cort a Cestre tint,
Et furent la voille devant
Revenu d'un tournoiemant,

auquel monseigneur Yvain avait pris part et dont il
avait remporté le prix.

Le conte, à ce qu'il me semble, dit qu'ils ne
voulurent pas se loger dans la ville, mais qu'ils firent
tendre leurs pavillons hors de l'enceinte et qu'ils y
tenaient leur cour. Ils n'étaient jamais allés à la cour
d'un roi et c'est le roi qui vint à la leur, car on voyait
autour d'eux les meilleurs des chevaliers, toute l'élite.
Le roi était assis entre eux deux, quand monseigneur
Yvain se mit à songer ; jamais depuis qu'il avait quitté
sa dame, il n'avait été aussi absorbé dans ses
2700 réflexions ; il avait parfaitement conscience d'avoir
failli à sa parole et que la date était passée. Il avait
beaucoup de peine à retenir ses larmes, mais la pudeur
l'y contraignait.

Ou mes sire Yvains ot esté,
S'an ot tot le pris aporté.
2685 Et dit li contes, ce me sanble,
Que li dui conpaignon ansan-
                              [ble
Ne vostrent an vile desçandre,
Ainz firent lor paveillon tandre
Fors de la vile et cort i tin-
                              [drent ;
2690 Qu'onques a cort de roi ne
                              [vindrent,
Einçois vint li rois a la lor ;
Qu'avuec aus furent li meillor

Des chevaliers et toz li plus.
Antre aus seoit li rois Artus,
2695 Quant Ivains tant ancomança
A panser, que des lors an ça,
Que a sa dame ot congié pris,
Ne fu tant de panser sospris
Con de celui ; car bien savoit,
2700 Que covant manti li avoit
Et trespassez estoit li termes.
A grant painne tenoit ses
                              [lermes,
Mes honte li feisoit tenir.

Plongé dans ses pensées, il vit venir face à lui une demoiselle qui arrivait à belle allure sur un palefroi noir avec des balzanes. Elle mit pied à terre devant le pavillon, sans l'aide de personne et personne non plus ne prit son cheval. Dès qu'elle aperçut le roi, elle laissa tomber son manteau, et, tête nue, elle pénétra dans le pavillon et vint jusqu'à lui[68]. Elle dit que sa dame saluait le roi et monseigneur Gauvain et tous les autres, hormis Yvain, le déloyal, le 2720 traître, le menteur, le hâbleur, qui l'a abandonnée et l'a trompée :

« Elle a parfaitement découvert sa hâblerie : il se faisait passer pour un amant fidèle, alors qu'il était perfide, fourbe et voleur. Ce voleur a trompé ma dame qui ne soupçonnait pas le mal et qui ne croyait absolument pas qu'il pût lui voler son cœur.

Tant pansa, que il vit venir
2705 Une dameisele a droiture,
Et venoit mout grant anbleüre
Sor un palefroi noir bauçant.
Devant le paveillon desçant,
Ne nus ne fu a son desçandre ;
2710 Que nus n'ala son cheval pran-
                                    [dre.
Et lués, que ele pot veoir
Le roi, si leissa jus cheoir
Son mantel, et desafublee
S'an est el paveillon antree
2715 Et tres devant le roi venue,

Si dist que sa dame salue
Le roi et mon seignor Gauvain
Et toz les autres fors Yvain,
Le desleal, le guileor,
2720 Le mançongier, le jeingleor,
Qui l'a leissiee et deceüe.
« Bien a sa jangle aperceüe,
Qui se feisoit verais amerre,
S'estoit fel, soduianz et lerre.
2725 Ma dame a cist lerre soduite,
Qui n'estoit de nul mal recuite,
Ne ne cuidoit pas a nul fuer,
Qu'il li deüst anbler son cuer.

Ceux qui
aiment ne volent pas les cœurs ; il y a pourtant des
gens qui les regardent comme des voleurs, mais ce
sont ceux qui se plaisent à abuser en amour et n'y
entendent rien. L'ami s'empare du cœur de son amie
sans en devenir le voleur, au contraire il en devient le
gardien, le protégeant contre les voleurs qui ont des
airs d'honnêtes gens. Mais sont des voleurs hypocrites
et traîtres, ceux qui luttent pour voler des cœurs dont
2740 ils ne se soucient pas. Tandis que l'ami, où qu'il aille,
veille sur le cœur qu'il a pris et le rapporte. Monseigneur Yvain a voulu la mort de ma dame. Elle pensait
qu'il allait veiller sur son cœur et le lui rapporter avant
que l'année ne soit écoulée. Yvain ! tu as perdu la
mémoire, tu n'as su te souvenir que tu aurais dû
revenir auprès de ma dame au bout d'un an.

Cil n'anblent pas les cuers, qui
       [aimment,
2730 S'i a tes, qui larrons les claim-
       [ment,
Qui an amor vont faunoiant
Et si n'an sevent tant ne quant.
Li amis prant le cuer s'amie
Einsi, qu'il ne li anble mie,
2735 Ainz le garde, que ne li anblent
Larron, qui prodome ressan-
       [blent.
Et cil sont larron ipocrite
Et traïtor, qui metent luite

As cuers anbler, dont aus ne
       [chaut ;
2740 Mes li amis, quel part qu'il
       [aut,
Le tient chier et si le raporte.
Mes Yvains a ma dame morte ;
Qu'ele cuidoit, qu'il li gardast
Son cuer et si li raportast
2745 Einçois que fust passez li anz.
Yvains ! mout fus ore oblianz ;
Qu'il ne te pot ressovenir,
Que tu deüsses revenir
A ma dame jusqu'a un an.

Elle
t'avait donné jusqu'à la fête de la Saint-Jean, et tu l'as
tenue en tel mépris que tu ne t'en es pas souvenu. Ma
dame a fait peindre sur les murs de sa chambre tous
les jours et toutes les saisons ; car quand on aime, on
vit dans l'inquiétude, on ne peut jamais trouver un
bon sommeil, mais toute la nuit, on compte et on
2760 additionne les jours qui passent et ceux qui restent.
Sais-tu comment font les amants ? Ils ne cessent de
compter les mois et les saisons. Sa plainte n'est pas
sans motif et il n'y a pas d'erreur sur la date. Je ne
viens pas déposer une réclamation publique, je dis
seulement que tu nous as trahies quand tu as épousé
ma dame. Yvain, pour ma dame tu n'es plus rien ; elle
t'intime par ma bouche de ne jamais revenir vers elle
et de ne plus garder son anneau.

2750 Jusqu'a la feste saint Jehan
     Te dona ele de respit,
     Et tu l'eüs an tel despit,
     Qu'onques puis ne t'an reman-
                              [bra.
     Ma dame paint an sa chanbre a
2755 Trestoz les jorz et toz les tans ;
     Car qui aimme, est an grant
                              [porpans,
     N'onques ne puet prandre
                              [buen some,
     Mes tote nuit conte et assome
     Les jorz, qui vienent et qui
                              [vont.

2760 Sez tu, come li amant font ?
     Content le tans et la seison.
     N'est pas venue sanz reison
     Sa conplainte ne devant jor,
     Si ne di je rien por clamor,
2765 Mes tant di, que traïz nos a,
     Qui a ma dame t'esposa.
     Yvains ! n'a mes cure de toi
     Ma dame, ainz te mande par
                              [moi,
     Que ja mes vers li ne
                              [revaingnes
2770 Ne son anel plus ne
                              [detaingnes.

Par moi, que tu vois ici devant toi, elle te somme de le lui renvoyer. Rends-le-lui, il le faut[69]. »

Yvain ne peut lui répondre, sa pensée se vide, les mots l'abandonnent. La demoiselle s'élance vers lui et lui ôte l'anneau du doigt. Ensuite elle recommande à Dieu le roi et tous les autres, hormis celui qu'elle laisse dans le plus grand tourment. Tourment qui ne cesse de croître. Tout ce qu'il entend lui pèse, tout ce qu'il voit lui est odieux. Il voudrait disparaître, prendre la fuite, se retrouver seul en terre si sauvage qu'on ne sache où le chercher, et qu'il n'y ait personne, homme ou femme, qui sache rien de lui, comme s'il était au fond de l'enfer. Il ne hait rien plus que lui-même, et il ne sait à qui se plaindre de lui-même qui a causé sa propre mort.

Par moi, que ci an presant [vois,
Te mande, que tu li anvois.
Rant li ! car randre le [t'estuet. »

Yvains respondre ne li puet,
2775 Que sans et parole li faut.
Et la dameisele avant saut,
Si li oste l'anel del doi,
Puis si comande a De le roi
Et toz les autres fors celui,
2780 Cui ele leisse an grant enui. —
Et ses enuiz tot adés croist :

Quanquë il ot, tot li ancroist,
Et quanque il voit, tot li enuie.
Mis se voldroit estre a la fuie
2785 Toz seus an si sauvage terre,
Que l'an ne le seüst, ou querre,
N'ome ne fame n'i eüst,
Ne nus de lui rien ne seüst,
Ne plus, que s'il fust an [abisme.
2790 Ne het tant rien con lui [meïsme,
Ne ne set, a cui se confort
De lui, qu'il meïsmes a mort ;

Mais il va perdre
l'esprit avant de pouvoir se venger de lui-même qui
s'est privé de toute joie. Il se retire de l'assemblée des
barons, car il a peur de perdre la tête parmi eux ;
comme personne ne pensait qu'il pût en arriver là, on
2800 le laissa partir seul. Tous comprennent bien qu'il n'a
pas envie de partager leurs propos et leurs réjouis-
sances.

Il marcha tant qu'il fut loin des tentes et des
pavillons. Alors lui monta dans la tête un tourbillon si
violent qu'il en devient fou. Il déchire et met en
lambeaux ses vêtements, il fuit par les champs et les
labours ; ses gens restent désemparés ; ils s'inquiètent
et se demandent où il peut être ; ils le cherchent dans
toute la région, dans les logis des chevaliers, dans les
haies et les vergers. Mais ils le cherchent où il n'est
pas.

Mes ainz voldra le san chan-
              [gier,
Que il ne se puisse vangier
2795 De lui, qui joie s'est tolue.
D'antre les barons se remue ;
Qu'il crient antre aus issir del
              [san.
Et de ce ne se gardoit l'an,
Si l'an leissierent seul aler.
2800 Bien sevent, que de lor parler
Ne de lor siecle n'a il soing.
Et il va tant, que il fu loing
Des tantes et des paveillons.

Lors li monta uns torbeillons
2805 El chief si granz, que il for-
              [sane,
Lors se descire et se depane
Et fuit par chans et par arees
Et leisse ses janz esgarees,
Qui se mervoillent, ou puet
              [estre.
2810 Querant le vont par trestot
              [l'estre,
Par les ostés as chevaliers
Et par haies et par vergiers,
Sel quierent la, ou il n'est pas.

Il fuit à toute allure ; près d'un enclos, il trouva un rustaud qui tenait un arc et cinq flèches barbelées, 2820 larges et tranchantes. Il eut juste assez d'esprit pour aller prendre son petit arc au rustaud avec les flèches qu'il avait dans la main. Néanmoins il ne se souvenait plus de rien de ce qu'il avait pu faire. Il guette les bêtes dans le bois, et quand il les a tuées, il mange la venaison toute crue.

Il resta si longtemps dans les halliers, comme une brute privée de raison qu'il trouva la maison d'un ermite, une maison toute basse et toute petite ; l'ermite défrichait. Quand il aperçut cet homme qui était nu, il lui était facile de se rendre compte qu'il n'avait plus sa raison ; c'est ce qu'il comprit, il en fut vite persuadé. Sous l'effet de la peur qu'il éprouva, il se jeta dans sa maisonnette.

Fuiant s'an va plus que le pas,
2815 Tant qu'il trova delez un parc
Un garçon, qui tenoit un arc
Et cinc saietes barbelees,
Qui mout ierent tranchanz et
    [lees,
S'ot tant de san, que au garçon
2820 Est alez tolir son arçon
Et les saietes qu'il tenoit.
Por ce mes ne li sovenoit
De nule rien, qu'il eüst feite.
Les bestes par le bois agueite,
2825 Si les ocit et si manjue

La veneison trestote crue.
Et tant conversa el boschage
Come hon forsené et sauvage,
Qu'une meison a un hermite
2830 Trova mout basse et mout
    [petite,
Et li hermites essartoit.
Quant vit celui, qui nuz estoit,
Bien pot savoir sanz nul redot,
Qu'il n'avoit mie le san tot ;
2835 Et si fist il, tres bien le sot.
De la peor, que il an ot,
Se feri an sa meisonete.

Le saint homme prit de
2840 son pain et de son eau qu'il mit à l'extérieur de la
maison sur une fenêtre étroite. L'autre s'approcha,
plein de convoitise, il prit le pain et y mordit. Je pense
qu'il n'en avait jamais goûté de si âpre et de si rêche.
Le setier de farine qui avait servi à faire le pain n'avait
pas dû coûter cinq sous ; le levain n'est pas si aigre ;
c'était de l'orge pétri avec la paille, et de plus, il était
moisi et sec comme de l'écorce. Mais la faim le
pressait tellement que le pain lui parut goûté comme
un plat de légumes. A tous repas, la faim est la
meilleure et la plus piquante des sauces. Monseigneur
Yvain mangea tout le pain de l'ermite, qu'il trouva
savoureux,

De son pain et de s'eve nete
Par charité prist li prodon,
2840 Si li mist fors de sa meison
Dessor une fenestre estroite.
Et cil vient la, qui mout
                    [covoite
Le pain, si le prant et s'i mort.
Ne cuit, que onques de si fort
2845 Ne de si aspre eüst gosté.
N'avoit mie cinc souz costé
Li sestiers, don fu fez li pains,
Qui plus iere egres que levains,
D'orge pestriz atot la paille,

2850 Et avuec ce iere il sanz faille
Moisiz et ses come une
                    [escorce.
Mes li fains l'angoisse et
                    [esforce,
Tant que le pout li sot li pains ;
Qu'a toz mangiers est sausse
                    [fains
2855 Bien destanpree et bien
                    [confite.
Tot manja le pain a l'ermite
Mes sires Yvains, que buen li
                    [sot,

et il but de l'eau froide à même le pot.
2860 Quand il eut mangé, il se jeta à nouveau dans le
bois, à la poursuite des cerfs et des biches. Le saint
homme, dans son abri, quand il le vit s'éloigner, pria
Dieu de le protéger et de l'empêcher de revenir de ce
côté. Mais, il n'est pas de créature, si peu de sens
qu'elle ait, qui ne retourne volontiers à l'endroit où on
lui fait du bien. Par la suite, il ne se passa pas un jour
complet, tant qu'il fut dans cette démence, sans qu'il
vienne déposer à sa porte une bête sauvage. Tel fut
dès lors son genre de vie, et le saint homme s'occupait
d'écorcher la peau et de mettre une bonne part de la
venaison à cuire ; le pain était toujours avec le pot
d'eau sur la fenêtre pour permettre au forcené de se
2880 rassasier. Pour apaiser sa faim et sa soif, il avait de la
venaison sans sel et sans poivre,

Et but de l'eve froide au pot.
Quant mangié ot, si se refiert
2860 El bois, et cers et biches
[quiert.
Et li buens hon dessoz son toit
Prie De, quant aler l'an voit,
Qu'il le deffande et qu'il le
[gart,
Que mes ne vaingne cele part.
2865 Mes n'est riens, tant po de san
[et,
Que an leu, ou l'an bien li fet,
Ne revaingne mout volantiers.

Puis ne passa uns jorz antiers,
Tant come il fu an cele rage,
2870 Que aucune beste sauvage
Ne li aportast a son huis.
Iceste vie mena puis,
Et li buens hon s'antremetoit
De l'escorchier et si metoit
2875 Assez de la veneison cuire,
Et li pains et l'eve an la buire
Estoit toz jorz sor la fenestre
Por l'ome forsené repestre ;
S'avoit a mangier et a boivre
2880 Veneison sanz sel et sanz poi-
[vre

et de l'eau froide de la
fontaine. Le saint homme s'occupait de vendre les
peaux et d'acheter du pain d'orge, d'avoine ou d'autre
céréale. Yvain eut dès lors toute la nourriture qu'il lui
fallait, du pain en abondance et du gibier.

Ce mode de vie dura longtemps jusqu'au jour où,
dans la forêt, deux jeunes filles et une dame qu'elles
accompagnaient, car elles étaient de sa suite, le
trouvèrent en train de dormir. L'une d'entre elles
descendit et courut vers l'homme nu qui étaient sous
leurs yeux. Elle le regarda longtemps avant de trouver
sur lui un signe qui lui permit de le reconnaître ; elle
l'avait pourtant vu si souvent qu'elle l'aurait vite
2900 reconnu s'il avait été aussi richement vêtu que par le
passé. Elle fut longtemps avant de le reconnaître ;
toutefois, elle l'observa tant qu'à la fin, elle nota

Et eve froide de fontainne.
Et li buens hon estoit an
                         [painne
Des cuirs vandre et d'acheter
                          [pain
D'orge ou d'avainne ou d'autre
                          [grain,
2885 S'ot puis tote sa livreison,
Pain a planté et veneison,
Qui li dura tant longuemant,
Qu'un jor le troverent dormant
An la forest deus dameiseles
2890 Et une lor dame avuec eles,

De cui mesniee eles estoient.
Vers l'ome nu, que eles voient,
Cort et desçant l'une des trois,
Mes mout le regarda, einçois
2895 Que rien nule sor lui veïst,
Qui reconoistre li feïst ;
Si l'avoit ele tant veü,
Que tost l'eüst reconeü,
Se il fust de si riche ator,
2900 Come il avoit esté maint jor.
Au reconoistre mout tarda
Et totes voies l'esgarda,
Tant qu'an la fin li fu avis

une
cicatrice qu'il avait au visage, et qu'elle se souvint que
monseigneur Yvain avait la même ; elle le savait bien
pour l'avoir souvent remarquée. Grâce à la cicatrice,
elle s'était aperçu que c'était lui, il n'y avait pas à en
douter. Mais elle se demande bien ce qui a pu lui
arriver pour qu'elle le trouve dans cet état, misérable
et nu. Elle ne cesse de s'en signer et de s'en étonner ;
pourtant elle ne cherche pas à le pousser et à le
réveiller, elle prend son cheval, se met en selle, et
revient aux autres pour leur raconter avec des larmes
ce qui lui est arrivé.

Inutile de perdre mon temps à raconter la douleur
2920 qu'elle montrait. Tout en larmes, elle dit à sa
maîtresse :

« Dame, j'ai trouvé Yvain, un chevalier éprouvé et
accompli entre tous. Mais je ne sais quel malheur

D'une plaie, qu'il ot el vis,
2905 Qu'une tel plaie el vis avoit
Mes sire Yvains ; bien le
        [savoit ;
Qu'ele l'avoit sovant veüe.
Par la plaie s'est parceüe,
Que ce est il, de rien n'an
        [dote ;
2910 Mes de ce se mervoille tote,
Comant ce li est avenu,
Que si l'a trové povre et nu.
Mout s'an saingne et mout s'en
        [mervoille,

Mes ne le bote ne n'esvoille,
2915 Ainz prant son cheval, si
        [remonte,
Et vient as autres, si lor conte
S'avanture tote an plorant
Ne sai, qu'alasse demorant
A conter le duel, qu'ele an fist ;
2920 Mes plorant a sa dame dist :
« Dame ! je ai Yvain trové,
Le chevalier miauz esprové
Del monde et le miauz ante-
        [chié.
Mes je ne sai, par quel pechié

est
arrivé à cet homme généreux ; peut-être a-t-il eu
quelque chagrin qui l'a réduit en cet état ; car la
douleur peut rendre insensé ; et l'on peut se rendre
compte qu'il n'a pas toute sa raison : jamais il ne lui
serait arrivé de se comporter aussi honteusement s'il
n'avait perdu l'esprit. Ah, si Dieu permettait qu'il
redevienne avisé comme au meilleur temps, et
qu'alors il consente à vous venir en aide ! Les attaques
du comte Allier qui ne cesse de vous faire la guerre,
2940 vous causent de grands dommages. Je verrais cette
guerre terminée pour votre plus grand honneur, si
Dieu vous donnait le bonheur de lui rendre la raison ;
il entreprendrait de vous secourir en cette détresse. »
    La dame répondit :
« Ne vous tracassez pas !

2925 Est au franc home mescheü.   Et puis si li pleüst adonques,
     Espoir aucun duel a eü,   Qu'il remassist an vostre aïe !
     Qui le fet einsi demener ;   Car trop vos a mal anvaïe
     Qu'an puet bien de duel forse-   Li cuens Aliers, qui vos guer-
                              [ner.   [roie.
     Et savoir et veoir puet l'an,   2940 La guerre de vos deus verroie
2930 Qu'il n'est mie bien an son   A vostre grant enor finee,
                              [san ;   Se Des si buene destinee
     Que ja voir ne li avenist,   Vos donoit, qu'il le remeïst
     Que si vilmant se contenist,   An son san, si s'antremeïst
     Se il n'eüst le san perdu.   2945 De vos eidier a cest besoing. »
     Car li eüst or Des randu.   La dame dist : « Or n'aiiez
2935 Le san au miauz, qu'il eüst   [soing !
                              [onques,

car, s'il ne s'enfuit pas,
avec l'aide de Dieu, je crois que nous lui ôterons de la
tête toute la fureur et la démence qui l'habitent. Mais
il nous faut faire vite. Je me souviens d'un onguent
que me donna la savante Morgue en me disant qu'il
purgeait la tête de toute démence[70]. »

Elles se dirigèrent aussitôt vers leur château qui
était proche, puisqu'il n'y avait pas plus d'une demi-
2960 lieue, des lieues de ce pays-là, car comparées aux
nôtres, il faut deux lieues pour en faire une et quatre
pour en faire deux. Yvain resta seul et continua de
dormir tandis que la dame allait chercher son
onguent. Elle ouvrit un de ses coffrets et en retira la
boîte qu'elle confia à la demoiselle, la priant d'en user
avec mesure ; qu'elle lui en frictionne les tempes et le
front,

Que certes, se il ne s'an fuit,
A l'aïe de De, ce cuit,
Li osterons nos de la teste
2950 Tote la rage et la tanpeste.
Mes tost aler nos an covient ;
Car d'un oignemant me
                    [sovient,
Que me dona Morgue, la sage,
Et si me dist, que nule rage
2955 N'est an teste, que il n'an
                    [ost. »
Vers le chastel s'an vont tan-
                    [tost,

Qui seoit pres, qu'il n'i ot pas
Plus de demie liue un pas,
As liues, qui el païs sont ;
2960 Car a mesure des noz font
Les deus une, les quatre deus.
Et cil remest dormant toz seus,
Et cele ala l'oignement querre.
La dame un suen escrin des-
                    [serre,
2965 S'an tret la boiste et si la charge
A la dameisele, et trop large
Li prie, que ele n'an soit ;
Les tanples et le front l'an
                    [froit ;

inutile d'en mettre ailleurs, seulement sur les
tempes, et qu'elle lui garde soigneusement le reste ; il
n'a mal qu'au cerveau, nulle part ailleurs. Elle prépara
pour Yvain une robe fourrée, une tunique et un
manteau de soie écarlate, que la jeune fille emporta ;
celle-ci mena également de la main droite un excellent
palefroi à son intention. Personnellement elle ajouta
2980 une chemise et une culotte en fine étoffe ainsi que des
bas neufs d'une facture soignée. Elle prit le tout et
partit très vite[71].

Yvain dormait encore quand elle le trouva là où elle
l'avait laissé. Elle mit ses chevaux dans un enclos où
elle les attacha solidement, et se dirigea vers l'endroit
où il dormait, avec les vêtements et l'onguent. Elle fit
preuve de beaucoup de courage,

Qu'aillors point metre n'an
                    [besoingne.
2970 Les tanples solement l'an oin-
                    [gne
Et le remenant bien li gart ;
Qu'il n'a point de mal autre
                    [part
Fors que solemant el cervel.
Robe veire, cote et mantel
2975 Li fet porter de soie an
                    [grainne.
Cele li porte et si li mainne
An destre un palefroi mout
                    [buen

Et avuec ce i met del suen
Chemise et braies deliiees
2980 Et chauces nueves bien tail-
                    [liees.
Atot ice tres tost s'an va :
Ancor celui dormant trova
La, ou ele l'avoit leissié.
Ses chevaus met an un pleissié,
2985 Ses atache et lie mout fort
Et puis s'an vient la, ou cil
                    [dort,
Atot la robe et l'oignemant ;
Et fet mout tres grant harde-
                    [mant,

car elle s'approcha si
près du dément qu'elle put le palper et le toucher. Elle
prend l'onguent et le frictionne tant qu'elle en trouve
dans la boîte. Elle souhaite tant le guérir qu'elle le
frictionne partout. Elle emploie la totalité de la boîte,
sans se soucier de la recommandation de sa maîtresse ;
elle n'y pense même pas. Elle en met plus qu'il n'est
nécessaire ; mais elle est persuadée d'en faire bon
3000 usage. Elle lui en frictionne les tempes et le front, puis
tout le corps jusqu'aux doigts de pied. Elle mit tant
d'ardeur à lui frictionner sous un chaud soleil les
tempes et tout le corps que son cerveau fut délivré de
sa bile noire et de sa démence. Mais c'était faire une
folie que de frictionner aussi le corps, car il n'en était
nullement besoin. Mais en eût-elle eu cinq barils
qu'elle n'aurait pas agi autrement, j'en suis sûr.

Que del forsené tant s'aproche,
2990 Qu'ele le menoie et atoche,
Et prant l'oignemant, si l'an
[oint,
Tant come an la boiste an a
[point,
Et sa garison tant covoite,
Que de l'oindre par tot
[esploite ;
2995 Si le met trestot an despanse,
Que ne li chaut de la deffanse
Sa dame, ne ne l'an sovient.
Plus an i met, qu'il ne covient,

Mes bien, ce li est vis,
[l'anploie.
3000 Les tanples et le front l'an froie
Et tot le cors jusqu'a l'artoil.
Tant li froia au chaut soloil
Les tanples et trestot le cors,
Que del cervel li issi fors
3005 La rage et la melancolie.
Mes del cors oindre fist folie ;
Qu'il ne l'an estoit nus mes-
[tiers.
S'il an i eüst cinc sestiers,
S'eüst ele autel fet, ce cuit.

Prenant la boîte, elle se sauva et vint se cacher près
des chevaux. Mais elle a laissé les vêtements, parce
qu'elle veut que, si Dieu le guérit, les voyant tout
prêts, il les prenne et s'en revête. Elle se cacha
derrière un grand chêne jusqu'à ce qu'Yvain après son
long sommeil se trouva guéri, à nouveau en bonne
santé ; il avait retrouvé tous ses esprits et sa mémoire.

3020   Mais quand il se vit nu comme un ivoire, il fut saisi
d'une honte qui aurait été plus vive encore s'il avait su
ce qui lui était arrivé. Tout ce qu'il sait, c'est qu'il se
voit nu ; il aperçut devant lui des vêtements neufs, et,
pris d'un étonnement extrême, il se demandait comment, par quel mystère, ils étaient arrivés là. Mais à se
voir nu, il reste perplexe et abasourdi.

3010 La boiste an porte, si s'an fuit,
     Si s'est vers ses chevaus
                          [reposte.
     Mes la robe mie n'an oste
     Por ce, que, se Des le ravoie,
     Viaut, qu'apareilliee la voie
3015 Et qu'il la praingne et qu'il
                          [s'an veste.
     Deriere un grant chasne
                          [s'areste
     Tant que cil ot dormi assez,
     Qui fu gariz et respassez,
     Et rot son san et son memoire.

3020 Mes nuz se voit come un
                          [ivoire,
     S'a grant honte, et plus grant
                          [eüst,
     Se il s'avanture seüst ;
     Mes n'an set plus, que nuz se
                          [trueve.
     Devant lui voit la robe nueve,
3025 Si se mervoille a desmesure,
     Comant et par quel avanture
     Cele robe estoit la venue ;
     Mes de sa char, que il voit nue,
     Est trespansez et esbaïz,

Il se dit qu'il
est perdu et trahi, si quelqu'un l'a trouvé dans cet état
et l'a reconnu. Cependant il s'habille, tout en guettant
par la forêt s'il verrait personne venir. Il veut se lever
et se tenir debout, mais il en est incapable et ne peut
s'en aller. Il lui faut de l'aide, quelqu'un qui l'aide et
3040 le conduise, car son mal l'a tellement affaibli qu'il a la
plus grande peine à se tenir debout.

    La demoiselle ne veut pas tarder davantage ; elle
s'est mise en selle et se dirige vers l'endroit où il est,
comme si elle ne savait pas qu'il s'y trouve. Mais lui,
qui aurait bien besoin d'aide (et peu lui importe d'où
elle vient) pour gagner un logis où recouvrer ses
forces, se met à l'appeler le plus fort qu'il peut. La
demoiselle jette des regards autour d'elle comme si
elle ne savait pas ce qui se passe. Elle feint l'étonnement et va de droite et de gauche,

3030 Et dit, que morz est et traïz,
S'einsi l'a trové ne veü
Riens nule, qui l'et coneü.
Et tote voie si se vest
Et regarde par la forest,
3035 S'il verroit nul home venir.
Lever se cuide et sostenir,
Mes ne puet tant, qu'aler s'an
               [puisse.
Mestiers li est, qu'aïe truisse,
Qui li aït et qui l'an maint.
3040 Car si l'a ses granz maus ataint,
Qu'a painnes puet sor piez
               [ester.

Or n'i viaut mes plus arester
La dameisele, ainz est montee
Et est par delez lui alee,
3045 Si con s'ele ne l'i seüst.
Et cil, qui grant mestier eüst
D'aïe, ne li chaussist, quel,
Qui le menast jusqu'a ostel,
Tant que il refust an sa force,
3050 De li apeler mout s'esforce.
Et la dameisele autressi
Vet regardant anviron li,
Con s'ele ne sache, qu'il a.
Esbaïe va ça et la ;

car elle ne veut pas
aller directement à lui. Mais lui, il recommence ses
appels :

« Demoiselle, par ici, par ici ! »

La demoiselle dirigea à vive allure son palefroi vers
lui, et lui fit croire par sa contenance qu'elle ignorait
tout de lui et qu'elle ne l'avait jamais vu. C'était agir
avec bon sens et courtoisie.

Quand elle fut devant lui, elle lui dit :

« Seigneur chevalier, que voulez-vous, pourquoi
me lancez-vous des appels si pressants ?

— Ha, dit-il, sage demoiselle, je ne sais quel
malheur m'a conduit dans ce bois. Au nom de Dieu et
de votre foi, je vous prie de m'accorder en don que je
vous revaudrai le palefroi que vous menez.

— Volontiers, seigneur, mais accompagnez-moi là
où je vais.

— Où cela ? dit-il.

— Hors de ce bois, à un château tout près d'ici.

3055 Que droit vers lui ne viaut aler.
Et cil comance a rapeler :
« Dameisele ! de ça ! de ça ! »
Et la dameisele adreça
Vers lui son palefroi anblant.
3060 Cuidier li fist par tel sanblant,
Qu'ele de lui rien ne savoit,
N'onques mes veü ne l'avoit ;
Et san et corteisie fist.
Quant devant lui fu, si li dist :
3065 « Sire chevaliers ! que volez,
Qui a tel besoing m'apelez ? »
« Ha ! » fet il, « dameisele
[sage !

Trovez me sui an cest bos-
[chage,
Je ne sai, par quel mescheance.
3070 Por De et por vostre creance
Vos pri, que an toz guerredons
Me prestoiz ou donoiz an dons
Cest palefroi, que vos menez. »
« Volantiers, sire ; mes venez
3075 Avuec moi la, ou je m'an
[vois. »
« Quel part ? » fet il. — « Fors
[de cest bois
Jusqu'a un chastel ci selonc. »

— Demoiselle, dites-moi, puis-je vous être utile ?

3080 — Oui, dit-elle, mais je crois que vous n'êtes pas en bien bonne santé ; vous auriez besoin de quinze jours de repos au moins. Prenez le cheval que je mène à ma droite, et nous irons à ce logis[72]. »

Yvain, qui ne demandait rien d'autre, le prit et se mit en selle et ils partirent. Ils finirent par arriver à un pont au-dessus d'une eau rapide et bruyante. La demoiselle jeta dans le courant la boîte vide qu'elle portait. Elle pensait excuser de la sorte la perte de l'onguent : elle dira qu'au passage du pont, elle eut le malheur de laisser tomber la boîte dans l'eau ;

« Dameisele ! or me dites [donc,
Se vos avez mestier de moi ? »
3080 « Oïl », fet ele, « mes je croi,
Que vos n'estes mie bien sains.
Jusqu'a quinzainne a tot le [mains
Vos covandroit a sejor estre.
Cest cheval, que je main an [destre,
3085 Prenez, s'irons jusqu'a [l'ostel. »
Et cil, qui ne demandoit el,

Le prant et monte, si s'an [vont,
Tant que il vindrent a un pont,
Don l'eve estoit rade et [bruianz.
3090 Et la dameisele rue anz
La boiste, qu'ele porte vuide.
Einsi vers sa dame se cuide
De son oignemant escuser ;
Qu'ele dira, que au passer
3095 Del pont einsi li meschaï,
Que la boiste an l'eve chaï ;
Por ce, que dessoz li çopa

le
palefroi avait fait un faux-pas, la boîte lui avait
3100 échappé des mains, et elle avait bien failli tomber elle-
même : la perte aurait alors été plus grave. Voilà le
mensonge qu'elle a l'intention de présenter quand elle
sera devant sa maîtresse[73].

Ils cheminèrent ensemble et arrivèrent au château,
où la dame offrit de bon cœur l'hospitalité à monseigneur Yvain. A sa demoiselle elle demanda ce qu'il en
était de la boîte et de l'onguent, mais seule à seule ;
celle-ci lui récita le mensonge qu'elle avait prévu,
n'osant pas avouer la vérité. La dame en fut extrêmement contrariée :

« Voici une perte bien fâcheuse, dit-elle, et je sais
de façon certaine qu'elle ne sera jamais réparée. Mais
3120 puisque la chose est faite,

Ses palefroiz, li eschapa
Del poing la boiste, et a bien
                        [pres,
3100 Que ele ne chaï aprés,
Mes adonc fust la perte grain-
                        [dre.
Ceste mançonge voldra fain-
                        [dre,
Quant devant sa dame iert
                        [venue.
Ansanble ont lor voie tenue,
3105 Tant que au chastel sont venu,
Si a la dame retenu

Mon seignor Yvain lieemant,
Et sa boiste et son oignemant
Demanda a sa dameisele,
3110 Mes ce fu seul a seul ; et cele
Li a la mançonge retreite
Itel, come ele l'avoit feite ;
Que le voir ne l'an osa dire ;
S'an ot la dame mout grant ire
3115 Et dist : « Ci a mout leide
                        [perte,
Et de ce sui seüre et certe,
Qu'ele n'iert ja mes recovree.
Mes des que la chose est alee,

il faudra bien m'en passer. Parfois on s'imagine n'avoir en vue que son bonheur, alors qu'on recherche son malheur. C'est ce qui m'arrive, je croyais tirer profit et plaisir de ce chevalier, et j'ai perdu ce que j'avais de plus précieux et de plus cher. Néanmoins, je vous prie de le servir en tout ce qu'il souhaitera.

— Ah, dame, voilà qui est bien parlé ! Ce serait un mauvais tour que d'ajouter un second dommage au premier. »

Là-dessus il ne fut plus question de la boîte et elles s'empressèrent d'entourer monseigneur Yvain des meilleurs soins : elles le baignent, lui lavent la tête, lui coupent les cheveux et le rasent, car on aurait pu lui prendre la barbe à plein poing sur le visage. On ne lui refuse rien de ce qu'il peut vouloir ; veut-il des armes, on les lui apprête ; veut-il un cheval, on lui en prépare un, fort, grand, vigoureux et hardi.

Il n'i a que del consirrer.
3120 Tel ore cuide an desirrer
Son bien, qu'an desirre son
                              [mal,
Si con gié, qui de cest vassal
Cuidoie bien et joie avoir,
Si ai perdu de mon avoir
3125 Tot le meillor et le plus chier.
Neporquant je vos vuel proiier
De lui servir sor tote rien. »
« Ha ! dame, or dites vos mout
                              [bien !
Car ce seroit trop vilains jeus,
3130 Qui d'un domage feroit deus. »

A tant de la boiste se teisent

Et mon seignor Yvain aeisent
De quanque eles pueent et
                              [sevent,
Sel baingnent et son chief li
                              [levent
3135 Et le font rere et reoignier ;
Car l'an li poïst anpoignier
La barbe a plain poing sor la
                              [face.
Ne viaut chose, qu'an ne li
                              [face :
S'il viaut armes, an li atorne,
3140 S'il viaut cheval, an li sejorne
Bel et grant et fort et hardi.

YVAIN COMBAT LES TROUPES
DU COMTE ALIER

Il était encore au château quand, un mardi, survint le comte Alier avec ses chevaliers et ses gens ; ils mirent le feu et se livrèrent au pillage. Cependant les gens du château sautent en selle et prennent des armes. Revêtus ou non de leur armure, ils font une sortie et rattrapent les pillards qui, sans daigner s'enfuir à leur approche, les attendaient dans un passage resserré.

Monseigneur Yvain frappe dans la masse ; il s'est si bien reposé qu'il a recouvré toutes ses forces. Il frappa si violemment un chevalier sur l'écu, qu'il ne fit qu'un tas du cheval et du chevalier, à ce que je crois ; en
3160 voici un qui jamais plus ne se releva : le cœur lui avait éclaté dans la poitrine et il avait le dos brisé. Monseigneur Yvain recule un peu

Tant sejorna, qu'a un mardi
Vint au chastel li cuens Aliers
A serjanz et a chevaliers,
3145 Et mistrent feus et pristrent
[proies.
Et cil del chastel totes voies
Montent et d'armes se garnis-
[sent,
Armé et desarmé s'an issent
Tant que les coreors atain-
[gnent,
3150 Qui por aus foïr ne se dai-
[gnent,

Ainz les atandent a un pas.
Et mes sire Yvains fiert el tas
Qui tant a esté sejornez,
Qu'an sa force fu retornez,
3155 Si feri de si grant vertu
Un chevalier parmi l'escu,
Qu'il mist an un mont, ce me
[sanble,
Cheval et chevalier ansanble,
3160 Qu'el vantre li cuers li creva,
Et fu parmi l'eschine frez.
Un petit s'est arriere trez

et revient à l'atta-
que ; bien couvert de son écu, il pique des éperons
pour dégager le passage. Ah, si vous l'aviez vu ! En
moins de temps qu'il n'en faut pour compter un,
deux, trois, quatre, il avait abattu quatre chevaliers :
ce fut vite fait et avec une facilité étonnante. Ceux qui
combattaient avec lui, puisaient à le voir une hardiesse
accrue. On connaît des hommes au cœur lâche et
faible, qui, au spectacle d'un chevalier vaillant prenant sur lui le faix du combat, sont soudain saisis de
honte et de vergogne ; ils en abandonnent le cœur
défaillant qui bat dans leur poitrine et en prennent
3180 subitement cœur et hardiesse de preux. C'est ainsi que
ceux qui l'entourent deviennent vaillants, et tiennent
très honorablement leur place au plus fort de la mêlée.

Mes sire Yvains et si recuevre,
Trestoz de son escu se cuevre
3165 Et point por le pas desconbrer.
Si tost ne poïst an nonbrer
Et un et deus et trois et quatre,
Que l'an ne li veïst abatre
Plus tost et plus delivremant
3170 Quatre chevaliers erraumant.
Et cil, qui avuec lui estoient,
Por lui grant hardemant pre-
                    [noient ;
Que tes a povre cuer et lasche,
Quant il voit, qu'uns prodon
                    [antasche

3175 Devant lui une grant
                    [besoingne,
Que maintenant honte et ver-
                    [goingne
Li cort sus et si giete fors
Le povre cuer, qu'il a el cors,
Si li done sodainnemant
3180 Cuer de prodome et harde-
                    [mant.
Einsi sont cil devenu preu,
Si tient mout bien chascuns
                    [son leu
An la meslee et an l'estor.

La dame était montée au sommet de son donjon ;
elle assista aux mêlées et aux attaques lancées pour
disputer et occuper le passage. Elle vit à terre un bon
nombre de blessés et de tués, de ses gens comme de
ses ennemis, mais plus de ceux-ci que des siens. Car
monseigneur Yvain, en courtois chevalier, plein de
hardiesse et de vaillance, les réduisait à merci, comme
un faucon qui pique sur des sarcelles.

Et tous ceux qui étaient restés dans le château,
hommes ou femmes, disaient en l'observant par les
créneaux :

3200 « Quel valeureux combattant ! Comme il fait plier
ses ennemis, comme il les attaque roidement ! Il
s'élance au milieu d'eux comme le lion parmi les
daims quand il est tenaillé par une faim pressante.
Tous nos chevaliers

Et la dame fu an la tor
3185 De son chastel montee an haut,
Et vit la meslee et l'assaut
Au pas desresnier et con-
        [querre,
Et vit assez gisanz par terre
Des afolez et des ocis
3190 Des suens et de ses anemis,
Mes plus des autres, que des
        [suens.
Car li cortois, li preuz, li
        [buens,
Mes sire Yvains, tot autressi

Les feisoit venir a merci,
3195 Con li faucons fet les cerceles.
Et disoient et cil et celes,
Qui el chastel remés estoient
Et des batailles esgardoient :
« Ahi ! con vaillant sodoiier !
3200 Con fet ses anemis ploiier,
Con roidemant il les requiert !
Tot autressi antre aus se fiert,
Con li lions antre les dains,
Quant l'angoisse et chace la
        [fains.
3205 Et tuit nostre autre chevalier

en deviennent plus hardis et plus redoutables. C'est à lui seul qu'on doit de les voir briser des lances et tirer l'épée pour frapper. Quand un homme de cette valeur se présente, il faut l'aimer et le chérir sans réserve. Voyez donc comme sa vaillance éclate ! Voyez comme il se tient constamment au premier rang ! Voyez comme il teint de sang sa lance et la lame de son épée ! Voyez comme il bouscule ses adversaires ! Voyez comme il les presse ! Voyez-le se lancer contre eux, assener son coup, 3220 s'écarter et faire demi-tour ; il tourne sans perdre de temps et revient sans retard. Voyez comme dans le corps à corps il se soucie peu de son écu, qu'il laisse mettre en pièces : il n'en a aucune pitié ! Tout ce qu'il veut, à l'évidence, c'est se venger des coups qu'il reçoit.

An sont plus hardi et plus fier ;
Que ja, se par lui seul ne fust,
Lance brisiee n'i eüst,
N'espee treite por ferir.
3210 Mout doit an amer et cherir
Un prodome, quant an le
        [trueve.
Veez or, comant cil se prueve,
Veez, come il se tient an ranc,
Veez, come il portait de sanc
3215 Et sa lance et s'espee nue,
Veez, comant il les remue,
Veez, comant il les antasse,

Come il lor vient, come il lor
        [passe,
Come il ganchist, come il tres-
        [torne ;
3220 Mes au ganchir petit sejorne
Et po demore an son retor.
Veez, quant il vient an l'estor,
Come il a po son escu chier,
Que tot le leisse detranchier ;
3225 N'an a pitié ne tant ne quant.
Mes mout le veomes an grant
Des cos vangier, que l'an li
        [done.

Lui aurait-on fait des lances avec tout le bois de
l'Argonne, je crois qu'il n'en resterait plus une à
présent. Toutes celles qu'on lui fournit pour mettre
sur le bourrelet de feutre, il les brise et il en demande
d'autres. Voyez quels beaux coups d'épée il distribue
dès qu'il dégaine. Jamais Roland avec Durandal n'a
fauché autant de Turcs à Roncevaux ou en Espagne !
S'il avait avec lui quelques compagnons de sa trempe,
aujourd'hui même, le traître qui suscite nos plaintes,
devrait se retirer en pleine déroute ou rester et perdre
tout honneur[74]. »

Et d'ajouter qu'elle aurait beaucoup de chance celle
qui aurait gagné l'amour d'un homme capable de tant
d'exploits guerriers, et entre tous remarquable, tel un
cierge entre des chandelles, ou la lune entre les étoiles,

Qui de trestot le bois d'Argone
Li avroit fet lances, ce cuit,
3230 N'an avroit il nule anquenuit ;
Qu'an ne l'an puet tant metre
[el fautre,
Qu'il nes peçoit et demant
[autre.
Et veez, comant il le fet
De l'espee, quant il la tret !
3235 Onques ne fist de Durandart
Rolanz des Turs si grant essart
An Roncevaus ne an
[Espaingne !
Se il eüst an sa conpaingne
Auques de si buens conpai-
[gnons,
3240 Li fel, de cui nos nos plei-
[gnons,
S'an alast ancui desconfiz
Ou il remassist toz honiz. »
Et dïent, que buer seroit nee,
Cui il avroit s'amor donee,
3245 Qui si est as armes puissanz
Et dessor toz reconoissanz,
Si con cierges antre chandoiles
Et la lune antre les estoiles

ou le soleil face à la lune. Il a si bien conquis le cœur de chacun et de chacune que tous, à voir la vaillance dont il fait preuve, voudraient qu'il fût l'époux de leur dame ; alors le gouvernement du pays lui reviendrait.

C'est en ces termes que tous et toutes faisaient son éloge, et ils n'exagéraient pas. Car il a si vivement assailli les attaquants qu'ils prennent la fuite à qui mieux mieux. Mais il les poursuit de fort près, suivi de tous ses compagnons, qui se sentent aussi en sécurité à ses côtés que s'ils étaient à l'abri de murs en forte pierre, hauts et épais. La poursuite dure longtemps, mais, finalement, les fuyards s'épuisent et les poursuivants les taillent en pièces et éventrent leurs chevaux. Les survivants roulent sur les morts ; ils se blessent et s'entre-tuent mutuellement.

Et li solauz dessor la lune.
3250 Et de chascun et de chascune
A si les cuers, que tuit vol-
                        [droient
Por la proesce, qu'an lui
                        [voient,
Que il eüst la dame prise,
Si fust la terre an sa justise.

3255 Einsi tuit et totes prisoient
Celui, don verité disoient ;
Car çaus de la a si atainz,
Que il s'an fuient qui ainz ainz.
Mes il les chace mout de pres

3260 Et tuit si conpaignon aprés ;
Que lez lui sont aussi seür,
Con s'il fussent anclos de mur
Haut et espés de pierre dure.
La chace mout longuemant
                        [dure,
3265 Tant que cil, qui fuient, estan-
                        [chent,
Et cil, qui chacent, les detran-
                        [chent
Et lor chevaus lor esboelent ;
Li vif dessor les morz roelent,
Qui s'antrafolent et ocïent.

Une affreuse
discorde règne parmi eux. Cependant le comte continue de fuir. Mais monseigneur Yvain l'escorte et
s'emploie à ne pas le lâcher. Il le presse tant qu'il finit
par le rejoindre au pied d'une abrupte montée, tout
près de l'entrée d'une forteresse qui lui appartenait.
C'est là que le comte fut pris, sans que personne
3280 puisse lui venir en aide. Sans longues discussions,
monseigneur Yvain le força à engager sa parole :
l'autre était entre ses mains, ils étaient seuls face à face
sans aucune possibilité pour lui de s'échapper, de
s'esquiver ou de se défendre. Il dut donc jurer qu'il
irait se rendre à la dame de Noroison ; il se constitue-
rait prisonnier auprès d'elle, et accepterait ses conditions de paix[75].

Quand il l'eut forcé à donner sa parole, il lui fit ôter
son heaume,

3270 Leidemant s'antrecontralïent :
Et li cuens tot adés s'an fuit,
Mes mes sire Yvains le
                          [conduit,
Qui de lui siure ne se faint.
Tant le chace, que il l'ataint
3275 Au pié d'une ruiste montee,
Et ce fu mout pres de l'antree
D'un fort recet, qui estoit
                           [suens.
Iluec fu retenuz li cuens ;
Qu'onques nus ne li pot eidier ;
3280 Et sanz trop longuemant plei-
                            [dier

An prist la foi mes sire Yvains ;
Que des que il le tint as mains,
Et il furent seul per a per,
N'i ot neant de l'eschaper
3285 Ne del ganchir ne del deffan-
                            [dre,
Ainz li plevi, qu'il s'iroit ran-
                            [dre
A la dame de Noroison,
Si se metroit an sa prison
Et feroit pes a sa devise.
3290 Et quant il an ot la foi prise,
Si li fist son chief desarmer

enlever l'écu de son cou, et le comte lui rendit son épée nue.

Il a réussi cet exploit glorieux de faire prisonnier le comte ; il le ramène à ses ennemis qui ne cachent pas leur joie. La nouvelle parvint au château avant leur arrivée. Tous et toutes sortent à leur rencontre, et la dame se présente la première. Monseigneur Yvain, qui tient son prisonnier par le bras, le lui remet. Le comte se plia entièrement à ses volontés et à ses conditions ; pour garantir ses engagements auprès de la dame, il donna sa parole, se lia par serment et fournit des cautions. Par ses cautions et son serment, il s'engageait à ne jamais troubler la paix, à réparer toutes les pertes qu'elle pourrait prouver et à reconstruire à neuf les maisons qu'il lui avait détruites.

Quand toutes les dispositions furent établies

Et l'escu de son col oster,
Et l'espee li randi nue.
Ceste enors li est avenue,
3295 Qu'il an mainne le conte pris,
Si le rant a ses anemis,
Qui n'an font pas joie petite.
Mes ainz fu la novele dite
Au chastel, que il i venissent.
3300 Ancontre aus tuit et totes
                              [issent,
Et la dame devant toz vient.
Mes sire Yvains par la main
                              [tient

Son prisonier, si li presante.
Sa volanté et son creante
3305 Fist lors li cuens outreemant,
Et par foi et par seiremant
Et par ploiges l'an fist seüre.
Ploiges li done et si li jure,
Que toz jorz mes pes li tandra
3310 Et ses pertes restoerra,
Quanqu'ele an mosterra par
                              [prueves,
Et refera ses meisons nueves,
Que il avoit par terre mises.
Quant cez choses furent
                              [assises,

telles

que les souhaitait la dame, monseigneur Yvain lui
demanda congé de s'éloigner ; elle ne l'aurait pas laissé
partir s'il avait voulu la prendre pour femme ou pour
3320 amie et l'épouser. Mais lui, il ne voulut même pas
qu'on lui fasse le moindre bout d'escorte ou de
cortège. Il partit sur-le-champ, et toutes les prières
n'y purent rien.

Le voici donc reparti laissant fort malheureuse la
dame qu'il avait transportée de joie. Tout ce qu'il lui
avait procuré de bonheur ajoute à sa peine et elle se
désole d'autant plus de le voir refuser de prolonger
son séjour. Elle aurait voulu le combler d'honneurs ;
s'il l'avait voulu, elle l'aurait fait seigneur de tous ses
biens, ou bien elle lui aurait donné, pour le remercier,
les plus grandes récompenses qu'il aurait pu souhaiter. Mais sans prêter aucune attention à ce qu'on
pouvait lui dire, il quitta la dame et ses chevaliers, si
3340 fâchés qu'ils fussent de ne pouvoir le garder plus
longtemps.

3315 Einsi come a la dame sist,
Mes sire Yvains congié li quist.
Mes ele ne li donast mie,
Se il a fame ou a amie
La vossist prandre et noçoiier.
3320 Mes nes siure ne convoiier
Ne se vost il leissier un pas,
Ainz s'an parti eneslepas ;
Qu'onques rien n'i valut
[proiiere.
Or se mist a la voie arriere
3325 Et leissa mout la dame iriee,
Que il avoit mout feite liee.
Et con plus liee l'avoit feite,
Plus li poise et plus li desheite,

Quant il ne viaut plus demo-
[rer ;
3330 Qu'ele le vossist enorer,
Et sel feïst, se lui pleüst,
Seignor de quanquë ele eüst,
Ou ele li eüst donees
Por son servise granz soudees,
3335 Si granz, come il les vossist
[prandre ;
Mes il n'i vost onques antandre
Parole d'ome ne de fame.
Des chevaliers et de la dame
S'est partiz, mes que bien lor
[poist ;
3340 Que plus retenir ne lor loist.

LA RENCONTRE DU LION

Monseigneur Yvain cheminait, absorbé dans ses pensées, dans une forêt profonde, lorsqu'il entendit, au cœur du bois, un cri de douleur perçant. Il se dirigea alors vers l'endroit d'où venait le cri, et quand il y fut parvenu, il vit, dans une clairière, un lion aux prises avec un serpent qui le tenait par la queue et qui lui brûlait les flancs d'une flamme ardente. Monseigneur Yvain ne s'attarda guère à regarder ce spectacle extraordinaire. En son for intérieur il se demanda lequel des deux il aiderait, et décida de se porter au secours du lion, car on ne peut que chercher à nuire à un être venimeux et perfide. Or le serpent est venimeux, et sa bouche lance des flammes tant il est plein de malignité. C'est pourquoi monseigneur Yvain décida de s'attaquer à lui en premier et de le tuer[76].

Il tire son épée et s'avance,

Mes sire Yvains pansis che-
　　　　　　　　　　[mine
Par une parfonde gaudine,
Tant qu'il oï anmi le gaut
Un cri mout dolereus et haut,
3345 Si s'adreça lors vers le cri
Cele part, ou il l'ot oï.
Et quant il parvint cele part,
Vit un lion an un essart
3350 Par la coe et si li ardoit
Trestoz les rains de flame
　　　　　　　　　　[ardant.

N'ala pas longues regardant
Mes sire Yvains cele mervoille.
A lui meïsme se consoille,
3355 Au quel des deus il eidera.
Lors dit, qu'au lion secorra ;
Qu'a venimeus et a felon
Ne doit an feire se mal non.
Et li serpanz est venimeus,
3360 Si li saut par la boche feus,
Tant est de felenie plains.
Por ce panse mes sire Yvains,
Qu'il l'ocirra premieremant.
L'espee tret et vient avant

l'écu devant son visage
pour se protéger des flammes qu'il rejetait par la
gueule, une gueule plus large qu'une marmite. Si
ensuite le lion l'attaque, il ne se dérobera pas. Mais
quelles qu'en soient les conséquences, il veut d'abord
lui venir en aide. Il y est engagé par Pitié qui le prie de
porter secours à la noble bête. Avec son épée affilée il
se porte à l'attaque du serpent maléfique ; il le tranche
3380 jusqu'en terre et le coupe en deux moitiés. Il frappe
tant et plus, et s'acharne tellement qu'il le découpe et
le met en pièces. Mais il fut obligé de couper un bout
de la queue du lion parce que la tête du serpent
perfide y était accrochée. Il en trancha donc ce qu'il
fallut : il lui était impossible d'en prendre moins[77].

3365 Et met l'escu devant sa face,
Que la flame mal ne li face,
Que il gitoit parmi la gole,
Qui plus estoit lee d'une ole.
Se li lions aprés l'assaut,
3370 La bataille pas ne li faut.
Mes que qu'il l'an avaingne
[aprés,
Eidier li voldra il adés ;
Que pitiez l'an semont et prie,
Qu'il face secors et aïe
3375 A la beste jantil et franche.
A l'espee, qui soef tranche,

Va le felon serpant requerre,
Si le tranche jusqu'an la terre
Et an deus meitiez le tronçone.
3380 Fiert et refiert et tant l'an
[done,
Que tot le demince et depiece.
Mes il li covint une piece
Tranchier de la coe au lion
Por la teste au serpent felon,
3385 Qui par la coe le tenoit.
Tant, con tranchier an cove-
[noit,
An trancha ; qu'onques mains
[ne pot.

Quand il eut délivré le lion, il pensa qu'il viendrait l'assaillir et qu'il allait devoir le combattre. Mais ce ne fut pas dans les intentions de l'animal. Ecoutez ce que fit alors le lion, comme il se conduisit avec noblesse et générosité. Il commença par montrer qu'il se rendait à lui, il tendait vers lui ses pattes jointes, et inclinait à terre son visage. Il se dressait sur ses pattes arrière, et s'agenouillait ensuite, tout en baignant humblement sa face de larmes. Monseigneur Yvain n'eut pas de doute et comprit que le lion lui manifestait sa reconnaissance et s'humiliait devant lui pour le remercier d'avoir tué le serpent et de l'avoir sauvé de la mort [78].

Cette aventure lui fait grand plaisir. Il essuie son épée souillée par le venin répugnant du serpent et la remet au fourreau

Quant le lion delivré ot,
Cuida, qu'a lui li covenist
3390 Conbatre et que sor lui venist ;
Mes il ne le se pansa onques.
Oëz, que fist li lions donques !
Con fist que frans et de bon'
[eire,
Que il li comança a feire
3395 Sanblant, que a lui se randoit,
Et ses piez joinz li estandoit
Et vers terre ancline sa chiere,
S'estut sor les deus piez
[deriere ;

Et puis si se ragenoilloit
3400 Et tote sa face moilloit
De lermes par humilité.
Mes sire Yvains par verité
Set, que li lions l'an mercie
Et que devant lui s'umelie
3405 Por le serpant, qu'il avoit
[mort,
Et lui delivré de la mort ;
Si li plest mout ceste avanture.
Por le venin et por l'ordure
Del serpant essuie s'espee,
3410 Si l'a el fuerre rebotee,

avant de reprendre son chemin.
Voici que le lion marche à ses côtés. Jamais plus il ne
le quittera, désormais il l'accompagnera partout, car il
veut le servir et le protéger.

Il allait devant et ouvrait le chemin lorsqu'il sentit
sous le vent, alors qu'il avait pris de l'avance, des
3420 bêtes sauvages en train de paître. La faim et son
naturel le poussent à chercher du gibier et à chasser
pour assurer sa nourriture. Telle est la loi de Nature.
Il commence à se lancer sur la piste, juste pour
montrer à son maître qu'il a flairé une odeur de bête
sauvage, puis il se retourne vers lui et s'arrête : il tient
à le servir en obéissant à ses désirs et il ne voudrait
aller nulle part contre sa volonté. A son regard, Yvain
perçoit qu'il veut lui montrer qu'il l'attend. Il s'en
rend bien compte et comprend que s'il s'arrête, il n'ira
pas plus loin, mais que s'il le suit, il attrapera

Puis si se remet a la voie.
Et li lions lez lui costoie ;
Que ja mes ne s'an partira,
Toz jorz mes avuec lui ira ;
3415 Que servir et garder le viaut.
Devant a la voie s'aquiaut,
Tant qu'il santi dessoz le vant,
Si come il s'an aloit devant,
Bestes sauvages an pasture,
3420 Si le semont fains et nature
D'aler an proie et de chacier
Por sa vitaille porchacier ;
Ce viaut nature, qu'il le face.

Un petit s'est mis an la trace,
3425 Tant que son seignor a mostré,
Qu'il a santi et ancontré
Vant et fler de sauvage beste.
Lors le regarde, si s'areste ;
Que il le viaut servir an gre ;
3430 Car ancontre sa volanté
Ne voldroit aler nule part.
Et cil parçoit a son esgart,
Qu'il li mostre, que il l'atant.
Bien l'aparçoit et bien l'antant,
3435 Que, s'il remaint, il remandra,
Et, se il le siut, il prandra

le gibier
qu'il a senti. Alors il le lance et l'excite de ses cris,
3440 comme il l'aurait fait avec un chien de chasse. Le lion
aussitôt mit le nez au vent; son flair ne l'avait pas
trompé : à moins d'une portée d'arc, il vit un
chevreuil qui pâturait seul dans une vallée; c'est lui
qu'il veut attraper. D'un bond il s'en saisit, puis en
but le sang tout chaud. Quand il l'eut tué, il le jeta sur
son dos et alla le porter aux pieds de son maître. Dès
lors Yvain lui voua une grande affection; il en fit son
compagnon pour toute sa vie à cause de la grande
amitié qu'il lui portait.

La nuit était proche. Il décida de faire halte à cet
endroit et d'écorcher le chevreuil pour en découper ce
3460 qu'il voudrait en manger. Il se met donc à le
dépouiller,

La veneison, qu'il a santie.
Lors le semont et si l'escrie
Aussi come un brachet feïst.
3440 Et li lions maintenant mist
Le nes au vant, qu'il ot santi,
Ne ne li ot de rien manti;
Qu'il n'ot pas une archiee alee,
Quant il vit an une valee
3445 Tot seul pasturer un chevruel.
Cestui prandra il ja son vuel,
Et il si fist au premier saut,
Puis si an but le sanc tot chaut.
Quant ocis l'ot, si le gita
3450 Sor son dos et si l'an porta,
Tant que devant son seignor
[vint,
Qui puis an grant chierté le tint
Et a lui a pris conpaignie
A trestoz les jorz de sa vie
3455 Por la grant amor, qu'an lui ot.
Ja fu pres de nuit, si li plot,
Qu'ilueques se herbergeroit
Et del chevruel escorcheroit,
Tant come il an voldroit man-
[gier.
3460 Lors le comance a escorchier,

lui fend le cuir sur les côtes et retire de la
longe une pièce de chair entrelardée. D'un caillou bis
il tire du feu qu'il fait prendre avec du bois sec ; il se
hâte de mettre la pièce de viande à rôtir sur une
broche devant le feu ; il la fait tant rôtir qu'elle est
bientôt cuite. Mais il n'eut aucun plaisir à la manger,
car il n'avait ni pain, ni vin, ni sel, ni nappe, ni
couteau ni rien d'autre. Pendant qu'il mangeait, son
lion était couché devant lui ; il ne faisait pas un
mouvement et ne cessait de le regarder jusqu'à ce
qu'Yvain eut mangé toute la viande dont il avait
envie. Le reste du chevreuil revint au lion qui le
dévora jusqu'aux os. Yvain, toute la nuit, la tête sur
3480 son écu, se reposa comme il put. Le lion était si
intelligent qu'il resta éveillé et s'occupa de garder le
cheval qui broutait l'herbe, ce qui était une bien
maigre pitance.

Le cuir li fant dessor la coste,
De la longe un lardé li oste
Et tret le feu d'un chaillo bis,
Si l'a de seche busche espris ;
3465 Et met an une broche an rost
Son lardé cuire au feu mout
                          [tost,
Sel rosti tant, que toz fu cuiz.
Mes del mangier fu nus
                          [deduiz ;
Qu'il n'i ot pain ne vin ne sel,
3470 Ne nape ne coutel ne el.
Que qu'il manja, devant lui jut
Ses lions, qu'onques ne se
                          [mut,

Ainz l'a tot adés regardé,
Tant que il ot de son lardé
3475 Tant mangié, que il n'an pot
                          [plus.
Del chevruel tot le soreplus
Manja li lions jusqu'as os.
Et cil tint son chief a repos
Tote la nuit sor son escu,
3480 A tel repos, come ce fu ;
Et li lions ot tant de sans,
Qu'il veilla et fu an espans
Del cheval garder, qui peissoit
L'erbe, qui petit l'angreissoit.

RETOUR A LA FONTAINE :
LUNETE EMPRISONNÉE

Le matin, ils repartirent ensemble et, tous deux, durant une quinzaine presque complète, ils menèrent, ce me semble, la même vie que cette nuit-là. Le hasard finit par les conduire à la fontaine sous le pin. Il s'en fallut de peu que monseigneur Yvain ne perdît l'esprit une seconde fois, quand il fut près de la fontaine, du perron et de la chapelle. Mille fois il se proclame malheureux et affligé, et, sous l'effet de la douleur, tombe évanoui.

Son épée glissa et s'échappa du fourreau, et la pointe vint se ficher juste sur le cou, près de la joue, dans les mailles du haubert. Elles se rompent et, sous la maille étincelante, l'épée lui entame la chair du cou

3500

3485 Au matin s'an revont ansanble
Et autel vie, ce me sanble,
Come il orent la nuit menee,
Ont ansanble andui demenee
Presque trestote une quin-
[zainne,
3490 Tant qu'avanture a la fon-
[tainne
Dessoz le pin les amena.
La par po ne se forsena
Mes sire Yvains autre foiiee,
Quant la fontainne ot apro-
[chiee

3495 Et le perron et la chapele.
Mil foiz las et dolanz s'apele
Et chiet pasmez, tant fu
[dolanz ;
Et s'espee, qui fu colanz,
Chiet del fuerre, si li apointe
3500 As mailles del hauberc la
[pointe
Androit le col pres de la joe.
N'i a maille, qui ne descloe,
Et l'espee del col li tranche
La char dessoz la maille
[blanche,

assez pour en faire couler le sang. Le lion crut voir
mort son compagnon et son maître. Jamais vous
n'avez entendu retracer une douleur plus grande que
celle qu'il commença à manifester. Il se tord de
désespoir, se griffe, crie; il veut se tuer de l'épée
même qui, croit-il, a causé la mort de son bon maître.
Il retire l'épée avec ses dents, et l'appuie sur un tronc
qui était couché là; il cale l'autre bout contre un arbre
pour l'empêcher de dévier ou de glisser quand sa
3520 poitrine la heurtera. Il était sur le point d'accomplir
son dessein, quand Yvain sortit de son évanouissement. Le lion arrêta sa course, au moment même où,
en plein élan, il se lançait vers la mort, tel un sanglier
furieux qui ne prend garde où il fonce[79].

Voilà comment monseigneur Yvain

3505 Tant qu'ele an fist le sanc
                        [cheoir.
Li lions cuide mort veoir
Son conpaignon et son seignor.
Ains de rien nule duel greignor
N'oïstes conter ne retreire,
3510 Come il an comança a feire!
Il se detort et grate et crie
Et s'a talant, que il s'ocie
De l'espee, don li est vis,
Qu'ele et son buen seignor
                        [ocis.
3515 A ses danz, l'espee li oste

Et sor un fust gisant l'acoste
Et deriere a un tronc l'apuie,
Qu'ele ne ganchisse ne fuie,
Quant il i hurtera del piz.
3520 Ja fust ses voloirs aconpliz,
Quant cil de pasmeisons
                        [revint;
Et li lions son cors retint,
Qui a la mort toz acorsez
Coroit come pors aorsez,
3525 Qui ne prant garde, ou il se
                        [fiere.
Mes sires Yvains an tel
                        [meniere

a perdu con-
naissance à côté du perron ; quand il revient à lui, il se
reproche amèrement d'avoir laissé passer le délai d'un
an, oubli qui lui avait attiré la haine de sa dame :

« Qu'attend-il pour se tuer, dit-il, le malheureux
qui s'est ravi toute joie ? Ah, malheureux, pourquoi
tarder à me donner la mort ? Comment puis-je rester
ici à regarder ce qui appartient à ma dame ? Pourquoi
mon âme s'attarde-t-elle dans mon corps ? Que fait-
elle en un corps si désespéré ? Si elle l'avait quitté, je
n'endurerais pas un tel tourment. J'ai toute raison de
me haïr, de me blâmer, de me mépriser, et c'est ce
que je fais. Quand on perd toute joie et tout bonheur
par sa propre faute, il est normal qu'on se haïsse à
mort ; qu'on se haïsse et qu'on se tue. Dès lors,
pourquoi m'épargner quand il n'est personne pour me
voir ? pourquoi hésiter à me tuer ? N'ai-je pas vu ce
lion plongé à cause de moi dans un si profond
désespoir

Dejoste le perron se pasme,
Au revenir mout fort se blasme
De l'an, que trespassé avoit,
3530 Por quoi sa dame le haoit,
Et dit : « Que fet, que ne se
                              [tue
Cist las, qui joie s'est tolue ?
Que faz je, las ! que ne m'oci ?
Comant puis je demorer ci
3535 Et veoir les choses ma dame ?
An mon cors por qu'areste
                            [l'ame ?
Que fet ame an si dolant cors ?

S'ele s'an iere alee fors,
Ne seroit pas an tel martire.
3540 Haïr et blasmer et despire
Me doi voir mout et je si faz.
Qui pert la joie et le solaz
Par son mesfet et par son tort,
Mout se doit bien haïr de mort.
3545 Haïr et ocirre se doit.
Et gié, tant con nus ne me voit,
Por quoi m'esparng ? que ne
                              [me tu ?
Don n'ai je cest lion veü,
Qui por moi a si grant duel fet,

qu'il voulait sans délai se planter l'épée dans
le corps ? Comment puis-je craindre la mort après
avoir changé ma joie en désespoir ? Toute joie s'est
éloignée de moi. La joie ? Quelle joie ? Je n'en dirai
rien de plus, c'est impossible. Question complètement
vaine. La joie qui m'était réservée était de toutes la
3560 plus exaltante. Mais elle fut de courte durée. Et qui
par sa faute perd un tel bien, n'a pas droit au
bonheur[80]. »

Tandis qu'il se désespérait de la sorte, une malheureuse, une prisonnière, qui avait été enfermée dans la
chapelle, vit et entendit la scène par une fente dans le
mur. Dès qu'il eut retrouvé ses esprits, elle l'appela :
« Dieu, dit-elle, qui est-ce que j'entends là ? Qui
peut bien se livrer à un tel désespoir ? »
Il répondit :
« Et vous, qui êtes-vous ?

3550 Qu'il se vost m'espee antreset
Parmi le piz el cors boter ?
Et je doi la mort redoter,
Qui a duel ai joie changiee ?
De moi s'est la joie estrangiee.
3555 Joie ? La ques ? N'an dirai
[plus,
Que ce ne porroit dire nus ;
S'ai demandee grant oiseuse.
Des joies fu la plus joieuse
Cele, qui m'iere asseüree ;
3560 Mes mout m'ot petite duree.
Et qui ce pert par son mesfet,

N'est droiz, que buene avan-
[ture et. »

Que que il einsi se demante,
Une cheitive, une dolante
3565 Estoit an la chapele anclose,
Qui vit et oï ceste chose
Par le mur, qui estoit crevez.
Maintenant qu'il fu relevez
De pasmeisons, si l'apela.
3570 « Des ! » fet ele, « cui oi je la ?
Qui est, qui se demante si ? »
Et cil li respont : « Et vos,
[qui ? »

— Je suis, fit-elle, une prisonnière, la créature la plus affligée du monde. »

Il répondit :

« Tais-toi, folle. Une douleur comme la tienne est une joie, un malheur comme le tien un bonheur comparé à celui qui me fait languir. Plus un homme
3580 s'est habitué à vivre dans le plaisir et la joie, plus le malheur qui survient l'égare et lui fait perdre la tête ; il souffre plus qu'un autre. L'habitude peut accoutumer un homme faible à porter une charge qu'un autre homme, de constitution plus robuste, ne porterait pour rien au monde.

— Mon Dieu ! fit-elle, je sais bien que vous dites vrai. Mais cela ne signifie pas pour autant que vous soyez plus malheureux que moi. Je suis d'un avis contraire, car je constate que vous êtes libre de vos mouvements

« Je sui », fet ele, « une chei-
                                 [tive,
La plus dolente riens, qui
                              [vive. »
3575 Et il respont : « Tes, fole
                               [riens !
Tes diaus est joie, tes maus
                              [biens
Anvers le mien, don je languis.
Tant con li hon a plus apris
A delit et a joie vivre,
3580 Plus le desvoie et plus l'enivre
Diaus, quant il l'a, que un
                           [autre home.

Uns foibles hon porte la some
Par us et par acostumance,
Qu'uns autre de greignor puis-
                              [sance
3585 Ne porteroit por nule rien. »
« Par foi ! », fet ele, « je sai
                              [bien,
Que c'est parole tote voire ;
Mes por ce ne fet mie a croire,
Que vos aiiez plus mal de moi ;
3590 Et por ce mie ne le croi,
Qu'il m'est avis, que vos poez
Aler, quel part que vos volez,

alors que je suis prisonnière ici. Demain on viendra me tirer d'ici et me livrer au dernier supplice : tel est le sort qui m'attend.

— Ha, Dieu ! dit-il, pour quel crime ?

3600 — Seigneur chevalier, que Dieu n'ait jamais pitié de mon âme, si je l'ai aucunement mérité ! Néanmoins, je vais vous dire en toute vérité la raison pour laquelle je me trouve emprisonnée ici : on m'accuse de trahison, et je ne trouve personne pour prendre ma défense et m'éviter d'être demain brûlée ou pendue.

— A présent, fit-il, je peux affirmer que ma douleur et mon désespoir sont plus grands que votre chagrin ; car le premier venu pourrait vous tirer de ce danger, n'est-il pas vrai ?

— Si,

Et je sui ci anprisonee,
Si m'est tes faeisons donee,
3595 Que demain serai ceanz prise
Et livree a mortel juïse. »
« Ha, Des ! » fet il, « por quel
                                    [forfet ? »
« Sire chevaliers ! ja Des n'et
De l'ame de mon cors merci,
3600 Si je l'ai mie desservi !
Et neporquant je vos dirai
Le voir, que ja n'an mantirai,
Por quoi je sui ci an prison :
L'an m'apele de traïson,

3605 Ne je ne truis, qui m'an def-
                                    [fande,
Que l'an demain ne m'arde ou
                                    [pande. »
« Or primes », fet il, « puis je
                                    [dire
Que li miens diaus et la moie
                                    [ire
A la vostre dolor passee ;
3610 Qu'estre porriiez delivree,
Par cui que soit, de cest peril.
Don ne porroit ce estre ? »
« Oïl ;

mais je n'ai encore personne. Il n'y a que
deux hommes au monde qui oseraient affronter trois
combattants pour me défendre.

— Comment cela ? Mon Dieu, sont-ils donc trois ?

— Oui, seigneur, je vous le jure. Ils sont trois à
m'accuser de trahison.

3620 — Et qui sont ceux qui ont tant d'amitié pour vous
que chacun d'eux serait assez hardi pour oser affronter trois adversaires afin de vous sauver et de vous
protéger.

— Je n'ai pas de raison de vous mentir, l'un est
monseigneur Gauvain, et l'autre monseigneur Yvain,
à cause de qui demain je vais être à tort livrée au
dernier supplice.

— Pour qui ? fait-il, qu'avez-vous dit ?

— Seigneur, Dieu me garde, à cause du fils du roi
Urien.

— Je vous ai parfaitement entendue ;

Mes je ne sai ancor, par cui.
Il ne sont el monde que dui,
3615 Qui osassent, por moi deffan-
[dre,
Vers trois homes bataille
[anprandre. »
« Comant ? Por De ! sont il
[donc troi ? »
« Oïl, sire ! a la moie foi.
Troi sont, qui traître me claim-
[ment. »
3620 « Et qui sont cil, qui tant vos
[aimment,

Don li uns si hardiz seroit,
Qu'a trois conbatre s'oseroit,
Por vos sauver et garantir ? »
« Je le vos dirai sanz mantir :
3625 Li uns est mes sire Gauvains,
Et li autre mes sire Yvains,
Por cui demain serai a tort
Livree a martire de mort. »
« Por cui ? » fet il, « qu'avez
[vos dit ? »
3630 « Sire ! se Damedés m'aït,
Por le fil au roi Uriien. »
« Or vos ai antandue bien,

hé bien, vous ne mourrez pas sans lui. Je suis moi-même Yvain, celui pour qui vous connaissez ces angoisses. Et vous, je crois bien que vous êtes celle qui, dans la salle, m'avez accordé votre protection : c'est vous qui m'avez sauvé la vie quand, pris entre les deux portes 3640 coulissantes, j'étais dans le plus grand désarroi, fort inquiet de cette situation périlleuse. Sans votre aide généreuse, j'aurais été tué ou fait prisonnier. Mais dites-moi donc, ma douce amie, qui sont ceux qui vous accusent de trahison et vous ont enfermée dans cette cellule[81] ?

— Seigneur, je ne vous le cacherai pas davantage, puisque vous voulez que je vous le dise. Il est indéniable que je me suis employée à vous aider de grand cœur. Grâce à mon insistance, ma dame accepta de vous épouser, suivant en cela mes avis et mes conseils.

Mes vos n'i morroiz ja sanz lui.
Gié meïsmes cil Yvains sui,
3635 Por cui vos estes an esfroi ;
Et vos estes cele, ce croi,
Qui an la sale me gardastes,
Ma vie et mon cors me sau-
                              [vastes
3640 Antre les deus portes colanz,
Ou je fui pansis et dolanz
Et angoisseus et antrepris.
Morz i eüsse esté ou pris,
Se ne fust vostre buene aïe.
Or me dites, ma douce amie !

3645 Qui sont cil, qui de traïson
Vos apelent et an prison
Vos ont anclose an cest
                              [reclus ? »
« Sire ! nel vos celerai plus,
Des qu'il vos plest, que jel vos
                              [die.
3650 Voirs est, que je ne me fains
                              [mie
De vos eidier an buene foi.
Par l'amonestemant de moi
Ma dame a seignor vos reçut,
Mon los et mon consoil an
                              [crut ;

Par le Notre Père, je pensais agir plus pour
son bien que pour le vôtre, et je continue de le penser.
3660 Je peux bien vous le dire maintenant : sur mon salut,
je cherchais autant à servir son honneur qu'à obtenir
ce que vous vouliez. Mais quand il arriva que vous
eûtes passé le délai d'un an et oublié la date où vous
auriez dû revenir auprès de ma dame, elle se fâcha
contre moi et s'estima trompée de m'avoir fait
confiance. Quand le sénéchal l'apprit, un homme
perfide, traître et déloyal, qui me jalousait fort parce
qu'en bien des affaires ma dame m'accordait plus de
confiance qu'à lui, il comprit que dès lors il pouvait la
dresser contre moi. En pleine cour, devant tous, il
m'accusa de l'avoir trahie pour vous.

3655 Et, par la sainte Paternostre,
Plus por son preu, que por le
[vostre
Le cuidai feire et cuit ancore.
Itant vos an reconois ore :
S'enor et vostre volanté
3660 Porquis, se Des me doint
[santé !
Mes, quant ç'avint, que vos
[eüstes
L'an trespassé, que vos deüstes
Revenir a ma dame ça,
Ma dame a moi se correça

3665 Et mout se tint a deceüe
De ce, qu'ele m'avoit creüe.
Et quant ce sot li seneschaus,
Uns fel, uns lerre, uns des-
[leaus,
Qui grant anvie me portoit
3670 Por ce, que ma dame creoit
Moi plus, que lui, de maint
[afeire,
Si vit bien, que or pooit feire
Antre moi et li grant corroz.
An plainne cort et veant toz
3675 M'amist, que por vos l'oi traïe.

Je ne pouvais
trouver de conseil et d'aide qu'auprès de moi-même ;
j'étais la seule à savoir que jamais je n'avais trahi ma
3680 dame, ni en acte, ni en pensée. Affolée, je répondis
aussitôt, sans réfléchir, que je ferais justice de cette
accusation en produisant un chevalier contre trois. Le
sénéchal n'eut pas la courtoisie de refuser. Je n'eus
aucune possibilité, quoi qu'il advînt, de revenir sur
ma proposition. Il me prit au mot et il me fallut
m'engager à produire un chevalier contre trois dans
un délai de quarante jours[82]. Je me suis rendu dans
bien des cours ; j'ai été à la cour du roi Arthur ; je n'y
trouvai personne pour m'aider, personne non plus qui
puisse me donner des nouvelles de vous propres à me
plaire ; on ne savait rien de vous.

— Mais monseigneur Gauvain,

Et je n'oi consoil ne aïe
Fors que moi sole, qui savoie,
Qu'onques vers ma dame
                              [n'avoie
Traïson feite ne pansee,
3680 Si respondi come esfreee
Tot maintenant sanz consoil
                              [prandre,
Que je m'an feroie deffandre
Par un chevalier contre trois.
Onques cil ne fu si cortois,
3685 Que il le deignast refuser ;
Ne ressortir ne reüser

Ne me lut por rien, qu'avenist.
Einsi a parole me prist,
Si me covint d'un chevalier
3690 Ancontre trois gage bailier
Par respit de quarante jorz.
Puis ai esté an maintes corz ;
A la cort le roi Artu fui,
N'i trovai consoil de nelui,
3695 Ne ne trovai, qui me deïst
De vos chose, qui me seïst ;
Car il n'an savoient noveles. »
« Et mes sire Gauvains,
                              [chaeles,

le noble, le doux
3700 ami, je vous prie, où était-il donc ? Jamais demoiselle
dans le besoin ne manqua de trouver auprès de lui une
aide toute prête.

— Si je l'avais trouvé à la cour, il ne m'aurait rien
refusé de ce que j'aurais pu lui demander. Mais la
reine a été emmenée par un chevalier, m'a-t-on dit, et
le roi a commis la folie de permettre qu'elle le suive.
Je crois que Keu l'escorta jusqu'au chevalier qui
l'emmène. Monseigneur Gauvain qui est parti à sa
recherche s'est préparé de rudes épreuves. Jamais il
ne prendra de repos avant de l'avoir trouvée [83]. Voilà,
je vous ai rapporté avec exactitude tout ce qui m'est
arrivé. Demain je mourrai de mort honteuse,

Li frans, li douz, ou iere il
              [donques ?
3700 A s'aïe ne failli onques
Dameisele desconseilliee,
Que ne li fust apareilliee. »
« Se je a cort trové l'eüsse,
Ja requerre ne li seüsse
3705 Rien nule, qui me fust veee ;
Mes la reïne an a menee
Uns chevaliers, ce me dist l'an,
Don li rois fist que fors del san,
Quant aprés lui l'an anvoia.
3710 Je cuit, que Kes la convoia

Jusqu'au chevalier, qui l'an
                       [mainne,
S'an est antrez an mout grant
                       [painne
Mes sire Gauvains, qui la
                       [quiert.
Ja mes nul jor a sejor n'iert
3715 Jusqu'a tant, qu'il l'avra tro-
                       [vee.
Tote la verité provee.
Vos ai de m'avanture dite.
Demain morrai de mort des-
                       [pite,

je serai
3720 brûlée sans autre délai, parce qu'on vous hait et qu'on
vous méprise.

— A Dieu ne plaise, répondit Yvain, que l'on
puisse vous faire du mal à cause de moi. Tant que je
serai vivant, vous ne mourrez pas ! Demain vous
pouvez compter que j'arriverai, prêt à user de toutes
mes forces, et que je mettrai ma vie en jeu, comme il
se doit, pour vous délivrer. Mais gardez-vous de
révéler autour de vous qui je suis ! Quelle que soit
l'issue du combat, veillez à ce qu'on ne me recon-
naisse pas !

— Certes, seigneur, quels que soient mes tourments, je tairai votre nom. Plutôt mourir, et vous
obéir. Néanmoins, je vous prie de ne pas revenir pour
moi. Je ne veux pas que vous entrepreniez un combat
3740 si déloyal.

Si serai arse sanz respit
3720 Por mal de vos et por despit. »
Et il respont : « Ja De ne
                            [place,
Que l'an por moi nul mal vos
                            [face !
Tant que je vive, n'i morroiz !
Demain atandre me porroiz
3725 Apareillié lonc ma puissance,
De metre an vostre delivrance
Mon cors, si con je le doi feire.
Mes de conter ne de retreire
As janz, qui je sui, ne vos
                            [chaille !

3730 Que qu'avaingne de la bataille,
Gardez, que l'an ne me
                            [conoisse ! »
« Certes, sire ! por nule
                            [angoisse
Vostre non ne descoverroie.
La mort einçois an soferroie,
3735 Des que vos le volez einsi.
Et neporquant je vos depri,
Que ja por moi ne reveigniez.
Ne vuel pas, que vos anprei-
                            [gniez
Bataille si tres felenesse.

Je vous sais gré de m'avoir promis de le faire si volontiers. Soyez-en pleinement quitte ! Il vaut mieux que je sois seule à mourir plutôt que de les voir se réjouir de votre mort et de la mienne. S'ils vous tuent, je n'en mourrai pas moins. Il vaut mieux que vous restiez en vie plutôt que nous y trouvions la mort tous les deux.

— Vous me faites grande injure, ma chère amie ! dit monseigneur Yvain. Peut-être ne voulez-vous pas éviter la mort, à moins que mon aide ne vous paraisse une consolation dérisoire. Mais je ne veux pas en discuter plus longtemps avec vous, car vous avez tant fait pour moi, qu'il est de mon devoir de vous secourir
3760 en toute circonstance. Je sais que vous êtes pleine d'inquiétude,

3740 Vostre merci de la promesse,
Que volantiers la feriiez,
Mes trestoz quites an soiiez !
Car miauz est, que je sole
               [muire,
Que je les veïsse deduire
3745 De vostre mort et de la moie ;
Ja por ce n'an eschaperoie,
Quant il vos avroient ocis ;
S'est miauz, que vos remei-
               [gniez vis,
Que nos i fussiens mort
               [andui. »

3750 « Mout m'avez or dit grant
               [enui »,
Fet mes sires Yvains, « douce
               [amie !
Espoir ou vos ne volez mie
Estre delivre de la mort,
Ou vos despisiez le confort,
3755 Que je vos faz de vos eidier.
Ne quier or plus a vos pleidier ;
Que vos avez tant fet por moi,
Certes, que faillir ne vos doi
A nul besoing, que vos aiiez.
3760 Bien sai, que mout vos
               [esmaiiez,

mais, avec l'aide de Dieu en qui je crois,
ils y perdront l'honneur tous les trois. Il n'y a rien à
ajouter, je m'en vais passer la nuit dans ce bois,
n'importe où, car je ne connais pas de logis à
proximité.

— Seigneur, dit-elle, que Dieu vous donne bon
gîte et bonne nuit, et vous protège comme je le
souhaite de toute mésaventure. »

Mes, se De plest, an cui je croi,
Il an seront honi tuit troi.
Or n'i a plus ; que je m'an vois,
Ou que soit, logier an cest
                         [bois ;
3765 Que d'ostel pres ne sai je
                        [point. »

« Sire ! », fet ele, « Des vos
                            [doint
Et buen ostel et buene nuit,
Et de chose, qui vos enuit,
Si con je le desir, vos gart ! »

YVAIN COMBAT
HARPIN DE LA MONTAGNE

Monseigneur Yvain s'éloigna aussitôt, suivi de son lion qui ne le quittait pas. Ils arrivèrent bientôt près de la demeure fortifiée d'un baron ; elle était entièrement ceinte de murs élevés, puissants et épais. C'était un château qui ne craignait pas les coups des mangonneaux ou des perrières, tant ses fortifications étaient puissantes. Mais au-delà des murs, tout avait été rasé,
3780 il ne restait debout ni cabane ni maison ; vous en saurez bientôt la raison, quand le moment sera venu. Monseigneur Yvain se dirige tout droit vers la demeure ; des jeunes gens, ils étaient peut-être sept, surgissent pour abaisser le pont-levis et s'avancent au-devant de lui. Mais quand ils aperçoivent le lion qui l'accompagne, ils sont saisis d'effroi, et lui demandent de bien vouloir

3770 Tantost mes sire Yvains s'an
        [part
    Et li lions toz jorz aprés,
    S'ont tant alé, qu'il vindrent
        [pres
    D'un fort recet a un baron,
    Qui clos estoit tot anviron
3775 De mur espés et fort et haut.
    Li chastiaus ne cremoit assaut
    De mangonel ne de perriere ;
    Qu'il estoit forz de grant
        [meniere ;
    Mes fors des murs estoit si rese

3780 La place, qu'il n'i ot remese
    An estant borde ne meison.
    Assez an savroiz la reison
    Une autre foiz, quant leus sera.
    Tote la droite voie an va
3785 Mes sire Yvains vers le recet,
    Et vaslet saillent jusqu'a set,
    Qui li ont le pont avalé,
    Si li sont a l'ancontre alé.
    Mes del lion, que venir voient
3790 Avuec lui, duremant
        [s'esfroient,
    Si li dïent, que, se lui plest,

laisser le lion à la porte, de peur qu'il ne les blesse ou ne les tue.

« N'y comptez pas, répondit-il, je n'entrerai pas sans lui. Ou bien vous nous accordez l'hospitalité à tous les deux, ou bien je resterai dehors : je l'aime 3800 autant que moi-même. Cependant ne craignez rien, je le surveillerai attentivement et vous pourrez être en sécurité.

— Voilà qui est parfait ! » répondirent-ils.

Ils pénètrent alors dans le château et voient venir à leur rencontre des chevaliers, des dames, des demoiselles avenantes, qui saluent Yvain, le font descendre de cheval et s'empressent de le désarmer.

« Bienvenue parmi nous, cher seigneur, lui disentils ; que Dieu vous accorde un séjour heureux et vous donne de repartir comblé de joie et d'honneur. »

Du plus humble au plus grand, ils se réjouissent tous et y mettent tout leur cœur ; un cortège joyeux le conduit à l'intérieur du château.

Son lion a la porte lest,
Qu'il ne les afot ou ocie.
Et il respont : « N'an parlez
[mie !
3795 Que ja n'i anterrai sanz lui.
Ou nos avrons ostel andui,
Ou je remandrai ça defors ;
Qu'autretant l'aim come mon
[cors.
Et neporquant n'an dotez rien !
3800 Que je le garderai si bien,
Qu'estre porroiz tot a seür. »
Cil respondent : « A buen
[eür ! »

A tant sont el chastel antré
Et vont tant, qu'il ont ancontré
3805 Chevaliers et dames venanz
Et dameiseles avenanz,
Qui le salüent et desçandent
Et a lui desarmer antandent ;
Si li dïent : « Bien soiiez vos,
3810 Biaus sire ! venuz antre nos !
Et Des vos i doint demorer,
Tant que vos an puissiez torner
A grant joie et a grant enor ! »
Des le plus haut jusqu'au
[menor

Mais, après ces
démonstrations d'allégresse, une tristesse les prend
³⁸²⁰ qui efface leur joie ; et commencent des cris et des
pleurs, tandis qu'ils s'égratignent le visage. Ils ne
cessent de passer de la joie aux pleurs. Mais s'ils
tiennent à honorer leur hôte en l'accueillant dans la
joie, le cœur n'y est pas. Car ils vivent dans l'angoisse
d'une aventure qu'ils attendent pour le lendemain ; ils
sont tous persuadés qu'elle se produira avant qu'il soit
midi.

Monseigneur Yvain était rempli d'étonnement à les
voir si souvent changer de contenance et faire alterner
douleur et joie. Il s'adressa au seigneur du lieu :
« Par Dieu, dit-il,

³⁸¹⁵ Li font joie et formant s'an
            [painnent,
A grant joie el chastel le main-
            [nent.
Et quant grant joie li ont feite,
Une dolors, qui les desheite,
Lor refet la joie obliër,
³⁸²⁰ Si recomancent a criër
Et plorent et si s'esgratinent.
Einsi mout longuemant ne
            [finent
De joie feire et de plorer :
Joie por lor oste enorer

³⁸²⁵ Font sanz ce, que talant an
            [aient ;
Car d'une avanture s'esmaient,
Qu'il atandent a l'andemain,
S'an sont tuit seür et certain,
Qu'il l'avront ainz que midis
            [soit.
³⁸³⁰ Mes sire Yvains s'esbaïssoit
De ce, que si sovant chanjoient
Et duel et joie demenoient,
S'an mist le seignor a reison
De l'ostel et de la meison.
³⁸³⁵ « Por De ! », fet il,

très cher seigneur, dites-moi s'il
vous plaît : pourquoi tant de marques d'honneur, tant
de joie et aussi tant de pleurs ?

3840   — Bien sûr, si vous le souhaitez. Mais vous devriez
bien plutôt préférer qu'on vous en cache la raison et
qu'on s'en taise. Je me garderai bien, si je peux, de
vous dire des choses qui vous attristent. Laissez-nous
à notre douleur et n'en chargez pas votre cœur !

     — Mais je ne peux accepter de vous voir vous
affliger sans y prendre part. J'ai grand désir d'en
apprendre la cause, même si je dois en souffrir à mon
tour.

     — Je vais donc vous dévoiler notre chagrin. Un
géant s'est acharné à me nuire. Il voulait que je lui
donne ma fille dont la beauté est sans égale dans le
monde. Ce perfide géant (que Dieu puisse l'anéan-
tir !), se nomme Harpin de la Montagne.

[« biaus douz chiers sire !
Ice vos pleiroit il a dire,
Por quoi m'avez tant enoré
Et tant fet joie et tant ploré ? »
« Oïl, s'il vos vient a pleisir ;
3840 Mes le celer et le teisir
Devriiez miauz assez voloir.
Chose, qui vos face doloir,
Ne vos dirai je ja mon vuel.
Leissiez nos feire nostre duel,
3845 Si n'an metez ja rien au cuer ! »
« Ce ne porroit estre a nul fuer,
Que je duel feire vos veïsse

Et je a mon cuer n'an meïsse ;
Ainz le desir mout a savoir,
3850 Quel duel que je an doie
                                    [avoir. »
« Donc », fet il, « le vos dirai
                                    [gié.
Mout m'a uns jaianz domagié,
Qui voloit, que je li donasse
Ma fille, qui de biauté passe
3855 Totes les puceles del monde.
Li fel jaianz, cui Des
                                    [confonde,
A non Harpins de la Mon-
                                    [taingne.

Il ne se passe
pas de jour qu'il ne vienne s'emparer de tout ce qu'il
3860 peut trouver. Personne n'a plus de raison que moi de
se lamenter ou d'exprimer sa douleur. Je devrais en
perdre la raison : j'avais six fils, tous chevaliers ; je
n'en savais de plus beaux au monde. Le géant les a
tous pris. Sous mes yeux il en a tué deux, et demain il
tuera les quatre autres si je ne trouve personne qui ose
l'affronter pour les délivrer, ou si je ne consens pas à
lui livrer ma fille. Quand il l'aura, il dit qu'il
l'abandonnera pour leur plaisir aux plus vils et aux
plus répugnants coquins qu'il pourra trouver dans sa
maison, car lui, il n'en voudrait même plus. Et ce
malheur est pour demain,

N'est nus jorz, que del mien ne
                              [praingne
Tot, quanquë il an puet atain-
                              [dre.
3860 Nus miauz de moi ne se doit
                              [plaindre
Ne duel feire ne duel mener.
De duel devroie forsener ;
Que sis fiz chevaliers avoie,
Plus biaus el monde ne savoie ;
3865 Ses a toz sis li jaianz pris.
Veant moi a les deus ocis,
Et demain ocirra les quatre,

Se je ne truis, qui s'ost conba-
                              [tre
A lui por mes fiz delivrer,
3870 Ou se je ne li vuel livrer
Ma fille ; et dit, quant il l'avra,
As plus vils garçons, qu'il
                              [savra
An sa meison, et as plus orz
La liverra por lor deporz ;
3875 Qu'il ne la deigneroit mes
                              [prandre.
A demain puis cest duel atan-
                              [dre,

si Dieu ne me vient en aide. Vous comprenez, mon cher seigneur, qu'il n'est pas 3880 surprenant de nous voir pleurer. Entre-temps cependant, en votre honneur, nous nous efforçons de faire bon visage autant que nous le pouvons, car c'est muflerie que de recevoir un homme de qualité sans lui faire honneur; et vous avez toute l'apparence d'en être un. Voilà, je vous ai tout dit de nos terribles malheurs. Le géant a saccagé tous nos châteaux et toutes nos forteresses; il ne nous a rien laissé, que ce que nous avons ici. Vous-même, ce soir, vous avez pu voir, si vous y avez pris garde, qu'il n'a rien laissé à l'extérieur de ces murailles qui viennent d'être faites. Il a rasé tout le bourg; après avoir dérobé ce qui lui faisait envie, il a mis le feu à ce qui restait. Voilà quelques-uns des forfaits auxquels il s'est livré. »

Se Damedés ne me consoille.
Et por ce n'est mie mervoille,
Biaus sire chiers ! se nos plo-
                                    [rons ;
3880 Mes por vos tant, con nos
                                    [poons,
Nos resforçons a la foiiee
De feire contenance liee ;
Car fos est, qui prodome atret
Antor lui, s'enor ne li fet ;
3885 Et vos me ressanblez prodome.
Or vos ai trestote la some
Dite de nostre grant destresce.

N'an chastel ne an forteresce
Ne nos a leissié li jaianz
3890 Fors tant, con nos avons ceanz.
Vos meïsmes bien le veïstes
Anuit, se garde vos preïstes,
Qu'il n'a leissié vaillant un oef
Fors de cez murs, qui tot sont
                                    [nuef,
3895 Ainz a trestot le borc plené.
Quant ce, qu'il vost, an ot
                                    [mené,
Si mist el remenant le feu.
Einsi m'a fet maint felon jeu. »

3900   Monseigneur Yvain écouta le récit de son hôte, et, prenant ensuite la parole, lui en dit son sentiment :

« Seigneur, fit-il, votre malheur me révolte et m'afflige. Mais il est une chose qui m'étonne : pourquoi n'avoir pas demandé secours à la cour du vaillant roi Arthur ? Il n'est pas d'homme de si grande force qui ne puisse trouver à sa cour des chevaliers qui veuillent mesurer leur force à la sienne. »

Le puissant seigneur lui révéla alors qu'il aurait eu une aide de qualité, s'il avait su où trouver monseigneur Gauvain :

« Il n'aurait pas traité l'affaire à la légère, car ma femme est sa propre sœur. Mais la femme du roi a été
3920 enlevée par le chevalier d'un pays étranger

Mes sire Yvains tot escouta,
3900 Quanque ses ostes li conta,
Et quand trestot escouté ot,
Si li redist ce, que lui plot.
« Sire ! », fet il, « de vostre
                              [enui
Mout iriez et mout dolanz sui ;
3905 Mes d'une chose me mervoil,
Se vos n'an avez quis consoil
A la cort le buen roi Artu.
Nus hon n'est de si grant
                              [vertu,
Qu'a sa cort ne poïst trover

3910 Tes, qui voldroient esprover
Lor vertu ancontre la soe. »
Et lors li descuevre et desnoe
Li riches hon, que il eüst
Buene aïe, se il seüst,
3915 Ou trover mon seignor Gau-
                              [vain.
« Cil ne le preïst pas an vain ;
Que ma fame est sa suer ger-
                              [mainne ;
Mes la fame le roi an mainne
Uns chevaliers d'estrange
                              [terre,

qui était
venu la réclamer à la cour. Néanmoins tous ses efforts
pour l'emmener auraient été vains sans Keu qui a si
bien circonvenu le roi qu'il s'est fait confier la
protection de la reine. Ce fut sottise pour le roi, et
légèreté pour la reine que de se fier en Keu pour
l'escorter. Et pour moi, le dommage et la perte sont
immenses, car il est assuré que monseigneur Gauvain,
le vaillant, serait venu au plus vite défendre sa nièce et
ses neveux, s'il avait appris cette aventure. Mais il
n'en a pas connaissance, et j'en suis si accablé que j'en
ai le cœur près d'éclater. C'est qu'il s'est lancé à la
poursuite d'un homme à qui je souhaite les maux les
plus affreux que Dieu puisse envoyer, car il a enlevé la
reine[84]. »

3940   A l'écoute de ce récit, monseigneur Yvain ne cesse
de pousser de grands soupirs ; pris de pitié,

3920 Qui l'ala a la cort requerre.
Neporquant ja ne l'an eüst
Menee por rien, qu'il seüst,
Ne fust Kes, qui anbricona
Le roi tant, que il li bailla
3925 La reïne et mist an sa garde.
Cil fu fos et cele musarde,
Qui an son conduit se fia ;
Et je sui cil, qui ja i a
Trop grant domage et trop
                    [grant perte ;
3930 Car ce est chose tote certe,
Que mes sire Gauvains, li
                    [preuz,

Por sa niece et por ses neveuz
Fust ça venuz grant aleüre,
Se il seüst ceste avanture ;
3935 Mes ne la set, don tant me
                    [grieve,
Par po que li cuers ne m'an
                    [crieve ;
Ainz est alez aprés celui,
Cui Des doint et honte et enui,
Quant menee an a la reïne. »
3940 Mes sire Yvains onques ne fine
De sospirer, quant ce antant ;
De la pitié, que il l'an prant,

il répond :

« Très cher seigneur, je m'offrirais volontiers à affronter cette aventure et ce péril, si demain le géant ne tardait pas trop à venir avec vos fils ; car à midi je ne serai plus ici, je dois être ailleurs comme je l'ai promis.

— Cher seigneur, dit le digne homme, votre décision me touche et je vous en rends mille fois grâces. » Et tous, dans la maison, de lui exprimer leur reconnaissance.

Sortant d'une chambre, la jeune fille parut alors ; elle était d'allure distinguée et son visage était beau et plein de charme. Elle s'avançait sans apparat, abattue et silencieuse, sous le coup d'une douleur qui ne pouvait cesser ; elle tenait la tête baissée vers la terre.

Li respont : « Biaus douz sire
　　　　　　　　　　[chiers !
Je m'an metroie volontiers
An l'avanture et el peril,
Se li jaianz et vostre fil
Venoient demain a tel ore,
Que n'i face trop grant
　　　　　　　　　[demore ;
Que je serai aillors que ci
Demain a ore de midi,
Si con je l'ai acreanté. »
« Biaus sire ! de la volanté

Vos merci je », fet li prodon,
« Çant mile foiz an un ran-
　　　　　　　　　　[don. »
Et totes les janz de l'ostel
Li redisoient autretel.

A tant vint d'une chanbre fors
La pucele, jante de cors
Et de face bele et pleisanz.
Mout vint sinple, mate et tei-
　　　　　　　　　[sanz ;
Qu'onques ses diaus ne prenoit
　　　　　　　　　　[fin ;
Vers terre tint le chief anclin.

Sa mère l'accompagnait. Le seigneur les avait fait
venir pour leur montrer son hôte. Elles arrivèrent,
enveloppées dans leurs manteaux pour cacher leurs
larmes. Il les invita à en ouvrir les pans et à relever la
tête :

« Ne soyez pas fâchées de ce que je vous demande.
Dieu et une heureuse fortune ont conduit ici un
chevalier valeureux et de haut parage qui s'engage à
combattre le géant. Allez donc sans plus attendre vous
jeter à ses pieds.

— Dieu me garde d'accepter ! s'écria aussitôt mon-
3980 seigneur Yvain ! Il serait tout à fait inconvenant que la
sœur de monseigneur Gauvain

Et sa mere revint de coste ;
Que mostrer lor voloit son oste
3965 Li sire, qui les ot mandees.
An lor mantiaus anvelopees
Vindrent por lor lermes
                      [covrir ;
Et il lor comande a ovrir
Les mantiaux et les chiés lever
3970 Et dit : « Ne vos doit pas gre-
                            [ver
Ce, que je vos comant a feire ;
Qu'un prodome mout de bon'
                          [eire

Nos a Des et buene avanture
Ceanz doné, qui m'asseüre,
3975 Qu'il se conbatra au jaiant.
Or n'an alez plus delaiant,
Qu'au pié ne l'an ailliez
                        [cheoir ! »
« Ce ne me lest ja Des veoir ! »,
Fet mes sire Yvains mainte-
                          [nant ;
3980 « Voir, ne seroit mie avenant,
Que au pié me venist la suer
Mon seignoir Gauvain a nul
                          [fuer

ou sa nièce se mettent à mes pieds. Dieu me protège d'un tel excès d'orgueil et me préserve de les laisser venir à mes pieds ! Non ! J'en éprouverais une honte impossible à oublier jamais. Mais je serais heureux qu'elles puissent reprendre courage jusqu'à demain, où elles verront si Dieu consent à les aider. Pour moi, il est inutile de me prier davantage, il faudra seulement que le géant arrive assez tôt pour m'éviter de manquer ailleurs à mes engagements. Car je ne laisserais pour rien au monde de me trouver demain midi, prêt à m'engager dans l'épreuve la plus importante que j'aie jamais dû affronter. »

⁴⁰⁰⁰   Il tient à ne pas leur faire de promesses sans réserves, car il craint que le géant ne vienne trop tard et ne l'empêche d'arriver à temps auprès de la jeune fille

Ne sa niece. Des m'an def-
                    [fande,
Qu'orguiauz an moi tant ne
                    [s'estande,
³⁹⁸⁵ Que a mon pié venir les les !
Voir, ja n'obliëroie mes
La honte, que je an avroie ;
Mes de ce buen gre lor savroie,
Se eles se reconfortoient
³⁹⁹⁰ Jusqu'a demain, que eles
                    [voient,
Se Des les voldra conseillier.
Moi n'an covient il plus
                    [proïier,

Mes que li jaianz si tost
                    [vaingne,
Qu'aillors mantir ne me
                    [covaingne ;
³⁹⁹⁵ Que por rien je ne leisseroie,
Que demain a midi ne soie
Au plus grant afeire por voir,
Que je onques poïsse avoir. »
Einsi ne les viaut pas del tot
⁴⁰⁰⁰ Asseürer ; car an redot
Est, que li jaianz ne venist
A tel ore, que il poïst
Venir a tans a la pucele,

qui est enfermée dans la chapelle. Cependant il
leur donne suffisamment d'assurances pour qu'ils
aient bon espoir. Tous et toutes lui expriment leur
reconnaissance ; ils ont une grande confiance en sa
prouesse, et, la compagnie du lion qui est couché à
côté de lui, aussi paisiblement qu'un agneau, les incite
à penser qu'ils sont en présence d'un chevalier
éminent [85]. L'espoir qu'ils placent en lui leur redonne
courage et ils laissent paraître leur joie, abandonnant
dès lors leurs lamentations.

Quand il en fut temps, ils conduisirent le chevalier
dans une chambre claire ; la demoiselle et sa mère
4020 assistèrent à son coucher, car elles avaient beaucoup
d'amitié pour lui (et en auraient eu mille fois plus si
elles avaient su tout ce qu'il y avait de vaillance et de
courtoisie en lui). Yvain et son lion

Qui est anclose an la chapele.
4005 Et neporquant tant lor promet,
Qu'an buene esperance les
                              [met.
Et tuit et totes l'an mercïent ;
Qu'an sa proesce mout se fient
Et mout cuident, qu'il soit pro-
                              [don,
4010 Por la conpaignie au lion,
Qui aussi doucemant se gist
Lez lui, come uns aigniaus
                              [feïst.
Por l'esperance, qu'an lui ont,

Se confortent et joie font,
4015 N'onques puis duel ne deme-
                              [nerent.
Quant ore fu, si l'an menerent
Couchier an une chanbre clere,
Et la dameisele et sa mere
Furent andeus a son couchier ;
4020 Qu'eles l'avoient ja mout chier,
Et çant mile tanz plus l'eüs-
                              [sent,
Se la corteisie seüssent
Et la grant proesce de lui.
Il et li lions anbedui

dormirent seuls
tous les deux dans la chambre, car personne d'autre
n'osa y coucher avec eux ; on ferma même si bien la
porte qu'ils ne purent en sortir avant le lever du jour.
Quand la chambre fut ouverte, Yvain se leva et
entendit la messe, puis, fidèle à la promesse qu'il leur
avait faite, attendit jusqu'au début de la matinée. Il
appela alors le seigneur du château et s'adressa à lui
devant tous :

« Seigneur ! Le temps presse ; je vais partir, ne
m'en veuillez pas ; je ne peux m'attarder davantage.
Mais, sachez-le bien, si ce n'était l'urgence de l'affaire
4040 qui m'appelle loin d'ici, c'est avec plaisir et de grand
cœur que je resterais encore un moment avec vous
pour défendre les neveux et la nièce de monseigneur
Gauvain qui m'est très cher. »

La peur fit frémir la jeune fille, son sang se retira,

4025 Leanz jurent et reposerent ;
Qu'autres janz gesir n'i ose-
                    [rent ;
Ainz lor fermerent si bien l'uis,
Que il n'an porent issir puis
Jusqu'au demain a l'ajornee.
4030 Quant la chanbre fu desfer-
                    [mee,
Si se leva et oï messe
Et atandi por la promesse,
Qu'il lor ot feite, jusqu'a
                    [prime.
Le seignor del chastel meïme

4035 Apele oiant toz, si li dit :
« Sire ! je n'ai plus de respit,
Ainz m'an irai, si ne vos poist ;
Que plus demorer ne me loist.
Mes sachiez bien veraiemant,
4040 Que volantiers et buenemant,
Se trop n'eüsse grant besoing
Et mes afeires ne fust loing,
Demorasse ancore une piece
Por les neveuz et por la niece
4045 Mon seignor Gauvain, que
                    [j'aim mout ! »
Trestoz li sans fremist et bout

elle était bouleversée ; la dame et le seigneur également. Ils eurent une telle peur de le voir partir, qu'ils s'apprêtèrent à se jeter de toute leur hauteur à ses pieds, mais ils se rappelèrent qu'il en aurait été fâché. Le seigneur offrit alors de prendre sur son bien pour lui donner ce qu'il voudrait, soit en terre, soit en argent, s'il voulait bien attendre encore un peu. Mais Yvain répondit :

« Dieu me garde de rien accepter ! »

4060   La jeune fille, éperdue, se mit à pleurer à chaudes larmes, le priant de rester. En proie à la plus vive angoisse, elle le supplie, au nom de la glorieuse reine du ciel et des anges, au nom de Dieu, de ne pas s'en aller, d'attendre encore un peu, au nom aussi de son oncle, qu'il dit connaître et tellement aimer.

A la pucele de peor
Et a la dame et au seignor ;
Tel peor ont, qu'il ne s'an aut,
4050 Que il li vostrent de si haut,
Come il furent, au pié venir,
Quant il lor prist a sovenir,
Que lui ne fust ne bel ne buen.
Lors li ofre a doner del suen
4055 Li sire, s'il an viaut avoir,
Ou soit de terre ou soit d'avoir,
Mes que ancore un po atande.
Et il respont : « Des m'an def-
                              [fande,
Que je ja nule rien an aie ! »
4060 Et la pucele, qui s'esmaie,
Comance mout fort a plorer,
Si li prie de demorer.
Come destroite et angoisseuse
Por la reïne glorïeuse
4065 Del ciel et des anges li prie
Et por De, qu'il ne s'an aut
                              [mie,
Ainz atande ancore un petit,
Et por son oncle, dont il dit,
Que il conoist et aimme et
                              [prise.

                                             Une
immense pitié l'envahit quand il entend qu'elle en
appelle à l'homme qui lui est le plus cher, à la dame
du ciel, et à Dieu, miel et douceur de miséricorde.
Profondément troublé, il laisse échapper un soupir;
pour le royaume de Tarse, il ne laisserait pas livrer au
4080 feu celle qu'il avait promis de secourir; il lui faudrait
mettre immédiatement fin à sa vie, ou perdre la
raison, s'il arrivait trop tard. Mais d'un autre côté, il
est au supplice quand il pense à l'extrême obligeance
de monseigneur Gauvain, son ami. Son cœur est près
d'éclater quand il voit qu'il ne peut s'attarder[86].

     Cependant il ne part pas encore, il reste et tandis
qu'il attend,

4070 Lors l'an est mout granz pitiez
          [prise,
      Quant il ot, qu'ele se
          [reclaimme
    De par l'ome, que il plus
          [aimme,
    Et de par la dame des ciaus,
    Et de par De, qui est li miaus
4075 Et la douçors de piëté.
    D'angoisse a un sospir gité;
    Que por le reaume de Tarse
    Ne voldroit, que cele fust arse,
    Que il avoit asseüree.

4080 Sa vie avroit corte duree,
    Ou il istroit toz vis del sans,
    S'il n'i pooit venir a tans;
    Et d'autre part an grant des-
          [tresce
    Le retient la granz jantillesce
4085 Mon seignor Gauvain, son
          [ami;
    Que por po ne li fant par mi
    Li cuers, quant demorer ne
          [puet.
    Neporquant ancor ne se muet,
    Einçois demore et si atant,

arrive à vive allure le géant avec les
chevaliers. Il portait au cou un pieu carré, énorme et
pointu, dont il les frappait souvent. Ils n'avaient sur
eux aucun vêtement qui vaille, en dehors de chemises
sales et répugnantes. Ils avaient les mains et les pieds
4100 étroitement liés de cordes, et étaient assis sur quatre
rosses boiteuses, chétives, maigres et épuisées. Ils
arrivaient le long d'un bois ; un nain bouffi comme un
crapaud avait noué leurs chevaux par la queue et,
passant de l'un à l'autre, il ne cessait de les frapper
avec un fouet à quatre nœuds, ce qu'il prenait pour
une prouesse. Il les battait jusqu'au sang. Tel était le
traitement ignoble que leur faisaient subir le géant et
le nain.

Sur le terre-plein devant la porte,

4090 Tant que li jaianz vint batant,
Qui les chevaliers amenoit ;
Et a son col un pel tenoit
Grant et quarré, agu devant,
Dont il les botoit mout sovant.
4095 Et il n'avoient pas vestu
De robe vaillant un festu
Fors chemises sales et ordes,
S'avoient bien liiez de cordes
Les piez et les mains, si seoient
4100 Sor quatre roncins, qui clo-
                            [choient,
Foibles et megres et redois.

Chevauchant vindrent lez un
                            [bois,
Et uns nains come boz anflez
Les ot coe a coe noez,
4105 Ses aloit costoiant toz quatre,
N'onques ne les finoit de batre
D'une corgiee a quatre neuz,
Don mout cuidoit feire que
                            [preuz ;
Si les batoit si qu'il seignoient.
4110 Einsi vilmant les amenoient
Antre le jaiant et le nain.
Devant la porte anmi un plain

le géant s'arrête et
crie au noble père qu'il le défie : il mettra ses fils à
mort s'il ne lui livre sa fille qu'il abandonnera à la
lubricité de sa valetaille, car, pour lui, il ne l'aime ni
ne la prise assez pour daigner se souiller à son contact.
4120 Elle disposera d'un millier de croquants qui la fré-
quenteront assidûment, aussi pouilleux et nus que
peuvent l'être des voyous et des souillons de cuisine ;
et tous viendront lui payer leur obole. Le père est près
d'enrager vif quand il entend l'autre parler de prosti-
tuer sa fille, ou sinon, de mettre immédiatement ses
quatre fils à mort sous ses yeux. Il est au supplice
comme un homme qui préférerait mourir plutôt que
de continuer à vivre. Maintes fois il se traite de
malheureux et de misérable ; il verse des pleurs
abondants et pousse de profonds soupirs[87].

Monseigneur Yvain, en cœur généreux et bon,
commence alors à lui parler :

« Seigneur, que de cruauté et de jactance

S'areste li jaianz et crie
Au prodome, que il desfie
4115 Ses fiz de mort, s'il ne li baille
Sa fille, et a sa garçonaille
La liverra a jaelise ;
Car il ne l'aimme tant ne prise,
Qu'an li se deignast avillier.
4120 De garçons avra un millier
Avuec li sovant et menu,
Qui seront poeilleus et nu,
Tel con ribaut et torchepot,
Qui tuit i metront lor escot.
4125 Par po que li prodon n'esrage,

Quant ot celui, qui a putage
Dit, que sa fille liverra,
Ou, tantost si qu'il le verra,
Seront ocis si quatre fil ;
4130 S'a tel destresce come cil,
Qui miauz s'ameroit morz que
[vis.
Sovant se claimme las cheitis
Et plore formant et sospire.
Et lors li ancomance a dire
4135 Mes sire Yvains, li frans, li
[douz :
« Sire ! mout est fel et estouz

dans ce
géant qui fanfaronne à la porte là-bas. Je prie Dieu ne
4140 jamais souffrir qu'il ait votre fille en son pouvoir ! Il la
méprise et la salit de façon intolérable. Quel malheur
ce serait de voir livrer à des vauriens une créature
aussi belle et de si haute naissance ! Çà, mes armes et
mon cheval ! Faites descendre le pont et laissez-moi
passer ! Il faudra que l'un de nous d'eux soit renversé,
soit lui, soit moi, je ne sais. Si je pouvais écraser cette
brute sanguinaire qui vous harcèle et l'obliger à vous
libérer vos fils et à venir ici même vous faire
réparation des outrages qu'il a proférés, je vous
recommanderais alors à Dieu et j'irais à mon affaire. »
    On va alors lui chercher son cheval,

Cil jaianz, qui la fors
                    [s'orguelle ;
Mes ja Des ce sofrir ne vuelle,
Qu'il et pooir an vostre fille !
4140 Mout la despit et mout l'aville.
Trop seroit granz mesavan-
                    [ture,
Se si tres bele creature
Et de si haut parage nee
Iere a garçons abandonee.
4145 Ça mes armes et mon cheval !
Et feites le pont treire aval,
Si m'an leissiez outre passer !

L'un an covandra ja verser,
Ou moi ou lui, ne sai le quel.
4150 Se je le felon, le cruël,
Qui si vos va contraliant,
Pooie feire humeliant,
Tant que vos fiz vos randist
                    [quites,
Et les hontes, qu'il vos a dites,
4155 Vos venist ceanz amander,
Puis vos voldroie comander
A De, s'iroie à mon afeire. »
Lors li vont son cheval fors
                    [treire

on lui apporte
4160 ses armes et on s'affaire à les lui revêtir. Il fut
rapidement prêt, tous se hâtèrent de l'armer sans
traîner. Quand il fut parfaitement équipé, il ne resta
plus qu'à baisser le pont et à le laisser partir. On le lui
abaissa et il sortit, suivi du lion qui ne serait sûrement
pas resté. Ceux qui demeurent derrière les murs, le
recommandent au Sauveur, car ils ont grand peur que
ce diable personnifié qui à ce même endroit avait tué
sous leurs yeux nombre de vaillants combattants, ne
lui fasse subir le même sort. Ils supplient Dieu de le
protéger de la mort et de le leur rendre sain et sauf,
4180 après lui avoir permis de tuer le géant. Chacun
demande très humblement

Et totes ses armes li baillent,
4160 De lui armer mout se travail-
                              [lent
Et bien et tost l'ont atorné.
A lui armer n'ont sejorné
Se tot le mains non que il
                          [porent.
Quant bien et bel atorné
                          [l'orent,
4165 Si n'i ot que de l'avaler
Le pont et del leissier aler.
L'an li avale et il s'an ist;
Mes aprés lui ne remassist

Li lions an nule meniere.
4170 Et cil, qui sont remés arriere,
Le comandent au sauveor;
Car de lui ont mout grant peor,
Que li maufez, li anemis,
Qui maint prodome avoit ocis,
4175 Veant lor iauz anmi la place,
Autretel de lui ne reface;
Si prïent De, qu'il le deffande
De mort, et vif et sain lor
                              [rande,
Et le jaiant li doint ocirre.
4180 Chascuns si come il le desirre,

à Dieu d'exaucer ses
vœux.

Le géant s'élance vers lui l'air féroce et la bouche
pleine de menaces :

« Il fallait qu'on ne t'aime guère pour t'envoyer ici,
par mes yeux ! Il n'y avait sûrement pas de meilleur
moyen de se venger de toi ! Voilà une excellente façon
de se venger du mal que tu as fait !

— Inutile de commencer à discuter, fait Yvain qui
n'en a pas peur ! Fais de ton mieux et moi de même.
Les paroles creuses me fatiguent ! »

Aussitôt monseigneur Yvain qui a hâte de pouvoir
s'en aller, s'élance sur lui. Il s'apprête à le frapper en
pleine poitrine, sur la peau d'ours qui le protège. En
face, le géant arrive sur lui à toute allure avec son
4200 épieu. Monseigneur Yvain l'atteint en pleine poitrine
d'un coup qui transperce la peau d'ours ; le sang qui
jaillit du corps lui sert de sauce

An prie De mout doucemant.
Et li jaianz mout fieremant
Vint vers lui, si le menaça
Et dist : « Cil, qui t'anvea ça,
4185 Ne t'amoit mie, par mes iauz !
Certes, il ne se pooit miauz
De toi vangier an nule guise.
Mout a bien sa vanjance prise
De quanque tu li as mesfet. »
4190 « De neant ies antrez an
                [plet ! »,
Fet cil, qui ne le dote rien,
« Or fai ton miauz, et gié le
                [mien ;

Que parole oiseuse me lasse. »
Tantost mes sire Yvains li
                [passe,
4195 Cui tarde, qu'il s'an soit partiz.
Ferir le va anmi le piz,
Qu'il ot armé d'une pel d'ors.
Et li jaianz li vient le cors
De l'autre part atot son pel.
4200 Anmi le piz li dona tel
Mes sire Yvains, que la pel
                [fausse,
El sanc del cors an leu de
                [sausse

pour tremper le fer de sa lance. Le géant lui abat un tel coup d'épieu qu'il le fait ployer sur l'arçon. Monseigneur Yvain tire l'épée dont il sait frapper de grands coups. Le géant s'est imprudemment découvert ; se fiant trop en sa force, il négligeait de porter une armure. Yvain s'élance sur lui, l'épée au poing, et, du tranchant, non point du plat, lui porte un coup qui lui taille une grillade sur la joue. L'autre réplique si violemment qu'Yvain s'affaisse sur l'encolure de son destrier[88].

4220   A ce coup le lion se hérisse et se prépare à venir au secours de son maître ; emporté par la fureur, il bondit, s'accroche au géant et fend comme il le ferait d'une écorce la peau velue qu'il porte sur lui ; sous la peau, il arrache un grand morceau de la hanche dont il tranche les nerfs et les muscles.

Le fer de la lance li moille ;
Et li jaianz del pel le roille
4205 Si que trestot ploiier le fet.
Mes sire Yvains l'espee tret,
Dont il savoit ferir granz cos.
Le jaiant a trové desclos,
Qui an sa force se fioit,
4210 Tant que armer ne se deignoit.
Et cil, qui tint l'espee treite,
Li a une anvaïe feite.
Del tranchant, non mie del
              [plat,
Le fiert si, que il li abat

4215 De la joe une charbonee.
Et cil l'an ra une donee
Si que trestot le fet brunchier
Jusque sor le col del destrier.
A cest cop li lions se creste,
4220 De son seignor eidier s'apreste,
Si saut par ire et par grant
              [force,
S'aert et fant come une escorce
Sor le jaiant la pel velue,
Dessoz la pel li a tolue
4225 Une grant piece de la hanche,
Les ners et les braons li
              [tranche.

          Le géant se dégage
vivement ; il mugit et crie comme un taureau, car le
lion l'a sérieusement blessé. Il lève à deux mains son
épieu et veut frapper, mais il manque son coup : le
lion a fait un bond en arrière. Le coup se perd et
tombe près de monseigneur Yvain, sans atteindre
personne. Monseigneur Yvain leva son épée et lui
fourra deux coups au corps. Avant que l'autre ait pu
se mettre en garde, il lui avait du tranchant de l'épée
séparé l'épaule du buste. Au second coup, il l'atteignit
sous la mamelle droite et lui plongea toute la lame de
l'épée dans le foie. Le géant s'effondre en proie aux
affres de la mort. La chute d'un grand chêne n'aurait
pas, je crois, fait plus grand fracas que le géant en
s'écroulant.

    Tous ceux qui étaient aux créneaux voulurent voir
ce coup de maître. On put alors savoir qui était le plus
rapide :

Et li jaianz li est estors,
Si bret et crie come tors ;
Que mout l'a li lions grevé.
4230 A deus mains a le pel levé
Et cuide ferir, mes il faut,
Et li lions arriere saut,
Si pert son cop et chiet an vain
Par delez mon seignor Yvain,
4235 Que l'un ne l'autre n'adesa.
Et mes sire Yvains antesa,
S'i a deus cos antrelardez.
Einçois qu'il se fust regardez,
Li ot au tranchant de l'espee

4240 L'espaule del bu dessevree.
A l'autre cop soz la memele
Li bota tote l'alemele
De s'espee parmi le foie.
Li jaianz chiet, la morz
          [l'asproie ;
4245 Et se uns granz chasnes cheïst,
Ne cuit greignor esfrois feïst,
Que li jaianz fist au cheoir.
Cest cop vostrent mout tuit
          [veoir
Cil, qui estoient as creniaus.
4250 Lors i parut li plus isniaus ;

tous coururent à la curée comme des chiens
qui après une longue poursuite viennent de prendre la
bête. Voilà comment, rivalisant de vitesse, tous et
toutes, ils se précipitèrent à l'endroit où le géant était
étendu, bouche bée vers le ciel[89]. Le seigneur en
personne y accourut avec tous les gens de sa cour ; la
4260 fille aussi y accourut ainsi que sa mère. Quelle joie
maintenant pour les quatre frères, après les maux
terribles qu'ils ont endurés !

Pour monseigneur Yvain, ils savent bien tous qu'il
serait impossible de le retenir, quoi qu'il puisse
arriver. Ils le prient donc de revenir pour se divertir et
se reposer, sitôt qu'il aura terminé ce qui l'appelle là
où il se rend. Il répond qu'il ne peut leur donner
aucune assurance, car il ne peut prévoir s'il s'en tirera
bien ou mal. Mais il dit au seigneur qu'il voulait que
ses quatre fils et sa fille prennent le nain,

Car tuit corent a la cuiriee
Si con li chien, qui ont chaciee
La beste tant que il l'ont prise.
Einsi corurent sanz feintise
4255 Tuit et totes par anhatine
La, ou cil gist gole sovine.
Li sire meïsmes i cort,
Et totes les janz de sa cort,
Cort i la fille, cort la mere.
4260 Ore ont joie li quatre frere,
Qui mout avoient mal sofert.
De mon seignor Yvain sont
                              [cert,
Qu'il nel porroient retenir
Por rien, qui poïst avenir,
4265 Si li prïent de retorner
Por deduire et por sejorner
Tot maintenant, que fet avra
Son afeire la, ou il va.
Et il respont, qu'il ne les ose
4270 Asseürer de nule chose ;
Qu'il ne set mie deviner,
S'il li doit bien ou mal finer ;
Mes au seignor itant dist il,
Qu'il voloit, que si quatre fil
4275 Et sa fille praingnent le nain,

et aillent
trouver monseigneur Gauvain, quand ils sauront qu'il
est de retour. Il souhaite aussi qu'ils lui racontent
4280 comment il s'est conduit, car c'est un exploit inutile
que celui qu'on ne fait pas connaître.

« Un tel exploit, disent-ils, ne sera sûrement pas
passé sous silence, ce serait injuste. Nous ferons
exactement ce que vous voudrez. Mais dites-nous ce
que nous pourrons dire quand nous serons devant lui.
De qui devrons-nous nous louer, puisque nous ne
savons comment vous nommer ?

— Dites-lui seulement, répondit-il, quand vous
serez en sa présence, que je vous ai dit que mon nom
était le Chevalier au Lion[90]. Ajoutez-y de ma part,

S'aillent a mon seignor Gau-
                    [vain,
Quant il savront, qu'il iert
                    [venuz,
Et comant il s'est contenuz
Viaut, qu'il li soit dit et conté.
4280 Car por neant fet la bonté,
Qui ne viaut qu'ele soit seüe.
Et il dïent : « Ja n'iert teüe
Ceste bontez ; qu'il n'est pas
                    [droiz.
Bien ferons quanque vos vol-
                    [droiz ;

4285 Mes dites nos, que nos porrons
Dire, quant devant lui van-
                    [drons.
De cui nos porrons nos loer,
Quant nos ne vos savons
                    [nomer ? »
Et il respont : « Tant li porroiz
4290 Dire, quant devant lui van-
                    [droiz,
Que li Chevaliers au Lion
Vos dis, que je avoie non.
Et avuec ce priier vos doi,
Que vos li dites de par moi,

je
vous prie, qu'il me connaît bien et que je le connais
bien, même s'il ne sait pas qui je suis. Voilà tout ce
que j'ai à vous demander. Il me faut maintenant partir
4300 d'ici, car rien ne m'inquiète davantage que de m'être
trop attardé avec vous. Avant que midi ne soit passé,
j'aurai fort à faire ailleurs si je peux y venir à temps. »

4295 Qu'il me conoist bien et je lui,
     Et si ne set, qui je me sui.
     De rien nule plus ne vos pri.
     Or m'an estuet aler de ci,
     Et c'est la riens, qui plus
                     [m'esmaie,

4300 Que je ci trop demoré n'aie ;
     Car ainz que midis soit passez,
     Avrai aillors a feire assez,
     Se je i puis venir a ore. »

Il les quitte alors sans s'attarder davantage. Auparavant, le seigneur l'avait prié, en paroles des plus courtoises, d'emmener avec lui ses quatre fils. Tous les quatre étaient prêts à se dévouer à son service, s'il le souhaitait. Mais il ne voulut accepter personne pour l'accompagner : il partit seul.

A peine les eut-il quittés, qu'il presse son cheval et s'en retourne à toute allure vers la chapelle. Le chemin était direct et en bon état, et il sut ne pas s'en écarter. Mais avant qu'il ait pu arriver à la chapelle, ⁴³²⁰ on en avait fait sortir la demoiselle, et on avait préparé le bûcher où elle devait être placée. Vêtue d'une simple chemise, les mains liées, elle avait été conduite devant le feu par ses accusateurs qui injustement lui imputaient des desseins qu'elle n'avait jamais eus. Monseigneur Yvain arrive, la voit

Lors s'an part ; que plus n'i
        [demore.
⁴³⁰⁵ Mes einçois mout priié li ot
Li sire au plus bel que il pot,
Que ses quatre fiz an menast.
N'i ot nul, qui ne se penast
De lui servir, se il vossist ;
⁴³¹⁰ Mes ne li plot ne ne li sist,
Que nus li feïst conpaignie :
Seus lor a la place guerpie.
Et maintenant que il s'esmuet,
Tant con chevaus porter l'an
        [puet,

⁴³¹⁵ S'an retorne vers la chapele.
La voie fu et droite et bele,
Et il la sot mout bien tenir.
Mes, ainz que il poïst venir
A la chapele, an fu fors treite
⁴³²⁰ La dameisele et la rez feite,
Ou ele devoit estre mise.
Trestote nue an sa chemise
Au feu liiee la tenoient
Cil, qui a tort sus li metoient
⁴³²⁵ Ce, qu'ele onques pansé
        [n'avoit.
Mes sire Yvains vient, si la voit

devant le feu où on veut la jeter. Inutile de dire qu'il fut saisi d'une angoisse extrême : ce serait manquer de courtoisie et de bon sens que d'en douter un instant. Il est donc sûr qu'il en fut saisi d'angoisse ; mais il garde confiance au fond de son cœur et ne doute pas que Dieu et le droit seront de son côté et lui viendront en aide : ce sont les compagnons sur lesquels il compte, et il ne fait pas fi non plus de son lion. Il s'approche à toute allure de la foule en criant :

4340   « Arrêtez, laissez cette demoiselle, misérables ! C'est une injustice que de la mettre sur un bûcher ou dans une fournaise ; elle ne l'a pas mérité ! »

Aussitôt c'est la débandade, on lui fait place. Mais lui, il lui tarde voir de ses yeux celle qu'il ne cesse de voir dans son cœur, où qu'elle puisse se trouver. Il la cherche des yeux, finit par l'apercevoir,

Au feu, ou an la viaut ruiier,
Et ce li dut mout enuiier.
Cortois ne sages ne seroit,
4330 Qui de rien nule an doteroit.
Voirs est, que mout li enuia,
Mes buene fiance an lui a,
Que Des et droiz li eideront,
Qui a sa partie seront :
4335 An cez conpaignons mout se
                        [fie
Et son lion ne rehet mie.
Vers la presse toz esleissiez
S'an va criant : « Leissiez, leis-
                        [siez

La dameisele, janz mauveise !
4340 N'est droiz, qu'an re ne an
                        [forneise
Soit mise ; que forfet ne l'a. »
Et cil tantost que ça que la
Se departent, si li font voie.
Et lui est mout tart, que il voie
4345 Des iauz celi, que del cuer
                        [voit,
An quel leu que ele onques
                        [soit ;
As iauz la quiert tant qu'il la
                        [trueve,

ce qui donne
un tel choc à son cœur, qu'il doit le retenir, lui mettre
un frein, comme à grande peine on retient d'une forte
bride un cheval plein de fougue. Néanmoins, tout en
soupirant, il s'attarde à la regarder, mais ses soupirs
restent discrets pour éviter qu'on les remarque, il les
étouffe en se faisant violence[91].

Une immense pitié le saisit à voir et entendre les
4360 pauvres femmes se lamenter douloureusement :

« Ha, Dieu ! comme tu nous as oubliées ! Dans quel
abandon nous allons nous trouver quand nous perdons une si généreuse amie, qui savait être de si bon
conseil et de si grande aide pour nous à la cour. C'est
grâce à elle que ma dame nous donnait ses robes
fourrées à porter.

Et met son cuer an tel
       [esprueve,
Qu'il le retient et si l'afrainne,
4350 Si con l'an retient a grant
       [painne
Au fort frain le cheval tirant.
Et neporquant an sospirant
La regarde mout volantiers,
Mes ne fet mie si antiers
4355 Ses sospirs, que l'an les
       [conoisse,
Ainz les retranche a grant
       [angoisse.

Et de ce granz pitiez li prant,
Qu'il ot et voit et si antant
Les povres dames, qui fei-
       [soient
4360 Mout tres grant duel et si
       [disoient :
« Ha ! Des, con nos as obliëes !
Con remandrons ore esgarees,
Qui perdomes si buene amie
Et tel consoil et tel aïe,
4365 Qui a la cort por nos estoit !
Par son consoil nos revestoit
Ma dame de ses robes veires.

Les choses vont bien changer désormais ; il n'y aura plus personne pour parler en notre faveur. Que Dieu maudisse ceux qui nous l'enlèvent ! Qu'il maudisse ceux qui vont nous en priver ! Ce sera pour nous une grande perte ! " Ce manteau fourré, ce surcot, cette cotte, chère dame, offrez-les à cette noble femme ! Je vous certifie que, si vous les lui envoyez, vous en aurez fait bon emploi ;
4380 car elle en a grand besoin. " On ne dira plus de paroles de ce genre, car plus personne ne sait être généreux et courtois ; bien au contraire, chacun demande pour soi avant de penser aux autres, même s'il n'en a nul besoin[92]. »

Voilà quelles étaient leurs plaintes. Monseigneur Yvain qui se trouvait au milieu d'elles,

Mout changera or li afeires ;
Qu'il n'iert mes, qui por nos
[parot.
4370 Mal et de De, qui la nos tot !
Mal et, par cui nos la per-
[drons !
[Que trop grand domage i
[avrons.
N'iert mes, qui die ne qui lot :
" Cest mantel ver et cest sorcot
4375 Et ceste cote, chiere dame !
Donez a cele franche fame !
Que voir, se vos li anvoiiez,
Mout i sera bien anploiiez ;
Que ele an a mout grand
[sofreite. "
4380 Ja de ce n'iert parole treite ;
Car nus n'est mes frans ne
[cortois,
Ainz demande chascuns ein-
[cois
Por lui, que por autrui ne fet,
Sanz ce, que nul mestier an
[et. »

4385 Einsi se demantoient celes,
Et mes sire Yvains iere antre
[eles,

entendit
parfaitement leurs lamentations qui n'avaient rien de
faux ni d'exagéré. Il vit Lunete à genoux, elle n'avait
que sa chemise sur le dos ; déjà elle s'était confessé,
avait demandé pardon à Dieu de ses péchés, et avait
battu sa coulpe. Yvain qui lui gardait une si grande
affection, s'avança vers elle, la releva et lui dit :

« Ma demoiselle, où sont ceux qui vous accusent et
qui vous poursuivent ? A l'instant même, s'ils ne se
dérobent pas, le combat leur sera offert. »

4400 La jeune fille, sans le voir ni le regarder, lui dit :

« Seigneur, c'est Dieu qui vous envoie me secourir
en ce péril ! Ceux qui m'accusent faussement sont ici,
prêts à s'en prendre à moi.

S'ot bien oïes les conplaintes,
Qui n'estoient fausses ne
                          [faintes,
et vit Lunete agenoilliee
4390 An sa chemise despoilliee,
Qui sa confesse avoit ja prise,
Et De de ses pechiez requise
Merci, et sa coupe clamee.
Et cil, qui mout l'avoit amee,
4395 Vient vers li, si l'an lieve
                          [amont
Et dit : « Ma dameisele ! ou
                          [sont

Cil, qui vos blasment et ancu-
                          [sent ?
Tot maintenant, s'il nel refu-
                          [sent,
Lor iert la bataille aramie. »
4400 Et cele, qui ne l'avoit mie
Ancor veü ne esgardé,
Li dit : « Sire ! de la part De
Veigniez vos a mon grant
                          [besoing !
Cil, qui portent le faus tes-
                          [moing,
4405 Sont ci vers moi tuit apresté ;

Si vous étiez venu un peu
plus tard, je n'aurais bientôt été que charbon et
cendre. Vous êtes venu prendre ma défense : que
Dieu vous en donne la force, aussi vrai que je suis
innocente du crime dont on m'accuse ! »

A ces mots, le sénéchal et ses deux frères qui l'avait
écoutée, s'exclament :

« Ah, femme ! créature chiche de vérité et généreuse de mensonge ! Il faut être complètement fou
pour se fier à tes paroles et se charger d'une aussi
lourde tâche. Le chevalier qui est venu mourir pour
4420 toi, fait preuve d'une grande naïveté, car il est seul et
nous sommes trois. Je lui conseille de s'en retourner,
avant que la situation ne tourne mal pour lui. »

Yvain que tout cela impatiente fort, répond :

« Aux peureux de prendre la fuite ! Ce qui me fait
peur, ce ne sont pas vos trois écus, mais d'être vaincu
sans me battre.

S'un po eüssiez plus esté,
Par tans fusse charbons et çan-
[dre.
Venuz estes por moi deffandre,
Et Des le pooir vos an doint,
4410 Einsi con gié de tort n'ai point
Del blasme, don je sui retee ! »
Ceste parole ont escoutee
Li seneschaus et si dui frere.
« Ha ! », font il, « fame, chose
[avere
4415 De voir dire et de mantir
[large !

Mout est ore fos, qui ancharge
Por ta parole si grant fes.
Mout est li chevaliers nïés,
Qui est venuz morir por toi ;
4420 Qu'il est seus et nos somes troi.
Mes je li lo, qu'il s'an retort,
Einçois que a noauz li tort. »
Et cil respont, cui mout enuie :
« Qui peor avra, si s'an fuie !
4425 Ne criem pas tant voz trois
[escuz,
Que sanz cop m'an aille vein-
[cuz.

Quel triste chevalier je ferais, si, sain de corps et d'esprit, je vous laissais le champ libre et abandonnais la place ! Tes menaces ne me feront pas fuir. Je te conseille plutôt d'abandonner tes accusations contre cette demoiselle que tu as calomniée injustement ; car elle l'affirme, et je la crois, elle me l'a assuré sur la foi du serment et sur le salut de son âme : jamais elle n'eut envers sa dame, acte, parole ou 4440 pensée de trahison. Je fais entièrement crédit à ses paroles et je la défendrai, si je le peux ; son bon droit me viendra en aide ; et s'il faut dire la vérité, Dieu se tient du côté du droit, Dieu et le droit ne font qu'un ; puisqu'ils viennent se ranger à mes côtés, j'ai de plus valeureux compagnons que toi, et bien meilleur secours[93]. »

Mout seroie or mal afeitiez,
Se je toz sains et toz heitiez
La place et le chanp vos leis-
            [soie.
4430 Ja tant, con je sains et vis soie,
Ne m'an fuirai por tes
            [menaces.
Mes je te consoil, que tu faces
La dameisele clamer quite,
Que tu as a grant tort sordite ;
4435 Qu'ele le dit et je l'an croi,
Si m'an a plevie sa foi
Et dit sor le peril de s'ame,

Qu'onques traïson vers sa
            [dame
Ne fist ne dist ne ne pansa.
4440 Bien croi ce, qu'ele dit m'an a,
Si la deffandrai, se je puis ;
Que son droit an m'aïe truis.
Et qui le voir dire an voldroit,
Des se retient devers le droit,
4445 Et Des et droiz a un se tienent ;
Et quant il devers moi s'an
            [vienent,
Donc ai je meillor conpaignie,
Que tu n'as, et meillor aïe. »

L'autre répondit présomptueusement en l'invitant à lui nuire par tous les moyens qu'il lui plaira, pourvu que son lion ne les attaque pas. Yvain répondit qu'il n'avait pas amené le lion pour en faire son champion, et qu'il ne veut mêler personne en cette affaire en dehors de lui-même. Mais, si son lion vient à l'attaquer, qu'il se défende au mieux ; il ne peut lui donner aucune assurance sur ce point. L'autre répondit :

4460 « Paroles en l'air ! Si tu ne retiens pas ton lion et ne l'obliges pas à rester tranquille, tu n'as que faire ici, pars ! ce sera plus prudent, car tout le pays sait comment cette femme a trahi sa dame. Il est donc juste qu'elle le paie par la flamme et par le feu.

— Non point, par le Saint-Esprit ! fait Yvain qui sait bien ce qu'il en est. Dieu m'en soit garant, je ne partirai pas

Et cil respont mout folemant,
4450 Que il mete an son nuisemant
Trestot, quanque lui plest et
                        [siet,
Mes que ses lions ne li griet.
Et cil dit, qu'onques son lion
N'i amena por chanpion,
4455 N'autrui que lui mesler ne
                        [quiert :
Mes se ses lions le requiert,
Si se deffande vers lui bien ;
Qu'il ne l'an afie de rien.
Et cil respont : « Que que tu
                        [dies,

4460 Se tu ton lion ne chasties
Et tu nel fes an pes ester,
Donc n'as tu ci que demorer,
Mes reva t'an ! si feras san ;
Que par tot cest païs set l'an,
4465 Comant ceste traï sa dame,
S'est droiz, que an feu et an
                        [flame
L'an soit randue la merite. »
« Ne place le saint Esperite ! »,
Fet cil, qui bien an set le voir,
4470 « Ja Des ne m'an lest remo-
                        [voir,

avant de l'avoir délivrée ! »

Il demanda alors au lion de se retirer et de se coucher sans bouger, ce qu'il fit immédiatement.

Le lion s'est retiré. Les deux adversaires ne s'adressent plus un mot, ils prennent du champ. Le sénéchal et ses frères s'élancent tous trois au galop vers Yvain.
4480 Mais lui, il s'avance au pas à leur rencontre, car il ne veut pas, dès les premiers échanges, s'épuiser par une charge violente. Il les laisse rompre leurs lances et garde la sienne intacte ; il se borne à présenter son écu comme une quintaine sur laquelle chacun vient briser sa lance. Il pique alors et s'éloigne d'un arpent, mais revient bien vite à l'ouvrage car il ne veut pas perdre de temps. En revenant, il atteint le sénéchal qui devançait ses deux frères, lui brise sa lance sur le corps ; le voilà jeté à terre bien malgré lui !

Tant que je delivree l'aie ! »
Lors dit au lion, qu'il se traie
Arriere et trestoz coiz se gise,
Et il le fet a sa devise.

4475 Li lions s'est arriere trez.
Tantost la parole et li plez
Remest d'aus deus, si s'antres-
                              [loingnent.
Li troi ansanble vers lui poin-
                              [gnent,
Et il vint ancontre aus le pas ;
4480 Que desreer ne se vost pas
As premiers cos ne angoissier.

Lor lances lor leisse froissier,
Et si retient la soe sainne,
De son escu lor fet quintainne,
4485 S'i a chascuns sa lance freite.
Et il a une pointe feite,
Tant que d'aus un arpant
                              [s'esloingne ;
Mes tost revint a la besoingne ;
Qu'il n'a cure de lonc sejor.
4490 Le seneschal an son retor
Devant ses deus freres ataint,
Sa lance sor le cors li fraint,
Sel porte a terre maugré suen ;

Il lui a
donné un coup si violent qu'il resta étendu sans
connaissance un long moment, bien incapable de
nuire. Les deux autres foncent sur lui. Brandissant
leurs épées nues, ils lui donnent tous deux de grands
4500 coups, qu'il leur rend en plus durs, car un seul de ses
coups en vaut sûrement deux des leurs. Il se défend si
bien contre eux, qu'ils ne peuvent prendre sur lui le
moindre avantage, jusqu'au moment où le sénéchal se
relève : il met toutes ses forces à l'accabler ; les autres
s'acharnent à ses côtés ; ils finissent par le dominer et
l'écraser. Le lion qui observe le combat, n'attend plus
pour venir à l'aide de son maître, qui, lui semble-t-il,
en a bien besoin. Et les dames, qui portent à la
demoiselle une très vive affection,

Et cop li a doné si buen,
4495 Qu'une grant piece estordiz jut
Ne de rien nule ne li nut.
Et li autre dui sus li vienent,
As espees, que nues tienent,
Li donent granz cos anbedui,
4500 Mes plus granz reçoivent de
                              [lui ;
Que de ses cos vaut li uns seus
Des lor tot a mesure deus ;
Si se deffant vers aus si bien,
Que de son droit n'an portent
                              [rien,
4505 Tant que li seneschaus relieve,
Qui de tot son pooir li grieve,
Et li autre avuec lui se pain-
                              [nent,
Tant qu'il le grievent et sor-
                              [mainnent.
Et li lions, qui ce esgarde,
4510 De lui eidier plus ne se tarde ;
Que mestiers li est, ce li san-
                              [ble.
Et les dames totes ansanble,
Qui la dameisele mout aim-
                              [ment,

invoquent, toutes
en chœur, Dieu à maintes reprises et le prient de toute
leur âme de ne pas permettre que soit tué ou vaincu le
chevalier qui pour elle a entrepris cette bataille. Elles
4520 lui apportent le secours de leurs prières, ce sont leurs
seules armes, tandis que le lion court à son aide et se
jette avec tant d'impétuosité sur le sénéchal, qui était
à pied, qu'il fait voler comme fétus de paille, les
mailles de son haubert. Il l'agrippe et tire si fort qu'il
lui disloque l'épaule et lui emporte le cartilage avec les
muscles. Tout ce qu'il mord, il l'arrache : on voit les
entrailles du sénéchal. C'est un coup que les deux
autres paient cher.

Les voici à égalité sur le terrain. La mort tient

Damedé sovant an reclaim-
      [ment
4515 Et si li prïent de buen cuer,
Que sofrir ne vuelle a nul fuer,
Que cil i soit morz ne conquis,
Qui por li s'est el chaple mis.
De priiere aïe li font
4520 Les dames ; qu'autres bastons
       [n'ont.

Et li lions li fet aïe
Tel, qu'a la premiere anvaïe
A de si grant aïr feru
Le seneschal, qui a pié fu,

4525 Que aussi, con ce fussent
      [pailles,
Fet del hauberc voler les
      [mailles,
Et contreval si fort le sache,
Que de l'espaule li esrache
Le tandron atot le costé.
4530 Quanqu'il ataint, l'an a osté
Si que les antrailles li perent.
Cest cop li autre dui conpe-
      [rent.

Or sont el chanp tot per a per.
De la mort ne puet eschaper

le
sénéchal qui se vautre et se tord dans le flot vermeil du
sang chaud qui lui jaillit du corps. Le lion se lance
4540 contre les autres ; coups et menaces n'y peuvent rien :
il est impossible à monseigneur Yvain de le renvoyer à
sa place ; il s'y est pourtant essayé sans se ménager.
Mais le lion doit savoir que son maître, loin d'être
mécontent de son aide, ne l'en aime que davantage. Il
les attaque donc férocement, et les autres se plaignent
de ses coups, et, à leur tour, lui infligent plaies et
blessures. Quand monseigneur Yvain voit son lion
blessé, une vive colère lui envahit le cœur, à juste
titre. Il ne songe plus qu'à le venger. Il malmène si
fort ses adversaires qu'il les réduit au désespoir :

4535 Li seneschaus, qui se tooille
Et devolte an l'onde vermoille
Del sanc chaut, qui del cors li
[saut.
Li lions les autres assaut ;
Qu'arriere ne le puet chacier
4540 Por ferir ne por menacier
Mes sire Yvains an nule guise,
S'i a il mout grant painne
[mise ;
Mes li lions sanz dote set,
Que ses sire mie ne het
4545 S'aïe, einçois l'an aimme plus,

Si lor passe fieremant sus,
Tant que cil de ses cos se
[plaingnent
Et lui reblescent et mehain-
[gnent.
Quant mes sire Yvains voit
[blecié
4550 Son lion, mout a correcié
Le cuer del vantre et n'a pas
[tort ;
Mes del vangier se painne fort,
Si les va si estoutoiant,
Qu'il les mainne jusqu'a neant,

ils
cessent de se défendre et se rendent à sa merci, grâce à
l'aide du lion qui maintenant pousse des plaintes
4560 désespérées ; il avait en effet reçu tant de blessures,
qu'il avait de quoi se désoler. De son côté, monseigneur Yvain n'en sortait pas indemne ; il était couvert
de plaies. Mais il ne s'en afflige pas tant que
d'entendre son lion gémir.

Il a donc obtenu ce qu'il voulait, la demoiselle est
libérée et la dame, abandonnant sa colère envers elle,
lui a tout pardonné de bon cœur. Ses accusateurs
furent tous brûlés dans le bûcher qui avait été allumé
pour elle. Car c'est un principe de justice : celui qui
accuse à tort quelqu'un, doit périr de la mort même à
laquelle il voulait le condamner. A présent Lunete est
tout à la joie d'être réconciliée avec sa dame. Il règne
4580 une allégresse comme on n'en avait jamais vue.

4555 Si que vers lui ne se deffandent
Et que an sa merci se randent
Por l'aïe, que li a feite
Li lions, qui mout se desheite ;
Car an tanz leus estoit plaiiez,
4560 Que bien pooit estre esmaiez.
Et d'autre part mes sire Yvains
Ne restoit mie trestoz sains,
Ainz avoit el cors mainte plaie ;
Mes de tot ce tant ne s'esmaie
4565 Con de son lion, qui se diaut.
Ore a tot einsi come il viaut
La dameisele delivree,

Et s'ire li a pardonee
La dame trestot de son gre.
4570 Et cil furent ars an la re,
Qui por li ardoir fu esprise ;
Car ce est reisons de justise,
Que cil, qui autrui juge a tort,
Doit de cele meïsme mort
4575 Morir, que il li a jugiee.
Ore est Lunete baude et liee,
Quant a sa dame est acordee,
Si ont tel joie demenee,
Que nule janz si grant ne
                              [firent ;

Tous,
comme il se doit, offrirent leurs services à celui qui
était leur seigneur mais qu'ils ne reconnaissaient pas.
Même la dame qui avait son cœur et l'ignorait, insista
beaucoup pour qu'il accepte d'attendre la guérison de
son lion et la sienne[94]. Il dit :

« Dame, le jour n'est pas venu où je pourrai me
reposer de la sorte ; il faut auparavant que ma dame
me pardonne et renonce à son irritation et à son
courroux envers moi ; alors seulement mes épreuves
seront terminées.

— J'en suis vraiment peinée, dit-elle. Je ne trouve
pas très courtoise la dame qui vous garde rancune.
Elle ne devrait pas interdire sa porte à un chevalier de
votre valeur, à moins que la faute ne soit trop grave.

4580 Et tuit a lor seignor ofrirent
Lor servise si come il durent,
Sanz ce, que il ne le conurent ;
Neïs la dame, qui avoit
Son cuer et si ne le savoit,
4585 Li pria mout, qu'il li pleüst
A sejorner tant qu'il eüst
Respassé son lion et lui.
Et il dit : « Dame ! ce n'iert
[hui,
Que je me remaingne an cest
[point,

4590 Tant que ma dame me par-
[doint
Son mautalant et son corroz.
Lors finera mes travauz toz. »
« Certes », fet ele, « ce me
[poise.
Ne taing mie por tres cortoise
4595 La dame, qui mal cuer vos
[porte,
Ne deüst pas veer sa porte
A chevalier de vostre pris,
Se trop n'eüst vers li mes-
[pris. »

⁴⁶⁰⁰ — Dame, dit-il, j'en souffre terriblement, mais j'accepte toutes ses décisions. Ne m'en demandez pas plus, car pour rien au monde je ne consentirais à parler de ses raisons ou de ma faute, sinon à ceux qui les connaissent bien.

— Y a-t-il donc quelqu'un à les connaître en dehors de vous deux ?

— Oui, vraiment, dame.

— Dites-nous donc au moins votre nom, cher seigneur, et vous pourrez partir tout à fait quitte.

— Tout à fait quitte, dame ? Non point. Je dois plus que je ne saurais rendre. Pourtant je n'ai pas à vous cacher comment je me fais appeler. Toutes les fois que vous entendrez parler du Chevalier au Lion, il s'agira de moi. C'est ainsi que je veux être appelé.

« Dame ! », fet il, « que qu'il
⁴⁶⁰⁰ Trestot me plest, quanque li
Mes ne m'an metez plus an
Que l'acheison ne le forfet
Ne diroie por nule rien,
Se çans non, qui le sevent
⁴⁶⁰⁵ « Set le donc nus, se vos dui
« Oïl, voir, dame ! » — « Et

[me griet,
[siet.
[plet !

[bien. »
[non ? »
[vostre non

Seviaus, biaus sire ! car nos
Puis si vos an iroiz toz quites. »
« Toz quites, dame ? Non
⁴⁶¹⁰ Plus doi, que randre ne por-
Neporquant ne vos doi celer,
Comant je me faz apeler.
Ja del Chevalier au Lion
N'orroiz parler se de moi non.
⁴⁶¹⁵ Par cest non vuel, que l'an

[dites !

[feroie.
[roie.

[m'apiaut. »

— Par Dieu, cher seigneur ! comment se fait-il que nous ne vous ayons jamais vu et que nous n'ayons jamais entendu votre nom ?

4620 — Dame, à cela vous pouvez juger que j'ai bien peu de renom. »

La dame insista à nouveau :

« Je vous prierais bien encore, si je ne craignais de vous ennuyer, de rester avec nous.

— Non, dame, je n'oserais, il me faudrait être sûr auparavant de ne pas déplaire à ma dame.

— Eh bien, partez, et que Dieu vous protège, cher seigneur ; puisse-t-il changer en joie, s'il lui plaît, votre souffrance et votre tourment.

— Dame, fit-il, Dieu vous entende ! »

Puis il ajouta à voix basse entre ses dents :

« Dame, vous avez entre les mains la clef ainsi que l'écrin où est emprisonnée ma joie, mais vous ne le savez pas [95] ! »

Sur ces mots, il s'éloigne, l'angoisse au cœur.

« Por De, biaus sire ! ce qu'es-
[piaut,
Que onques mes ne vos veïmes
Ne vostre non nomer
[n'oïmes ? »
« Dame ! par ce savoir poez,
4620 Que ne sui gueires renomez. »
Lors dit la dame de rechief :
« Ancor, s'il ne vos estoit grief,
De remenoir vos prïeroie. »
« Certes, dame ! je n'oseroie,
4625 Tant que certainnement
[seüsse,

Que le buen gre ma dame
[eüsse. »
« Ore alez donc a De, biaus
[sire !
Qui vostre pesance et vostre ire
Vos atort, se lui plest, a joie ! »
4630 « Dame ! », fet il, « Des vos an
[oie ! »
Puis dist antre ses danz soef :
« Dame ! vos an portez la clef,
Et la serre et l'escrin avez,
Ou ma joie est, si nel savez. »

4635 Atant s'en part a grant
[angoisse,

Mais
personne ne le reconnaît, hormis Lunete qui l'accompagne longtemps. Lunete seule l'accompagne, et il la
prie encore de ne pas dévoiler qui a été son champion.
« Seigneur, dit-elle, je garderai le secret. »

4640   Il lui fit en chemin une nouvelle prière, lui deman-
dant de ne pas l'oublier et d'intercéder pour lui auprès
de sa dame, si l'occasion s'en trouvait. La jeune fille
lui intima de n'en point parler : c'était une chose
qu'elle n'oublierait pas et qu'elle ne se lasserait pas de
faire. Il l'en remercia mille fois en la quittant.

Il s'en va, triste et inquiet à cause de son lion qu'il
lui faut porter car il est incapable de le suivre. Dans
son écu, il lui fait une litière de mousse et de fougère.
La couche faite, il l'y dépose le plus doucement
4660 possible, et l'emporte tout étendu

Si n'i a nul, qui le conoisse
Fors que Lunete solemant,
Qui le convea longuemant.
Lunete sole le convoie,
4640 Et il li prie tote voie,
Que ja par li ne soit seü,
Quel chanpion ele a eü.
« Sire ! », fet ele, « non iert
                              [il. »
Aprés ce li repria cil,
4645 Que de lui li ressovenist,
Et vers sa dame li tenist
Buen leu, s'ele an venoit an
                              [eise.

Cele li dit, que il s'an teise ;
Qu'ele n'an iert ja oblïeuse
4650 Ne recreanz ne pereceuse.
Et cil l'an mercie çant foiz,
Si s'an va pansis et destroiz
Por son lion, que li estuet
Porter ; que siure ne le puet.
4655 An son escu li fet litiere
De la mosse et de la fouchiere.
Quant il li a feite sa couche,
Au plus soef qu'il puet le
                              [couche,
Si l'an porte tot estandu

au creux de son
écu. Ainsi chevauche-t-il tout en le portant. Il finit par
arriver devant la porte d'une magnifique forteresse.
La trouvant fermée, il appela, et le portier lui ouvrit
aussitôt, sans qu'il fût besoin d'ajouter un seul mot,
puis il saisit les rênes, en disant :

« Cher seigneur, entrez donc ! Je vous offre le logis
de mon maître, s'il vous plaît de vous y arrêter.

— J'accepte l'offre volontiers, dit Yvain, car j'en ai
grand besoin et il est temps de s'abriter. »

Sur ces mots, il passe la porte et voit tous les gens
de la maison qui viennent en foule à sa rencontre. Ils
le saluent, l'aident à descendre de cheval, et déposent
4680 sur un perron l'écu avec le lion ; d'autres se sont
occupés du cheval

4660 Dedanz l'anvers de son escu.
Einsi sor son cheval l'an porte,
Tant que il vint devant la porte
D'une meison et fort et bele.
Ferme la trueve, si apele,
4665 Et li portiers overte l'a
Si tost, qu'onques n'i apela
Un mot aprés le premerain.
A la resne li tant sa main,
Si li dit : « Biaus sire, ore
[avant !
4670 L'ostel mon seignor vos pre-
[sant,

Se il vos i plest a desçandre. »
« Cest presant », fet il, « vuel
[je prandre ;
Car je an ai mout grant mes-
[tier,
Et si est tans de herbergier. »

4675 Atant a la porte passee
Et vit la mesniee amassee,
Qui tuit a l'ancontre li vont.
Salüé et desçandu l'ont,
Si li metent sor un perron
4680 Son escu atot le lion.
Et li autre ont son cheval pris,

et l'ont conduit à l'écurie ; d'autres
encore, comme il se doit, le débarrassent de ses armes.
Le seigneur apprit la nouvelle, et dès qu'il en eut
connaissance, descendit dans la cour saluer le chevalier. La dame le suivit, accompagnée de tous ses
enfants. Il y avait là une foule de gens. Ils se faisaient
une joie de l'accueillir. Le voyant mal en point, ils
l'installèrent dans une chambre tranquille, et firent
preuve d'une grande délicatesse en mettant son lion
avec lui. Deux jeunes filles, qui avaient de solides
connaissances en chirurgie, et qui étaient les filles du
seigneur de l'endroit, s'empressèrent de le soigner. Il
4700 resta là je ne sais combien de temps, jusqu'au jour où
le chevalier et son lion, guéris, furent sur le point de
se remettre en route.

Si l'ont an une estable mis,
Et li autre si come il doivent
4685 Ses armes pranent et reçoivent.
Et li sire la novele ot :
Tot maintenant que il le sot,
Vient an la cort, si le salue ;
Et la dame est aprés venue
4690 Et si fil et ses filles totes,
Et d'autres janz i ot granz
                    [rotes,
Sel herbergierent a grant joie.
Mis l'ont an une chanbre coie
Por ce, que malade le truevent,

Et de ce mout bien se reprue-
                    [vent,
4695 Que son lion avuec lui metent.
Et de lui garir s'antremetent
Deus puceles, qui mout
                    [savoient
De cirurgie et si estoient
Filles au seignor de leanz.
4700 Jorz i sejorna ne sai quanz,
Tant que il et ses lions furent
Gari et que raler s'an durent.

UNE JEUNE FILLE
SE MET EN QUÊTE D'YVAIN

Mais entre-temps il arriva que le seigneur de la Noire Epine eut maille à partir avec la Mort. La Mort s'acharna tellement sur lui qu'il lui fallut mourir. Après sa mort, voici ce qui arriva : il avait deux filles ; l'aînée déclara qu'elle disposerait sans réserve de toute la terre pour toute la durée de sa vie, et que sa sœur n'en aurait rien ; l'autre annonça qu'elle irait à la cour du roi Arthur, chercher un chevalier qui l'aide à soutenir son droit sur sa part[96]. Quand l'autre vit que sa sœur ne supporterait à aucun prix de lui laisser la
4720 terre sans contester, elle en fut vivement inquiète et se dit que, si elle le pouvait, elle se rendrait à la cour avant elle. Elle fit donc ses préparatifs sans perdre de temps,

Mes dedanz ce fu avenu,
4705 Que a la Mort ot plet tenu
Li sire de la Noire Espine,
Si prist a lui tel anhatine
La Morz, que morir le covint.
Aprés sa mort einsi avint
4710 De deus filles, que il avoit,
Que l'ainznee dist, qu'ele
[avroit
Trestote la terre a delivre
Toz les jorz, qu'ele avroit a
[vivre,
Que ja sa suer n'i partiroit.

Et l'autre dist, que ele iroit
4715 A la cort le roi Artu querre
Aïe a desrenier sa terre.
Et quant l'autre vit, que sa
[suer
Ne li soferroit a nul fuer
Tote la terre sanz tançon,
4720 S'an fu an mout grant cusan-
[çon
Et pansa, que, s'ele pooit,
Einçois de li a cort vandroit.
A tant s'aparoille et atorne,
Ne demore ne ne sejorne,

se mit en route et arriva à la cour. Sa sœur la
suivait, se hâtant autant qu'elle le pouvait, mais ce fut
peine perdue : l'aînée avait déjà plaidé sa cause auprès
de monseigneur Gauvain qui lui avait accordé tout ce
qu'elle voulait. Mais ils avaient convenu ensemble que
si elle révélait leur accord, il refuserait ensuite de
combattre pour elle. Elle y consentit[97].

Quand la seconde sœur arriva à la cour, vêtue d'un
court manteau de soie doublé d'une fourrure d'her-
4740 mine toute neuve, il y avait trois jours que la reine,
avec tous les autres prisonniers, était revenue de la
captivité où Méléagant l'avait retenue[98]. Lancelot,
victime d'une trahison, était resté prisonnier dans la
tour. Et ce même jour où la jeune fille parvint à la
cour, on y avait appris la nouvelle de la mort du géant
cruel et perfide

4725 Ainz erra tant qu'a la cort vint.
Et l'autre aprés sa voie tint
Et quanqu'ele pot, se hasta,
Mes sa voie et ses pas gasta ;
Que la premiere avoit ja fet
4730 A mon seignor Gauvain son
                              [plet,
Et il li avoit otroiié
Ce, qu'ele li avoit proiié ;
Mes tel covant antre aus avoit,
Que, se nus par li le savoit,
4735 Ja puis ne s'armeroit por li,
Et ele l'otroia einsi.

Atant vint l'autre suer a cort,
Afublee d'un mantel cort
D'escarlate et de fres ermine,
4740 S'avoit tierz jor, que la reïne
Estoit de la prison venue,
Ou Meleaganz l'ot tenue,
Et trestuit li autre prison ;
Et Lanceloz par traïson
4745 Estoit remés dedanz la tor.
Et an celui meïsme jor,
Que a la cort vint la pucele,
I fu venue la novele
Del jaiant cruël et felon,

que le Chevalier au Lion avait tué en combat singulier. Les neveux de Gauvain avaient salué leur oncle de sa part, et sa nièce lui avait raconté le service éminent qu'au prix de ses exploits, le chevalier leur avait rendu en considération de son ami ; elle ajouta qu'il le connaissait bien, sans pourtant savoir qui il était.

4760   Ces paroles furent entendues de la plus jeune sœur, qui était désespérée, plongée dans le plus grand embarras et la plus grande tristesse, car elle pensait ne pouvoir trouver ni aide ni appui à la cour, quand le plus vaillant se dérobait. Elle avait en effet tenté de convaincre monseigneur Gauvain de bien des façons, faisant appel à son obligeance ou usant de prières, mais il lui avait répondu :

« Amie, c'est en vain que vous m'en priez, car il m'est impossible de vous satisfaire. Je me suis engagé ailleurs et je ne peux me dédire. »

A peine l'eût-elle quitté que la jeune fille se rendit devant le roi :

4750 Que li Chevaliers au Lion
Avoit an bataille tüé.
De par lui orent salüé
Mon seignor Gauvain si neveu.
Le grant servise et le grant
                              [preu,
4755 Que il lor avoit por lui fet,
Li a sa niece tot retret
Et dist, que bien le conoissoit,
Si ne savoit, qui il estoit.
4760 Ceste parole a antandue
Cele, qui mout iere esperdue
Et trespansee et esbaïe ;

Que nul consoil ne nule aïe
A la cort trover ne cuidoit,
Quant toz li miaudre li failloit ;
4765 Qu'ele avoit an mainte meniere
Et par amor et par proïiere
Essaiié mon seignor Gauvain.
Et il li dist : « Amie ! an vain
M'an priiez ; car je nel puis
                              [feire ;
4770 Que j'ai anpris un autre afeire,
Que je ne leisseroie pas. »
Et la pucele eneslepas
S'an part et vient devant le roi.

« Roi, dit-elle, je suis venue chercher assistance auprès de toi et de ta cour, sans rien obtenir. Je suis bien étonnée de ne pouvoir trouver ici aucune assistance. Mais je manquerais d'éducation si je m'en allais
4780 sans prendre congé. Que ma sœur sache cependant qu'en faisant appel à mon obligeance, elle pourrait obtenir ce qu'elle voudrait de mon bien ; mais jamais, pour autant que je le puisse et pourvu que je trouve aide et soutien, je ne consentirai à lui céder de force ma part d'héritage.

— Ce sont des propositions raisonnables, dit le roi. Tandis qu'elle est ici, je lui conseille vivement, je la prie même, de vous laisser la part qui vous revient de droit. »

Mais l'autre, qui savait pouvoir compter sur le meilleur chevalier du monde, répondit :

« Sire, que Dieu m'anéantisse si je consens à partager ma terre avec elle et à lui donner

« Rois ! », fet ele, « je ving a
                              [toi
4775 Et a ta cort querre consoil.
N'an i truis point ; mout m'an
                              [mervoil,
Quant je consoil n'i puis avoir.
Mes ne feroie pas savoir,
Se je sanz congié m'an aloie.
4780 Et sache ma suer tote voie,
Qu'avoir porroit ele del mien
Par amor, s'ele an voloit rien ;
Que ja par force, que je puisse,
Por qu'aïe ne consoil truisse,

4785 Ne li leirai mon heritage ! »
« Vos dites », fet li rois, « que
                              [sage.
Andemantres que ele est ci,
Je li consoil et lo et pri,
Qu'ele vos lest vostre droi-
                              [ture. »
4790 Et cele, qui estoit seüre
Del meillor chevalier del
                              [monde,
Respont : « Sire ! Des me
                              [confonde,
Se ja de ma terre li part

château,
ville ou essart, bois, champ ou rien d'autre ! Mais s'il
est un chevalier, peu importe qui, pour oser prendre
les armes en sa faveur, et qui soit prêt à soutenir sa
cause, qu'il se présente immédiatement !

4800 — Votre offre n'est pas acceptable, dit le roi, il y
faut plus de délai. Si elle le souhaite, elle dispose de
quarante jours au moins, selon l'usage adopté par
toutes les cours, pour chercher un champion[99]. »

Et celle-ci de répondre :

« Beau sire roi, vous pouvez établir vos lois à votre
gré et comme bon vous semble, il ne me revient pas,
et ce ne serait pas convenable, de vouloir vous
contredire. Il me faut donc accepter le délai, si elle le
demande. »

La jeune fille répondit qu'elle le voulait, le désirait,
le demandait. Très vite ensuite, elle a recommandé le
roi à Dieu et a quitté la cour.

Chastel ne vile ne essart
4795 Ne bois ne terre n'autre chose !
Mes se nus chevaliers s'an ose
Por li armer, qui que il soit,
Qui vuelle desresnier son
[droit,
Si vaingne trestot mainte-
[nant ! »
4800 « Ne li ofrez mie avenant »,
Fet li rois, « que plus i estuet.
S'ele viaut, porchacier se puet
Au mains jusqu'a quarante jorz
Au jugemant de totes corz. »

4805 Et cele dit : « Biaus sire rois !
Vos poez establir voz lois
Tes, con vos plest, et buen vos
[iert,
N'a moi n'apant n'a moi
[n'afiert,
Que je desdire vos an doive ;
4810 Si me covient, que je reçoive
Le respit, s'ele le requiaut. »
Et cele dit, qu'ele le viaut
Et mout le desirre et demande.
Tantost le roi a De comande,
4815 Si s'est de la cort departie

Elle a dans l'idée de
passer tout son temps à chercher en tous lieux le
Chevalier au Lion qui ne ménage pas sa peine pour
4820 prêter assistance à celles qui ont besoin d'aide.

C'est ainsi qu'elle s'est lancée dans sa quête. Elle
parcourut bien des contrées sans avoir de nouvelles du
chevalier ; elle en fut si fâchée qu'elle en tomba
malade. Mais sa chance fut d'arriver chez un seigneur
qu'elle connaissait bien et qui l'aimait beaucoup. Il se
voyait sur son visage qu'elle n'était pas en bonne
santé ; on s'efforça donc de la retenir si bien qu'elle
dévoila toute son affaire. Une autre jeune fille se
chargea de continuer le voyage dans lequel elle s'était
lancée, et poursuivit la quête à sa place, ce qui lui
permit de rester se reposer. Quant à l'autre, elle
voyagea toute la journée, seule, à bonne allure,
jusqu'à la tombée de la nuit. Il fit très sombre, et la
4840 nuit l'effraya ;

Et panse, qu'an tote sa vie
Ne finera par tote terre
Del Chevalier au Lion querre,
Qui met sa painne a conseillier
4820 Celes, qui d'aïe ont mestier.

Einsi est an la queste antree
Et trespasse mainte contree ;
Qu'onques noveles n'an aprist,
Don tel duel ot, que maus l'an
                        [prist.
4825 Mes de ce mout bien li avint,
Que chies un suen acointe vint,
Ou ele estoit amee mout ;

S'aparut mout bien a son vout,
Qu'ele n'estoit mie bien
                        [sainne.
4830 A li retenir mistrent painne,
Tant que son afeire lor dist.
Et une autre pucele anprist
La voie, qu'ele avoit anprise,
Por li s'est an la queste mise.
4835 Einsi remest cele a sejor,
Et cele erra au lonc del jor
Tote sole grant anbleüre,
Tant que vint a la nuit oscure,
Si li enuia mout la nuiz.

mais ce qui redoubla sa frayeur, ce fut une pluie qui tombait avec toute la violence dont Notre-Seigneur Dieu est capable ; elle était alors au cœur du bois. La nuit et le bois l'effraient, mais plus que la nuit et le bois, sa frayeur c'est la pluie. Le chemin était si mauvais que souvent le cheval s'enfonçait jusqu'aux sangles ou presque, dans la boue. On comprend la frayeur d'une jeune fille au fond d'un bois, sans escorte, par mauvais temps et mauvaise nuit, nuit si noire qu'elle ne voyait pas le cheval sur lequel elle était assise [100]. Aussi ne cessait-elle d'invoquer Dieu, puis sa mère, et ensuite tous les saints et toutes les saintes ; elle fit, cette nuit-là, maintes oraisons pour demander à Dieu de la conduire jusqu'à un gîte et de la faire sortir de ce bois. Elle pria tant qu'elle entendit le son d'un cor, ce dont elle se réjouit vivement, pensant trouver un abri, si elle pouvait parvenir jusque-là.

4840 Et de ce dobla li enuiz,
Qu'il plovoit a si grant desroi,
Con Damedés avoit de quoi,
Et fu el bois mout an parfont.
Et la nuiz et li bois li font
4845 Grant enui, mes plus li ennuie,
Que li bois ne la nuiz, la pluie.
Et li chemins estoit si maus,
Que sovant estoit ses chevaus
Jusque pres des çangles an tai,
4850 Si pooit estre an grant esmai
Pucele an bois et sanz conduit
Par mal tans et par male nuit

Si noire, qu'ele ne veoit
Le cheval, sor qu'ele seoit.
4855 Et por ce reclamoit adés
De avant et sa mere aprés
Et puis toz sainz et totes
[saintes
Et fist la nuit oreisons maintes,
Que Des a ostel la menast
4860 Et fors de cel bois la gitast ;
Si pria tant que ele oï
Un cor, don mout se resjoï ;
Qu'ele cuide, que ele truisse
Ostel, mes que venir i puisse ;

Elle s'est donc dirigée vers le son du cor, ce qui lui fit prendre un chemin pavé, et ce chemin la conduisit droit vers le cor dont elle entendait la voix; par trois fois, longuement, le cor résonna en un chant puissant. Elle continua d'avancer droit vers lui et parvint à une croix, sur la droite du chemin. Là, pensa-t-elle, devait se trouver le cor et celui qui en sonnait. Elle lança sa monture de ce côté, approcha bientôt d'un pont, et aperçut les murs blancs et la barbacane d'un petit château bâti en rond[101].

4880 C'est ainsi que le hasard la dirige vers le château, guidée par le son du cor. Elle avait été conduite là par le chant d'un cor que sonnait un guetteur

4865 Si s'est vers la voiz adreciee,
Tant qu'ele antre an une chau-
[ciee,
Et la chauciee droit la mainne
Vers le cor, dont ele ot
[l'alainne;
Que par trois foiz mout lon-
[guemant
4870 Sona li corz mout hautemant.
Et ele erra droit vers la voiz,
Tant qu'ele vint a une croiz,
Qui sor la chauciee iere a des-
[tre.

Iluec pansa, que pooit estre
4875 Li corz et cil, qui l'ot soné.
Cele part a esperoné,
Tant qu'ele aprocha vers un
[pont
Et vit d'un chastelet reont
Les murs blans et la barba-
[cane.
4880 Einsi par avanture assane
Au chastel, si s'i adreça
Par la voiz, qui l'i amena.
La voiz del cor l'i a atreite,
Que soné avoit une gueite,

posté sur les murs. Sitôt que le guetteur l'aperçut, il la salua et descendit, prit la clef de la porte et lui ouvrit en disant :

« Bienvenue, jeune fille, qui que vous soyez ! Cette nuit, vous serez bien logée.

— Pour cette nuit, c'est tout ce que je demande », dit la jeune fille tandis qu'il la fait entrer.

Après la fatigue et les tourments de la journée, cette maison est une chance pour elle, car elle y est fort bien accueillie. Après le repas, son hôte, engageant la 4900 conversation, lui demande où elle va et ce qu'elle cherche.

« Celui que je cherche, autant que je sache, je ne l'ai jamais vu et ne l'ai jamais rencontré ;

4885 Qui sor les murs montee estoit.
Tantost con la gueite la voit,
Si la salue et puis desçant
Et la clef de la porte prant,
Si li oevre et dit : Bien vei-
[gniez,
4890 Pucele, qui que vos soiiez ! »
Anquenuit avroiz buen ostel. »
« Je ne demant anuit mes el »,
Fet la pucele, et il l'an mainne.
Aprés le travail et la painne,
4895 Que ele avoit le jor eü,
Li est de l'ostel bien cheü ;

Car mout i est bien aeisiee.
Aprés mangier l'a aresniee
Ses ostes et si li anquiert,
4900 Ou ele va et qu'ele quiert.
Et cele li respont adonques :
« Je quier ce, que je ne vi
[onques,
Mien esciant, ne ne conui ;
Mes un lion a avuec lui,
4905 Et l'an me dit, se je le truis,
Que an lui mout fiër me puis. »
« Gié », fet cil, « l'an report
[tesmoing ;

mais un lion
l'accompagne, et l'on me dit que, si je le trouve, je
peux avoir toute confiance en lui.

— Je m'en porte moi-même témoin, fait son hôte ;
car, au plus fort d'un péril extrême, il me fut envoyé
par Dieu il y a peu. Bénédiction sur le sentier qui le
conduisit à ma maison. Il me libéra d'un ennemi
mortel, et me fit cette joie immense de le mettre à
mort sous mes yeux. Demain, devant cette porte,
vous pourrez voir le corps d'un grand géant : il le tua
si promptement qu'il n'eut guère le temps d'en
transpirer.

4920   — Par Dieu, seigneur, fait la jeune fille, parlez-moi
donc de lui ; dites-moi si vous savez où il est parti et
s'il s'est arrêté quelque part.

— Je l'ignore, fait-il, Dieu m'en est témoin, mais je
saurai bien vous mettre sur le chemin par lequel il est
parti.

— Puisse Dieu me conduire, fait-elle, en un lieu où
l'on pourra me renseigner ! car si je le trouve, ce sera
pour moi une grande joie. »

Ils prolongèrent longtemps l'entretien

Que a un mien mout grant
                    [besoing
Le m'anvea Des avant ier.
4910 Beneoit soient li santier,
Par ou il vint a mon ostel !
Car d'un mien anemi mortel
Me vanja, don si lié me fist,
Que tot veant mes iauz l'ocist.
4915 A cele porte la defors
Demain porroiz veoir le cors
D'un grant jaiant, que il tua
Si tost que gueires n'i sua. »
« Por De, sire ! » fet la pucele,

4920 « Car m'an dites voire novele,
Se vos savez, ou il torna
Et s'il an nul leu sejorna ! »
« Je non », fet il, « se Des me
                    [voie !
Mes bien vos metrai a la voie
4925 Demain, par ou il s'an ala. »
« Et Des », fet ele, « me maint
                    [la,
Ou je voire novele an oie !
Car se jel truis, mout avrai
                    [joie. »

Einsi mout longuemant parle-
                    [rent,

et finirent
par aller se coucher. Au matin, quand l'aube perça, la
demoiselle était levée, impatiente de trouver ce qu'elle
cherchait. Le maître de maison se leva à son tour et
accompagné de tous ses gens, la mit sur le chemin qui
menait vers la fontaine sous le pin [102]. Elle fit route en
4940 toute hâte et suivit le chemin vers le château ; sitôt
arrivée, elle demanda aux premiers qu'elle rencontra,
s'ils pouvaient lui enseigner où se trouvaient le lion et
le chevalier qui avaient lié leurs destins. Ils lui
répondirent qu'en cet endroit exactement, ils lui
avaient vu vaincre trois chevaliers. Elle répliqua
aussitôt :

« Par Dieu, puisque vous m'en avez tant dit, ne me
cachez rien, si vous pouvez m'en dire davantage !

4930 Tant qu'an la fin couchier ale-
        [rent.
    Quant vint, que l'aube fu cre-
        [vee,
    La dameisele fu levee,
    Qui an mout grant porpans
        [estoit
    De trover ce, qu'ele queroit.
4935 Et li sire de la meison
    Se lieve et tuit si conpaignon,
    Si la metent el droit chemin
    Vers la fontainne soz le pin.
    Et ele de l'errer s'esploite

4940 Vers le chastel la voie droite,
    Tant qu'ele i vint et demanda
    As premerains, qu'ele trova,
    S'il li savoient anseignier
    Le lion et le chevalier,
4945 Qui antraconpaignié s'estoient.
    Et cil dïent, qu'il li avoient
    Veü trois chevaliers conquerre
    Droit an cele piece de terre.
    Et cele dit eneslepas :
4950 « Por De ! ne me celez vos pas,
    Des que vos tant dit m'an avez,
    Se vos plus dire m'an savez ! »

— Non point, font-ils, nous ne savons rien d'autre
que ce que nous vous en avons dit. Nous ignorons ce
qu'il est devenu. Si celle pour qui il est venu ici ne
vous fournit pas d'autres renseignements sur son
compte, personne ici ne pourra vous en apprendre
4960 davantage. Si vous voulez lui parler, vous n'aurez pas
à aller loin, car elle est entrée prier Dieu et entendre la
messe dans cette église, et elle y est depuis si
longtemps que ses prières sont peut-être terminées [103]. »

Tandis qu'ils parlaient, Lunete sortit de l'église.
« La voilà ! » lui dirent-ils. La jeune fille se dirigea à
sa rencontre, et, sitôt les salutations échangées,
s'enquit des renseignements qu'elle cherchait. Lunete
lui répondit qu'elle allait faire seller son palefroi : son
intention était de l'accompagner, et de la conduire
jusqu'à un enclos, là où elle avait quitté le chevalier.

« Nenil », font il, « nos n'an
                                    [savons
Fors tant con dit vos an avons.
4955 Nos ne savons, que il devint.
Se cele, por cui il ça vint,
Noveles ne vos an ansaingne,
N'iert ci, qui plus vos an
                                    [apraingne.
Et se a li volez parler,
4960 Ne vos estuet pas loing aler ;
Qu'ele est alee De proïier
Et messe oïr an cel mostier,
Et s'i a ja tant demoré,

Qu'assez i puet avoir oré. »

4965 Que que il parloient einsi,
Lunete del mostier issi,
Si li dïent : « Veez la la ! »
Et cele ancontre li ala,
Si se sont antresaluëes.
4970 Tantost a cele demandees
Les noveles, qu'ele queroit.
Et cele dit, qu'ele feroit
Un suen palefroi anseler ;
Car avuec li voldroit aler,
4975 Si la manroit vers un pleissié
La, ou ele l'avoit leissié ;

La jeune fille l'en remercia sincèrement. Le palefroi
4980 fut vite prêt ; on le lui amène, elle y monte, et, tandis
qu'elles chevauchent, elle raconte à sa compagne
comment elle fut accusée de trahison, comment était
déjà allumé le bûcher où elle devait être jetée, et
comment il était venu à son secours au moment même
où elle en avait le plus grand besoin.

Tout en échangeant ces propos, elle escortait la
jeune fille, et la mena au chemin où monseigneur
Yvain l'avait quittée. Après l'avoir accompagnée
jusque-là, elle lui dit :

« Vous suivrez ce chemin et vous finirez bien par
arriver en un lieu où, si Dieu et le Saint-Esprit y
consentent, on vous donnera sur lui des nouvelles plus
exactes que les miennes. Je me souviens bien l'avoir
laissé

Et cele de cuer l'an mercie.
Li palefroiz ne tarda mie :
An li amainne et ele monte.
4980 Lunete an chevauchant li
                          [conte,
Comant ele fu ancusee
Et de traïson apelee,
Et comant la rez fu esprise,
Ou ele devoit estre mise,
4985 Et comant il li vint eidier,
Quant ele an ot plus grant
                        [mestier.
Einsi parlant la convea,

Tant qu'au droit chemin
                          [l'avea,
Ou mes sire Yvains l'ot leis-
                            [siee.
4990 Quant jusque la l'ot convoiiee,
Si li dist : « Cest chemin tan-
                          [droiz,
Tant que an aucun leu van-
                          [droiz,
Ou novele vos an iert dite,
Se De plest et saint Esperite,
4995 Plus voire, que je ne la sai.
Bien me sovient, que jel leissai

près d'ici ou ici-même. Depuis, nous ne nous sommes pas revus et je ne sais pas ce qu'il est advenu de lui ; car il aurait eu grand besoin d'un onguent, quand il me quitta. Je vous indique ici la route qui vous mènera vers lui, et je souhaite que Dieu vous accorde de le trouver complètement rétabli, et plutôt aujourd'hui que demain ! Partez à présent ! Je vous recommande à Dieu. Pour moi, je n'irai pas plus loin, de peur que ma maîtresse n'en conçoive de l'irritation[104]. »

Elles se séparèrent alors ; l'une s'en retourna, et l'autre partit seule et chemina tant qu'elle arriva à la demeure où monseigneur Yvain avait séjourné jusqu'à ce qu'il fût guéri ; elle vit devant la porte un rassemblement de gens, des chevaliers, des dames, des serviteurs, ainsi que le maître de maison. Après les avoir salués, elle s'adressa à eux, pour savoir quelles sont les nouvelles,

Ou pres de ci ou ci meïmes,
Ne puis ne nos antreveïmes,
Ne je ne sai, qu'il a puis fet ;
5000 Que grant mestier eüst
                    [d'antret,
Quant il se departi de moi.
Par ci aprés lui vos anvoi,
Et Des le vos doint trover sain,
Se lui plest, ainz hui que
                    [demain !
5005 Ore alez ! A De vos comant ;
Que je ne vos siurai avant,
Que ma dame a moi ne
                    [s'ireisse. »

Maintenant l'une l'autre
                    [leisse :
Cele retorne, et cele an va
5010 Sole, tant que ele trova
La meison, ou mes sire Yvains
Ot esté tant que toz fu sains,
Et vit devant la porte janz,
Chevaliers, dames et serjanz
5015 Et le seignor de la meison,
Ses salue et met a reison,
S'il sevent, que il li aprain-
                    [gnent
Noveles et qu'il li ansaingnent

et se faire indiquer un chevalier qu'elle cherche.

5020 « Qui est-ce, font-ils ?

— Quelqu'un qui, à ce que j'ai entendu dire, ne va jamais sans un lion.

— Par ma foi, jeune fille, fait le seigneur, il vient de nous quitter à l'instant. Vous le rattraperez avant ce soir, si vous savez suivre ses traces, mais évitez de vous attarder [105] !

— Sire, dit-elle, Dieu m'en garde ! Mais dites-moi vite de quel côté il est parti et je vais le suivre !

— C'est par ici, tout droit », lui disent-ils.

Ils la prièrent aussi de le saluer de leur part, mais ils perdaient leur temps, car elle ne s'en souciait aucunement ; elle avait déjà lancé son cheval au galop, le trot lui semblant trop lent, bien que son palefroi trottât à vive allure.

Elle mène donc sa monture au galop, aussi bien dans les fondrières

Un chevalier, que ele quiert.
5020 « Qui est ? », font il. — « Cil
[qui ja n'iert
Sanz un lion, ç'ai oï dire. »
« Par foi, pucele ! », fet li sire,
« Il parti ore androit de nos.
Ancore ancui l'ateindroiz vos,
5025 Se les esclos savez garder,
Mes gardez vos de trop tar-
[der ! »
« Sire ! », fet ele, « Des m'an
[gart !
Mes or me dites, de quel part

Je le siurai ! » Et il li dïent :
5030 « Par ci tot droit », et si li
[prïent,
Qu'ele de par aus le salut.
Mes ce gueires ne lor valut ;
Qu'ele onques ne s'an antre-
[mist,
Mes lués es granz galos se
[mist ;
5035 Que l'anbleüre li sanbloit
Trop petite estre, et si anbloit
Ses palefroiz de grant eslés.
Einsi galope par les tes

que sur les parties plates et bien
5040 unies, jusqu'à ce qu'elle aperçoive le chevalier à qui le
lion fait compagnie. Toute joyeuse, elle s'écrie :

« Mon Dieu, aidez-moi ! J'aperçois mon gibier ! J'ai
fort bien su le suivre et retrouver ses traces. Mais si je
chasse sans rien rapporter, à quoi servira de l'avoir
rattrapé ? A rien ou presque, c'est évident. Si je ne le
ramène pas avec moi, j'ai donc perdu mon temps [106]. »

Tout en se faisant ces réflexions, elle est allée si vite
que son palefroi en est tout en sueur. Elle rejoint le
chevalier et lui adresse un salut qu'il lui rend aussitôt :

« Dieu vous garde, belle, et éloigne de vous tout
sujet d'inquiétude ou de tourment !

— Vous aussi, seigneur, et je suis sûr que vous seul
pourriez m'en délivrer ! »

Se plaçant alors à ses côtés,
5060   « Seigneur, dit-elle, je vous ai beaucoup cherché.
Le renom de votre gloire

Con par la voie igal et plainne,
5040 Tant qu'ele voit celui, qui
                              [mainne
Le lion an sa conpaignie.
Lors a joie et dit : « Des, aïe !
Or voi ce, que tant ai chacié,
Mout l'ai bien seü et tracié.
5045 Mes se je chaz et rien ne
                              [praing,
Que me vaudra, se je l'ataing ?
Po ou neant, voire, par foi !
Se je ne l'an main avuec moi,
Donc ai je ma painne gastee. »

5050 Einsi parlant s'est tant hastee,
Que toz ses palefroiz tressue,
Si l'ataint et si le salue.
Et cil li respont aussi tost :
« Des vos gart, bele ! et si vos
                              [ost
5055 De cusancon et de pesance ! »
« Et vos, sire ! ou j'ai espe-
                              [rance,
Que bien m'an porriiez oster ! »
Lors se va lez lui acoster
Et dit : « Sire ! mout vos ai
                              [quis.
5060 Li granz renons de vostre pris

m'a lancé dans bien des fatigues et m'a fait traverser maintes contrées. Mais, Dieu merci, je vous ai tant cherché que me voici près de vous. Les épreuves qu'il m'a fallu traverser ne me pèsent aucunement ; je ne m'en plains ni ne m'en souviens. Je me sens toute légère, toutes mes douleurs ont disparu dès le moment où je vous ai rejoint. D'ailleurs il ne s'agit pas de moi. Je suis envoyée par une demoiselle de meilleur rang que moi, de plus haute noblesse et de plus grand mérite. Mais si elle ne peut compter sur vous, alors, votre renommée l'a trahie, car personne d'autre ne peut l'aider. Ma demoiselle pense en effet que vous seul pouvez
5080 soutenir son droit contre sa sœur qui la déshérite ; elle ne veut en charger personne d'autre. Impossible de lui suggérer qu'un autre pourrait l'aider. En soutenant son droit à l'héritage,

M'a mout fet aprés vos lasser
Et mainte contree passer.
Tant vos ai quis, la De merci,
Qu'a vos sui assanblee ci.
5065 Et se je nul mal i ai tret,
De rien nule ne m'an deshet
Ne ne m'an plaing ne ne m'an
[manbre.
Tuit me sont alegié li manbre ;
Que la dolors me fu anblee,
5070 Tantost qu'a vos fui assanblee ;
Si n'est pas la besoingne moie :
Miaudre de moi a vos
[m'anvoie,

Plus jantils fame et plus vail-
[lanz.
Mes se ele est a vos faillanz,
5075 Donc l'a vostre renons traïe ;
Qu'ele n'atant d'aillors aïe.
Par vos cuide ma dameisele
Tote desresnier sa querele,
Qu'une soe suer deserete ;
5080 Ne viaut, qu'autre s'an antre-
[mete.
Nus ne li puet feire cuidier,
Que autre li poïst eidier.
L'amor a la deseritee

vous aurez conquis la reconnais-
sance d'une femme spoliée et accru votre réputation
de vaillance. Elle s'était mise elle-même à votre
recherche, sûre de trouver auprès de vous remède à
ses maux, et personne ne serait venu ici à sa place si
elle n'avait été retenue par un mal qui la force à garder
le lit. Répondez-moi donc, je vous prie, et dites-moi si
vous aurez la hardiesse de vous rendre à son appel ou
si vous y renoncerez.

— Non point, fait-il, renoncer ne mène personne à
la gloire, et telle n'est pas mon intention : ma douce
5100 amie, je vous suivrai de bon cœur où il vous plaira. Si
celle au nom de qui vous me faites requête a grand
besoin de moi, ne désespérez pas de me voir faire tout
ce que je pourrai pour l'aider. Je prie Dieu de
m'accorder la grâce de pouvoir, pour son bonheur,
prouver son bon droit. »

Avroiz conquise et achetee
5085 Et creü vostre vasselage
Par desresnier son heritage !
Ele meïsme vos queroit
Por le bien, qu'an vos esperoit,
Ne ja autre n'i fust venue,
5090 Se maus ne l'eüst detenue
Tes, que par force au lit la
                      [trest.
Or me respondez, s'il vos
                      [plest,
Se vos venir i oseroiz
Ou se vos an reposeroiz ! »

5095 « Nenil », fet il ; « de reposer
Ne se puet nus hon aloser,
Ne je ne reposerai mie,
Ainz vos siurai, ma douce
                      [amie !
Volantiers la, ou vos pleira.
5100 Et se de moi grant afeire a
Cele, por cui vos me querez,
Ja ne vos an desesperez,
Que je tot mon pooir n'an face.
Or me doint Des eür et grace,
5105 Que je par sa buene avanture
Puisse desresnier sa droi-
                      [ture ! »

LE CHÂTEAU DE PIRE AVENTURE

Ils continuaient d'avancer ensemble tout en devisant, et ils arrivèrent à proximité du château de Pire Aventure [107]. Ils n'eurent cure d'aller plus loin, car le jour baissait. Ils s'approchèrent donc du château, et les gens qui les voyaient arriver, disaient tous au chevalier :

« Malheur, seigneur, malheur à vous ! si on vous a indiqué cette halte, c'est pour vous nuire et vous couvrir de honte ; un abbé pourrait en jurer.

5120 — Ha ! fait-il, engeance insensée, engeance pleine de lâcheté, vous ne connaissez que le mal ; pourquoi vous en prenez-vous à moi ?

— Pourquoi ? Vous l'apprendrez bien si vous continuez ! Mais vous n'en saurez rien tant que vous n'aurez pas été là-haut dans cette forteresse. »

Einsi antre aus deus chevau-
　　　　　　　　[chierent
Parlant tant que il aprochierent
Le chastel de Pesme Avanture.
5110 De passer outre n'orent cure ;
Que li jorz aloit declinant.
Au chastel vienent cheminant,
Et les janz, qui venir les
　　　　　　　　[voient,
Trestuit au chevalier disoient :
5115 « Mal veigniez, sire, mal vei-
　　　　　　　　[gniez !
Cist ostés vos fu anseigniez

Por mal et por honte andurer.
Ce porroit uns abes jurer. »
« Ha ! » fet il, « janz fole et
　　　　　　　　[vilainne,
5120 Janz de tote mauvestié plainne
Et qui a toz biens as failli,
Por quoi m'avez si assailli ? »
« Por quoi ? Vos le savroiz
　　　　　　　　[assez,
S'ancore un po avant passez !
5125 Mes ja nule rien n'an savroiz
Jusque tant que esté avroiz
Lassus an cele forteresce. »

Immédiatement, monseigneur Yvain se dirigea vers le donjon, et les gens de s'écrier :

« Hou, hou, malheureux, où vas-tu ? Si jamais en ta vie, tu as rencontré la honte et l'humiliation, là où tu vas tu en seras accablé au point de ne jamais oser en parler.

— Engeance sans honneur et sans vaillance, fit monseigneur Yvain qui les a écoutés, engeance malheureuse et stupide, pourquoi vous en prendre à moi, pourquoi me harceler ? Que me demandez-vous ? que me voulez-vous, à vous acharner ainsi contre moi ?

— Ami, inutile de te fâcher, fit une vieille dame, fort courtoise et fort avisée. Leurs paroles ne veulent pas te blesser ;

Tantost mes sire Yvains
      [s'adresce
Vers la tor, et les janz
      [s'escrïent,
5130 Trestuit a haute voiz li dïent :
« Hu ! hu ! maleüreus, ou vas ?
S'onques an ta vie trovas,
Qui te feïst honte ne let,
La, ou tu vas, t'an iert tant fet,
5135 Que ja par toi n'iert reconté. »
« Janz sanz enor et sanz
      [bonté »,
Fet mes sire Yvains, qui
      [escoute,

« Janz maleüreuse et estoute,
Por quoi m'assaus, por quoi
      [m'aquiaus ?
5140 Que me demandes, que me
      [viaus,
Qui si aprés moi te degroces ? »
« Amis ! de neant te cor-
      [roces »,
Fist une dame auques d'aage,
Qui mout estoit cortoise et
      [sage,
5145 « Que, certes, por mal ne te
      [dïent

si tu savais les entendre, ils t'avertissent de ne pas monter demander l'hospitalité là-haut, mais ils n'osent pas te dire pourquoi. Leurs avertissements et leurs outrages ne veulent que te faire peur. Tel est l'accueil voulu par la coutume pour tous ceux qui surviennent, afin de les empêcher d'aller là-haut. La coutume nous oblige aussi, quoi qu'il advienne, à refuser de recevoir dans nos maisons tout chevalier étranger. Pour le reste, c'est à toi de décider : personne ne te barre la route. Si tu veux, tu monteras là-haut, mais, si tu m'en crois, tu t'en retourneras [108].

— Dame, fit-il, si je suivais votre conseil, je pense que j'y aurais honneur et profit ; mais je ne saurais

Nule chose, einçois te chas-
[tïent,
Se tu le savoies antandre,
Que lassus n'ailles ostel pran-
[dre,
Ne le porquoi dire ne t'osent ;
5150 Mes il te chastïent et chosent
Por ce, que esmaiier te vue-
[lent.
Et par costume feire suelent
Autel a toz les sorvenanz
Por ce, que il n'aillent leanz.
5155 Et la costume si est tes,

Que nos n'osons an noz ostés
Herbergier por rien, qui
[avaingne,
Nul prodome, qui de fors
[vaingne.
Ore est sor toi del soreplus :
5160 La voie ne te deffant nus.
Se tu viaus, lassus monteras,
Mes par mon los retorneras. »
« Dame ! », fet il, « se je creoie
Vostre consoil, je cuideroie,
5165 Que j'i eüsse enor et preu ;
Mes je ne savroie, an quel leu

où

trouver à m'héberger pour cette nuit.

— Mon Dieu, fit-elle, je ne dis plus rien, car ce
n'est pas moi que ça regarde. Allez où il vous plaira !
Pourtant je serais très heureuse de vous voir revenir
de là-bas sans trop d'humiliations. Mais c'est impossible.

— Dame, fit-il, Dieu vous le rende ! Mais mon
cœur fait fi de toute raison et me pousse à aller là-
haut, et j'obéis à mon cœur. »

Aussitôt il s'élance vers la porte, suivi de son lion et
5180 de la jeune fille, tandis que le portier l'invite à entrer :

« Dépêchez-vous, dépêchez-vous, vous êtes arrivés
en un lieu où vous serez bien gardés ! Malheur à
vous ! »

C'est en ces mots que le portier le presse

Je trovasse ostel anuit mes. »
« Par foi ! », fet ele, « et je
                [m'an tes ;
Qu'a moi riens nule n'an afiert.
5170 Alez, quel part que buen vos
                [iert !
Et neporquant grant joie
                [avroie,
Se je de leanz vos veoie
Sanz trop grant honte revenir ;
Mes ce ne porroit avenir. »
5175 « Dame ! », fet il, « Des le vos
                [mire !

Mes mes fos cuers leanz me
                [tire,
Si ferai ce, que mes cuers
                [viaut. »
Tantost vers la porte s'aquiaut
Et ses lions et sa pucele.
5180 Et li portiers a lui l'apele,
Si li dist : « Venez tost, venez !
An tel leu estes arivez,
Ou vos seroiz bien retenuz,
Et mal i soiiez vos venuz ! »

5185 Einsi li portiers le semont

de monter.
Mais l'invitation est bien outrageante. Monseigneur
Yvain passe devant lui sans répondre et trouve une
salle immense, très haute et toute neuve. Au-devant
s'étendait un préau clos de gros pieux, ronds et
pointus. Là, entre les pieux, il vit bien trois cents
jeunes filles qui s'occupaient à divers ouvrages. Elles
tissaient des fils d'or et de soie, chacune faisant de son
mieux. Mais une telle misère régnait que nombre
5200 d'entre elles n'avaient ni lacets ni ceinture à leurs
vêtements, tant elles étaient démunies. Elles avaient
des tuniques percées aux seins et aux coudes, et des
chemises salies aux encolures. La faim et la souffrance
leur avaient fait des cous décharnés et des visages
blêmes. Il les voit, elles le voient. Toutes baissent la
tête et pleurent,

Et haste de venir amont,
Mes mout li fet leide semonse.
Et mes sire Yvains sanz res-
                          [ponse
Par devant lui s'an passe et
                          [trueve
5190 Une grant sale haute et nueve,
S'avoit devant un prael clos
De pes aguz, reonz et gros,
Et par antre les pes leanz
Vit puceles jusqu'a trois çanz,
5195 Qui diverses oevres feisoient.
De fil d'or et de soie ovroient

Chascune au miauz qu'ele
                          [savoit.
Mes tel povreté i avoit,
Que desliiees et desçaintes
5200 An i ot de povreté maintes,
Et as memeles et as cotes
Estoient lor cotes derotes
Et les chemises as cos sales.
Les cos gresles et les vis pales
5205 De fain et de meseise avoient.
Il les voit, et eles le voient,
Si s'anbrunchent totes et plo-
                          [rent

et restent ainsi longtemps, incapables de rien faire, et sans pouvoir lever les yeux de terre, tant elles sont désespérées.

Monseigneur Yvain les observe quelques instants puis il fait demi-tour et se dirige vers la porte. Mais le portier surgit devant lui en criant :

« Impossible ! Vous ne sortirez pas à présent, beau maître ! Vous voudriez bien être dehors maintenant, 5220 mais, sur ma tête, ça ne sert à rien ! Avant de repartir vous n'échapperez pas au pire des déshonneurs que vous puissiez subir. Vous avez été malavisé de venir ici, car il n'est pas question d'en sortir.

— Telle n'est pas mon intention, mon ami, dit-il. Mais, sur l'âme de ton père, dis-moi, les demoiselles que j'ai vues

Et une grant piece demorent,
Qu'eles n'antandent a rien
                              [feire,
5210 Ne lor iauz ne pueent retreire
De terre, tant sont acorees.
Quant un po les ot regardees
Mes sire Yvains, si se tres-
                              [torne,
Droit vers la porte s'an
                              [retorne,
5215 Et li portiers contre lui saut,
Si li escrie ; « Ne vos vaut ;
Que vos n'an istroiz or, biaus
                              [mestre !

Vos voldriiez or la fors estre,
Mes, par mon chief ! riens ne
                              [vos monte ;
5220 Ainz avroiz eü tant de honte,
Que plus n'an porriiez avoir ;
Si n'avez mie fet savoir,
Quant vos estes venuz ceanz ;
Que del rissir est il neanz. »
5225 « Ne je ne quier », fet il,
                              [« biaus frere !
Mes di moi, par l'ame ton
                              [pere !
Dameiseles, que j'ai veües

dans ce préau à tisser des étoffes de soie brodées d'or, d'où viennent-elles ? Le travail qu'elles font me plaît beaucoup ; mais je n'ai aucun plaisir à les voir si maigres, si pâles et si tristes de corps et de visage. Elles auraient, je crois, beaucoup de beauté et de distinction, si elles avaient tout ce qu'elles peuvent désirer.

— Ce n'est pas moi qui vais vous répondre, fait-il ; cherchez ailleurs quelqu'un pour vous le dire.

— Je n'y manquerai pas, puisque je ne peux faire autrement. »

5240 Il chercha alors, et trouva la porte du préau où travaillaient les demoiselles. Il s'approcha d'elles et les salua toutes ensemble ; il voyait les larmes tomber goutte à goutte de leurs yeux tandis qu'elles pleuraient.

An cest prael, don sont venües,
Qui dras de soie et orfrois
[tissent ?
5230 Oevres font, qui mout m'abe-
[lissent ;
Mes ce me desabelist mout,
Qu'eles sont de cors et de vout
Megres et pales et dolantes ;
Si m'est avis, beles et jantes
5235 Fussent mout, se eles eüssent
Ités choses, qui lor pleüs-
[sent. »
« Gié », fet il, « nel vos dirai
[mie.

Querez autrui, qui le vos
[die ! »
« Si ferai je, quant miauz ne
[puis. »
5240 Lors quiert tant que il trueve
[l'uis
Del prael, ou les dameiseles
Ovroient, et vint devant eles,
Si les salue ansanble totes
Et si lor voit cheoir les gotes
5245 Des lermes, qui lor decoroient
Des iauz, si come eles plo-
[roient.

« Je prie Dieu, leur dit-il, de bien vouloir vous ôter du cœur cette affliction, dont j'ignore les raisons, et de la changer en joie. »

L'une d'entre elles lui répondit :

« Que Dieu exauce votre prière ! Nous ne chercherons pas à vous cacher qui nous sommes et de quel pays nous venons : c'est sans doute ce que vous voulez apprendre.

— Je ne suis pas venu pour autre chose, fit-il.

— Seigneur, il advint, il y a bien longtemps, que le roi de l'Île-aux-Pucelles allait de cour en cour et de pays en pays pour s'informer des nouveautés[109]. Il fit tant qu'il se jeta comme un innocent dans ce piège. Quel malheur qu'il soit venu ici ! Car nous en supportons, nous les captives qui sommes ici, la honte et les maux, et nous ne l'avons aucunement mérité. Vous-même, sachez bien que vous pouvez vous attendre aux pires humiliations,

Et il lor dit : « Des, s'il li plest,
Cest duel, qui ne sai don vos
[nest,
Vos ost del cuer et tort a joie ! »
5250 L'une respont : « Des vos an
[oie,
Que vos an avez apelé !
Il ne vos iert mie celé,
Qui nos somes et de quel terre.
Espoir ce volez vos anquerre. »
5255 « Por el », fet il, « ne ving je
[ça. »
« Sire ! il avint mout grant
[pieç'a,

Que li rois de l'Isle as Puceles
Aloit por aprandre noveles
Par les corz et par les païs,
5260 S'ala tant come fos naïs,
Qu'il s'anbati an cest peril.
An mal eür i venist il !
Que nos cheitives, qui ci
[somes,
La honte et le mal an avomes,
5265 Qui onques ne le desservimes.
Et sachiez bien, que vos
[meïmes
I poez mout grant honte atan-
[dre,

si l'on ne consent pas
à accepter de rançon. Toujours est-il qu'il advint que
mon seigneur vint dans ce château où résident deux
fils de diable ; ne croyez pas à une affabulation : ils
sont nés d'une femme et d'un nétun [110]. Le roi allait
devoir combattre ces deux démons ; il en fut éperdu
de douleur, car il n'avait pas dix-huit ans, et ils
allaient le pourfendre comme un tendre agnelet. Le
5280 roi, au comble de la frayeur, se sortit d'affaire du
mieux qu'il put ; il jura qu'il enverrait ici chaque
année, aussi longtemps qu'il serait convenu, trente
jeunes filles de son royaume et il fut quitte au moyen
de ce tribut. Lorsque furent échangés les serments, il
fut indiqué que le tribut serait dû tant que les deux
démons seraient en vie,

Se reançon n'an viaut an pran-
                            [dre !
Mes tote voie einsi avint,
5270 Que mes sire an cest chastel
                            [vint,
Ou il a deus fiz de deable,
Si nel tenez vos mie a fable !
Que de fame et de netun
                            [furent.
Icil dui conbatre se durent
5275 Au roi, don dolors fu mout
                            [granz ;
Qu'il n'avoit pas dis et huit
                            [anz ;

Si le poïssent tot porfandre
Aussi come un aignelet tan-
                            [dre.
Et li rois, qui grant peor ot,
5280 S'an delivra au miauz qu'il pot,
Si jura, qu'il anvoieroit
Chascun an, tant con droiz
                            [seroit,
Ceanz de ses puceles trante,
Si fust quites par ceste rante.
5285 Et devisé fu au jurer,
Que cist treüz devoit durer,
Tant con li dui maufé dur-
                            [roient.

mais que le jour où ils seraient vaincus en combat, le roi serait quitte de cette redevance, et nous serions libérées, nous qui avons été livrées pour vivre dans la honte, la douleur et la souffrance. Jamais nous n'aurons le moindre plaisir [111].

» J'ai été bien naïve de parler de libération, car jamais nous ne sortirons d'ici. Toujours nous tisserons la soie et n'en serons pas mieux vêtues ; toujours nous serons pauvres et nues, et toujours nous aurons faim et soif. Nous pouvons nous épuiser au travail, nous n'en mangerons pas mieux. Le pain nous est rationné, nous en avons peu le matin et moins le soir. Du travail de ses mains, chacune d'entre nous ne tirera pour sa subsistance que quatre deniers de la livre, ce qui est trop peu pour nous procurer en suffisance nourriture et vêtements.

Et a cel jor, que il seroient
Conquis et veincu an bataille,
5290 Quites seroit de ceste taille,
Et nos seriiens delivrees,
Qui a honte somes livrees
Et a dolor et a meseise.
Ja mes n'avrons rien, qui nos
[pleise.
5295 Mes mout dis ore grant
[anfance,
Qui parlai de la delivrance ;
Que ja mes de ceanz n'istrons.
Toz jorz mes de soie overrons,

Ne ja n'an serons miauz ves-
[tues.
5300 Toz jorz serons povres et nues
Et toz jorz fain et soif avrons ;
Ja tant gaeignier ne savrons,
Que miauz an aiiens a mangier.
Del pain avons a grant dangier,
5305 Petit au main et au soir mains ;
Que ja de l'uevre de noz mains
N'avra chascune por son vivre
Que quatre deniers de la livre.
Et de ce ne poons nos pas
5310 Assez avoir viande et dras ;

Même si on produit pour vingt sous
dans la semaine, on n'est pas tiré d'affaire. Pourtant
soyez assuré qu'il n'y en a pas une parmi nous qui ne
rapporte vingt sous ou plus : de quoi enrichir un duc !
Alors que nous sommes dans une grande misère.
Notre travail enrichit celui pour qui nous nous
5320 épuisons. Nous veillons une grande partie de la nuit,
et toute la journée, pour accroître son profit ; car on
menace de nous mutiler de bras ou jambes si nous
nous reposons ; nous n'osons donc pas nous reposer.
Que vous dire encore ? Nous sommes abreuvées
d'humiliations et de maux, je ne saurais en rapporter
le quart [112]. Mais ce qui nous rend folles de désespoir,
c'est que nous voyons souvent des chevaliers fastueux
et vaillants mourir au cours de leur combat contre les
deux démons.

Car, qui gaaingne la semainne
Vint souz, n'est mie fors de
                    [painne.
Et bien sachiez vos a estros,
Que il n'i a celi de nos,
5315 Qui ne gaaint vint souz ou
                    [plus.
De ce seroit riches uns dus !
Et nos somes an grant poverte,
S'est riches de nostre desserte
Cil, por cui nos nos traveillons.
5320 Des nuiz grant partie veillons
Et toz les jorz por gaeignier ;

Qu'an nos menace a mahei-
                    [gnier
Des manbres, quant nos repo-
                    [sons,
Et por ce reposer n'osons.
5325 Mes que vos iroie contant ?
De mal et de honte avons tant,
Que le quint ne vos an sai dire.
Mes ce nos fet esragier d'ire,
Que mout sovant morir
                    [veomes
5330 Chevaliers riches et prodomes,
Qui as deus maufez se conba-
                    [tent.

Ils paient cher l'hospitalité qu'on leur a offerte ; il en ira de même pour vous demain, car, bon gré mal gré, vous devrez engager seul le combat contre ces deux authentiques démons et y perdre jusqu'à votre nom[113].

5340 — Je prie Dieu, le pur esprit, de m'accorder sa protection, fait monseigneur Yvain, et de vous rendre, s'il y consent, honneur et joie. Maintenant, je dois aller voir comment les gens qui sont là-haut vont m'accueillir.

— Allez, seigneur, en la sainte garde de celui qui donne et dispense tous biens ! »

Il part donc et parvient dans la salle ; il ne s'y trouve personne pour l'interpeller avec bienveillance ou hostilité. Ils traversent la demeure

L'ostel mout chieremant acha-
[tent,
Aussi con vos feroiz demain ;
Que trestot seul de vostre main
5335 Vos covandra, voilliez ou non,
Conbatre et perdre vostre non
Ancontre les deus vis dea-
[bles. »
« Et Des, li voirs esperita-
[bles »,
Fet mes sire Yvains, « m'an
[deffande
5340 Et vos enor et joie rande,

Se il a volanté li vient !
Des or mes aler m'an covient
Veoir les janz, qui leanz sont,
Savoir, quel chiere il me
[feront. »
5345 « Ore alez, sire ! Cil vos gart,
Qui toz les biens done et
[depart ! »

Lors va tant qu'il vient an la
[sale,
N'i trueve jant buene ne male,
Qui de rien le mete a reison.
5350 Tant trespassent de la meison,

et arrivent dans un
verger. Il n'avait jamais été question de s'occuper de
leurs chevaux. Qu'importe ? Ceux qui pensaient en
hériter se chargèrent de les mener à l'écurie. Je crains
qu'ils ne se laissent aller à de folles présomptions, car
leurs maîtres sont encore vivants. Bref, ils ont du foin,
de l'avoine, et de la litière jusqu'au ventre.

5360   Monseigneur Yvain pénètre dans le verger, escorté
de son lion et de la jeune fille. Il voit un seigneur
allongé sur un drap de soie ; il était appuyé sur son
coude et, devant lui, une jeune fille lisait un roman
dont j'ignore le sujet. Pour écouter la lecture, une
dame était venue s'accouder près d'eux ; c'était la
mère de la jeune fille, et le seigneur était son père. Ils
avaient tout lieu de se réjouir à la voir et à l'entendre,
car elle était leur seule enfant.

Que il vindrent an un vergier.
Ains de lor chevaus herbergier
Ne tindrent plet ne ne parle-
                              [rent.
Cui chaut ? que bien les esta-
                              [lerent
5355 Cil, qui les cuidierent avoir.
Ne sai, s'il cuidoient savoir ;
Qu'ancore ont il seignor tot
                              [sain.
Li cheval ont avainne et fain
Et la litiere jusqu'au vantre.
5360 Mes sire Yvains el vergier
                              [antre

Et aprés lui tote sa rote.
Apoiié voit dessor son cote
Un prodome, qui se gisoit
Sor un drap de soie, et lisoit
5365 Une pucele devant lui
An un romanz, ne sai de cui.
Et por le romanz escouter
S'i estoit venue acoter
Une dame, et c'estoit sa mere,
5370 Et li prodon estoit ses pere,
Si se pooient esjoïr
Mout de li veoir et oïr ;
Car il n'avoient plus d'anfanz ;

Elle n'avait pas dix-sept
ans et était si belle et si gracieuse que le Dieu
d'Amour, s'il l'avait vue, se serait fait une fête de la
servir, et n'aurait pas permis qu'elle en aime un autre
5380 que lui. Pour se mettre à son service, il aurait pris
forme humaine et aurait abandonné sa nature divine ;
de sa propre main, il se serait fiché dans le corps la
flèche dont la plaie ne guérit pas sans les soins d'un
médecin artificieux. Il est impossible d'en guérir sans
qu'intervienne quelque artifice, et l'amant qui en
guérit autrement, n'est pas un amant loyal. Je pourrais vous parler longtemps de cette blessure, et ce
serait sans fin, si vous aviez la patience d'écouter ;
mais il y aurait bien vite quelqu'un pour dire que je
vous parle de balivernes. Aujourd'hui on n'est plus
amoureux, on n'aime plus comme jadis, on ne veut
même plus en entendre parler [114].

Ne n'avoit pas dis et set anz,
5375 Et s'estoit si bele et si jante,
Qu'an li servir meïst s'antante
Li Des d'Amors, s'il la veïst,
Ne ja amer ne la feïst
Autrui se lui meïsme non.
5380 Por li servir devenist hon,
S'issist de sa deïté fors
Et ferist lui meïsme el cors
Del dart, don la plaie ne
                    [sainne,
Se desleaus mires n'i painne.
5385 N'est droiz, que nus garir an
                    [puisse,

Tant que desleauté i truisse.
Et qui an garist autremant,
Il n'aimme mie leaumant.
De ceste plaie vos deïsse,
5390 Tant que hui mes fin ne
                    [preïsse,
Se li escouters vos pleüst ;
Mes tost deïst tel i eüst,
Que je vos parlasse d'oiseuse ;
Car la janz n'est mes amoreuse,
5395 Ne n'aimment mes, si come il
                    [suelent ;
Que nes oïr parler n'an vue-
                    [lent.

Mais écoutez maintenant comment monseigneur
Yvain fut reçu, quel accueil on lui fait, quel visage ! A
5400 son arrivée, tous ceux qui étaient dans le verger se
levèrent dès qu'ils l'eurent vu, en disant :

« Or ça, cher seigneur, bénédiction sur vous au
nom de tout ce que Dieu peut faire et dire, sur vous et
tous ceux qui vous sont chers ! »

J'ignore s'ils veulent le tromper, mais ils le reçoivent avec de grandes démonstrations de joie et laissent
voir qu'ils ont plaisir à lui réserver un accueil
somptueux [115]. C'est la fille du seigneur en personne
qui le sert et s'empresse à l'honorer comme on doit le
faire pour un hôte de marque. Elle le débarrasse de ses
armes, mais ce n'est pas tout, car, de ses propres
mains, elle lui lave le cou et le visage. Le seigneur veut
qu'on lui prodigue les plus grandes marques d'hon-
5420 neur,

Mes ore oëz, an quel meniere,
A quel sanblant et a quel chiere
Mes sire Yvains fu herbergiez !
5400 Contre lui saillirent an piez
Tuit cil, qui el vergier estoient.
Tot maintenant que il le
                            [voient,
Si li dïent : « Or ça, biaus sire !
De quanque Des puet feire et
                            [dire,
5405 Soiiez vos beneoiz clamez
Et vos et quanque vos amez ! »
Je ne sai, se il le deçoivent,

Mes a grant joie le reçoivent
Et font sanblant, que il lor
                            [pleise,
5410 Que herbergiez soit a grant
                            [eise.
Meïsmes la fille au seignor
Le sert et porte grant enor,
Con l'an doit feire son buen
                            [oste :
Trestotes ses armes li oste.
5415 Et ce ne fu mie del mains,
Qu'ele meïsme de ses mains
Li leve le col et la face.
Tote enor viaut, que l'an li face

et c'est ce qu'elle fait. De son coffre elle tire une chemise plissée et de blanches braies, du fil et une aiguille pour les manches ; elle l'en revêt et lui coud les manches[116]. Fasse Dieu qu'il ne paie pas trop cher ces attentions flatteuses ! Pour passer sur sa chemise, elle lui donne un beau surcot et lui jette sur les épaules un manteau de soie fourré, sans découpures[117]. Elle met tant d'empressement à le servir qu'il en a honte et en est gêné. Mais la jeune fille est si courtoise, si généreuse et si bienveillante qu'elle pense en faire encore trop peu. Elle sait bien que sa mère est heureuse de la voir faire à sa place tout ce qui peut flatter leur hôte.

Le soir, au repas, on lui servit tant de plats qu'il y 5440 en eut trop :

Li sire, si come ele fet.
5420 Chemise ridee li tret
Fors de son cofre et braies
[blanches
Et fil et aguille a ses manches,
Si li vest et ses braz li cost.
Or doint Des, que trop ne li
[cost
5425 Ceste losange et cist servise !
A vestir dessor sa chemise
Li a baillié un buen sorcot,
Et un mantel sanz harigot,
Ver, d'escarlate, au col li met.

5430 De lui servir tant s'antremet,
Qu'il an a honte et si l'an
[poise ;
Mes la pucele est tant cortoise
Et tant franche et tant de bon'
[eire,
Qu'ancore an cuide ele po
[feire.
5435 Et bien set, qu'a sa mere plest,
Que rien a feire ne li lest,
Dont ele le cuit losangier.
La nuit fu serviz au mangier
De tanz mes, que trop an i ot.

ceux qui firent le service avaient de quoi
en être las. Après quoi, on lui prodigua les plus hautes
marques d'honneur et on lui prépara un lit confortable. Quand il fut couché, personne ne vint le déranger ; son lion s'étendit à ses pieds comme à l'accoutumée. Au matin, quand Dieu eut répandu sa lumière
sur le monde, au plus tôt qu'il put dans sa sagesse qui
ne laisse rien au hasard, monseigneur Yvain se leva
rapidement, ainsi que la jeune fille qui l'accompagnait. Ils entendirent, dans une chapelle, une messe
qui fut célébrée très tôt pour eux, en l'honneur du
Saint-Esprit.

Après la messe, monseigneur Yvain apprit une bien
5460 mauvaise nouvelle, au moment où il pensait s'en aller
sans autre difficulté. En fait, on ne lui laissa pas le
choix.

5440 Li aporters enuiier pot
    As serjanz, qui des mes servi-
                            [rent.
    La nuit totes enors li firent
    Et mout a eise le couchierent,
    N'onques puis a lui n'apro-
                        [chierent,
5445 Que il fu an son lit couchiez ;
    Et ses lions jut a ses piez
    Si come il ot acostumé.
    Au main, quant Des ot alumé
    Par le monde son lumineire,
5450 Si matin, come il le pot feire,

Qui tot fet par devisemant,
Se leva mout isnelemant
Mes sire Yvains et sa pucele,
S'oïrent a une chapele
5455 Messe, qui mout tost lor fu
                        [dite
An l'enor del saint Esperite.

Mes sire Yvains aprés la messe
Oï novele felenesse,
Quant il cuida, qu'il s'an deüst
5460 Aler, que riens ne li neüst ;
Mes ne pot mie estre a son
                        [chois.

Quand il dit :

« Sire, avec votre permission, si vous le voulez bien, je m'en vais.

— Ami, ce n'est pas encore le moment, lui dit le maître des lieux. Je ne peux pas vous laisser partir car dans ce château est établie une coutume diabolique, terrible, que je dois maintenir[118]. Je vais faire venir ici deux serviteurs que j'ai, très grands et très forts. Que ce soit juste ou non, il vous faudra prendre vos armes pour les affronter tous les deux. Si vous pouvez leur résister et les vaincre ou les mettre à mort tous les deux, ma fille ne demande qu'à vous épouser ; le fief de ce château avec tout ce qui en dépend vous attend.

— Seigneur, dit Yvain, je ne veux point de votre
5480 fille. Je ne souhaite pas que Dieu me la donne de cette façon ;

Quant il dist : « Sire ! je m'an
[vois,
S'il vos plest, a vostre congié »,
« Amis ! ancor nel vos doing
[gié »,
5465 Fet li sire de la meison ;
« Je nel puis feire par reison ;
Qu'an cest chastel a establie
Une mout fiere deablie,
Que il me covient maintenir.
5470 Je vos ferai ja ci venir
Deus miens serjanz mout
[granz et forz :

Ancontre aus deus, soit droiz
[ou torz,
Vos covandra voz armes pran-
[dre.
S'ancontre aus vos poez def-
[fandre
5475 Et aus andeus vaintre et ocirre,
Ma fille a seignor vos desirre
Et de cest chastel vos atant
L'enors et quanqu'il i apant. »
« Sire ! » fet il, « je n'an quier
[point.
5480 Ja Des einsi ne la me doint,

gardez-la, elle ferait grand honneur à l'empereur d'Allemagne s'il l'épousait, tant elle est belle et bien éduquée !

— Ne dites rien de plus, cher hôte, dit le seigneur ; je vous entends refuser bien inutilement ; vous ne pouvez y échapper. Le chevalier qui pourra les vaincre tous les deux quand ils viendront l'attaquer, doit avoir mon château, ma fille pour épouse et toute ma terre. Il est absolument impossible que le combat soit annulé ou n'ait pas lieu. Mais je vois bien que c'est par couardise que vous refusez ma fille ; vous pensez ainsi éviter la bataille. Mais sachez-le, il vous 5500 faut combattre. Rien ne permet à un chevalier qui a couché ici de s'esquiver. C'est une coutume bien établie

Et vostre fille vos remaingne,
Ou l'anperere d'Alemaingne
Seroit bien saus, s'il l'avoit
    [prise,
Qui mout est bele et bien
    [aprise ! »
5485 « Teisiez, biaus ostes ! » dit li
    [sire,
« De neant vos oi escondire ;
Que vos n'an poez eschaper.
Mon chastel et ma fille a per
Doit avoir et tote ma terre,
5490 Qui les porra andeus
    [conquerre,

Qui ja vos vandront assaillir.
La bataille ne puet faillir
Ne remenoir an nule guise.
Mes je sai bien, que coardise
5495 Vos fet ma fille refuser ;
Qu'einsi vos cuidiez reüser
Outreemant de la bataille.
Mes ce sachiez vos bien sanz
    [faille,
Que conbatre vos i estuet !
5500 Por rien eschaper ne s'an puet
Nus chevaliers, qui ceanz gise.
Ce est costume et rante assise,

et qui durera longtemps ; ma fille ne sera
mariée que lorsque je les verrai morts ou vaincus.

— Il faut donc que je me batte, mais c'est malgré
moi ; je m'en serais bien passé, et de grand cœur, je
vous le dis. Puisqu'il ne peut être évité, je vais donc
livrer ce combat, mais j'en suis bien fâché. »

Alors surgissent, hideux et noirs, les deux fils du
nétun ; chacun d'eux tient un bâton de cornouiller
cornu, renforcé de plaques de cuivre et cerclé de fils
de laiton. Une armure les protégeait des épaules aux
5520 genoux, mais ils avaient la tête et le visage à découvert, et les jambes nues (elles étaient énormes). C'est
dans cette tenue qu'ils arrivèrent, tenant au-dessus de
leurs têtes un écu rond,

Qui trop avra longue duree ;
Que ma fille n'iert mariee,
5505 Tant que morz ou conquis les
                          [voie. »
« Donc m'i covient il tote voie
Conbatre maleoit gre mien ;
Mes je m'an sofrisse mout bien
Et volantiers, ce vos otroi.
5510 La bataille, ce poise moi,
Ferai, quant ne puet reme-
                          [noir. »
A tant vienent hideus et noir
Anbedui li fil au netun,

Et n'an i a nul, qui n'et un
5515 Baston cornu de corneillier,
Qu'il orent fet apareillier
De cuivre et puis liier d'archal.
Des les espaules contre val
Furent armé jusqu'as genouz,
5520 Mes les chiés orent et les vouz
Desarmez et les james nues,
Qui n'estoient mie menues.
Et einsi armé, come il vin-
                          [drent,
Escuz reonz sor lor chiés tin-
                          [drent,

solide et léger, bien adapté au corps à corps [119].

Dès qu'il les aperçoit, le lion commence à frémir, car à voir les armes qu'ils brandissent, il comprend fort bien qu'ils viennent attaquer son maître. Son poil se hérisse, sa crinière se dresse, le désir de combattre et la fureur le font trembler ; il bat la terre de sa queue et s'apprête à secourir son maître, avant que ces démons ne le tuent. Mais quand ceux-ci l'aperçoivent :

« Vassal, disent-ils ! éloignez d'ici votre lion qui 5540 nous menace ! A moins de vous avouer vaincu ; sinon, je vous l'affirme, il faut le mettre dans un endroit où il n'aura pas la possibilité d'intervenir pour vous aider et nous nuire. Vous devez venir seul vous divertir avec nous ! On voit bien que le lion vous viendrait volontiers en aide, s'il en avait la possibilité.

5525 Forz et legiers por escremir.
Li lions comance a fremir
Tot maintenant, que il les
[voit ;
Qu'il set mout bien et aparçoit,
Que a cez armes, que il tie-
[nent,
5530 Conbatre a son seignor se vie-
[nent ;
Si se herice et creste ansanble,
De hardemant et d'ire tranble
Et bat la terre de sa coe
Et s'a talant que il rescoe

5535 Son seignor, ainz que il
[l'ocïent.
Et quant cil le voient, si dïent :
« Vassaus ! ostez de ceste place
Vostre lion, qui nos menace !
Ou vos vos clamez recreant,
5540 Ou autremant, ce vos creant,
Le vos covient an tel leu metre,
Que il ne se puisse antremetre
De vos eidier ne de nos nuire.
Seus vos venez o nos deduire !
5545 Que li lions vos eideroit
Mout volantiers, se il pooit. »

— Puisque c'est vous qui en avez peur, fait monseigneur Yvain, éloignez-le vous-même ! Car il ne me déplaît pas du tout de le voir, s'il peut, vous mettre à mal, et je serai bien content qu'il vienne m'aider.

— Par foi, font-ils, il n'en est pas question. Il ne doit pas vous aider. Combattez du mieux que vous pourrez, tout seul, et sans l'aide de personne ! Vous devez être seul et nous, deux. Si le lion était avec vous, et venait à nous attaquer, vous ne seriez plus seul, et vous seriez deux pour nous combattre tous les deux. Il est indispensable, je vous assure, que vous éloigniez votre lion d'ici immédiatement, même si vous en êtes fâché.

« Vos meïsme, qui le dotez »,
Fet mes sire Yvains, « l'an
                    [ostez !
Que mout me plest et mout me
                    [siet,
5550 S'il onques puet, que il vos
                    [griet,
Et mout m'iert bel, se il
                    [m'aïe. »
« Par foi ! » font il, « ce n'i a
                    [mie ;
Que ja aïe n'i avroiz.

Feites au miauz que vos por-
                    [roiz
5555 Toz seus sanz aïe d'autrui !
Seus i devez estre et nos dui.
Se li lions iere avuec vos,
Por ce, qu'il se meslast a nos,
Donc ne seriiez vos pas seus,
5560 Dui seriiez contre nos deus ;
Si vos covient, ce vos afi,
Vostre lion oster de ci,
Mes que bien vos poist, ore
                    [androit. »

— Où voulez-vous qu'il soit ? dit-il. Où voulez-vous que je le mette ? »

Ils lui indiquent alors une petite chambre en lui disant :

« Enfermez-le là-dedans !

— J'y consens, dit-il, puisque vous y tenez. »

Il emmène alors son lion qu'il enferme dans la chambre ; aussitôt, on va lui chercher son armure pour qu'il s'en revête ; on lui sort son cheval, on le lui donne, il y monte. Bien décidés à le mettre à mal et à l'humilier, les deux champions se lancent contre lui, maintenant qu'ils n'ont plus à redouter le lion enfermé dans la chambre. Ils le frappent à grands coups de leurs masses, en sorte que l'écu et le heaume ne le protègent guère. Car toutes les fois qu'ils l'atteignent sur le heaume, ils l'écrasent et le disloquent, et ils mettent en pièces l'écu qui fond comme glace ;

« Ou volez vos », fet il, « qu'il
[soit ?
5565 Ou volez vos, que je le mete ? »
Lors li mostrent une chan-
[brete,
Si dïent : « Leanz l'ancloez ! »
« Fet iert, des que vos le
[volez. »
Lors l'i mainne et si l'i anserre.
5570 Et an li va maintenant querre
Ses armes por armer son cors,
Et son cheval li ont tret fors,
Si li baillent, et il i monte.
Por lui leidir et feire honte

5575 Li passent li dui chanpion ;
Qu'asseüré sont del lion,
Qui est dedanz la chanbre
[anclos.
Des maces li donent granz cos,
Que petit d'aïe li fet
5580 Escuz ne hiaumes, que il et ;
Car, quant sor le hiaume
[l'ataingnent,
Trestot li anbuignent et frain-
[gnent,
Et li escuz peçoie et font
Come glace ; tes tros i font,

on pourrait passer les poings dans les trous
qu'ils y font. Ils sont l'un et l'autre redoutables. Mais
Yvain, que fait-il de ses deux adversaires ? Aiguil-
lonné par la honte et la crainte, il se défend de toutes
ses forces ; il déploie toute son énergie à donner des
coups d'une extrême violence. Ils peuvent compter
sur ses cadeaux, car il leur rend au double leurs
bontés.

Mais la douleur et la colère emplissent le cœur du
lion, qui est dans la chambre. Il se souvient du grand
service dont il est redevable à la générosité de son
maître ; à présent, c'est lui qui aurait grand besoin de
5600 son appui et de son aide. Il lui rendrait ce bienfait sans
compter et à pleines mesures, s'il pouvait sortir de là.
Du regard il fouille les lieux en tous sens, sans
découvrir d'issue. Il entend les coups qui s'échangent
dans ce combat périlleux et déloyal.

5585 Que ses poinz i puet an boter.
Mout font andui a redoter.
Et il, que fet des deus maufez ?
De honte et de crieme eschau-
                              [fez
Se deffant de tote sa force.
5590 Mout s'esvertue et mout
                        [s'esforce
De doner granz cos et pesanz.
Ne faillent pas a ses presanz ;
Qu'il lor rant lor bonté a doble.
Ore a le cuer dolant et troble
5595 Li lions, qui est an la chanbre ;

Que de la grant bonté li man-
                              [bre,
Que cil li fist par sa franchise,
Qui ja avroit de son servise
Et de s'aïe grant mestier.
5600 Ja li randroit au grant sestier
Et au grant mui ceste bonté,
Ja n'i avroit rien mesconté,
S'il pooit issir de leanz.
Mout va regardant de toz sanz,
5605 Ne ne voit, par ou il s'an aille.
Bien ot les cos de la bataille,
Qui perilleuse est et vilainne,

Il en éprouve une
telle douleur qu'une colère folle l'envahit et le fait
enrager vif. A force de fouiller, il avise le seuil que la
pourriture gagnait près du sol. Il fait tant de ses griffes
qu'il peut s'y glisser et y passer le corps jusqu'aux
reins. L'épuisement gagnait monseigneur Yvain qui
suait abondamment ; il avait affaire à des bandits
vigoureux, perfides et aguerris. Il pleuvait des coups
5620 terribles qu'il rendait de son mieux, sans réussir à les
blesser ; car ils s'entendaient parfaitement à l'escrime,
et leurs écus étaient impossibles à entamer pour des
épées, si tranchantes et acérées qu'elles fussent.
Monseigneur Yvain avait donc fort à craindre d'y
laisser la vie. Mais il tint bon, jusqu'au moment où le
lion à force de gratter sous le seuil, réussit à passer.

Et por ce si grant duel
    [demainne,
Qu'il esrage vis et forsane.
5610 Tant va reverchant, qu'il
    [assane
Au suel, qui porrissoit pres
    [terre,
S'i grate tant qu'il s'i anserre
Et fiche jusque pres des rains.
Et ja estoit mes sire Yvains
5615 Mout traveilliez et mout
    [suanz ;
Que mout trovoit les deus
    [truanz

Forz et felons et adurez.
Mout i avoit cos andurez
Et randuz tant come il plus
    [pot,
5620 Ne de rien grevez ne les ot ;
Que trop savoient d'escremie,
Et lor escu n'estoient mie
Tel, que rien an ostast espee,
Tant fust tranchanz et aceree.
5625 Et por ce se pooit mout fort
Mes sire Yvains doter de mort ;
Mes adés tant se contretint,
Que li lions outre s'an vint,

Si à présent les traîtres ne sont pas vaincus, ils ne le seront jamais ; car ils n'auront ni trêves ni paix avec le lion tant qu'il les saura en vie. Il en saisit un et le renverse à terre comme bois sec. Voilà les scélérats épouvantés, mais il n'y a personne dans l'assistance qui ne s'en réjouisse au fond de son cœur. Celui que le lion a jeté à terre ne se relèvera pas si l'autre ne vient à son secours. Il accourt en effet vers lui à la fois pour l'aider et pour se protéger lui-même. Car c'est à lui que le lion s'en prendrait dès qu'il aurait tué le démon qu'il avait mis à terre, et il craignait encore plus le lion que son maître. Maintenant que son adversaire lui a tourné le dos et lui présente son cou nu à découvert, monseigneur Yvain est devenu fou s'il le laisse vivre encore longtemps ;

Tant ot dessoz le suel graté.
5630 S'or ne sont li felon maté,
Donc ne le seront il ja mes ;
Car au lion triues ne pes
N'avront il tant con vis les
                              [sache.
5635 L'un an aert et si le sache
Par terre aussi come un ploton.
Or sont esfreé li gloton,
Si n'a home an tote la place,
Qui an son cuer joie n'an face ;
Que cil ne relevera ja,
5640 Que li lions aterré a,

Se li autre ne l'i secort.
Por lui eidier cele part cort
Et por lui meïsme deffandre ;
Qu'a lui s'alast li lions prandre,
5645 Lués qu'il avroit celui ocis,
Que il avoit par terre mis ;
Et si ravoit plus grant peor
Del lion, que de son seignor.
Mes ore iert mes sire Yvains
                              [fos,
5650 Des qu'il li a torné le dos,
Et voit le col nu a delivre,
Se longuemant le leisse vivre ;

la chance est trop belle : le scélérat lui abandonne sa tête et son cou qui ne sont pas protégés. Il lui donne un tel coup qu'il lui tranche la tête au ras des épaules, si délicatement que l'autre
5660 n'en sait mot. Il met aussitôt pied à terre pour sauver le second champion et l'arracher aux griffes du lion. Mais c'est inutile ; il est en proie à de si terribles douleurs qu'il est trop tard pour appeler un médecin ; la blessure que lui fit le lion furieux en bondissant, l'a trop gravement atteint. Cependant Yvain écarte le lion et voit que toute l'épaule avait été arrachée et qu'elle ne tenait plus au tronc. Il n'a plus rien à craindre de lui, car son bâton est à terre et il gît à côté comme mort, sans mouvement.

Mais il reste qu'il peut encore parler ; il dit comme il peut :

« Eloignez votre lion, cher seigneur, si vous consentez qu'il ne s'en prenne pas davantage à moi.

Car mout l'an est bien avenu.
La teste nue et le col nu
5655 Li a li gloz abandoné,
Et il li a tel cop doné,
Que la teste del bu li ret
Si soavet, que mot n'an set.
Et maintenant a terre vient
5660 Por l'autre, que li lions tient,
Que rescorre et tolir li viaut.
Mes por neant ; que tant se
        [diaut,
Que mire a tans ja n'i avra ;
Qu'an son venir si le navra

5665 Li lions, qui mout vint iriez,
Que leidemant fu anpiriez.
Et tote voie arriers le bote,
Si voit que il li avoit rote
L'espaule tote et del bu treite.
5670 Por lui de rien ne se desheite ;
Que ses bastons li est cheüz.
Et cil gist pres come feüz,
Qu'il ne se crolle ne ne muet ;
Mes tant i a, que parler puet,
5675 Et dist si come il le puet dire :
« Ostez vostre lion, biaus sire !
Se vos plest, que plus ne
        [m'adoist !

Car
désormais vous pouvez faire de moi tout ce qu'il vous
5680 plaira. Qui demande et implore grâce, doit l'obtenir
par sa prière même, s'il n'a pas affaire à un homme
sans pitié. Je cesse de me défendre et je ne me lèverai
pas d'ici avant que vous ne me fassiez grâce. Je me
remets entièrement en votre pouvoir.

— Alors, dit Yvain, annonce que tu t'avoues
vaincu et que tu abandonnes le combat.

— Seigneur, fait l'autre, c'est l'évidence ; je suis
vaincu malgré moi, et je renonce au combat, je le
reconnais.

— Tu n'as donc plus à te garder de moi, et mon
lion te donne les mêmes assurances. »

Aussitôt, la foule accourt et entoure Yvain ; le
seigneur et sa femme font de même, et lui font fête,
l'accolent, et lui parlent de leur fille :

Que des or mes feire vos loist
De moi tot, quanque buen vos
     [iert.
5680 Et qui merci prie et requiert,
N'i doit faillir, quant il la
     [rueve,
Se home sanz pitié ne trueve.
Et je ne me deffandrai plus
Ne ja ne me leverai sus
5685 De ci por ce, que merci aie,
Si me met an vostre menaie. »
« Di donc », fet il, « que tu
     [otroies,

Que veincuz et recreanz
     [soies ! »
« Sire ! », fet il, « il i pert bien ;
5690 Veincuz sui maleoit gre mien
Et recreanz, ce vos otroi. »
« Donc n'as tu mes garde de
     [moi,
Et mes lions te rasseüre. »
Tantost vienent grant aleüre
5695 Totes les janz anviron lui
Et li sire et la dame andui,
Si li font joie et si l'acolent
Et de lor fille l'aparolent,

5700 « Vous serez notre jeune seigneur et notre maître,
lui disent-ils, et notre fille sera votre dame, car nous
vous la donnons pour femme.

— Et moi, fait-il, je vous la rends. Vous l'avez,
gardez-la. Je n'en ai cure. Mais je ne la dédaigne pas
pour autant ; il ne faut pas que mon refus vous fâche.
Je ne puis ni ne dois accepter. Cependant, s'il vous
plaît, libérez-moi les captives que vous détenez. Il est
convenu, vous le savez, qu'elles doivent partir librement.

— Ce que vous dites est exact, fait le seigneur ; je
les libère donc et vous les rends, car rien ne s'y oppose
plus. Mais soyez raisonnable, prenez ma fille avec tout
mon bien ; elle est si belle, si gracieuse et si réfléchie !

Si li dïent : « Or seroiz vos
5700 Dameisiaus et sire de nos,
Et nostre fille iert vostre
            [dame ;
Car nos la vos donons a fame. »
« Et gié », fet il, « la vos
            [redoing.
Qui l'a, si l'et ! Je n'an ai
            [soing ;
5705 Si nel di je pas por desdaing.
Ne vos poist, se je ne la
            [praing ;
Que je ne puis ne je ne doi.

Mes, s'il vos plest, delivrez
            [moi
Les cheitives, que vos avez !
5710 Li termes est, bien le savez,
Qu'eles s'an doivent aler
            [quites. »
« Voirs est », fet il, « ce que
            [vos dites,
Et je les vos rant et aquit ;
Qu'il n'i a mes nul contredit.
5715 Mes prenez, si feroiz savoir,
Ma fille a trestot mon avoir,
Qui est mout bele et jante et
            [sage !

Jamais vous ne trouverez un aussi riche mariage, si
vous refusez celui-ci.

5720   — Seigneur, fait-il, vous ne connaissez pas mes
raisons, ni l'affaire qui m'appelle, et je n'ose pas vous
les exposer. Mais sachez-le, j'ai conscience de refuser
une offre impossible à repousser pour qui entend
donner son cœur et ses pensées à une jeune fille belle
et gracieuse, et je l'accepterais de grand cœur, si je
pouvais ou si j'étais en droit de l'épouser, elle ou une
autre. Mais c'est impossible, n'en doutez pas, et ne
m'en parlez plus ! Car la demoiselle qui est venue ici
avec moi m'attend ; elle m'a fait compagnie ici, et je
veux agir de même avec elle, quoi qu'il puisse m'en
advenir.

       — Vous voulez, cher seigneur ? Comment l'enten-
dez-vous ? Jamais, si je ne l'ordonne ou si mes
5740 réflexions ne m'y incitent, ma porte ne s'ouvrira pour
vous laisser partir ; vous resterez prisonnier.

Ja mes si riche mariage
N'avroiz, se vos cestui
                    [n'avez. »
5720 « Sire ! », fet il, « vos ne savez
Mon essoine ne mon afeire,
Ne je ne le vos os retreire.
Mes ce sachiez, quant je refus
Ce, que ne refuseroit nus,
5725 Qui deüst son cuer et s'antante
Metre an pucele bele et jante,
Que volantiers la receüsse,
Se je poïsse ne deüsse
Cesti ne autre recevoir.

5730 Mes je ne puis, sachiez de voir,
Si m'an leissiez an pes a tant !
Que la dameisele m'atant,
Qui avuec moi est ça venue.
Conpaignie m'i a tenue,
5735 Et je la revuel li tenir,
Que que il m'an doie avenir. »
« Volez, biaus sire ? Et vos
                    [comant ?
Ja mes, se je ne le comant
Et mes consauz ne le m'aporte,
5740 Ne vos iert overte ma porte ;
Ainz remandroiz an ma prison.

Que
d'orgueil et de mépris dans votre refus dédaigneux de
prendre ma fille quand je vous en prie !

— La dédaigner, seigneur ? Non point, par mon
âme ! Mais je ne puis à aucun prix ni prendre femme,
ni demeurer. Je vais suivre cette demoiselle qui
m'emmène ; il ne peut en être autrement. Mais, si
vous le voulez, je jurerai de ma main droite, et vous
pouvez me faire confiance, qu'aussi vrai que vous me
voyez devant vous, je reviendrai si je peux, et je
prendrai alors votre fille pour épouse, quand il vous
plaira.

— Maudit soit qui vous en demande votre parole,
un serment ou des garanties ! dit-il.

Orguel feites et mesprison,
Quant je vos pri, que vos prei-
[gniez
Ma fille, et vos la desdei-
[gniez. »
5745 « Desdaing, sire ? Non faz, par
[m'ame !
Mes je ne puis esposer fame
Ne remenoir por nule painne.
La dameisele, qui m'an
[mainne,
Siurai ; qu'autremant ne puet
[estre.

5750 Mes, s'il vos plest, de ma main
[destre
Vos plevirai, si m'an creez,
Qu'einsi, con vos or me veez,
Revandrai, se je onques puis,
Et prandrai vostre fille puis,
5755 Quel ore que il buen vos iert. »
« Dahet », fet il, « qui vos an
[quiert
Ne foi ne ploige ne creante !
Se ma fille vos atalante,
Vos revandroiz hastivemant.
5760 Ja por foi ne por seiremant,

Si ma fille vous
5760 plaît, vous reviendrez vite. Ni serment ni parole
donnée ne vous feront revenir plus tôt, à mon avis.
Partez à présent ! Je vous tiens quitte de toute
promesse et de tout engagement. Que vous soyez
retenu par la pluie, le vent ou par rien du tout, ne
m'importe pas. Je n'ai pas si mauvaise opinion de ma
fille que je vous force à l'accepter. Allez à présent
veiller à vos affaires. Vous pouvez partir ou rester, ça
m'est indifférent [120]. »

Aussitôt monseigneur Yvain s'éloigne, sans s'attarder davantage dans le château ; devant lui marchent
les captives libérées que le seigneur lui a remises,
pauvres et mal habillées. Mais à présent elles sont
riches, leur semble-t-il. Toutes ensembles, deux par
5780 deux, elles le précèdent pour quitter le château.

Ce cuit, ne revandroiz plus
                    [tost.
Ore alez ! Que je vos an ost
Toz creantes et toz covanz.
Se vos retaingne pluie ou vanz
5765 Ou fins neanz, ne me chaut il.
Je n'ai pas ma fille si vil,
Que je par force la vos
                    [doingne.
Ore alez an vostre besoingne !
Que tot autant, se vos alez,
5770 M'an est, con se vos reme-
                    [nez. »

Tantost mes sire Yvains s'an
                    [torne,
Que el chastel plus ne sejorne,
Et s'an a devant lui menees
Les cheitives desprisonees,
5775 Que li sire li a bailliees
Povres et mal apareilliees ;
Mes or sont riches, ce lor san-
                    [ble.
Fors del chastel totes ansanble
Devant lui deus et deus s'an
                    [issent.
5780 Je ne cuit pas, qu'eles feïssent

Si le
créateur du monde descendait sur la terre, elle ne le
fêteraient pas avec autant de joie qu'Yvain. Tous les
gens qui lui avaient lancé toutes les insolences possibles viennent lui demander grâce et pardon et l'escor-
tent de leurs excuses. Il leur dit qu'il n'en sait plus
rien.

« Je ne vois pas de quoi vous parlez, fait-il, et je
vous en déclare entièrement quittes. Vous n'avez
jamais proféré de paroles outrageantes à mon égard et
je ne me souviens de rien. »

Ces paroles les emplissent de joie et ils font l'éloge
de sa courtoisie ; après l'avoir escorté longtemps, ils le
recommandent à Dieu. Les demoiselles, à leur tour,
lui demandent congé, et s'en vont. Au moment de
5800 partir, elles s'inclinent toutes devant lui,

Tel joie, come eles li font,
De celui, qui fist tot le mont,
S'il fust venuz de ciel an terre.
Merci et pes li vont requerre
5785 Totes les janz, qui dit li orent
Tant de honte, come il plus
[porent,
Si le vont einsi conveant ;
Et il dit, qu'il n'an set neant.
« Je ne sai », fet il, « que vos
[dites,
5790 Et si vos an claim trestoz
[quites ;

Qu'onques chose, que a mal
[taingne,
Ne deïstes, don moi
[sovaingne. »
Cil sont mout lié de ce, qu'il
[öent,
Et sa corteisie mout loent,
5795 Si le comandent a De tuit,
Quant grant piece l'orent
[conduit.
Et les dameiseles li ront
Congié demandé, si s'an vont.
Au partir totes li anclinent

et formulent souhaits et prières pour que Dieu lui donne joie et santé et lui accorde d'arriver selon ses vœux où qu'il aille. Il leur répond en les confiant à la sauvegarde de Dieu, car il lui est désagréable de s'attarder :

« Allez, fait-il. Que Dieu vous ramène dans vos pays, et vous accorde bonheur et santé ! »

Elles se mettent en route sur-le-champ et s'éloignent avec de grandes manifestations de joie.

5800 Et si li orent et destinent,
     Que Des li doint joie et santé
     Et venir a sa volanté,
     An quel leu que il onques aut.
     Et cil respont, que Des les
                              [saut,

5805 Cui la demore mout enuie.
     « Alez ! » fet il ; « Des vos
                              [conduie
     An voz païs sainnes et liees ! »
     Maintenant se sont avoiiees,
     Si s'an vont grant joie menant.

YVAIN COMBAT GAUVAIN

Monseigneur Yvain, sur-le-champ, se dirige de l'autre côté. La semaine entière, il ne cesse de voyager en toute hâte, selon les indications de la jeune fille qui connaissait bien le chemin pour retourner à l'habitation où elle avait laissé la cadette déshéritée en proie
5820 au désespoir et à la maladie. Celle-ci, à l'annonce du retour de la messagère et du Chevalier au Lion, sentit une joie sans égale envahir son cœur, car, à présent, elle est persuadée que sa sœur lui laissera, de bonne grâce, une part de son héritage. La jeune fille avait été longtemps alitée à cause de sa maladie et venait de se relever de son mal qui l'avait beaucoup affaiblie, comme on le voyait à sa mine. La première, elle se précipite à leur rencontre, les salue et les traite avec infiniment d'égards.

5810 Et mes sire Yvains maintenant
De l'autre part se rachemine.
D'errer a grant esploit ne fine
Trestoz les jorz de la semainne,
Si con la pucele l'an mainne,
5815 Qui la voie mout bien savoit
Et le recet, ou ele avoit
Leissiee la deseritee
Desheitiee et desconfortee.
Mes quant ele oï la novele
5820 De la venue a la pucele
Et del Chevalier au Lion,
Ne fu joie se cele non,

Que ele an ot dedanz son cuer ;
Car or cuide ele, que sa suer
5825 De son heritage li lest
Une partie, se li plest.
Malade ot geü longuemant
La pucele et novelemant
Estoit de son mal relevee,
5830 Qui duremant l'avoit grevee,
Si que bien paroit a sa chiere.
A l'ancontre tote premiere
Lor est alee sanz demore,
Si les salue et les enore
5835 De quanqu' ele set et puet.

Il est inutile de parler de la joie qui régna ce soir-là dans la demeure. On n'en dira pas un mot, car il y aurait trop à faire. Je vous fais grâce de tout ce qui précéda leur départ le lendemain, quand ils montèrent à cheval.

Ils cheminèrent tant qu'ils aperçurent le château où le roi Arthur séjournait depuis une quinzaine ou plus ; la demoiselle qui voulait déshériter sa sœur s'y trouvait, car elle s'était attachée à suivre la cour ; elle attendait la venue de sa sœur, qui est en train d'approcher, mais elle n'en est guère inquiète ; elle n'imagine pas en effet que celle-ci puisse trouver un chevalier capable de résister à monseigneur Gauvain en combat singulier. De plus, il ne restait plus qu'un jour sur les quarante fixés. Ce dernier jour se fût-il écoulé, qu'elle aurait revendiqué de posséder seule l'héritage, sans restriction,

De la joie parler n'estuet,
Qui fu la nuit a l'ostel feite.
Ja parole n'an iert retreite ;
Que trop i avroit a conter.
5840 Tot vos trespas jusqu'au mon-
                              [ter
De l'andemain, qu'il s'an par-
                              [tirent.
Puis errerent tant, que il virent
Le chastel, ou li rois Artus
Ot sejorné quinzainne ou plus.
5845 Et la dameisele i estoit,
Qui sa seror deseritoit ;

Qu'ele avoit puis mout pres
                              [tenue
La cort, s'atandoit la venue
Sa seror, qui vient et aproche.
5850 Mes mout petit au cuer li
                              [toche ;
Qu'ele ne cuide, qu'ele truisse
Nul chevalier, qui sofrir puisse
Mon seignor Gauvain an estor,
Ne il n'i avoit mes qu'un jor
5855 De la quarantainne a venir.
L'eritage sole a tenir
Eüst desresnié quitemant

et conformément à la
5860 logique et à la décision de justice. Mais il reste
beaucoup plus à faire qu'elle ne croit.

Les voyageurs dormirent, ce soir-là, en dehors du
château dans une petite maison basse, où ils ne furent
reconnus de personne ; car, s'ils avaient dormi dans le
château, tout le monde les aurait reconnus, et ils n'en
avaient cure. Le lendemain, avec beaucoup de précautions, ils sortent à la pointe de l'aube ; ils se cachent et
se dissimulent jusqu'à ce qu'il fasse grand jour [121].

Il y avait plusieurs jours — je ne sais combien —
que monseigneur Gauvain s'était absenté, si bien que
personne à la cour n'avait de ses nouvelles, en dehors
de la jeune fille pour qui il devait combattre. Il s'était
5880 retiré à près de trois ou quatre lieues de la cour,

Par reison et par jugemant,
Se cil seus jorz fust trespassez.
5860 Mes plus i a a feire assez,
Qu'ele ne cuide ne ne croit. —
An un ostel bas et estroit
Fors del chastel cele nuit [jurent,
Ou nules janz ne les conurent ;
5865 Car se il el chastel jeüssent,
Totes les janz les coneüssent,
Et de ce n'avoient il soing.
L'andemain a mout grant [besoing

A l'aube aparissant s'an issent,
5870 Si se reponent et tapissent,
Tant que li jorz fu clers et [granz.

Jorz avoit passez, ne sai quanz,
Que mes sire Gauvains s'estoit
Destornez, si qu'an ne savoit
5875 A cort de lui nule novele
Fors que solemant la pucele,
Por cui il se devoit conbatre.
Pres a trois lÿes ou a quatre

et il se
présenta dans un tel équipage, que ceux qui le
connaissaient depuis toujours ne purent le reconnaître
aux armes qu'il apporta. La demoiselle, qui a trop
évidemment tort envers sa sœur, le présenta publiquement à la cour, annonçant que par ce champion, elle
soutiendrait sa cause (où le droit n'est pas de son
côté). Elle dit au roi :

« Sire, l'heure avance. Dans peu de temps, nous
serons à la fin de l'après-midi, et c'est aujourd'hui le
dernier jour du délai[122]. Constatez que je suis prête
à soutenir mon droit. Si ma sœur devait revenir, elle
n'a guère de temps à perdre. J'en rends grâce à Dieu,
elle n'est toujours pas revenue. Il est évident qu'elle
5900 ne peut faire mieux, elle a perdu sa peine ; tandis que
j'ai été prête tous les jours jusqu'au dernier

S'estoit de la cort trestornez
5880 Et vint a cort si atornez,
Que reconoistre ne le porent
Cil, qui a toz jorz veü l'orent,
As armes, que il aporta.
La dameisele, qui tort a
5885 Vers sa seror trop an apert,
Veant toz l'a a cort ofert,
Que par lui desresnier voldroit
La querele, ou ele n'a droit,
Et dit au roi : « Sire ! ore
[passe.

5890 Jusqu'a po sera none basse
Et li derriiens jorz est hui,
Si veez bien, comant je sui
Garnie a mon droit maintenir.
Se ma suer deüst revenir,
5895 N'i eüst mes que demorer.
De an puisse je aorer,
Quant ele ne vient ne repeire.
Bien i pert, que miauz ne puet
[feire,
Si s'est por neant traveilliee.
5900 Et j'ai esté apareilliee
Toz les jorz jusqu'au derriien

à revendi-
quer ce qui m'appartient. J'ai gagné ma cause sans
combat, aussi est-il juste que je m'en aille jouir en paix
de mon héritage, sans avoir de compte à rendre à ma
sœur aussi longtemps que je vivrai ; elle, elle mènera
une vie de malheureuse et de misérable. »

Le roi, qui savait bien que la jeune fille commettait
une terrible injustice envers sa sœur, lui dit :

« En cour royale, on doit, par ma foi, patienter
aussi longtemps que le tribunal du roi siège et attend
avant de juger. Il n'y a pas lieu de plier bagage ; car
votre sœur peut encore arriver à temps, comme je le
crois. »

5920   Le roi n'avait pas terminé sa phrase qu'il aperçut le
Chevalier au Lion avec la jeune fille à son côté. Ils
arrivaient seuls tous les deux, car ils étaient partis à
l'insu du lion qui était donc resté à l'endroit où ils
avaient dormi.

A desresnier ce, qui est mien.
Tot ai desresnié sanz bataille,
S'est or mes droiz, que je m'an
                              [aille
5905 Tenir mon heritage an pes ;
Que je n'an respondroie mes
A ma seror tant, con je vive,
Si vivra dolante et cheitive. »
Et li rois, qui mout bien savoit,
5910 Que la pucele tort avoit
Vers sa seror trop desleal,
Li dit : « Amie ! an cort real
Doit an atandre, par ma foi,

Tant con la justise le roi
5915 Siet et atant por droiturier.
N'i a rien del corjon ploiier ;
Qu'ancor vandra trestot a tans
Vostre suer, si come je pans. »
Ainz que li rois eüst ce dit,
5920 Le Chevalier au Lion vit
Et la pucele delez lui.
Seul a seul venoient andui ;
Car del lion anblé se furent ;
Si fu remés la, ou il jurent.

Le roi aperçut la jeune fille et la reconnut. Il fut heureux de la voir, car il avait pris son parti dans ce débat, tant il était soucieux de justice. Tout joyeux, il lui dit sans attendre :

« Avancez, belle ! Dieu vous protège ! »

Quant l'aînée entendit ces mots, elle sursauta ; elle se retourna et vit sa sœur ainsi que le chevalier qu'elle avait amené pour gagner sa cause. Son teint devint plus noir que terre. La cadette fut accueillie aimable- 5940 ment par tout le monde, et elle se dirigea vers l'endroit où siégeait le roi. Une fois devant lui, elle lui dit :

« Dieu protège le roi et sa maison ! Roi, si ma cause et mon bon droit peuvent être soutenus par un chevalier, ce sera par celui-ci, — à qui j'exprime ma reconnaissance —

5925 Li rois la pucele a veüe,
     Si ne l'a pas desconeüe,
     Et mout li plot et abeli,
     Quant il la voit ; car devers li
     De la querele se tenoit
5930 Por ce, que au droit antandoit.
     De la joie, que il an ot,
     Li dist au plus tost que il pot :
     « Ore avant, bele ! Des vos
                              [saut ! »
     Quant l'autre l'ot, tote tres-
                              [saut,
5935 Si se trestorne, si la voit

     Et le chevalier, qu'ele avoit
     Amené por son droit
     conquerre,
     Si devint plus noire que terre.
     Mout fu bel de toz apelee
5940 La pucele, et ele est alee
     Devant le roi la, ou il sist.
     Quant devant lui fu, si li dist :
     « Des saut le roi et sa mesniee !
     Rois ! s'or puet estre desresniee
5945 Ma droiture ne ma querele
     Par un chevalier, donc l'iert ele
     Par cestui, la soe merci,

qui est venu jusqu'ici avec moi. Ce
généreux chevalier de bonne naissance aurait pourtant
fort à faire ailleurs, mais il a eu tellement pitié de moi,
qu'il a laissé tomber toutes ses affaires pour s'occuper
de la mienne. A présent, ma dame, ma très chère
sœur, que j'aime comme moi-même, se montrerait
courtoise et bienveillante, si elle m'accordait la part
qui me revient et ramenait ainsi la paix entre nous.
Car je ne demande rien de ce qui est à elle.

5960   — Moi non plus, fit-elle, je ne demande rien de ce
qui est à toi, car tu n'as rien et tu n'auras jamais rien.
Tu auras beau prêcher, tu n'obtiendras rien avec tes
sermons. Il te restera à en sécher de chagrin. »

Aussitôt l'autre qui savait se montrer fort civile et
ne manquait ni de sagesse, ni de courtoisie, répondit :

Qui m'a seüe an jusque ci ;
S'eüst il mout aillors a feire,
5950 Li frans chevaliers de bon'
                              [eire ;
Mes de moi li prist tes pitiez,
Qu'il a arriere dos gitiez
Toz ses afeires por le mien.
Or feroit corteisie et bien
5955 Ma dame, ma tres chiere suer,
Que j'aim autant come mon
                              [cuer,
S'ele de mon droit me leissoit,
Tant qu'antre moi et li pes
                              [soit ;

Que je ne demant rien del
                              [suen. »
5960 « Ne gié », fet ele, « rien del
                              [tuen ;
Que tu n'as rien ne ja n'avras.
Ja tant preechier ne savras,
Que rien an porz por pree-
                              [chier.
Tote an porras de duel
                              [sechier. »
5965 Et l'autre respont maintenant,
Qui assez savoit d'avenant
Et mout estoit sage et cortoise.

« Vraiment, je suis très peinée de voir à cause de nous deux se combattre deux chevaliers aussi excellents ; le désaccord n'est pourtant pas grand. Mais je ne puis renoncer, car ce serait pour moi une trop grande perte. Aussi vous serais-je extrêmement reconnaissante de me rendre ce qui me revient de droit.

— Vraiment, dit l'autre, il faudrait être fou pour perdre son temps à te répondre. Je veux bien être livrée aux feux et aux flammes de l'enfer si je te donne de quoi t'assurer une vie plus aisée. On verra auparavant les rives de la Seine se rejoindre et l'aube poindre en plein après-midi, à moins que la bataille ne décide en ta faveur [123].

— Que Dieu et mon droit, en qui je me fie et me suis toujours fiée

« Certes », fet ele, « mout me
                         [poise,
Que por nos deus se conba-
                         [tront
Dui si prodome con cist sont,
S'est la querele mout petite.
Mes je ne la puis clamer quite ;
Que trop grant mestier an
                         [avroie.
Por ce plus buen gre vos
                         [savroie,
Se vos me randiiez mon
                         [droit. »

« Certes, qui or te respon-
                         [droit »,
Fet l'autre, « mout seroit
                         [musarde.
Maus feus et male flame
                         [m'arde,
Se je te doing, don miauz te
                         [vives !
Einçois assanbleront les rives
De Sainne et sera prime none,
Se la bataille nel te done. »
« Des et li droiz, que je i ai,
An cui je me fi et fiai

jusqu'ici, viennent assister le chevalier qui a eu la bonté et la générosité de s'offrir pour me servir. Il ne sait pourtant rien de moi, et nous ne nous connaissons ni l'un ni l'autre. »

Cet échange de répliques clôt leur discussion ; elles font entrer les chevaliers dans la lice, et tout le peuple accourt, comme toujours en pareil cas accourent les gens qui prennent plaisir à regarder les joutes et les passes d'armes.

Mais les chevaliers qui s'apprêtent à se battre ne se 6000 reconnaissent pas, eux qui se témoignaient mutuellement une si profonde amitié. Alors ne s'aiment-ils plus ? Je vous réponds « oui et non », et je vous prouverai l'un et l'autre avec de bonnes raisons [124].

Il est vrai que monseigneur Gauvain aime

5985 Toz tans jusqu'au jor, qui est
        [hui,
    An soit an aïe a celui,
    Qui par aumosne et par fran-
        [chise
    Se porofre de mon servise,
    Si ne set il, qui je me sui,
5990 Ne ne me conoist ne je lui. »

    Tant ont parlé qu'a tant
        [remainnent
    Les paroles, et si amainnent
    Les chevaliers anmi la cort.
    Et toz li pueples i acort,

5995 Si come a tel afeire suelent
    Corre les janz, qui veoir vue-
        [lent
    Cos de bataille et d'escremie.
    Mes ne s'antreconoissent mie
    Cil, qui conbatre se voloient,
6000 Qui mout antramer se soloient.
    Et or don ne s'antraimment il ?
    « Oïl » vos respong et
        [« nenil. »
    Et l'un et l'autre proverai,
    Si que reison i troverai.
6005 Por voir, mes sire Gauvains
        [aimme

Yvain et
l'appelle son compagnon ; il en va de même pour
Yvain, en toutes circonstances. Même en ce moment,
s'il le reconnaissait, il lui ferait fête et il exposerait sa
propre vie pour lui, et l'autre en ferait autant, avant
de permettre qu'on s'en prenne à son compagnon.
N'est-ce pas là l'amour pur et sans faille ? Oui,
certainement. Mais la haine n'est-elle pas tout aussi
évidente ? Oui, car il ne fait pas de doute que chacun
6020 voudrait avoir brisé la tête de l'autre ou l'avoir si
malmené qu'il en soit déshonoré. Par ma foi, c'est une
vraie merveille que de voir si étroitement unis Amour
et Haine mortelle.

Dieu ! comment en un même logis deux sentiments
aussi contraires peuvent-ils cohabiter ? Il est impossible, à ce qu'il me semble, qu'ils puissent se trouver

Yvain et compaignon le
                     [claimme,
Et Yvains lui, ou que il soit.
Neïs ci, s'il le conoissoit,
Feroit il ja de lui grant feste
6010 Et si metroit por lui sa teste,
Et cil la soe aussi por lui,
Einçois qu'an li feïst enui.
N'est-ce amors antiere et fine ?
Oïl, certes. Et la haïne,
6015 Don ne rest ele tote aperte ?
Oïl ; que ce est chose certe,
Que li uns a l'autre sanz dote

Voldroit avoir la teste rote,
Ou tant avoir fet li voldroit
6020 De honte, que pis an vaudroit.
Par foi ! c'est mervoille provee,
Qu'an a an un veissel trovee
Amor et Haïne mortel.
Des ! meïsmes an un ostel
6025 Comant puet estre li repeires
A deus choses, qui sont
                   [contreires ?
An un ostel, si con moi sanble,
Ne pueent eles estre ansanble ;
Que ne porroit pas remenoir

ensemble dans le même logis ; car l'un ne pourrait pas rester en même temps que l'autre dans la même demeure sans que naissent disputes et querelles, dès que l'un apprendrait la présence de l'autre. Mais dans un bâtiment il y a plusieurs pièces, on y trouve des galeries et des chambres. Voici comment les choses peuvent se présenter : Amour s'était peut-être enfermé dans une chambre secrète tandis que Haine était allée dans les galeries donnant sur la rue, dans 6040 l'intention d'être vue. Haine est donc sur le qui-vive, elle éperonne, elle pique des deux, se lance contre Amour à toute allure, tandis qu'Amour ne bouge pas.

Ha, Amour, où es-tu caché ? Sors ! et tu verras quel hôte t'ont procuré les ennemis de tes amis. Ces ennemis sont ces chevaliers mêmes qui se portent l'un à l'autre l'amour le plus saint ; car Amour qui ne sait feindre ni mentir

6030 L'une avuec l'autre an un
[menoir,
Que noise et tançon n'i eüst,
Puis que l'une l'autre i seüst.
Mes an un chas a plusors man-
[bres ;
Que il i a loges et chanbres.
6035 Einsi puet bien estre la chose :
Espoir Amors s'estoit anclose
An aucune chanbre celee,
Et Haïne s'an iere alee
Es loges par devers la voie,
6040 Por ce que viaut, que l'an la
[voie.

Ore est Haïne mout an coche ;
Qu'ele esperone et point et
[broche
Sor Amor, quanquë ele puet,
Et Amors onques ne se muet.
6045 Ha ! Amors, ou es tu reposte ?
Car t'an is ! si verras, quel oste
Ont sor toi amené et mis
Li anemi a tes amis.
Li anemi sont cil meïsme,
6050 Qui s'antraimment d'Amor
[saintisme ;
Qu'Amors, qui n'est fausse ne
[fainte,

est chose précieuse et sainte. En l'occurrence, Amour est complètement aveugle, et Haine ne voit rien ; Amour devrait leur défendre, s'il les avait reconnu, de s'en prendre l'un à l'autre ou de 6060 se nuire. Amour a perdu la vue, il est vaincu, il est trompé : les siens, ses sujets de plein droit, il ne les reconnaît pas, bien qu'ils soient sous ses yeux. Quant à Haine, elle ne peut dire pourquoi ils se haïssent, et pourtant elle veut les opposer dans un combat injuste ; ils se haïssent donc à mort. Quand on veut déshonorer quelqu'un et qu'on souhaite sa mort, il est évident qu'on ne l'aime pas.

Comment ? Yvain veut-il donc tuer monseigneur Gauvain, son ami ? Oui, et Gauvain est dans les mêmes dispositions. Ainsi, monseigneur Gauvain voudrait

Est precïeuse chose et sainte.
Ci est Amors avugle tote,
Et Haïne ne revoit gote ;
6055 Qu'Amors deffandre lor deüst,
Se ele les reconeüst,
Que li uns l'autre n'adesast
Ne feïst rien, qui li pesast.
Por ce est Amors avugle
6060 Et desconfite et desjuglee,
Que çaus, qui tot sont suen a
                              [droit,
Ne reconnoist, et si les voit.
Et Haïne dire ne set,

Por quoi li uns d'aus l'autre
                              [het,
6065 Ses viaut feire mesler a tort,
Si het li uns l'autre de mort.
N'aimme pas, ce poez savoir,
L'ome, qui le voldroit avoir
Honi et qui sa mort desirre.
6070 Comant ? Viaut donc Yvains
                              [ocirre
Mon seignor Gauvain, son
                              [ami ?
Oïl, et il lui autressi.
Si voldroit mes sire Gauvains

tuer de ses mains Yvain, ou lui faire subir des
traitements encore pires ? Non point, je vous le jure ;
aucun d'eux ne voudrait avoir déshonoré l'autre ou lui
avoir nui, fût-ce pour tout ce que Dieu a donné à
l'homme ou pour l'empire de Rome. J'ai donc menti
honteusement ; car on voit clairement qu'ils sont prêts
à se jeter l'un contre l'autre, la lance en appui sur le
feutre ; chacun cherchera à blesser l'autre, pour le
mettre à mal et l'abattre et il y emploiera toutes ses
forces.

Dites-moi donc : de qui se plaindra celui que les
coups auront le plus malmené, une fois que l'un aura
vaincu l'autre ? Car s'ils vont jusqu'à l'affrontement,
j'ai grand-peur qu'ils ne restent aux prises jusqu'à la
victoire complète de l'un d'eux.

Yvain ocirre de ses mains
6075 Ou feire pis, que je ne di ?
Nenil, ce vos jur et afi.
Li uns ne voldroit avoir fet
A l'autre ne honte ne let
Por quanque Des a fet por
       [home
6080 Ne por tot l'anpire de Rome.
Ore ai je manti leidemant ;
Que l'an voit bien apertemant,
Que li uns viaut anvaïr l'autre
Lance levee sor le fautre,
6085 Et li uns l'autre viaut blecier

Por lui leidir et anpirier,
Que ja de rien ne s'an feindra.
Or dites : De cui se pleindra
Cil, qui des cos avra le pis,
6090 Quant li uns l'autre avra
       [conquis ?
Car, s'il font tant, qu'il s'antre-
       [vaingnent,
Grant peor ai, qu'il ne main-
       [taingnent
Tant la bataille et la meslee,
Qu'ele iert de l'une part
       [outree.

Yvain, si la défaite est de son côté, pourra-t-il raisonnablement dire qu'il a été honni et humilié par quelqu'un qui le met au nombre de ses amis et qui ne l'appela jamais autrement que « ami et compagnon » ? Ou, s'il se trouve que ce soit lui, Yvain, qui blesse Gauvain, ou qui l'emporte, de si peu que ce soit, aura-t-il le droit de protester ? Aucunement, car il ne saura de qui se plaindre.

Puisqu'ils ne se reconnaissent pas, ils prennent du champ. Au premier choc, ils brisent les fortes lances de frêne qu'ils ont en main. Ils ne se disent pas un mot ; car s'ils s'étaient parlé, ce n'est pas ainsi qu'ils se seraient accueillis. Ce ne sont pas des coups de lance ou d'épée qui auraient présidé à leur rencontre, et, bien loin de chercher à se blesser, ils auraient couru se jeter dans les bras l'un de l'autre ; mais les voilà en train de s'infliger les pires blessures. Les épées ont tout à y perdre

6095 Porra Yvains par reison dire,
Se la soe partie est pire,
Que cil li et fet let ne honte,
Qui antre ses amis le conte,
N'ains ne l'apela par son non
6100 Se ami et conpaignon non ?
Ou, s'il avient par avanture,
Que cil li reface leidure,
Ou de que que soit le sormaint,
Avra il droit, se il se plaint ?
6105 Nenil ; qu'il ne savra de cui. —
Antresloignié se sont andui,
Por ce qu'il ne s'antreconois-
[sent.

A l'assanbler lor lances frois-
[sent,
Qui grosses ierent et de fresne.
6110 Li uns l'autre de rien n'aresne ;
Car s'il antraresnié se fussent,
Autre assanblee feite eüssent.
Ja n'eüst a lor assanblee
Feru de lance ne d'espee :
6115 Antrebeisier et acoler
S'alassent ainz que afoler ;
Qu'il s'antrafolent et mehain-
[gnent.
Les espees rien n'i gaaingnent

aussi bien que les heaumes et les écus
6120 qui sont cabossés et fendus. Les épées sont émoussées
et ébréchées, car ils assènent leurs terribles coups du
tranchant et non du plat des lames. Avec le pommeau
ils s'acharnent sur le nasal, sur la nuque, sur le front,
sur les joues qui en sont toutes bleuies et violettes, là
où le sang éclate sous la peau. Ils ont si bien réussi à
rompre les hauberts, à mettre en pièces les écus, qu'ils
sont tous deux couverts de blessures. Les efforts
extrêmes auxquels ils se livrent les laissent presque
sans souffle. Si vif est le combat que les pierres
incrustées sur leur heaume, hyacinthe ou émeraude,
sont écrasées et pulvérisées. Du pommeau ils se
6140 donnent de si terribles coups

Ne li hiaume ne li escu,
6120 Qui anbuignié sont et fandu,
Et des espees li tranchant
Esgrunent et vont rebochant ;
Car il se donent mout granz
[flaz
Des tranchanz, non mie des
[plaz,
6125 Et des pons redonent tes cos
Sor les nasés et sor les cos
Et sor les fronz et sor les joes,
Que totes sont perses et bloes
La, ou li sans quace dessoz.

6130 Et les haubers ont si deroz
Et les escuz si depeciez,
N'i a celui, ne soit bleciez.
Et tant se painnent et travail-
[lent,
A po qu'alainnes ne lor fail-
[lent ;
6135 Si se conbatent une chaude,
Que jagonce ne esmeraude
N'ot sor les hiaumes atachiee,
Ne soit molue et esquachiee ;
Car des pons si granz cos se
[donent

sur les heaumes, qu'ils sont au bord de l'évanouissement et qu'il s'en faut de peu qu'ils ne se brisent le crâne. Leurs yeux étincellent. Ils ont des poings carrés, énormes, des muscles robustes, des os solides, et ils cognent en tenant empoignées leurs épées qui rendent leurs coups encore plus redoutables.

Ils se sont longtemps évertués à cette lutte ; à force de les marteler de leurs épées, ils ont brisé leurs heaumes, rompu les mailles des hauberts, fendus et mis en pièces les écus ; ils s'éloignent un peu l'un de l'autre pour apaiser les battements de leur cœur et reprendre leur souffle. Mais ils ne s'attardent guère, et se lancent l'un contre l'autre avec encore plus de 6160 violence qu'avant. Tous ceux qui les regardent disent qu'ils n'ont encore jamais vu

6140 Sor les hiaumes, que tuit
            [s'estonent
      Et par po qu'il ne s'escerve-
            [lent.
      Li oel des chiés lor estance-
            [lent ;
      Qu'il ont les poinz quarrez et
            [gros
      Et forz les ners et durs les os,
6145 Si se donent males groigniees
      A ce qu'il tienent anpoigniees
      Les espees, qui grant aïe
      Lor font, quant il fierent a hie.

      Quant grant piece se sont lassé,
6150 Tant que li hiaume sont quassé
      Et li hauberc tot desmaillié,
      (Tant ont des espees maillié,)
      Et li escu fandu et fret,
      Un po se sont arriere tret ;
6155 Si leissent reposer lor vainnes
      Et si repranent lor alainnes.
      Mes n'i font mie grant demore,
      Ainz cort li uns a l'autre sore
      Plus fieremant qu'ains mes ne
            [firent.
6160 Et tuit dïent, que mes ne virent

deux chevaliers plus courageux :

« Ils ne font pas mine de se combattre, ils s'y donnent sans réserve. On ne les en récompensera jamais comme ils devraient l'être. »

Ces propos parviennent aux oreilles des deux amis qui sont en train de s'infliger blessure sur blessure ; ils entendent aussi qu'on parle de trouver un accord entre les deux sœurs. Mais on ne parvient pas à convaincre l'aînée de conclure la paix ; la cadette, elle, s'en remettait à la décision du roi, à laquelle elle se soumettait entièrement. Mais l'aînée se montre si opiniâtre, que tout le monde prend le parti de la cadette : la reine Guenièvre, les chevaliers, le roi lui-même, les dames, les bourgeois ; on supplie de tous côtés le roi de donner le quart ou le tiers de la terre à la cadette[125], malgré le refus de la sœur aînée, et de séparer les deux chevaliers dont la vaillance est sans égale ;

Deus chevaliers plus corageus.
« Ne se conbatent mie a jeus,
Einçois le font trestot a certes.
Les merites ne les dessertes
6165 Ne lor an seront ja randues. »
Ces paroles ont antandues
Li dui ami, qui s'antrafolent,
S'antandent, que les janz parolent
Des deus serors antracorder ;
6170 Mes la pes ne puent trover
Devers l'ainznee an nule guise.
Et la mainsnee s'estoit mise

Sor ce, que li rois an diroit ;
Que ja rien n'an contredroit.
6175 Mes l'ainsnee estoit si anrievre,
Que nes la reïne Guenievre
Et li chevalier et li rois
Et les dames et li borjois
Devers la mainsnee se tienent,
6180 Et tuit le roi proïier an vienent,
Que maugré l'ainznee seror
Doint de la terre a la menor
La tierce partie ou la quarte,
Et les deus chevaliers departe,
6185 Qui trop sont de grant vasse-
[lage.

ce serait vraiment une trop grande perte si l'un d'eux blessait grièvement l'autre et faisait le moindre tort à son honneur. Le roi répondit qu'il n'interviendrait pas pour imposer la paix, puisque l'aînée, qui est d'une méchanceté diabolique, s'y oppose.

Les deux chevaliers entendent ces propos, et continuent de se malmener avec tant d'âpreté qu'ils suscitent l'admiration de tous[126]. Le combat reste si égal que personne ne sait décider qui l'emporte et qui a le dessous. Même les deux chevaliers qui s'affrontent et conquièrent la gloire par leurs tourments, sont pris d'étonnement et d'admiration. Ils se montrent d'égale force dans leurs assauts, au point que chacun d'eux s'en étonne et se demande qui est l'adversaire qui lui résiste avec tant d'acharnement.

La bataille dure si longtemps que le jour commence à céder la place à la nuit ; ils ont, l'un et l'autre,

Et trop i avroit grant domage,
Se li uns d'aus l'autre afoloit
Et point de s'enor li toloit.
Et li rois dit, que de la pes
6190 Ne s'antremetroit il ja mes ;
Que l'ainznee suer n'an a cure,
Tant par est male creature.
Totes cez paroles oïrent
Li dui, qui des cos s'antranpi-
        [rent,
6195 Si qu'a toz est a grant mer-
    voille,
Que la bataille est si paroille,

Que l'an ne set par nul avis,
Qui a le miauz ne qui le pis.
Et nes li dui, qui se conbatent,
6200 Qui par martire enor achatent,
S'esmervoillent et esbaïssent ;
Que si par igal s'anvaïssent,
Qu'a grant mervoille chascun
        [vient,
Qui est cil, qui se contretient
6205 Ancontre lui si fieremant.
Tant se conbatent longuemant,
Que li jorz vers la nuit se tret,
Et si n'i a celui, qui n'et

le bras
épuisé, et le corps douloureux. Un peu partout sur
leur corps, le sang jaillit, chaud et bouillant, et
ruisselle sous le haubert. Il n'est guère étonnant qu'ils
veuillent faire une pause, car ils souffrent atrocement.
Ils se reposent donc tous les deux, et chacun pense en
lui-même qu'il a enfin trouvé son pair, après tant de
combats. Ils restent ainsi longuement à se reposer,
6220 sans oser reprendre la mêlée. Ils n'ont guère envie de
se battre, tant pour la nuit qui amène l'obscurité, que
pour la crainte qu'ils s'inspirent mutuellement. Ce
sont deux motifs qui les incitent à demeurer en paix.

Les braz las et le cors doillant,
6210 Et li sanc tot chaut et boillant
Par mainz leus fors des cors lor
[bolent
Et par dessoz les haubers
[colent,
Ne n'est mervoille, s'il se vue-
[lent
Reposer; car formant se due-
[lent.
6215 Lors se reposent anbedui,
Et si panse chascuns par lui,
Qu'ore a il son paroil trové,

Conbien que il et demoré.
Longuemant einsi se reposent;
6220 Que rassanbler as armes
[n'osent.
N'ont plus de la bataille cure,
Que por la nuit, qui vient
[oscure,
Que por ce, que mout s'antre-
[dotent.
Cez deus choses an sus les
[botent
6225 Et semonent, qu'an pes s'estoi-
[sent;

Mais avant qu'ils quittent le champ de bataille, ils se seront abordés et ils se réjouiront et s'apitoieront ensemble.

Monseigneur Yvain parla le premier, en homme preux et courtois. Mais, quand il parla, son cher ami ne le reconnut pas ; ce qui l'en empêcha, c'est qu'il parlait tout bas et qu'il avait la voix enrouée, faible et cassée, tant les coups qu'il avait reçus lui avait altéré le sang :

« Seigneur, dit-il, la nuit approche. Je suis sûr que personne ne nous adressera de reproche si la nuit nous 6240 sépare. Pour ce qui est de moi, je peux bien reconnaître que j'éprouve à votre égard une grande crainte et une grande estime. De ma vie, jamais je n'ai eu à livrer une bataille qui m'ait fait autant souffrir, et je ne pensais pas non plus rencontrer un chevalier que je désirasse autant connaître. Vous savez placer vos coups

Mes einçois que del chanp s'an
                      [voisent,
Se seront bien antracointié,
S'avra antre aus joie et pitié.

Mes sire Yvains parla einçois,
6230 Qui mout estoit preuz et cor-
                      [tois.
Mes au parler nel reconut
Ses buens amis ; car ce li nut,
Qu'il avoit la parole basse
Et la voiz roe et foible et
                      [quasse ;
6235 Que toz li sans li fu meüz

Des cos, qu'il avoit receüz.
« Sire ! », fet il, « la nuiz
                      [aproche.
Ja ne cuit, blasme ne reproche
I aiiens, se nuiz nos depart.
6240 Mes tant di de la moie part,
Que mout vos dot et mout vos
                      [pris,
N'onques an ma vie n'anpris
Bataille, don tant me dossisse,
Ne chevalier, cui tant vossisse
6245 Conoistre, ne cuidai veoir.
Bien savez voz cos asseoir

et vous ne les gaspillez pas ; je ne connais pas de chevalier qui m'en ait distribué autant, et je me serais bien passé de recevoir tous ceux dont aujourd'hui vous m'avez gratifié ! J'en suis tout étourdi.

— Par ma foi, fait monseigneur Gauvain, je suis assommé et épuisé, autant ou plus que vous. Mais peut-être ne vous opposeriez-vous pas à ce que j'apprenne qui vous êtes. Si je n'ai pas lésiné sur ce que je pouvais vous donner, vous m'avez remboursé 6260 avec exactitude, intérêt et capital, et vous vous êtes montré généreux, au-delà de ce que je souhaitais. Mais, quoi qu'il advienne, puisque vous voulez que je vous dise mon nom, je ne vous le cacherai pas : je m'appelle Gauvain, fils du roi Lot. »

Et bien les savez anploiier.
Ains ne sot tant de cos paiier
Chevaliers, que je coneüsse.
6250 Ja mon vuel tant n'an receüsse,
Con vos m'an avez hui presté ;
Tot m'ont vostre cop antesté. »
« Par foi ! », fet mes sire Gau-
                              [vains,
« N'estes si estonez ne vains,
6255 Que je autant ou plus ne soie.
Et se je vos reconoissoie,
Espoir ne vos greveroit rien.
Se je vos ai presté del mien,

Bien m'an avez randu le conte
6260 Et del chatel et de la monte ;
Que larges estiiez del randre
Plus, que je n'estoie del pran-
                              [dre.
Mes, comant que la chose
                              [praingne,
Quant vos plest, que je vos
                              [apraingne,
6265 Par quel non je sui apelez,
Ja mes nons ne vos iert celez ;
Gauvains ai non, fiz le roi
                              [Lot. »

A ces mots, monseigneur Yvain reste abasourdi et bouleversé ; en proie à une violente colère, il jette à terre son épée, rouge de sang, et ce qui restait de son écu en morceaux ; il descend de cheval et met pied à terre en s'écriant :

« Hélas ! Quel malheur ! Nous devons cette bataille à une ignorance affreuse, nous ne nous sommes pas 6280 reconnus ! Car si je vous avais reconnu, je ne me serais pas battu contre vous, j'aurais préféré me proclamer vaincu avant le premier échange, je vous le jure [127].

— Comment, fait monseigneur Gauvain, qui êtes-vous ?

— Je suis Yvain, qui a pour vous plus d'amitié que personne au monde, car j'ai reçu de vous la preuve d'une amitié constante et des témoignages d'honneur dans toutes les cours.

Tantost con mes sire Yvains
                              [l'ot,
      Si s'esbaïst et espert toz,
6270 Par mautalant et par corroz
      Flatist a la terre s'espee,
      Qui tote estoit ansanglantee,
      Et son escu tot depecié,
      Si desçant del cheval a pié
6275 Et dit : « Ha, las ! Quel mes-
                        [cheance !
      Par trop leide mesconoissance
      Ceste bataille feite avomes,
      Qu'antreconeü ne nos somes ;

      Que ja, se je vos coneüsse,
6280 A vos conbatuz ne me fusse,
      Ainz me clamasse recreant
      Devant le cop, ce vos creant. »
      « Comant ? » fet mes sire Gau-
                              [vains,
      « Qui estes vos ? » — « Je sui
                              [Yvains,
6285 Qui plus vos aim qu'ome del
                              [monde,
      Tant come il dure a la reonde,
      Que vos m'avez amé toz jorz
      Et enoré an totes corz.

Mais je veux en cette affaire vous présenter réparation et vous rendre honneur en me déclarant bel et bien vaincu.

— Vous feriez cela pour moi ? fait monseigneur Gauvain plein de délicatesse. Il serait insensé de ma part d'accepter cette réparation. L'honneur de la victoire ne peut me revenir, il doit vous appartenir, j'y renonce entièrement.

6300 — Ha, cher seigneur, taisez-vous, c'est impossible. Je ne tiens plus sur mes jambes tant je suis mal en point et épuisé.

— Non, vous perdez votre peine, dit son ami et cher compagnon ; c'est moi qui suis vaincu et mal en point ; et je ne le dis pas par complaisance, car je dirais la même chose à n'importe qui au monde plutôt que d'encaisser de nouveaux coups. »

Tout en parlant, il a mis pied à terre ;

Mes je vos vuel de cest afeire
6290 Tel amande et tel enor feire,
Qu'outreemant outrez
[m'otroi. »
« Ice feriiez vos por moi ? »
Fet mes sire Gauvains, li douz ;
« Certes, trop seroie ore
[estouz,
6295 Se je ceste amande an prenoie.
Ja certes ceste enors n'iert
[moie,
Ainz iert vostre, je la vos les. »
« Ha ! biaus sire, nel dites
[mes !

Que ce ne porroit avenir.
6300 Je ne me puis mes sostenir,
Si sui atainz et sormenez. »
« Certes, de neant vos
[penez ! »
Fet ses amis et ses conpainz ;
« Mes je sui conquis et atainz,
6305 Ne je n'an di rien por losange ;
Qu'il n'a el monde si estrange,
Cui je autretant n'an deïsse,
Einçois que plus des cos
[sofrisse. »
Einsi parlant est desçanduz,

ils se jettent
alors dans les bras l'un de l'autre et se donnent
l'accolade, sans cesser tous deux de se proclamer
vaincus. Leur débat continue jusqu'à ce que le roi et
les barons accourent auprès d'eux ; les voyant se faire
des démonstrations d'amitié, ils brûlent d'apprendre
6320 ce qui se passe et qui sont ces adversaires qui se font
fête.

« Seigneurs, dit le roi, dites-nous d'où viennent
tout à coup cette amitié et cet accord entre vous, alors
qu'on vous a vus toute la journée en proie à la haine et
à la discorde la plus vive.

— Sire, dit Gauvain, son neveu, vous allez apprendre le malheur et la malédiction qui sont à la source de
cette bataille.

6310 S'a li uns a l'autre tanduz
Les braz au col, si s'antrebei-
[sent,
Ne de ce mie ne se teisent,
Que chascuns outrez ne se
[claint.
La tançons onques ne remaint,
6315 Tant que li rois et li baron
Vienent corant tot anviron,
Ses voient antreconjoir ;
Et mout desirrent a oïr,
Que ce puet estre, et qui cil
[sont,

6320 Qui si grant joie s'antrefont.
« Seignor ! », fet li rois, « dites
[nos,
Qui si tost a mis antre vos
Ceste amistié et ceste acorde ?
Que tel haïne et tel descorde
6325 I a hui tote jor eüe ! »
« Sire ! ne vos iert pas teüe »,
Fet mes sire Gauvains, ses
[niés,
« La mescheance et li mes-
[chiés,
Don ceste bataille a esté.

Puisque vous voici venu pour l'apprendre de notre bouche, il est juste que la vérité vous en soit révélée. Moi, Gauvain, votre neveu, je n'ai pas reconnu Yvain, mon compagnon, que voici, jusqu'à ce que, — grâces lui en soient rendues —, Dieu lui inspira de s'enquérir de mon nom. Chacun se découvrit alors à l'autre, mais nous ne nous sommes
6340 reconnus qu'après nous être bien battus. Ce fut un combat acharné, et s'il s'était encore prolongé tant soit peu, j'étais en mauvaise posture, car, je le jure, j'allais mourir, victime de sa vaillance et de la cause injuste de celle qui m'a envoyé en ce combat [128]. Mais à présent, je préfère me voir vaincu aux armes que de périr de la main de mon ami. »

A ces mots, monseigneur Yvain sentit son sang ne faire qu'un tour :

6330 Des que ci estes aresté
Por l'oïr et por le savoir,
Bien iert, qui vos an dira voir.
Gié Gauvains, qui vostre niés
[sui,
Mon conpaignon ne reconui,
6335 Mon seignor Yvain, qui est ci,
Tant que il, la soe merci,
Si con De plot, mon non
[anquist.
Li uns a l'autre son non dist,
Lors si nos antreconeümes,
6340 Quant bien antrebatu nos
[fumes.

Bien nos somes antrebatu :
Se nos nos fussiens conbatu
Ancore un po plus longue-
[mant,
Il m'an alast trop malemant.
6345 Car, par mon chief, il m'eüst
[mort
Par sa proesce et par le tort
Celi, qui m'avoit an champ mis.
Mes or vuel miauz, que mes
[amis
M'et outré d'armes que tüé. »
6350 Lors a trestot le sanc müé

« Mon cher seigneur, Dieu m'en soit témoin, vous avez grand tort de prononcer de telles paroles. Il faut que le roi sache qu'en cette bataille c'est moi, sans conteste, qui suis vaincu et qui abandonne le combat.

— Non, c'est moi !

— Non, moi ! » font-ils l'un et l'autre.

6360   Il y a en eux tant de noblesse et de générosité que chacun accorde la couronne du vainqueur à l'autre et qu'ils ne veulent l'accepter ni l'un ni l'autre. Chacun veut persuader à toute force le roi et l'assistance qu'il est vaincu et qu'il est contraint d'abandonner le combat.

Mais le roi mit fin à la dispute après les avoir écoutés un moment. Il prenait grand plaisir à ce qu'il entendait, et surtout il était heureux de les voir se donner des accolades, alors qu'ils venaient de s'infliger

Mes sire Yvains et si li dit :
« Biaus sire chiers ! se Des
                              [m'aït,
Trop avez grant tort de ce dire.
Mes bien sache li rois, mes
                              [sire,
6355 Que je sui de ceste bataille
Outrez et recreanz sanz
                              [faille ! »
« Mes gié. » — « Mes gié », fet
                              [cil et cil.
Tant sont andui franc et jantil,
Que la victoire et la corone

6360 Li uns a l'autre otroie et done,
Ne cil ne cil ne la viaut pran-
                              [dre ;
Ainz fet chascuns par force
                              [antandre
Au roi et a totes les janz,
Qu'il est outrez et recreanz.
6365 Mes li rois la tançon depiece,
Quant oïz les ot une piece ;
Car li oïrs mout li seoit
Et ce avuec, que il veoit,
Qu'il s'estoient antracolé,
6370 S'avoit li uns l'autre afolé

l'un à l'autre de multiples blessures :

« Seigneur, dit-il, une grande amitié vous unit ; c'est bien évident à entendre chacun prétendre qu'il a été vaincu. Mais à présent remettez-vous-en à moi ! Je vais arranger l'affaire d'une manière qui, je crois, vous fera honneur, et qui m'attirera l'approbation de tout le monde. »

6380 Ils ont alors juré tous les deux de se plier entièrement à la décision qu'il prendrait et le roi déclara qu'il allait régler le conflit en toute équité.

« Où est, dit-il, la demoiselle qui a chassé sa sœur de sa terre et l'a déshéritée par la force et sans la moindre pitié ?

— Sire, dit-elle, me voici.

— Vous voilà ? Approchez donc. Je savais depuis longtemps que vous la priviez de son héritage. Mais ses droits ne seront pas plus longtemps bafoués,

Et anpirié an plusors leus.
« Seignor ! », fet il, « antre vos
                                    [deus
A grant amor. Bien le mostrez,
Quant chascuns dit, qu'il est
                                    [outrez.
6375 Mes or vos an metez sor moi !
Et je l'atornerai, ce croi,
Si bien, qu'a enor vos sera,
Et toz siecles m'an loera. »
Lors ont andui acreanté,
6380 Que il feront sa volanté
Tot einsi come il le dira.

Et li rois dit, qu'il partira
A bien et a foi la querele.
« Ou est », fet il, « la damei-
                                    [sele,
6385 Qui sa seror a fors botee
De sa terre et deseritee
Par force et par male merci ? »
« Sire ! », fet ele, « je sui ci. »
« La estes vos ? Venez donc
                                    [ça !
6390 Bien le savoie grant pieç'a,
Que vos la deseritiiez.
Ses droits ne sera mes noiiez ;

car

vous venez de me reconnaître la vérité. Il vous faut donc lui remettre sa part en toute propriété [129].

— Sire, dit-elle, si j'ai répondu à l'étourdie et inconsidérément, vous ne devez pas me prendre au 6400 mot. Pour Dieu, sire, ne m'accablez pas! Vous êtes roi, et vous devez veiller à ne commettre ni injustice ni préjudice.

— C'est la raison pour laquelle, fait le roi, je veux rendre à votre sœur ce qui lui revient de droit, car je suis ennemi de toute injustice. Vous avez bien entendu que votre chevalier et le sien s'en sont remis à moi. Je ne trancherai pas selon votre désir, car vous avez tort, tout le monde le sait. Chacun des combattants assure qu'il a été vaincu, tant ils veulent se faire mutuellement honneur, mais je ne dois pas m'y arrêter.

Que coneü m'avez le voir.
Sa partie par estovoir
6395 Vos covient tote clamer
                                  [quite. »
« Sire! », fet ele, « se j'ai dite
Une response nice et fole,
Ne me devez prandre a parole.
Por De! sire, ne me grevez!
6400 Vos estes rois, si vos devez
De tort garder et de mespran-
                                  [dre. »
« Por ce », fet li rois, « vuel je
                                  [randre

A vostre seror sa droiture;
Que je n'oi onques de tort
                                  [cure.
6405 Et vos avez bien antandu,
Qu'an ma merci se sont randu
Vostre chevaliers et li suens.
Je ne dirai pas toz voz buens;
Car vostre torz est coneüz.
6410 Chascuns dit, qu'il est chanp-
                                  [cheüz,
Tant viaut li uns l'autre eno-
                                  [rer.
A ce n'ai je que demorer:

Puisque la décision me revient, ou bien vous accepterez de vous conformer à ma décision, sans commettre d'injustice, ou bien je déclarerai que mon neveu a été vaincu au combat. Ce qui pour vous serait bien pis ; et je le dirais à contrecœur. »

6420   Il n'avait aucune intention d'en venir là ; mais il le dit pour tenter, s'il était possible, de l'effrayer assez pour que la crainte lui fasse rendre l'héritage de sa sœur ; car il s'était bien rendu compte que les mots seraient impuissants à la faire céder, si ne s'y ajoutait crainte ou contrainte.

Comme elle le redoutait et qu'elle en avait peur, elle répondit :

« Cher seigneur, il me faut donc faire ce que vous voulez, bien que j'en aie le cœur brisé ; mais j'obéirai, quoi qu'il m'en coûte.

Des que la chose est sor moi
        [mise,
Ou vos feroiz a ma devise
6415 Tot, quanque je deviserai
Sanz feire tort, ou je dirai,
Que mes niés est d'armes
        [conquis.
Lors si vaudroit a vostre oés
        [pis ;
Mes jel dirai contre mon
        [cuer. »
6420 Si nel deïst il a nul fuer ;
Mes il le dist por essaiier,

S'il la porroit tant esmaiier,
Qu'ele randist a sa seror
Son heritage par peor ;
6425 Qu'il s'est aparceüz mout bien,
Que ele ne l'an randist rien
Por quanque dire li seüst,
Se force ou crieme n'i eüst.
Por ce qu'ele le dote et crient,
6430 Li dit : « Biaus sire ! or me
        [covient
Que je face vostre talant,
Mes mout an ai le cuer dolant.
Et jel ferai, que qu'il me griet,

Ma sœur aura donc ce qui lui
revient. Je consens que vous soyez vous-même garant
de sa part d'héritage, afin qu'elle en soit plus assurée.

— Investissez-la donc immédiatement de sa part,
6440 fait le roi. Qu'elle devienne votre vassal et la tienne de
vous. Portez-lui l'amitié que vous lui devez à ce titre,
et que de son côté elle vous aime comme sa dame et sa
sœur germaine [130]. »

Voilà comme le roi mène l'affaire, si bien que la
jeune fille se trouve mise en possession de sa terre et
lui en exprime sa reconnaissance.

Le roi demande alors à son neveu, à ce chevalier
vaillant et courageux, de permettre qu'on lui ôte son
armure, et à Yvain, s'il y consent, de permettre qu'on
lui ôte aussi la sienne ; car désormais elle ne leur est
d'aucune utilité. Les deux combattants quittent donc
leur armure,

S'avra ma suer ce, qui li siet.
6435 De sa part de mon heritage
Li doing vos meïsme an ostage
Por ce, que plus seüre an
[soit. »
« Revestez l'an tot ore
[androit ! »
Fet li rois, « et ele an
[devaingne
6440 Vostre fame et de vos la tain-
[gne !
Si l'amez come vostre fame,
Et ele vos come sa dame

Et come sa seror germainne ! »
Einsi li rois la chose mainne
6445 Tant que de sa terre est seisie
La pucele, si l'an mercie.
Et li rois dit a son neveu,
Au chevalier vaillant et preu,
Que ses armes oster se lest,
6450 Et mes sire Yvains, se lui plest,
Se relest les soes tolir ;
Car bien s'an pueent mes
[sofrir.
Lors se desarment li vassal,

et l'issue du combat les laisse à égalité.

Tandis qu'ils se désarmaient, ils virent arriver en courant le lion qui était à la recherche de son maître.

6460 Aussitôt qu'il l'aperçoit, il commence à lui faire fête. Alors vous auriez vu tous les gens refluer ; même les plus hardis prennent la fuite.

« Arrêtez, dit monseigneur Yvain, restez ! Pourquoi vous enfuir ? Personne ne vous poursuit. N'ayez pas peur ; le lion que vous voyez venir ne vous fera aucun mal. Faites-moi confiance, s'il vous plaît ; car il m'appartient et je lui appartiens : nous sommes compagnons tous les deux. »

Tous comprirent alors, pour avoir entendu parler des aventures du lion, — du lion et de son compagnon —, que celui qui avait tué le cruel géant n'était autre qu'Yvain [131]. Monseigneur Gauvain lui dit :

Si ce departent par igal ;
6455 Et que que il se desarmoient,
Le lion corant venir voient,
Qui son seignor querant aloit.
Tot maintenant que il le voit,
Si comance grant joie a feire.
6460 Lors veïssiez janz arriers
        [treire :
Trestoz li plus hardiz s'an fuit.
« Estez », fet mes sire Yvains,
        [« tuit !
Por quoi fuiiez ? Nus ne vos
        [chace.

Ne dotez ja, que mal vos face
6465 Li lions, que venir veez !
De ce, s'il vos plest, me creez,
Qu'il est a moi et je a lui,
Si somes conpaignon andui. »
Lors sorent trestuit cil de voir,
6470 Qui orent oï mantevoir
Les avantures au lion,
De lui et de son conpaignon,
Qu'onques ne fu autre que
        [cist,
Qui le felon jaiant ocist.
6475 Et mes sire Gauvains li dit :

« Mon seigneur et mon compagnon, Dieu m'en soit témoin, quelle honte vous m'avez procurée aujourd'hui ! Je vous revaux bien mal le service que vous m'aviez rendu en tuant le géant pour défendre mes neveux et ma nièce. J'ai bien des fois pensé que c'était vous (et j'en tremblais d'inquiétude), car il était connu que nous étions unis d'amour et d'amitié. J'y ai souvent pensé, soyez-en sûr. Mais je ne pouvais en décider. Pourtant je n'avais jamais entendu parler, en aucun pays où je sois allé, d'un chevalier qui ait porté le nom de Chevalier au Lion. »

Tandis qu'ils parlaient, on les a débarrassés de leur armure, et le lion s'élance vers son maître, là où il était assis. Une fois devant lui, il lui fit toutes les démonstrations de joie auxquelles une bête privée de parole peut se livrer.

Puis il fallut conduire les deux combattants

« Sire conpainz ! se Des m'aït,
Mout m'avez hui avileni !
Mauveisemant vos ai meri
Le servise, que me feïstes
6480 Del jaiant, que vos oceïstes
Por mes neveuz et por ma
                    [niece.
A vos ai je pansé grant piece,
Et por ce estoie angoisseus,
Que l'an disoit, qu'antre nos
                    [deus
6485 Avoit amor et acointance.
Mout i ai pansé sanz dotance ;

Mes apanser ne me savoie,
N'onques oï parler n'avoie
De chevalier, que je seüsse,
6490 An terre, ou je esté eüsse,
Que li Chevaliers au Lion
Fust nus apelez par son non. »
Desarmé sont einsi parlant,
Et li lions ne vint pas lant
6495 Vers son seignor la, ou il sist.
Quant devant lui fu, si li fist
Grant joie come beste mue.
An anfermerie et an mue
Les an covient andeus mener ;

dans
6500 une infirmerie et un lieu calme, car ils avaient besoin
d'un médecin et d'onguents pour guérir leurs plaies.

Le roi qui avait pour eux une très grande affection,
les fit venir devant lui. Un chirurgien expert dans l'art
de guérir les plaies, le plus habile qu'on connût, fut
appelé par le roi Arthur, et s'employa à les soigner : il
guérit leurs plaies au plus vite et au mieux qu'il put.

6500 Car a lor plaies ressener
     Ont mestier de mire et
                        [d'antret.
     Devant lui mener les an fet
     Li rois, qui mout chiers les
                           [avoit.
     Un cirurgiien, qui savoit

6505 De plaies garir plus que nus,
     Lor fet mander li rois Artus.
     Et cil del garir se pena
     Tant que lor plaies ressena
     Au miauz et au plus tost qu'il
                            [pot.

RETOUR A LA FONTAINE
RETOUR EN GRÂCE

Quand ils furent tous deux guéris, monseigneur Yvain, qui avait irrévocablement voué son cœur à l'amour, vit bien qu'il ne pourrait pas continuer de vivre et que son amour le tuerait si sa dame ne lui accordait son pardon, car il se mourait pour elle. Il décida donc qu'il s'éloignerait seul de la cour et qu'il
6520 irait porter la guerre à sa fontaine ; il y déchaînerait foudre, pluie et vent, avec tant de violence que la dame serait contrainte de conclure la paix avec lui ; sinon, il ne cesserait de s'en prendre à la fontaine et de déchaîner la pluie et le vent.

Sitôt que monseigneur Yvain se sentit guéri et en bonne santé, il partit à l'insu de tous ; mais il avait à ses côtés son lion, qui de toute sa vie ne voulut abandonner sa compagnie. Ils cheminèrent tant qu'ils aperçurent la fontaine et y déclenchèrent la pluie.

6510 Quant anbedeus gariz les ot,
Mes sire Yvains, qui sanz retor
Avoit son cuer mis an amor,
Vit bien, que durer ne porroit,
Mes por amor an fin morroit,
6515 Se sa dame n'avoit merci
De lui ; qu'il se moroit por li.
Et pansa, qu'il se partiroit
Toz seus de cort et si iroit
A sa fontainne guerroiier,
6520 Et s'i feroit tant foudroiier
Et tant vanter et tant plovoir,
Que par force et par estovoir

Li covandroit feire a lui pes,
Ou il ne fiveroit ja mes
6525 De la fontainne tormanter
Et de plovoir et de vanter.

Maintenant que mes sire
[Yvains
Santi, qu'il fu gariz et sains,
Si s'an parti, que nus nel sot ;
6530 Mes avuec lui son lion ot,
Qui onques an tote sa vie
Ne vost leissier sa conpaignie.
Puis errerent tant que il virent
La fontainne et plovoir i firent.

N'allez pas croire que je vous mente, mais la tempête fut si terrible qu'on aurait de la peine à rendre ne serait-ce que le dixième de sa violence. Il semblait que

6540 la forêt entière dût s'abîmer au fond de l'enfer. La dame craint de voir son château emporté dans cette tourmente ; les murailles vacillent, le donjon tremble et paraît prêt à s'effondrer. Les plus hardis préféreraient être prisonniers en Perse, entre les mains des Turcs, plutôt que de se trouver là, pris entre les murs. Une peur immense saisit tous les habitants du lieu qui se mettent à maudire leurs ancêtres :

« Maudit soit le premier qui s'avisa de construire une maison en ce pays, et maudits, ceux qui décidèrent d'édifier ce château ; ils ne pouvaient trouver

6535 Ne cuidiez pas, que je vos
[mante,
Que si fu fiere la tormante,
Que nus n'an conteroit le
[disme ;
Qu'il sanbloit, que jusqu'an
[abisme
Deüst fondre la forez tote.
6540 La dame de son chastel dote,
Que il ne fonde toz ansamble ;
Li mur crollent et la torz tran-
[ble
Si que par po qu'ele ne verse.

Miauz vossist estre pris an
[Perse
6545 Li plus hardiz antre les Turs,
Qu'il fust leanz antre les murs.
Tel peor ont, que il maudient
Trestoz lor ancessors, et
[dïent :
« Maleoiz soit li premiers hon,
6550 Qui fist an cest païs meison,
Et cil, qui cest chastel fonde-
[rent !
Qu'an tot le monde ne trove-
[rent

lieu

au monde plus digne d'exécration. Car un homme
peut à lui seul nous assaillir et nous livrer aux pires
tourments.

— Dame, il faut chercher une solution, fait
Lunete. Vous ne trouverez personne qui accepte de
6560 vous apporter son aide en ce péril, à moins d'aller le
chercher bien loin. Il nous sera désormais impossible
de nous reposer dans ce château et nous n'oserons
franchir la porte ou les murs. Eût-on assemblé tous
vos chevaliers pour faire face à ce danger, vous savez
bien que même les plus vaillants hésiteraient à se
porter en avant. Vous voici à présent sans personne
pour défendre votre fontaine et on dira que votre
conduite est irresponsable et indigne. Le bel honneur
que vous allez gagner là, quand celui qui vous livre ces
assauts, repartira sans avoir à combattre ! Vous êtes
bien mal lotie,

Leu, que l'an deüst tant haïr ;
Qu'uns seus hon nos puet
                          [anvaïr
6555 Et tormanter et traveillier. »
« De ceste chose conseillier
Vos covient, dame ! », fet
                          [Lunete ;
« Ne troveroiz, qui s'antre-
                          [mete
De vos eidier a cest besoing,
6560 Se l'an nel va querre mout
                          [loing.
Ja mes voir ne reposerons

An cest chastel, ne n'oserons
Les murs ne la porte passer.
Qui avroit toz fet amasser
6565 Voz chevaliers por cest afeire,
Ne s'an oseroit avant treire
Toz li miaudres, bien le savez ;
S'est ore einsi, que vos n'avez,
Qui deffande vostre fontainne,
6570 Si sanbleroiz fole et vilainne.
Mout bele enor i avroiz ja,
Quant sanz bataille s'an ira
Cil, qui si vos a assaillie.
Certes, vos estes mal baillie,

si vous ne pouvez trouver d'autre remède à vos affaires !

— Dis-moi donc, toi qui ne manques pas de sagesse, fait la dame, comment je pourrai m'en sortir, et je suivrai ton avis.

6580 — Certes, dame, si je le pouvais, je vous conseillerais volontiers. Mais vous auriez bien besoin d'un conseiller plus avisé. C'est pourquoi, sans oser m'en mêler, je supporterais comme les autres la pluie et le vent, jusqu'au jour où, s'il plaît à Dieu, je verrai à votre cour un chevalier courageux qui puisse assumer la charge de cette bataille. Mais je ne crois pas que ce soit pour aujourd'hui, et ce n'est pas fait pour arranger vos affaires. »

La dame lui répond aussitôt :

« Demoiselle, changez de langage ; ne parlez pas des gens de ma maison, je ne peux rien en attendre, et ce n'est pas eux qui viendront défendre la fontaine et son perron.

6575 S'autremant de vos ne pan-
[sez. »
« Tu », fet la dame, « qui tant
[sez,
Me di, comant j'an panserai,
Et je a ton los an ferai. »
« Dame ! certes, se je savoie
6580 Volantiers vos conseilleroie ;
Mes vos avriiez grant mestier
De plus resnable conseillier.
Por ce si ne m'an os mesler,
Et le plovoir et le vanter
6585 Avuec les autres soferrai,

Tant, se De plest, que je verrai
An vostre cort aucun prodome,
Qui prandra le fes et la some
De ceste bataille sor lui ;
6590 Mes je ne cuit, que ce soit hui,
Si vaudra mout pis a vostre
[oés. »
Et la dame li respont lués :
« Dameisele ! car parlez d'el !
Leissiez la jant de mon ostel ;
6595 Qu'an aus n'ai je nule atandue,
Que ja par aus soit deffandue
La fontainne ne li perrons.

Mais, s'il plaît à Dieu, c'est maintenant
que nous verrons ce que valent vos conseils et votre
6600 jugement, car on dit toujours que c'est dans l'adver-
sité que l'on reconnaît ses amis.

— Dame, si l'on pensait trouver l'homme qui a tué
le géant et qui a vaincu les trois chevaliers, il ne serait
pas mauvais d'aller le chercher. Mais aussi longtemps
qu'il sera en guerre avec sa dame et qu'elle n'aura
pour lui que colère et ressentiment, il n'y a sous le
ciel, que je sache, homme ni femme qu'il consente à
suivre tant qu'on ne lui aura pas juré de tout mettre en
œuvre pour apaiser la rancune que sa dame nourrit à
son encontre ; car c'est une douleur qui le tourmente à
mort.

— Je suis prête, dit la dame, à vous donner ma
parole et à vous jurer, avant que vous ne partiez à sa
recherche, que, s'il vient jusqu'à moi, je ferai tout ce
6620 qu'il voudra, sans restriction ni tricherie

Mes, se De plest, ore i verrons
Vostre consoil et vostre san ;
6600 Qu'au besoing, toz jorz le dit
                                    [an,
Doit an son ami esprover. »
« Dame ! qui cuideroit trover
Celui, qui le jaiant ocist
Et les trois chevaliers conquist,
6605 Il le feroit buen aler querre ;
Mes tant come il avra la guerre
Et l'ire et le mal cuer sa dame,
N'a il soz ciel home ne fame,
Cui il siuist, mien esciant

6610 Jusque il li jurt et fiant,
Qu'il fera tote sa puissance
De racorder la mesestance,
Que sa dame a si grant a lui,
Qu'il an muert de duel et
                                    [d'enui. »
6615 Et la dame dit : « Je sui preste,
Ainz que vos antroiz an la
                                    [queste,
Que je vos plevisse ma foi,
Et jurerai, s'il vient a moi,
Que je sanz guile et sanz fein-
                                    [tise

pour le
réconcilier, si du moins je le puis. »

Lunete lui répondit alors :

« Dame, vous ne devez pas douter qu'il vous soit possible de le réconcilier avec sa dame, si vous le souhaitez. Quant au serment, j'espère ne pas vous fâcher si je vous le demande avant de me mettre en route.

— Bien volontiers », dit la dame.

Lunete, fort courtoisement, fit aussitôt apporter un reliquaire très précieux devant lequel la dame s'agenouilla. La voici prise au jeu de la vérité, par une Lunete fort courtoise. Au moment de prononcer le serment, la jeune fille qui le lui dictait, n'oublia rien de ce qui lui parut utile :

6640 « Dame, dit-elle, levez la main. Je ne veux pas que dans quelques jours,

6620 Li ferai tot a sa devise
Sa pes, se je feire la puis. »
Et Lunete li respont puis :
« Dame ! de ce ne dotez rien,
Que vos ne li puissiez mout
[bien
6625 Sa pes feire, se il vos siet ;
Mes del seiremant ne vos griet,
Que je le prandrai tote voie,
Ainz que je me mete a la
[voie. »
« Ce », fet la dame, « ne me
[poise. »

6630 Lunete, qui mout fu cortoise,
Li fist tot maintenant fors
[treire
Un mout precïeus santüeire,
Et la dame a genouz s'est mise.
Au jeu de verité l'a prise
6635 Lunete mout cortoisemant.
A l'eschevir del seiremant
Rien de son preu n'i oblia
Cele, qui eschevi li a.
« Dame ! », fet el, « hauciez la
[main !
6640 Je ne vuei pas, qu'aprés
[demain

vous m'accusiez de ceci ou de cela. C'est dans votre intérêt même que vous allez jurer, non point pour moi. S'il vous plaît, vous jurerez donc, concernant le Chevalier au Lion, que vous emploierez toutes vos forces, sans arrière-pensée, à l'aider jusqu'à ce qu'il soit assuré d'avoir retrouvé l'amour de sa dame, aussi vif et aussi fort qu'auparavant. »

La dame leva alors la main droite et dit :

« Je suivrai exactement les paroles que tu viens de prononcer. Je jure par Dieu et par les saints que, de grand cœur et sans réticence, j'y emploierai toutes mes forces. Je lui rendrai l'amour et les bonnes grâces qu'il trouvait auprès de sa dame, si du moins j'en ai le pouvoir. »

6660   Lunete a fait du bon travail. Ce qu'elle vient d'obtenir est ce qu'elle désirait le plus. On lui avait déjà amené un palefroi qui savait aller un trot léger. Ravie et rayonnante,

M'an metoiz sus ne ce ne quoi ;
Que vos n'an feites rien por
                              [moi :
Por vos meïsme le feroiz.
Se il vos plest, si jureroiz
6645 Por le Chevalier au Lion,
Que vos an buene antancion
Vos peneroiz tant qu'il savra,
Que l'amor de sa dame avra
Tot aussi bien, come il l'ot
                           [onques. »
6650 La main destre leva adonques
La dame et dist : « Trestot
                            [einsi,

Con tu l'as dit, et je le di.
Einsi m'aït Des et li sainz,
Que ja mes cuers ne sera fainz
6655 Que je tot mon pooir n'an face.
L'amor li randrai et la grace,
Que il siaut a sa dame avoir,
Se j'an ai force ne pooir. »

Ore a bien Lunete esploitié ;
6660 De rien n'avoit tel coveitié,
Con de ce, que ele avoit fet.
Et l'an li avoit ja fors tret
Un palefroi soef anblant.
A bele chiere, a lié sanblant

Lunete le monte et s'éloigne [132].

C'est sous le pin qu'elle rencontra celui qu'elle ne pensait pas trouver si près ; elle avait pensé qu'il lui faudrait beaucoup chercher avant de parvenir jusqu'à lui. Elle l'a reconnu à son lion, aussitôt qu'elle l'a aperçu. Elle se dirigea vers lui à vive allure et mit pied à terre devant monseigneur Yvain qui, du plus loin qu'il l'avait vue, l'avait également reconnue. Ils se saluèrent mutuellement :

« Seigneur, dit-elle, je suis fort heureuse de vous avoir trouvé si près. »

6680   A quoi monseigneur Yvain répondit :

« Comment ? Me cherchiez-vous donc ?

— Oui, seigneur ! Et, de ma vie, jamais je n'ai été aussi heureuse ! Car j'ai obtenu de ma dame, si elle ne veut pas manquer à son serment, qu'elle sera votre dame et vous son époux,

6665 Monte Lunete, si s'an va,
Tant que dessoz le pin trova
Celui, qu'ele ne cuidoit pas
Trover a si petit de pas ;
Ainz cuidoit, qu'il li covenist
6670 Mout querre, ainz qu'a lui par-
                              [venist.
Par le lion l'a coneü,
Tantost come elle l'a veü,
Si vient vers lui grant aleüre
Et desçant a la terre dure.
6675 Et mes sire Yvains la conut
De si loing come il l'aparçut,

Si la salue, et ele lui
Et dit : « Sire ! mout liee sui,
Quant je vos ai trové si pres. »
6680 Et mes sire Yvains dit aprés :
« Comant ? Me queriiez vos
                              [donques ? »
« Oïl, sire ! et si ne fui onques
Si liee, des que je fuï nee ;
Que j'ai ma dame a ce menee,
6685 S'ele parjurer ne se viaut,
Que tot aussi come ele siaut,
Iert vostre dame et vos ses
                              [sire ;

exactement comme par le passé. J'ose vous le dire en toute vérité. »

Monseigneur Yvain, à cette nouvelle qu'il croyait ne devoir jamais entendre, sent la joie l'envahir ; il ne peut manifester assez de gratitude à celle qui lui a procuré ce bonheur. Il lui baise les yeux, puis le visage, tout en disant :

« Certes, ma chère amie, aucune récompense ne pourrait vous remercier de votre geste, et je crains de ne pas trouver le moyen et l'occasion de vous honorer et vous servir comme je le devrais.

6700 — Seigneur, dit-elle, qu'importe ! ne vous en inquiétez pas ! Vous aurez bien des fois le moyen et l'occasion de me prodiguer vos bienfaits, à moi et à d'autres. Je n'ai fait que ce que je devais, et on ne m'en doit pas plus de reconnaissance qu'à un emprunteur qui s'acquitte de sa dette ; ce qui ne signifie pas que j'ai l'impression de vous avoir rendu ce que je vous devais.

— C'est pourtant ce que vous avez fait, Dieu m'en soit témoin, et plus qu'au centuple !

Par verité le vos os dire. »
Mes sire Yvains formant s'esjot
6690 De la novele, que il ot,
Qu'il ne cuidoit ja mes oïr.
Ne pot mie assez conjoïr
Celi, qui ce li a porquis.
Les iauz li beise et puis le vis,
6695 Et dit : « Certes, ma douce
                          [amie !
Ce ne vos porroie je mie
Guerredoner an nule guise.
A vos feire enor et servise
Criem, que pooirs et tans me
                          [faille. »

6700 « Sire ! », fet ele, « ne vos
                          [chaille,
Ne ja n'an soiiez an espans !
Qu'assez avroiz pooir et tans
A bien feire moi et autrui.
Se je ai fet ce, que je dui,
6705 Si m'an doit an tel gre savoir,
Con celui, qui autrui avoir
Anprunte et puis si le repaie.
Ancor ne cuit, que je vos aie
Randu ce, que je vos devoie. »
6710 « Si avez fet, se Des me voie,
A plus de cinc çanz mile droiz.

Maintenant nous partirons quand vous voudrez. Mais lui avez-vous révélé qui je suis ?

— Non point, par ma foi ! Elle ne sait pas comment vous vous appelez et ne connaît que le Chevalier au Lion. »

Ils partirent, suivis du lion, tout en continuant leur conversation, et ne tardèrent pas à arriver tous les trois au château. Une fois là, ils ne dirent absolument rien à personne avant d'arriver devant la dame, que l'annonce du retour de la jeune fille, accompagnée du lion et du chevalier, avait remplie de joie ; elle brûlait de le rencontrer, de le connaître et de le voir à loisir.

Monseigneur Yvain s'est laissé tombé à ses pieds, revêtu comme il l'était de son armure. Lunete était à côté de lui :

Ore an irons, quant vos vol-
                          [droiz.
Mes avez li vos dit de moi,
Qui je suis ? » — « Naie, par
                          [ma foi !
6715 Ne ne set, comant avez non
Se Chevaliers au Lion non. »
Einsi parlant s'an vont adés,
Et li lions toz jorz aprés,
Tant qu'au chastel vindrent
                          [tuit troi.
6720 Ains ne distrent ne ce ne quoi
El chastel n'a home n'a fame,

Tant qu'il vindrent devant la
                          [dame.
Et la dame mout s'esjoï
Tantost con la novele oï
6725 De la pucele, qui venoit,
Et de ce, que ele amenoit
Le lion et le chevalier,
Qu'ele voloit mout acointier
Et mout conoistre et mout
                          [veoir.
6730 A ses piez s'est leissiez cheoir
Mes sire Yvains trestoz armez,
Et Lunete, qui fu delez,

« Dame, lui dit-elle, relevez-le et employez toutes vos forces et toute votre habileté à lui procurer la réconciliation et le pardon que personne au monde en dehors de vous ne peut lui obtenir. »

La dame l'invite alors à se redresser :

« Tout ce que je peux faire, dit-elle, je le mets à son
6740 service, et je serai très heureuse d'agir selon ses souhaits et ses désirs, pour autant que je le puisse.

— Certes, dame, fait Lunete, je ne l'aurais pas dit si ce n'était vrai. Vous seule le pouvez, et bien plus encore que je ne vous l'ai dit. Mais le moment est venu de vous dire la vérité et vous allez la connaître. Jamais vous n'avez eu et jamais vous n'aurez un ami meilleur que celui-ci. Dieu qui veut que règnent entre vous et lui bonne paix et parfait amour, que rien ne vienne jamais troubler, m'a donné de le rencontrer aujourd'hui tout près d'ici. A quoi bon ajouter d'autres mots pour montrer que je dis vrai ? Dame, oubliez votre colère !

Li dit : « Dame ! relevez l'an
Et metez painne et force et san
6735 A la pes querre et au pardon,
Que nus ne li puet se vos non
An tot le monde porchacier ! »
Lors le fet la dame drecier
Et dit : « Mes pooirs est toz
　　　　　　　　　　　　[suens !
6740 Ses volantez feire et ses buens
Voldroie mout, que je poïsse. »
« Certes, dame ! ja nel deïsse »,
Fet Lunete, « se ne fust voirs.
Toz an est vostre li pooirs

6745 Assez plus, que dit ne vos ai ;
Mes des or mes vos an dirai
La verité, si la savroiz :
Ains n'eüstes ne ja n'avroiz
Si buen ami come cestui.
6750 Des, qui viaut, qu'antre vos et
　　　　　　　　　　　　[lui
Et buene pes et buene amor,
Tel, qui ja ne faille a nul jor,
Le m'a hui fet si pres trover.
Ja a la verité prover
6755 Ne covient autre reison dire :
Dame ! pardonez li vostre ire !

Il n'a qu'une seule dame, c'est vous. Ce chevalier, c'est monseigneur Yvain, votre époux. »

A ces paroles la dame sursaute :
6760 « Dieu me sauve, s'écrie-t-elle, me voici prise au piège ! et tu veux me faire aimer malgré moi un homme qui ne m'aime ni ne m'estime ? Quel beau travail ! Que d'attention à me servir ! Plutôt supporter toute ma vie bourrasques et tempêtes ! Et s'il n'était honteux et indigne de se parjurer, il ne serait pas question qu'il trouve auprès de moi pardon et réconciliation, et, au fond de moi, continuerait de couver, comme le feu sous la cendre, ce que je ne veux pas évoquer et dont je n'ai pas envie de me souvenir, puisqu'il faut me réconcilier avec lui [133]. »
Monseigneur Yvain se rend compte

Que il n'a dame autre que vos.
C'est mes sire Yvains, vostre
[espos. »

A cest mot la dame tressaut
6760 Et dit : « Se Damedés me saut,
Bien m'avez au hoquerel prise !
Celui, qui ne m'aimme ne
[prise,
Me feras amer maugré mien.
Ore as tu esploitié mout bien,
6765 Or m'as tu mout a gre servie !
Miauz vossisse tote ma vie
Vanz et orages andurer !

Et se ne fust de parjurer
Trop leide chose et trop
[vilainne,
6770 Ja mes a moi por nule painne
Pes ne acorde ne trovast.
Toz jorz mes el cors me covast,
Si con li feus cove an la çandre,
Ce, don je ne vuel or repran-
[dre,
6775 Ne ne me chaut del recorder,
Puis qu'a lui m'estuet acor-
[der. »

Mes sire Yvains ot et antant,

que ses affaires s'arrangent et qu'il pourra trouver pardon et réconciliation.

6780 « Dame, dit-il, à tout pécheur miséricorde ! J'ai payé cher ma sottise, et ce n'était que justice. Ce fut pure folie que de m'attarder loin de vous ; j'en reconnais la faute et le crime. Je fus donc bien hardi d'oser paraître devant vous, mais si maintenant vous voulez bien me garder près de vous, jamais vous n'aurez le moindre reproche à me faire.

— Oui, dit-elle, j'y consens, car je manquerais à ma parole si je n'employais toutes mes forces à vous réconcilier avec moi. Si tel est votre désir, je vous l'accorde : notre réconciliation est faite.

— Dame, dit-il, mille fois merci ! J'en appelle au saint Esprit, Dieu ne pouvait en ce bas monde me rendre plus heureux [134] ! »

Voici monseigneur Yvain réconcilié avec sa dame ; 6800 et vous pouvez croire qu'il ne fut jamais

Que ses afeires bien li prant,
Qu'il avra sa pes et s'acorde,
6780 Et dit : « Dame ! misericorde
Doit an de pecheor avoir.
Conparé ai mon fol savoir,
Et je le dui bien conparer.
Folie me fist demorer,
6785 Si m'an rant coupable et forfet.
Et mout grant hardemant ai
      [fet,
Quant devant vos osai venir ;
Mes s'or me volez retenir,
Ja mes ne vos mesferai rien. »

6790 « Certes », fet ele, « je vuel
      [bien,
Por ce, que parjure seroie,
Se tot mon pooir n'an feisoie
De pes feire antre vos et moi.
S'il vos plest, je la vos otroi. »
6795 « Dame ! », fet il, « cinc çanz
      [merciz !
Einsi m'aït sainz Esperiz,
Que Des an cest siecle mortel
Ne me porroit lié feire d'el ! »

Ore a mes sire Yvains sa pes,
6800 Si poez croire, qu'onques mes

aussi
heureux, quel qu'ait été jusqu'alors son désespoir.
Tout se termine bien pour lui : sa dame l'aime et le
chérit et il le lui rend bien. Il a oublié tous ses
tourments, sous l'effet de la joie que lui inspire son
amie. Lunete est pour sa part très heureuse ; elle a
tout ce qu'elle désire, puisqu'elle a réussi à réconcilier
pour toujours monseigneur Yvain, le parfait amant,
avec sa dame, l'amie parfaite tendrement aimée.

C'est ici que Chrétien de Troyes termine son roman
sur le Chevalier au Lion. Il a rapporté tout ce qu'il en
avait appris, et vous n'en entendrez pas davantage. En
dire plus ne serait que mensonge.

Ne fu de rien nule si liez,
Comant qu'il et esté iriez.
Mout an est a buen chief
                [venuz ;
Qu'il est amez et chier tenuz
6805 De sa dame, et ele de lui.
Ne li sovient de nul enui ;
Que par la joie les oblie,
Qu'il a de sa tres chiere amie.
Et Lunete rest mout a eise :
6810 Ne li faut chose, qui li pleise,

Des qu'ele a feite pes sanz fin
De mon seignor Yvain, le fin,
Et de s'amie chiere et fine.
6815 Del Chevalier au Lion fine
Crestiiens son romanz einsi ;
Qu'onques plus conter n'an oï,
Ne ja plus n'an orroiz conter,
S'an n'i viaut mançonge ajos-
                [ter.

NOTES

Les références bibliographiques renvoient au titre abrégé ou au tome de la revue pour les livres et les articles qui figurent dans la bibliographie. La référence : Foulet, *Glossaire*, renvoie au *Glossaire de la Première Continuation de Perceval*, établi par Lucien Foulet.

1. Chrétien n'ouvre pas son roman par un prologue comme il en a coutume. Il suit en cela deux œuvres qu'il admire : la *Chanson de Roland* et le *Roman d'Enéas*. Le vers d'ouverture répond de plus au célèbre début de la *Chanson de Roland : Carle li reis, nostre emperere magnes...* (Charles le roi, notre grand empereur...), et pose d'emblée, face aux références carolingiennes de la chanson de geste, les références arthuriennes des romans courtois.

2. La coutume est pour le roi d'assembler ses barons à Pâques, à l'Ascension ou à la Pentecôte ; les chroniqueurs d'Henri II mentionnent fréquemment ces cours plénières : à Windsor pour Pâques en 1171, à Londres pour la Pentecôte en 1177 par exemple (R. Bezzola, *Les Origines*, III/1, p. 116). Les romans de Chrétien commencent souvent lors d'une de ces assemblées : dans *Erec et Enide*, elle a lieu à Pâques, dans *Lancelot* à l'Ascension.

Le jeu de mots sur la Pentecôte « qui tant coûte » est courant, mais il n'est pas dans le style de Chrétien d'assembler des clichés. On peut y voir une « critique discrète et spirituelle » de « l'aspect mondain et commercial de cette fête » qui devrait être religieuse avant tout, comme le propose Marcelle Altieri (*Les Romans de Chrétien de Troyes, Leur perspective proverbiale et gnomique*, Paris, Nizet, 1976 ; p. 160-161). Mais peut-être Chrétien souhaite-t-il surtout donner une fin plus enjouée à une phrase qui commençait avec une certaine grandiloquence.

3. Carduel est le nom que les romans arthuriens donnent à la ville de Carlisle. Pour Chrétien, le pays de Galles reste une région mal définie qui peut donc s'étendre jusqu'au nord-ouest de l'Angleterre. Les noms qui sont ici utilisés servent à situer l'action dans un monde de légende plus que dans une réalité géographique précise.

4. On peut aussi entendre dans les propos de Chrétien qu'aujourd'hui l'amour est matière de fabliau (*fable* signifie à la fois « fabliau » et

« mensonge »), et que la façon dont on emploie le mot amour dans ces contes est une imposture.

5. Chrétien présente comme un proverbe, qui paraît donc aller de soi, ce qui est en réalité le contre-pied d'un proverbe de la Bible (*Eccles.*, IX, 4) : *Melior est canis vivus leone mortuo* (Mieux vaut un chien en vie qu'un lion mort). Il s'amuse, avec l'assentiment de son auditoire qui découvrira, dans la suite de son roman, que les chevaliers courtois sont bien en vie et que les êtres rustres et maléfiques passent de vie à trépas.

6. Chrétien, ici encore, joue avec ce que l'on rapporte de la légende d'Arthur. Les Bretons croient en effet qu'Arthur n'est pas mort et qu'il reviendra. Il se contente, lui, d'accorder l'immortalité à la renommée du roi Arthur.

7. Décidément, malgré toutes les formules qui annoncent qu'il va se passer quelque chose, les événements de la cour d'Arthur sont bien insignifiants. On ne saurait mieux faire languir son auditoire, et se jouer de son attente.

8. Lorsque enfin un récit va commencer, il est annoncé d'entrée qu'il ne sera pas glorieux ! On remarque de plus que parmi les noms que Chrétien propose à l'oreille de son auditoire, en dehors de Keu, sénéchal d'Arthur, et de Gauvain, qui a une réputation de parfait chevalier, les autres n'ont aucune histoire propre ; Didonet, Sagremor et Yvain ont seulement été nommés en passant dans *Erec et Enide* ; quant à Calogrenant, il est proprement inconnu. Selon Loomis (*Arthurian tradition and Chretien de Troyes*), Calogrenant serait un avatar de Keu, ce serait Cai-lo-grenant, « Keu le grogneur », qui se serait émancipé de son modèle. C'est donc un inconnu qui va prendre la parole.

9. Vaillance et courtoisie étaient le thème donné à son œuvre par l'auteur dès le v. 3 ; le récit de honte qu'annonçait Calogrenant ne promettait guère d'y répondre, et les circonstances présentes ne se prêtent pas à l'exaltation du thème.

10. Chrétien de Troyes met ici dans la bouche de son personnage le prologue qu'il n'a pas fait en ouverture de son récit. Les paroles doivent trouver le chemin du cœur, dit le conteur. Il reprend là un thème qui remonte à l'évangile de Matthieu (XIII, 14) : *auditu audietis et non intellegetis* (vos oreilles entendront et vous ne comprendrez pas) ; il annonce de ce fait que son récit sera à recevoir à la manière des récits évangéliques, comme une parabole. Le public courtois de ce récit se trouve donc comparé aux disciples du Christ, à ces élus qui ont su comprendre le sens profond de sa prédication.

11. Au sortir de la forêt épaisse, Calogrenant débouche sur un pays mythique : Brocéliande. Ce nom paraît être une création de Chrétien de Troyes sur le nom d'une forêt, Brécilien, Brécéliant, célèbre dans les légendes bretonnes et qui est le nom ancien de la forêt de Paimpont, près de Rennes. En transformant ce nom, il nous y fait entendre *broce* (broussaille), et *lande* ; c'est désormais un lieu de l'espace légendaire et imaginaire qu'il a mis en place, en sorte que l'on ne peut guère lui reprocher de ne pas s'être inquiété de faire traverser la mer à son héros pour le conduire en cette forêt dont le modèle se situe en Petite Bretagne.

12. En une notation rapide, Chrétien de Troyes nous dessine la silhouette d'un homme qui en ces lieux montre qu'il participe de l'art de

vivre des aristocrates les plus raffinés. L'autour est en effet un rapace
que l'on utilise en fauconnerie. L'autour « mué » (c'est-à-dire qui a fait
sa mue) est un bon oiseau de proie pour la chasse. Cet oiseau de poing se
porte avec un gant. Il symbolise la qualité de l'hôte rencontré en ces lieux
perdus, la chasse avec un autour étant un privilège de la noblesse. Il
semble de plus que porter un autour sur son poing soit devenu une
habitude des seigneurs qui se voulaient élégants, même lorsqu'ils ne
partaient pas à la chasse, tel cet écuyer qu'Yvain envoie prévenir
Laudine de l'arrivée du roi Arthur (v. 2315). Un dessin de Villard de
Honnecourt représente dans cette attitude un seigneur assis en aimable
conversation avec une dame. Sur ce qui reste d'une précieuse fresque de
la fin du XIIe siècle dans la chapelle Sainte-Radegonde de Chinon, on voit
un chevalier en tenue d'apparat figurant dans un cortège gracieux qui
tient un autour sur son poing (Charles Lelong, *Touraine romane*, 1977,
coll. Zodiaque, pl. 125).

13. Le court manteau appartient lui aussi à la mode la plus élégante de
l'époque. Le roi d'Angleterre, Henri II, en fut peut-être l'initiateur ; il
fut surnommé « Henri cort mantel ». A nouveau il se révèle qu'en ce lieu
retiré, l'on est au courant des recherches les plus raffinées et les plus
luxueuses de la mode. L'adjectif « vair », traduit ici par « fourrée de
petit gris », désigne une doublure où l'on faisait alterner en damier « la
fourrure mi-partie grise et blanche de l'écureuil appelé petit-gris »
(Foulet, *Glossaire*, s.v. vair). Sur la fresque de Chinon que nous
évoquions dans la note précédente, on distingue nettement ce type de
doublure dans le manteau d'un des personnages (qui serait selon certains
un fils d'Henri II).

14. Le bouillant chevalier, parti chercher aventure, est aussi un jeune
homme sensible au charme féminin. La jeune fille qui vit en ce lieu
difficile d'accès a toutes les grâces de celles qui ont appris l'art de
recevoir et de converser dans les meilleures cours.

15. Le chevalier errant va devenir un type, dont Marie-Luce Chênerie
a retracé la fortune littéraire. L'adjectif « errant » correspond à un verbe
« errer » disparu qui signifiait « aller, voyager ». Le héros qui chemine
et s'avance en pays inconnu forme la trame privilégiée du roman, offrant
la possibilité de multiples rencontres, de multiples « aventures ». Le
chevalier errant incarne un idéal qui trouve son accomplissement dans la
recherche de l'honneur et « l'exaltation des vertus physiques et morales
du guerrier noble » (M.-L. Chênerie, *Le Chevalier errant*, p. 685).

16. Jean Frappier parle de ce personnage comme de « cet être de nulle
part, qui est ou paraît intermédiaire entre la bête et l'homme... Il est
curieux de constater que ce personnage est le seul dont Chrétien
entreprenne un portrait en règle et conforme aux recommandations des
arts poétiques ». Ceux-ci invitent en effet à suivre un ordre descendant,
en commençant par la tête, le visage, puis le corps et enfin les vêtements
(*Etude*, p. 233-236). Il est probable que derrière ce personnage hideux,
l'on puisse deviner le berger monstrueux des légendes irlandaises, un
être de l'Autre Monde (voir R. S. Loomis, *Arthurian tradition*, p. 285-
289) ; Chrétien s'en est sans doute inspiré, mais la laideur caricaturale
qu'il prend plaisir à détailler est peut-être destinée à préparer la
magnifique réponse du v. 330 « Je suis un homme ». « Mot superbe qui

marque bien que pour Chrétien le *vilain*, en dépit de son aspect peu ragoûtant, n'est nullement une aberration de la nature, mais participe à l'humaine condition » (Philippe Ménard, *Le Rire et le sourire*, p. 169).

17. La question de Calogrenant laisse supposer qu'il n'est pas sûr de n'être pas en présence d'un être diabolique. La réponse du rustre prouve qu'il en avait bien compris le sens puisqu'il lui précise qu'il ne change jamais d'aspect, c'est-à-dire qu'il n'est pas un diable qui peut revêtir différentes formes.

18. La présentation de la fontaine par le rustre est exacte et détaillée. Il est le seul à mentionner la fuite des bêtes sauvages dont il ne sera jamais question ensuite. Il situe la chapelle, qui servira dans la suite de prison à Lunete. La divergence d'appréciation du matériau dont est fait le bassin —, en fer dit-il, en or dit Calogrenant —, est révélatrice de son ignorance, de même qu'il ne sait décrire le perron près de la fontaine. Le luxe, symbolisé par l'or et les pierres précieuses, lui est étranger.

La fontaine que décrit le rustre et que va trouver Calogrenant a beaucoup de points communs avec la fontaine de Barenton que Wace était allé voir dans la forêt de Brecheliant : « La fontaine de Barenton sourd sur un des côtés du perron. Les chasseurs ont coutume de se rendre à Barenton lorsqu'il fait très chaud ; ils y puisent de l'eau avec leur cor et en arrosent le perron ; ce geste faisait venir la pluie. Ainsi jadis amenait-on la pluie dans la forêt et dans les environs ; mais je ne sais pourquoi. C'est là que l'on peut voir les fées, si les Bretons ne nous mentent pas, et bien d'autres merveilles ; il y a là des nids d'autours et grande abondance de cerfs ; mais les paysans ont tout dévasté » (traduction des vers 6377-6392 du *Roman de Rou*, publié par A. J. Holden, Paris, 1971, Société des anciens textes français, p. 121-122). Voir : Charles Foulon, *Bull. Bibl. de la Soc. intern. arthurienne*, 1965, et Chantal Connochie-Bourgne, dans *Mélanges Charles Foulon*.

19. Chevalier privé de son cheval, Calogrenant, découragé, abandonne ses armes et son armure trop lourdes à porter. Pareillement démuni de monture, Lancelot continuera à pied et montera dans la charrette.

20. Chrétien met dans la bouche de Calogrenant des paroles qui reprennent le rythme de la conclusion de Wace après qu'il se fut rendu à la fontaine de Barenton, en quête des merveilles dont parlent les Bretons :

> Fol m'en revin, fol i alai ;
> Fol i alai, fol m'en revinc,
> Folie quis, por fol me tinc.
> (*Le Roman de Rou*, Ed. Holden, v. 6396-6398)

(Je m'en revins fou comme j'y étais allé ; j'étais fou d'y aller, j'étais fou en en revenant ; j'avais cherché une folie, je n'étais qu'un fou.)

21. Les railleries de Keu sont féroces. Il commence par un proverbe qui est « un lieu commun satirique que l'on applique en général aux chevaliers vantards dont l'ardeur guerrière ne se manifeste guère qu'à table après boire » (F. Lecoy, « Notes de lexicographie française », *Romania*, 70, 1948-49, p. 347). Il poursuit sur le même ton en évoquant les matamores qui vont tuer Loradin, le sultan Nour al-Din, bien connu

des croisés (il mourut en 1174, mais on ne peut y trouver argument pour dater notre texte ; car sa mort n'empêcha pas qu'on continue à citer son nom pour rabrouer les vantards). Fouré est un personnage secondaire de chanson de geste et « *aller venger Fouré* est le type de l'exploit irréalisable et ridicule » (Ph. Ménard, *Le Rire et le sourire*, p. 121, n. 297). Les sarcasmes de Keu associent ensuite l'entreprise d'Yvain à une exécution (en jouant sur les valeurs de « martire » en ancien français qui désigne la défaite douloureuse aussi bien que la torture et le dernier châtiment), et le cortège qu'il évoque est celui des officiers qui accompagnent le condamné à mort.

22. La scammonée est une plante amère, utilisée à l'époque en médecine.

23. Il faudrait attacher Keu à la grille du chœur pour que le prêtre vienne l'exorciser.

24. Sur l'importance de la Saint-Jean d'été, jour du solstice, on se reportera aux pages suggestives que Philippe Walter lui a consacrées (*Canicule*, p. 271 entre autres).

25. On verra dans la suite que c'est précisément ce qui se passe quand la cour d'Arthur arrive à la fontaine : Keu demande à jouter le premier. Il en sera encore fait état dans les passages qui font allusion aux faits rapportés par le roman du *Chevalier à la charrette*, à propos de la reine enlevée par un chevalier étranger, et qui avait été malencontreusement confiée à Keu sur sa demande (v. 3706 ss. et surtout 3923-25).

26. Le motif de l'anneau qui rend invisible se rencontre dans beaucoup de contes populaires. Mais il se peut que Chrétien en ait pris l'idée dans le *Roman de Troie* où Médée donne à Jason un anneau qui rend invisible quand la pierre est à l'extérieur (v. 1689 ss.).

27. Chrétien use des ressources de son art et masque par l'écriture l'inconséquence de la situation. Les propos tenus par les gens en quête du meurtrier de leur seigneur effacent de notre mémoire la petite porte par laquelle Lunete a pénétré en ce lieu. L'auteur s'amuse et se joue de nous ; on devine le plaisir qu'il éprouve à créer de toutes pièces avec les mots une réalité qui change au gré des nécessités du récit.

28. Est-ce humour ou vision impressionniste (J. Frappier, *Etude*, p. 243) que de présenter les objets du culte avant les religieuses et les prêtres qui les portent ?

29. Les gens de l'époque accordaient foi, semble-t-il, à de semblables présages. On en trouvera un témoignage dans l'anecdote rapportée par Benoît de Peterbourgh (*Gesta regis Henrici secundi et Ricardi primi*, edit. Stubbs, Londres, 1867, T. II, p. 71) : Henri II était mort à Chinon en 1189 abandonné et trahi par ses fils qui non contents de se révolter contre leur père s'étaient alliés au roi de France, et leur attitude avait, aux yeux des chroniqueurs, contribué à hâter la mort du roi ; lorsque Richard, l'héritier de la couronne, arriva pour assister aux funérailles, le cadavre du père se mit à saigner, ce qui parut souligner la conduite scandaleuse de Richard à l'égard de son père. (Voir Alain Erlande-Brandeburg, « La mort du roi Henri II », dans *Bull. des Amis du Vieux Chinon*, IX-2, 1988, p. 132.)

30. Discours véhément et suprêmement habile. La dame progressivement s'adresse au meurtrier qu'elle ne voit pas, et trouve les mots qu'il

faut pour le défier. Rien ne pouvait atteindre plus intimement Yvain que d'être traité de lâche et d'être accusé d'avoir tué Esclados par traîtrise.

31. On peut trouver à ce développement une préciosité inutile dans l'abondance et le choix des métaphores. Mais Chrétien s'applique ici à mettre en place avec des éléments concrets sa conception raffinée et élitiste de l'amour ; et les métaphores sont mieux adaptées à l'esprit de son auditoire qu'un exposé abstrait.

32. Le psautier est l'ancêtre du livre d'heures des XIVe et XVe siècles. C'est le livre de piété des laïcs. Le tombeau d'Aliénor d'Aquitaine à Fontevraud, la représente un livre entre les mains, qui ne peut guère être en la circonstance qu'un psautier.

33. Thème de la littérature antiféminine, qui remonte au célèbre *varium et mutabile semper femina* (une femme est chose diverse et changeant toujours) de l'*Enéide* (IV, 569-70). Il ne faudrait pas en conclure que telle est la pensée de Chrétien ; il place cette réflexion dans la bouche d'Yvain à qui l'ivresse des tournois fera oublier quelque peu sa dame... Néanmoins, Chrétien s'emploie ici à préparer le retournement de Laudine.

34. Par la bouche d'Yvain, Chrétien semble bien, cette fois, exprimer sa propre pensée. Il s'agit d'un plaidoyer pour l'amour, pour un sentiment qui ne doit pas être considéré comme indigne d'un chevalier.

35. Pour la description de son héroïne, Chrétien recourt sans doute au topos du rôle de Nature dans la création d'une telle beauté, il surenchérit même en en faisant l'œuvre de Dieu lui-même. Mais l'essentiel n'est pas là : sa virtuosité consiste à nous faire découvrir la beauté la plus sublime dans une femme en pleurs, en proie à la douleur la plus vive qui la fait se défigurer et se déchirer, et tout cela il nous le fait voir par les yeux d'un chevalier pris au piège d'une salle close et en péril de perdre la vie.

36. Mot à mot : « Quel genre de vie avez-vous eu aujourd'hui ? »

37. Les paroles de Lunete sont en un sens prophétiques ; l'amour qu'il éprouve pour Laudine le mènera plusieurs fois aux portes de la mort, aussi bien durant sa folie, que lors de son retour à la fontaine où il sera tenté de se tuer. Quant à l'ivresse heureuse d'Yvain amoureux, elle inaugure dans notre littérature le motif de la « prison heureuse » qui sera si bien illustré par Stendhal dans *La Chartreuse de Parme*.

38. L'image est celle d'une intendante qui livre à crédit le nécessaire.

39. Chrétien a l'art de créer le mystère par ce nom où l'adjectif peut évoquer la forêt, et où l'article défini appelle notre connivence : de cette Demoiselle Sauvage, on ne sait rien par ailleurs et on n'en entendra plus parler.

40. Nous savons que les projets du roi Arthur n'ont rien de menaçant ; mais on peut comprendre que l'annonce de son approche puisse susciter des inquiétudes. A moins que Lunete qui a tout compris, ne prépare déjà les arguments qui lui permettront de convaincre sa dame de songer à Yvain...

41. Il ne faudrait pas conclure de ces vers à la misogynie de Chrétien de Troyes. Tout cela est dit avec un sourire, et il s'amuse des attitudes qu'il crée pour son personnage. Ajoutons qu'une des leçons de ce roman est peut-être que les femmes savent résister au désir impulsif et

parviennent de la sorte à donner plus de profondeur au sentiment amoureux.

42. Lunete aime jouer avec le langage et le fait avec art, et non sans sophismes. On sent derrière de tels passages le goût qu'une société se découvre pour les paradoxes du langage.

43. Belle invention que ce débat que Laudine instaure en son for intérieur. Elle fait comparaître en pensée celui qu'elle ne connaît pas et le fait plaider lui-même sa cause ; ce qui lui évite en apparence de fournir elle-même les arguments qui doivent la conduire à absoudre le meurtrier de son époux. Et déjà l'absent habite ses pensées...

44. Ce souci est exactement la gageure que Chrétien s'est donnée. Il nous rappelle la réalité schématique de la situation mais, en même temps, il s'efforce, par son art, de nous en faire oublier des données brutes.

45. L'emploi du mot *parlement* (assemblée), transforme cette conversation familière en session officielle du conseil. On retrouve le même mot au v. 2040 pour désigner l'assemblée des barons de Laudine dont le rôle est de l'aider à prendre les décisions qui s'imposent pour le gouvernement du pays.

46. La craie sert à préparer les fourrures, et sa présence dans la fourrure indique que le vêtement est neuf.

47. Le souci d'élégance fait désormais partie de l'idéal du chevalier...

48. Lunete, une fois de plus, montre son goût pour l'art de jouer avec les mots. La situation donne au mot prison des résonances concrètes qui ne sont pas exemptes de menaces.

49. Lunete s'amuse de la peur d'Yvain et jouit de la mise en scène qu'elle a ourdie. Les propos qu'elle tient contrastent par leur entrain, leur franc parler, et les plaisanteries dont elle les assaisonne, avec l'attitude figée d'Yvain et de Laudine. Notons que c'est elle qui nous fait connaître le nom d'Esclados, comme si dans sa hardiesse, elle ne craignait pas de l'appeler par son nom en un moment aussi délicat.

50. L'attitude d'Yvain représente concrètement les données de la *fine amor* : le voici à genoux, dans l'attitude du vassal devant sa suzeraine, entièrement soumis aux volontés de sa dame, et ne pouvant lui demander que sa *merci*, sa pitié, mot clé de l'art d'aimer des troubadours.

51. Ce dialogue ne va pas sans un jeu précieux. Chrétien s'amuse à nous présenter Yvain en amoureux transi, qui va sur la fin se laisser emporter dans une tirade enflammée soutenue d'anaphores lyriques.

52. Laudine qui, par ses questions faussement naïves, s'est prêtée au jeu jusqu'alors et qui a pu jouir de l'aveu progressif des sentiments d'Yvain, reste finalement sur la réserve, et donne le pas à la raison sur le sentiment. A la déclaration enflammée d'Yvain, elle répond par une question toute pratique sur la défense de la fontaine et organise leur accord en femme de tête.

53. Nous retrouvons dans les paroles du sénéchal les craintes que Lunete avait exprimées à propos de la venue d'Arthur. Le discours du sénéchal, destiné à emporter la conviction des barons et à montrer la nécessité du mariage de Laudine, paraît un peu emphatique après les scènes auxquelles nous avons assisté. Les propos qu'il tient sur la mort d'Esclados ne peuvent qu'amener un sourire sur les lèvres de l'auditoire

du roman qui sait à quoi s'en tenir sur « l'immense chagrin » de Laudine.

54. Chrétien exprime ici l'opinion courante. Mais on avait vu l'auteur de l'*Enéas* montrer Camille à la tête de ses Amazones, semant la mort dans le combat. Tarcon s'était moqué d'elle en des termes dont les propos du sénéchal ne sont pas éloignés :

> Metez jus l'escu et la lance
> et le hauberc, qui trop vos blece,
> et ne mostrez vostre proëce.
> Ce ne est pas vostre mestier... (v. 7082-85)

(Déposez l'écu et la lance, ainsi que le heaubert qui vous meurtrit, et ne faites pas étalage de votre vaillance. Ce n'est pas là le métier d'une femme.)

Tarcon avait payé de sa vie ses railleries.

55. La coutume impose sa loi à tous. Elle est en usage depuis « plus de soixante ans », ce qui fait remonter à un temps très ancien. Pour l'instant, Laudine comme ses gens semble attachée à maintenir cette coutume dont le statut reste mystérieux. Mais lorsqu'à la fin du roman, Yvain vient verser de l'eau sur le perron et déchaîner les éléments, on perçoit la menace grave qu'elle fait peser sur le pays et ses habitants. Ils en viennent à maudire leurs ancêtres qui s'installèrent en ce lieu particulièrement exposé du fait précisément de cette coutume qui semblait donc déjà exister. La coutume gouverne aussi le château de Pesme Aventure, et là son caractère maléfique se révèle à plein. Voir n. 108.

56. C'est le seul passage où l'héroïne reçoive un nom. On ignore tout du lai du duc Laudunet... Il suffit de cette notation (le lai est un poème chanté par les conteurs bretons), appuyée des sonorités consonantes des noms propres, pour donner à la généalogie de Laudine une mystérieuse *aura* poétique et « bretonne ».

57. Chrétien résume la situation en des termes directs. Il a peut-être voulu rivaliser d'habileté avec l'auteur du *Roman de Thèbes* qui avait traité un thème semblable avec Edipus, meurtrier du roi (qui de plus est son père) épousant la femme de celui qu'il vient de tuer (et qui de plus est sa mère). Les termes employés par Chrétien ne sont pas éloignés de ceux que l'on trouvait dans ce roman : *Li dueus del roi est obliez, Cil qui mort l'a est coronez Et la reine a moiller prent* (La mort du roi est oubliée, celui qui l'a tué est couronné et prend la reine pour femme), v. 447-49.

58. Le geste du roi déclenche des trombes d'eau, mais il n'est rien dit des autres manifestations ; la fontaine semble avoir perdu un peu de son mystère ; d'autant plus que nous savons que cette fois le défenseur qui va surgir est Yvain et que nous ne tremblons pour personne.

59. La traduction reste impuissante à traduire la matière sonore des vers de Chrétien qui, à la scansion des *et*, ajoute un effet d'allitérations en *m* : « ... assomez et maz et morz et desconfiz ».

60. Le faucon gruyer est dressé spécialement pour la chasse à la grue ; le dictionnaire Littré relève encore ce mot. Ici une nouvelle fois, ce faucon sur le poing de l'écuyer dénote seulement son élégance. Voir n. 12.

61. Les deux vers du texte médiéval prennent un rythme fortement

marqué par l'organisation syntaxique et par la multiplication des allitérations : « sonent *flaütes* et *fresteles*, *Timbre*, *tabletes* et *tabor* ».

62. « Ce badinage, qu'on dut apprécier à la cour de Champagne, laisse probablement transparaître un thème mythologique que Chrétien s'est plu à amenuiser et à travestir en amusette courtoise et sentimentale » (J. Frappier, *Etude*, p. 38).

63. Chrétien trace les plaisirs de la société courtoise où chevaliers et dames échangent de menus plaisirs, cependant que les malappris, ignorant les règles qui gouvernent ces échanges, vont au-devant de graves déconvenues.

64. Les propos de Gauvain posent un problème qui était essentiel aux yeux de Chrétien de Troyes, puisqu'il en avait déjà fait le thème d'*Erec et Enide* : les rapports de l'amour et de la prouesse. Gauvain met en avant les exigences qui sont celles de la *fine amor* : l'amour doit élever l'amant et exalter sa prouesse.

65. La requête d'Yvain qui ne précise pas son objet et demande un engagement aveugle, relève du motif celtique du « don contraignant ». La personne ainsi sollicitée ne peut guère refuser sous peine d'y perdre en prestige et en dignité (Voir : Jean Frappier, « Le motif du don contraignant dans la littérature du Moyen Age », *Amour courtois et Table Ronde*, Genève, 1973, p. 225-264).

66. Nous sommes ici tout proches d'une situation d'un roman précédent de Chrétien de Troyes, *Erec et Enide*. Yvain reprend le terme *(recreant)* qui était appliqué à Erec par ses compagnons alors qu'oublieux « d'armes et de chevalerie » (v. 2463), il se laissait aller aux délices de son amour pour Enide. Celle-ci l'apprit et sa tristesse engagea Erec à partir : « Erec s'an va, avec sa femme, sans savoir où, en aventure » (v. 2760-61).

67. L'identification de cette ville n'est pas assurée. On a proposé Chester. Mais Chrétien voulait-il désigner expressément une ville précise, ou bien ne souhaitait-il pas avec ce nom qu'il avait peut-être emprunté à Wace, et qui ne manquait pas d'échos dans la tradition arthurienne (Wincestre, Leircestre...), produire un effet de couleur locale « bretonne » ?

68. Cette arrivée surprend tout le monde par sa soudaineté. Mais si personne ne vient accueillir la jeune fille et se charger de sa monture, c'est peut-être aussi le signe d'un certain relâchement dans la courtoisie qu'une demoiselle devrait rencontrer en de telles circonstances. Si elle laisse tomber son manteau, c'est qu'elle va remplir une mission : « Un messager qui arrive de l'extérieur enlève son manteau devant le roi pour bien établir qu'il n'est pas là en spectateur désœuvré comme les autres, mais en homme qui a des nouvelles importantes à transmettre au roi. » (Foulet, *Glossaire*, p. 179.)

69. Après des propos qui paraissent s'adresser à tous, la messagère soudain s'en prend directement à Yvain. Le tutoiement qu'elle emploie ne va pas sans un certain mépris.

70. Chrétien avait déjà mentionné « Morgant la fée » au détour d'une énumération dans *Erec et Enide* (v. 1907), et Arthur fera apporter, pour soigner Erec grièvement blessé, un onguent « que sa sœur Morgue avait fait » (v. 4193-94). Le nom de Morgue était donc un peu connu de

l'auditoire, ainsi que ses dons de guérisseuse. Avant Chrétien de Troyes, Geoffroi de Monmouth, dans une *Vie de Merlin* en latin, avait raconté qu'Arthur, après avoir livré sa dernière bataille, avait été accueilli dans l'*Insula Pomorum*, c'est-à-dire en Avalon, par Morgue qui l'avait soigné de ses blessures. Ces mentions faites sans insister davantage gardent au personnage une part séduisante de mystère.

71. La dame de Noroison fournit les vêtements d'apparat, la jeune fille complète par le linge fin.

72. N'y a-t-il pas dans l'offre de service d'Yvain quelque chose qui amène le sourire ? Il est bien dans la plus mauvaise des situations, il tient à peine debout, il est dans l'état le plus négligé qui soit, mais, devant une jeune fille, il tient à montrer qu'il vaut mieux que ce qu'il paraît.

73. Chrétien de Troyes manie avec virtuosité le monologue intérieur et nous fait assister à l'élaboration progressive du mensonge. Dans le texte médiéval on pourra admirer comment, grâce à la souplesse de construction de la langue de l'époque, l'écriture rend le mouvement de la pensée.

74. L'évocation de Roland et des exploits qu'il accomplit avec son épée Durandal montre le succès dont jouissait la *Chanson de Roland* qui avait sans doute été écrite au début du XIIe siècle. Les Sarrazins de l'épopée sont devenus des Turcs, nom que l'on donnait depuis les croisades aux musulmans.

75. N'est-ce pas une poursuite qui répond à celle à laquelle Yvain s'est déjà livré après Esclados le Roux ? Cette fois, Yvain a réussi à rattraper son adversaire avant qu'il n'atteigne l'entrée de sa forteresse.

76. La rencontre avec le lion occupe les vers 3341-3484, qui correspondent très précisément au centre de ce roman qui compte 6818 vers. C'est dire l'importance symbolique de l'épisode. Le héros se trouve placé devant un choix ; il est invité par cette scène à prendre parti dans la lutte qui oppose le bien et le mal. Depuis la Genèse, le serpent — qui correspond davantage à ce que nous appellerions aujourd'hui un dragon — est une figure du diable ; le lion occupe dans l'imaginaire de l'homme du XIIe siècle une place privilégiée qu'attestent abondamment les bestiaires, les blasons ou les œuvres littéraires : il est la plus noble des bêtes, le roi des animaux, et le symbole des plus hautes vertus, quand ce n'est pas du Christ lui-même. Voir : Jean Dufournet, « Le lion d'Yvain », *Le Chevalier au lion de Chrétien de Troyes*, ét. réunies par J. Dufournet, p. 77-104 ; Michel Pastoureau, « Quel est le roi des animaux ? », *Le Monde animal et ses représentations au Moyen Age (XIe-XVe siècle)*, Univ. de Toulouse-Le Mirail, 1985, p. 133-142 ; François de la Bretèque, *Le Motif du lion dans l'art et la littérature du Moyen Age. Recherches sur la mentalité et la civilisation*, Thèse de 3e cycle, soutenue à la Sorbonne nouvelle (Paris III), 1986, 2 volumes.

77. « Le motif de la queue coupée, ou attachée (*Roman de Renart*, Ia), appartient sans doute à la tradition du conte populaire. Par la queue, le lion entre en contact avec le monde, elle symbolise sa sagesse, mais aussi son animalité. » (J. Dufournet, *art. cité*, p. 84.) L'exploitation de ce motif ne va peut-être pas sans un certain sourire de la part de Chrétien de Troyes, mais peut-on aller jusqu'à y voir avec Peter Haidu un jeu comique, dans un ouvrage qui emprunte à cet épisode même son titre,

Lion-queue-coupée ? Il semble préférable d'insister avec Daniel Poirion sur la signification profonde du geste d'Yvain : « Il s'agit... d'un sacrifice nécessaire pour délivrer le lion de la gueule du serpent... Ce détail ne ridiculise pas le lion, car il s'agit d'une blessure symbolique, comme d'autres du même ordre qui ont pour but de marquer dans diverses religions, l'initiation ou la consécration. » (*Résurgences*, p. 185.)

78. L'attitude du lion emprunte ici le rituel symbolique de la vassalité ; on peut y déceler à la fois un acte de gratitude et un cérémonial de soumission. Si, ici encore, Chrétien ne se dépare pas d'un certain sourire, s'il présente la scène avec un humour évident (« Le prodige du lion reconnaissant ne va pas sans de discrets sourires », Philippe Ménard, *Le Rire et le sourire*, p. 393), la charge symbolique de cette description ne doit pas être négligée. Voir : Michel Stanesco, *Littératures*, 19.

79. « Dans ce passage, où se mêlent curieusement la fantaisie, l'émotion et un peu d'humour, Chrétien transpose dans un registre paradoxal un épisode d'*Erec*, où Enide, croyant son époux mort, est prête à se tuer avec l'épée de son " seigneur " et n'est sauvée que par le miracle d'une mort imminente » (v. 4605-4684). (J. Frappier, *Etude*, p. 44).

80. Chrétien avait présenté, en un premier monologue, les sentiments d'Yvain que l'amour vient de saisir (v. 1428-1506), celui-ci, plus bref, dépeint le profond désespoir de celui qui, par sa faute, a perdu son amour et tout bonheur. Tenté par la mort et le désespoir, Yvain approfondit ici la conscience de sa faute. Reprises de mots, appels de sonorités, interrogations pressantes, traduisent de façon neuve dans la langue française l'obsession, la torture et la douleur d'un être au désespoir.

81. Yvain ne se nomme que lorsqu'il sait qu'il se trouve en face de Lunete. Il n'est pas encore le Chevalier au lion. On remarquera qu'il ne nomme pas Lunete, mais qu'il la désigne par les actions qui lui valent sa reconnaissance ; ce qui permet en même temps au narrateur d'effectuer un rappel des faits.

82. Le délai de quarante jours appartient au droit médiéval. Le roi Arthur, lors du différend des deux filles du seigneur de Noire Epine, souligne que ce délai fait partie de l'usage de toutes les cours (v. 4800-4804).

83. Ces vers constituent la première des trois allusions à l'action du *Chevalier de la charrette* que nous rencontrons dans le *Chevalier au lion*. On trouve les deux autres aux vers 3918-3939 et 4740-4745. On en a déduit, non sans raison, que la composition des deux romans devait avoir été à peu près contemporaine (voir : J. C. Kooijman, « Temps réel et temps romanesque : le problème de la chronologie relative d'*Yvain* et de *Lancelot* », *Bull. Bibliogr. de la Soc. intern. arthurienne*, 36, 1977, p. 217-229). De toute façon, c'est là une façon habile de piquer la curiosité des auditeurs pour une autre œuvre du même auteur. Ajoutons que Gauvain n'aboutit à rien dans la quête de la reine. Et cette absence vient se juxtaposer cruellement aux grandes déclarations qu'il avait faites à Lunete (v. 2432-2439).

84. Avec adresse, Chrétien, dans cette deuxième allusion au *Chevalier*

de la Charrette, révèle un peu plus largement la trame de cet autre roman dans lequel Gauvain, Keu et la reine, déjà présents dans celui-ci, se trouvent engagés. C'est aussi la deuxième fois que Gauvain est absent quand ses proches ont le plus grand besoin de lui. En revanche, on le verra accepter inconsidérément de soutenir le parti de la sœur aînée qui s'apprête à spolier sa cadette.

85. Le lion doux comme un agneau représente une réalité impossible, et tient du miracle aux yeux de ceux qui en sont témoins. Le fait leur paraît surnaturel, et rejoint les pieux récits où le lion se fait serviteur de quelque saint (comme on le raconte par exemple de saint Jérôme). Le terme employé en ancien français, *preudon*, s'applique aussi bien au chevalier accompli qu'à l'ermite qui vit dans la plus grande piété. Ainsi se trouve soulignée l'exceptionnelle personnalité d'Yvain.

86. Yvain expie par les souffrances qu'il endure en face de cette situation intolérable l'insouciance avec laquelle il a laissé passer le terme fixé pour son retour auprès de Laudine. Cette fois, quoi qu'il doive lui en coûter, il ne peut pas ne pas compter avec le temps.

87. La situation de la jeune fille promise par le géant à la satisfaction des désirs brutaux de ses plus bas valets n'est pas sans rappeler l'épisode du *Tristan* où Yseut va être livrée à la convoitise des lépreux.

88. La peau d'ours que le géant porte le met en relation symbolique avec cet animal qui a bénéficié d'une faveur toute particulière dans la mythologie populaire. Michel Pastoureau souligne (article cité note 76) les caractéristiques spécifiques qu'on lui attribue : « Il entretient avec l'être humain, et notamment la femme, des rapports étroits, violents, parfois charnels. Opposer ou associer la bestialité de l'ours et la nudité de la femme est un thème narratif et figuré attesté partout. L'ours c'est l'animal velu, la *masle beste*, et par extension l'homme sauvage. » (p. 137) On voit que le thème des sévices que le géant veut faire subir à la jeune fille n'est pas étranger à sa parenté avec l'ours. Mais l'ours est « aussi et surtout le roi de la forêt, le roi des animaux », caractéristique qui va être peu à peu effacée. « Sous l'influence du christianisme, les bestiaires et les encyclopédies ont fortement dévalué l'ours. C'est une créature diabolique, un animal violent, méchant, lubrique, glouton, et parfois ridicule (ainsi dans le *Roman de Renart*) » (*Ib.*, p. 138). Le combat qu'entame Yvain est donc non seulement un combat contre un être malfaisant, mais aussi une lutte contre un être qui par sa nature de géant et par sa peau d'ours s'apparente doublement au monde du mal. L'intervention du lion dans ce combat renforce encore cet aspect d'un combat du bien contre le mal.

89. Toutes les indications concernant le géant comportent un élément de burlesque. Visiblement, sans rien ôter au pathétique de la situation, Chrétien s'est plu, dans ce combat où le géant est mis à mal, à décrire de façon bouffonne les blessures que lui infligent successivement Yvain puis le lion. Les métaphores qui accompagnent les coups portés par Yvain font du géant un animal, et l'intervention du lion renforce encore cette assimilation. Les combats d'un homme contre des animaux, en particulier des ours, étaient des spectacles prisés (voir M. Pastoureau, *art. cit.*, p. 138). De plus, l'homme à la peau d'ours crie comme un

taureau avant de s'abattre à terre, proie pour la foule qui se précipite vers lui comme les chiens à la curée après la chasse.

90. Yvain vient d'accomplir son premier exploit désintéressé, au service d'êtres qui ont besoin d'être secourus. Première étape vers une nouvelle vie sociale, il tient à faire connaître à Gauvain comment il est venu en aide à sa nièce et à ses neveux. Mais ce nouveau nom, qui donne son nom au roman, doit rester un mystère jusqu'au moment où Yvain jugera qu'il peut se faire connaître et ne plus se dissimuler sous ce nom.

91. Un court instant Yvain s'absente de la tâche qu'il poursuit. La contemplation soudaine de Laudine le bouleverse. Il faudra les plaintes des compagnes de Lunete pour le rappeler à la réalité.

92. La virtuosité d'écriture de Chrétien éclate dans ces lamentations des femmes. La vivacité de leurs regrets et de leurs plaintes est encore accrue par l'évocation en direct des paroles que Lunette adressait en leur faveur à celle qui a tout pouvoir sur elles. Il y avait là pour le lecteur-récitant occasion de briller.

93. Dans ces quelques vers se trouvent exposés les fondements du combat judiciaire.

94. Il est évident qu'Yvain, le combat terminé, n'est pas encore désarmé, et, la tête couverte du heaume, avec le nasal qui recouvre le milieu du visage, il n'est pas reconnaissable. La scène tire son intensité poignante de cette situation pathétique. Face à la dame, Yvain grièvement blessé, et épuisé par le combat qu'il vient de mener, va puiser au fond de lui-même des mots lourds de sens et d'émotion voilée. Il ne s'agit plus de propos précieux comme ceux qu'ils échangèrent lors de leur première entrevue. Chacun cache au fond de son cœur ses problèmes personnels. Mais à travers l'intensité des propos échangés, Yvain va entrevoir la possibilité d'un pardon.

95. La métaphore ne doit pas paraître précieuse, elle résume la situation, et la phrase, ainsi mise dans la bouche d'Yvain, dépeint sobrement son état d'esprit et comporte la part d'espoir qu'emporte Yvain. Alors que lors de sa précédente venue à la fontaine, il était au désespoir, prêt au suicide, pour avoir perdu toute joie, cette fois, il sait que sa joie est entre les mains de Laudine. Il lui reste à devenir digne de la retrouver.

96. Le droit d'aînesse est, à l'époque de Chrétien de Troyes, la règle générale. Cependant, l'aîné doit laisser aux cadets de quoi vivre dignement. « L'aîné mâle (s'il y a garçons ou filles), la fille aînée (s'il n'y a que des filles) a droit à une part prépondérante de la succession, mais, cet avantage, aussi marqué soit-il, laisse tout de même aux frères cadets des apanages ou des pensions et aux sœurs cadettes, soit une dot (« mariage »), soit une fraction de l'héritage. C'est là un principe général de succession s'appliquant dans la majorité des pays coutumiers... La plaignante d'*Yvain* respecte donc parfaitement le droit médiéval en n'admettant pas sa dépossession par sa sœur aînée. Elle le respecte également en pensant à recourir à un champion pour défendre son droit (desrenier sa terre)... Il est intéressant de noter que les coutumiers normands par exemple se servent, comme Chrétien dans *Yvain*, des termes " deresne, deresnier " dans les cas d'appel par bataille. » (Pierre Jonin, *L'Information littéraire,* 1954, p. 48.)

97. Chrétien ne dit rien des conditions dans lesquelles Gauvain a accepté de s'engager à combattre pour l'aînée. Il nous laisse supposer que Gauvain n'a pas pu résister à une demande formulée par une femme. La règle du secret est une nécessité pour la suite du récit, mais on peut aussi supposer que Gauvain ne veut pas que son seul nom décourage tout chevalier qui serait tenté d'être le champion de la cadette.

98. Troisième allusion aux événements qui font la matière du *Chevalier de la Charrette*. On notera que Chrétien prend soin de situer sa référence au moment où Lancelot est encore prisonnier. Pour ce récit parallèle, il y a donc encore un élément qui reste à mener à bien. L'histoire de Lancelot n'est pas achevée ; est-ce un procédé publicitaire pour entretenir la curiosité du public ? De nouveaux noms lui sont d'ailleurs livrés, ceux de Lancelot et de Méléagant ; il y a bien là de quoi susciter l'envie d'en savoir plus sur le récit de cet enlèvement mystérieux qui ne se termine pas avec le retour de la reine. Cette troisième allusion ménage donc l'équivalent d'un rebondissement.

99. A la précipitation de l'aînée qui voudrait voir l'affaire résolue immédiatement, le roi oppose l'usage d'accorder un délai de quarante jours pour trouver un champion. C'était déjà le délai qui avait été donné à Lunete.

100. Est-il permis de recommander la lecture du texte même des vers 4835-4854 ? Chrétien y atteint un bonheur d'écriture impossible à rendre en français moderne. La chevauchée nocturne de cette jeune fille, par mauvais temps et en des lieux hostiles et effrayants, est rythmée par un réseau de sonorités et d'appels de mots qui relient, dans une lancinante et répétitive monotonie, par-dessus la syntaxe, la *nuit*, l'*ennui* (c'est-à-dire la détresse) et la *pluie*. « Tout concourt à créer une impression morale et aussi une impression physique, la lugubre monotonie des ténèbres et de l'averse dans la forêt. » (J. Frappier, *Etude*, p. 270.)

101. Après le cauchemar de la forêt sous la pluie et dans la nuit, le son d'un cor dirige d'abord les pas de la malheureuse, et dans l'obscurité elle devine bientôt la silhouette blanche d'un petit château...

102. Cette quête d'Yvain mène le récit à nouveau vers la fontaine. Elle en acquiert un supplément de présence, en même temps que pour l'auditoire, elle se charge de l'écho de tous les événements dont elle a été le centre ou le témoin.

103. Le château et la fontaine sont-ils éloignés l'un de l'autre ? D'après ce qui en a été dit précédemment, le château n'est pas visible de la fontaine. L'église dont il est question ici ne peut donc être la chapelle où Lunete avait été enfermée. La jeune fille a donc pénétré dans la bourgade qui entoure le château.

104. Les craintes de Lunete par rapport à sa maîtresse qui se révèle particulièrement irritable et soupçonneuse (ce qu'avait déjà établi l'accusation qu'elle avait laissé se développer contre sa confidente), contribuent à rendre Laudine plus énigmatique et mystérieuse. On comprend qu'Yvain puisse trembler devant une femme qui se montre aussi terrible, aussi entière et aussi déterminée dans ses affections.

105. Lunete avait mis la jeune fille sur le chemin emprunté par Yvain, maintenant elle rencontre les habitants du lieu où Yvain a pu se remettre

de ses blessures et ce sont les empreintes mêmes des pas de son cheval qu'elle peut suivre.

106. Les propos de la jeune fille donnent au récit de sa quête un éclairage rétrospectif qui l'assimile à une chasse. Tout part des traces qu'elle a suivies. On peut voir là une marque d'humour dont on ne sait trop si elle naît du caractère de la jeune fille ou de la malice du narrateur.

107. Chrétien a créé le château de Pesme Aventure. La traduction par « château de Pire Aventure » ne rend qu'imparfaitement la valeur de l'adjectif *pesme* qui est un comparatif ancien de mauvais. La meilleure façon d'en rendre la valeur de sens serait de traduire cet adjectif par « terrible » ou « funeste » comme le propose B. Wooledge (*Commentaire*, II, p. 74). Avant même que nous assistions à ce qui va s'y passer, le nom du château ainsi placé en tête du passage laisse pressentir l'atmosphère qui y règne et la tonalité des événements qui s'y dérouleront, ce que va immédiatement confirmer et renforcer l'accueil fait à Yvain et ses compagnons. Visiblement Chrétien veut créer en nous l'attente anxieuse de quelque chose de terrible.

108. Le château de Pire Aventure est, comme le château de Laudine, le siège d'une coutume. On sent dans cet épisode tout ce que le terme porte en soi de menace. Sous ce mot, s'instaure le règne tyrannique de règles anciennes, d'usages funestes et maléfiques. Le seigneur du lieu dira lui-même qu'il s'agit d'*une mout fiere deablie* (d'une terrible invention du diable), v. 5468. Il faut peut-être y voir, comme le propose E. Köhler, un reflet de la valeur juridique du mot ; mais, les résonances du mot dans les situations où nous le trouvons employé invitent à y saisir l'émergence de traditions dont les racines se perdent dans une nuit que l'imagination perçoit comme menaçante. Le héros y trouve l'occasion d'un exploit éclatant qui bouleverse et abolit l'ordre ancien. Voir : Erich Köhler, « Le rôle de la coutume… », *Romania*, 1960 ; Jacques Ribard, « Pour une interprétation théologique de la coutume dans le roman arthurien », *Mittelalterstudien E. Köhler zum Gedenken*, p. 241-248 ; Philippe Walter, *La Mémoire du temps*, p. 232.

109. On a proposé d'identifier l'« Isle as Puceles » au « Chastel des Puceles » de Wace qui serait le nom d'Edimbourg (T. W. Reid, p. 211). L'hypothèse est fragile, et paraît aller contre la force de suggestion mystérieuse d'un tel nom. Nous suivrons plutôt Jean Frappier qui rapproche cette île « des îles paradisiaques dont parlent tant de récits irlandais, des terres de l'au-delà, des pays de la Joie hantés par des présences féminines ». (*Etude*, p. 112.) Les auditeurs de ce passage ne pouvaient sans doute pas être aussi précis dans leurs références, mais la suggestion d'ensemble reste, même si on ne connaît pas les légendes irlandaises.

110. Le *nétun* est une variété de diable. Ce mot, dont l'origine remonte au nom de la divinité latine de la mer Neptunus, a subi bien des transformations et est devenu le français moderne lutin. L'union d'une femme avec un diable est un thème qui a la faveur de la littérature d'inspiration bretonne, et l'on sait qu'ainsi fut conçu Merlin.

111. Le tribut de trente jeunes filles rappelle le tribut analogue qui se trouve dans la légende de Tristan. *La Saga de Tristan et Iseut* raconte en effet que tous les cinq ans le roi d'Irlande réclamait un tribut de soixante

garçons que son émissaire, le Morholt, venait prélever en Angleterre. Voir : *Tristan et Iseut. Les poèmes français. La Saga norroise*, textes et traductions par Daniel Lacroix et Philippe Walter, Paris, 1989, coll. Lettres gothiques, p. 546-548.

112. Ce passage célèbre mérite d'être lu dans le texte original. La plainte des tisseuses est d'abord lancée sur des phrases courtes qui se moulent sur un seul vers, elle est rythmée par la répétition de *toz jors* (toujours), de *ja* associé à une négation (jamais) et la reprise lancinante du son -*ain* qui résonne dans *fain*, dans *pain*, et qui s'affirme dans *main* (matin), *mains* (moins), *mains* (mains) des vers 5301-5306 ; nous passons ensuite à une amertume indignée en même temps que résignée où la phrase prend un peu d'ampleur et déborde sur deux ou trois vers ; puis tout reste suspendu sur une interrogation, une impossibilité à dire la souffrance et le découragement.

Quant au calcul qui est fait ici, il est évident qu'il ne peut être compliqué. Précisons que le verbe *gaaignier* est employé au sens de « rapporter, produire ». Quand on sait qu'il faut douze deniers pour faire un sou et qu'il y a vingt sous dans une livre, on doit suivre sans peine le raisonnement : sur ce qui rapporte une livre, c'est-à-dire vingt sous, une tisseuse ne gagne que quatre deniers. Or il faut que leur travail rapporte au moins vingt sous (= une livre) chaque semaine ; elles reçoivent donc quatre deniers pour vivre, soit la soixantième partie de ce que leur travail a rapporté. Pierre Jonin, se fondant sur une étude des salaires de l'époque, en conclut qu'avec quatre deniers par semaine, les ouvrières du château de Pire Aventure reçoivent un salaire « inférieur de plus de trois fois au chiffre de gain attendu, c'est-à-dire celui qui permettait tout juste de vivre. Il en ressort que Chrétien a probablement noirci à dessein une réalité économique déjà très sombre, pour en tirer un effet littéraire et psychologique ». (*L'Information littéraire*, 1954, p. 53.)

On a beaucoup épilogué sur la réalité que peut refléter cette scène. Il est assuré qu'elle ne devait pas être sans rapport avec l'industrie de la soie qui commençait à apparaître en Champagne. Mais on n'a pas réussi à trouver d'atelier comparable à celui que nous présente ici Chrétien de Troyes. Une suggestion intéressante a été faite récemment par Krijnie Cigaar. Chrétien se serait inspiré d'une réalité, « celle des Grecques déportées en Sicile par Roger II et travaillant dans le palais royal de Palerme dans des circonstances pitoyables ». (*Cahiers de Civilisation médiévale*, 32, 1989, p. 331.) Les liens entretenus par les cours anglo-normandes avec le royaume normand de Sicile rendent plausible que Chrétien ait pu entendre parler de ces ateliers siciliens de tissage de la soie (le lettré Pierre de Blois qui joua un grand rôle à la cour d'Henri II avait commencé sa carrière à la cour de Sicile) ; il a fort bien pu mêler cette réalité « exotique » avec celle des ateliers de tissage beaucoup plus modestes qu'il avait pu voir en Champagne.

113. On peut aussi comprendre « et y perdre votre renom ». Mais la traduction adoptée correspond bien à l'atmosphère de menace terrible qui pèse sur les lieux. Toute trace de celui qui entre là risque de disparaître. De plus, pour Yvain, qui, en un sens, a perdu son nom pour prendre celui de « Chevalier au lion », de telles paroles revêtent un poids

particulier. Saura-t-il s'affirmer et, vainqueur, conforter le nom qu'il a adopté, ou disparaîtra-t-il à jamais ? Nul en effet ne pourrait dire alors qui il était.

114. Ainsi s'acclimate dans notre littérature la métaphore de la flèche d'amour et de ses blessures, issue de la littérature latine et, en particulier, d'Ovide.

115. L'intervention faussement naïve du narrateur, « j'ignore s'ils veulent le tromper », souligne tout ce qu'a de menaçant et de terriblement inquiétant cet accueil trop empressé. Il garde ainsi présente l'atmosphère oppressante qu'il fait régner depuis le début de l'épisode et évite que l'auditoire ne se laisse prendre à ces marques d'attention qui pourraient paraître rassurantes.

116. Les manches que l'on coud au vêtement sont un raffinement supplémentaire. Cette façon de faire est assez largement attestée à la fin du XIIe et au début du XIIIe siècle. (On trouvera des exemples de cet usage et une discussion sur la procédure exacte qui est ici évoquée dans le *Commentaire* de B. Wooledge, II, p. 101-103.)

117. Quel que soit le sens exact que l'on doive donner au *mantel sanz harigot*, il est sûr que ce doit être là une mode particulièrement luxueuse. Tout est en effet excessif dans cet accueil, et Yvain en éprouve un sentiment de gêne.

118. Que le seigneur des lieux juge lui-même que la coutume qui y règne est diabolique, ne contribue pas à détendre l'atmosphère et à rassurer le héros.

119. L'équipement des deux fils du nétun est celui que revêtent les champions des combats judiciaires. « Chrétien a sans doute voulu considérer les deux démons comme des jouteurs plébéiens, et insinuer peut-être aussi, avec un peu d'humour, que des " bâtons cornus " (fourchus ou garnis de cornes à leur extrémité) étaient l'arme la plus appropriée à des " fils de diable ". En tout cas, il insérait dans un récit fantastique une coutume bien réelle de son temps. » (J. Frappier, *Etude*, p. 130.) La tenue des démons est en effet celle des vilains qui devaient combattre « avec l'écu, le bâton et le vêtement de cuir ; ... si le vilain était demandeur, le chevalier était admis à combattre en chevalier. » (Paul Lacroix, *Vie militaire et religieuse au Moyen Âge*, Paris, 1877, p. 165.)

120. On comprend la situation délicate d'Yvain qui ne peut faire état d'un mariage qui pour l'instant est brisé. Ses réticences, face aux instances trop vives du maître du lieu, exaspèrent celui-ci. Selon Claude Lecouteux, ce seigneur antipathique représenterait pour Chrétien un faux chevalier, un parvenu sans noblesse qui tire tous ses revenus du travail des jeunes filles. (*Cahiers de Civilisation médiévale*, 1987, p. 225.)

121. Les précautions d'Yvain qui ne veut pas être reconnu se comprennent facilement. Celles de Gauvain ont des raisons moins claires.

122. Il est dans la destinée d'Yvain de lutter constamment avec des délais pour expier celui qu'il n'a pas su respecter à l'égard de Laudine.

123. L'intransigeance insolente de l'aînée est fondée sur l'assurance où elle est, d'avoir pour champion le meilleur des chevaliers.

124. Chrétien fait ici une intervention dont le contenu semble faire

écho à des disputes sur des sujets artificiels, tels que parfois on devait s'en donner le plaisir dans les écoles ou dans les cercles courtois. Mais ce développement n'a pas sa finalité en lui-même ; il est destiné à amuser l'auditoire en jouant de virtuosité sur un thème paradoxal, et à le faire languir d'autant, avant d'aborder ce morceau de choix que doit être le combat entre les deux héros, Yvain et Gauvain.

125. Telle était en effet la part d'héritage qui était d'ordinaire attribuée au fils cadet.

126. L'ardeur des deux champions n'est pas ralentie par les propos qu'ils entendent et qui laissent présager un accord proche ou une décision royale. Il est visible qu'ils combattent désormais pour eux-mêmes ; ils sont intrigués par la résistance et la pugnacité de celui qui leur tient tête, et chacun rivalise d'ardeur pour vaincre l'autre. La cause pour laquelle ils combattent paraît bien oubliée, et, l'on peut même se demander si Chrétien n'introduit pas ici un cas limite du duel judiciaire, puisque malgré l'évidente culpabilité de la sœur aînée, son champion n'est pas vaincu. On fera remarquer, que, le roi aidant, le bon droit finira par être sauf.

127. La crainte d'être appelé « recreant » était précisément la raison qu'Yvain avait donnée à Laudine pour solliciter l'autorisation d'aller tournoyer (v. 2561). Le terme qui ne va cesser de revenir dans sa bouche, marque bien à quel point son amitié pour Gauvain est vive. Etre « recreant », c'est renoncer à se battre, abandonner le combat, et finalement c'est faire preuve de lâcheté ; on ne saurait trouver plus grande honte pour un chevalier. En cette circonstance, l'attitude d'Yvain rejoint celle de Lancelot qui pour l'amour de Guenièvre accepte l'opprobre de monter dans une charrette. L'attitude de Gauvain ne le cède aucunement en générosité à celle d'Yvain, puisqu'il foule aux pieds tout amour-propre et tout ce qui fait l'honneur d'un chevalier : il est prêt lui aussi, à se reconnaître « outré (vaincu) aux armes » (v. 6349).

128. Gauvin reconnaît ici que la cause qu'il défend est mauvaise. On peut supposer qu'il en a pris conscience en entendant les propos de l'assistance pendant le combat.

129. La ruse d'Arthur obtenant par surprise les aveux de la sœur aînée surprend dans ce contexte ; Chrétien qui a mis tous ses soins à dépeindre la confrontation d'Yvain et de Gauvain, clôt l'épisode sur une pirouette digne d'un fabliau, et s'en amuse. Marie-Luce Chênerie y voit un « humour novateur » : « Pourquoi la foi n'admettrait-elle pas que la justice immanente de Dieu se manifeste dans cette ruse mieux que dans un duel judiciaire ? » (*Le Chevalier errant*, p. 368.)

130. La solution apportée au différend des deux sœurs est conforme aux usages du temps. Mais d'autres arrangements étaient possibles (voir Pierre Jonin, *Information littéraire*, 1964, p. 50) ; il se pourrait que Chrétien se soit plu à jouer de la transposition au féminin des termes masculins ordinairement en usage dans ces situations. *Femme* correspond à *homme* au sens de « vassal » et *dame* signifie « suzeraine ». Le français moderne ne permet plus ce jeu.

131. L'arrivée du lion provoque un véritable coup de théâtre. On avait reconnu Yvain, mais on n'avait pas encore identifié le Chevalier au

lion dont les neveux de Gauvain avaient fait connaître les exploits à la cour.

132. Dans cette scène, Lunete fait preuve de la même ingéniosité que lorsqu'elle convainquit sa maîtresse d'épouser Yvain. On ne peut qu'admirer le dévouement et l'attachement affectueux qu'elle garde pour Yvain, après les conséquences néfastes qui résultèrent de ses premières interventions. Mais, cette fois, elle a multiplié les précautions.

133. Nous sommes au dénouement. Et le procédé employé par Lunete pour ramener Yvain en grâce s'apparente à la ruse d'Arthur pour régler le différend des deux sœurs. Laudine est prise au piège, mais ses propos ne manquent pas de dignité. Elle sait encore montrer quelle blessure elle garde au fond d'elle-même, même si désormais Yvain est pardonné. Les paroles qui sont échangées ici continuent la conversation qui s'était engagée lors du procès de Lunete ; comme alors, Yvain est encore entièrement dissimulé par ses armes, mais son attitude est celle qu'il avait lors de la première rencontre avec sa dame : il est à genoux devant elle. Cette dernière scène superpose donc les deux autres ; Yvain sait qu'il peut déclarer son désir de réconciliation, et, à genoux devant celle qu'il aime, ses propos ont l'intensité que ses épreuves récentes leur confèrent.

134. La joie d'Yvain réconcilié avec sa dame prend Dieu à témoin de son bonheur. Cette fois il n'y a pas de cérémonie à l'église ; tout se passe dans l'intimité des cœurs qui ont trouvé le juste langage pour s'entendre.

MOTS ET CHOSES

Armes. — La diffusion de la métallurgie entraîna un « perfectionnement » des armes défensives et offensives. Pour la défense, le corps est protégé par une tunique faite d'anneaux de fer, la *cotte de maille* ou *haubert,* qui enveloppe le chevalier, depuis la tête (recouverte par la *coiffe*), jusqu'aux genoux. Par-dessus la coiffe, un casque de métal, de forme conique, le *heaume,* destiné à faire glisser les coups d'épée, protège la tête ; pour le visage, une lame métallique descend sur le nez, le *nasal ;* un bouclier, l'*écu,* rond ou triangulaire, fait de planches de bois doublées de cuir, est tenu au bras par des courroies. C'est souvent à la décoration de l'écu que l'on reconnaît le chevalier que son équipement rend parfaitement anonyme ; ainsi Yvain reconnaît-il Keu « à ses armes » (v. 2243). Avec cet équipement le chevalier est pratiquement invulnérable aux armes de jet, et le combat au corps à corps devient inévitable. L'arme offensive est la *lance,* en bois de frêne, solide et léger, terminée par une pointe en métal ; les chevaliers foncent l'un contre l'autre, la lance appuyée sur la hanche (où une pièce de *feutre* est destinée à amortir le choc et à empêcher la lance de glisser) et essaient de se désarçonner mutuellement. Les premiers temps du combat sont donc constitués par une série de charges où le chevalier doit au passage esquiver la lance de son adversaire et ajuster le coup de la sienne ; s'il a pu résister, il exécute un demi-tour avec son cheval et revient affronter son adversaire. Dans le choc, la lance se brise fréquemment, et a lieu alors la deuxième phase du combat, à l'épée. D'ordinaire, le premier temps a mis les combattants à pied, mais des jouteurs hors pair, comme Yvain et Esclados le Roux, peuvent briser leurs lances sans réussir à se désarçonner, et le combat continue alors à l'épée, mais à cheval.

Baron. — Les barons sont, dans le monde féodal, la partie la plus riche et la plus puissante des seigneurs. Les barons sont chevaliers, mais tous les chevaliers ne sont pas barons. Les barons forment la partie la plus influente des vassaux d'un prince, et désignent les membres de son conseil. Le château matérialise souvent la puissance d'un baron. La puissante forteresse à laquelle Yvain parvient en compagnie de son lion au v. 3773, appartient à un baron. La modeste tour entourée d'un fossé à laquelle Calogrenant fait halte en se rendant à la fontaine appartient à un noble qui n'est que vavasseur (v. 191ss.).

Château. — Le mot a souvent, au Moyen Age, un sens plus large qu'aujourd'hui. Il désigne l'ensemble des habitations qui sont regroupées à l'intérieur d'une enceinte autour de la demeure seigneuriale fortifiée. La maison du seigneur, qui domine en général sur la position la plus haute la bourgade, est désignée du nom de *tour* ou *donjon*, ou de *palais*, et fait l'objet de constructions défensives renforcées. Les autres maisons constituent le *bourg*. Le mot désigne aussi bien les habitations construites à l'intérieur de l'enceinte que celles qui, à la faveur d'une période de paix, ont pu s'établir à l'extérieur — d'où l'appellation de « forsbourg » qui deviendra le faubourg.

Cheval. — Le Moyen Age distinguait plusieurs sortes de montures, et établissait une hiérarchie entre elles. Le cheval par excellence, c'est le *destrier*, le cheval de bataille, fougueux et spécialement dressé pour la joute à la lance. On le ménage et l'écuyer, quand le chevalier ne le monte pas, le conduit à côté de lui, en le tenant de la main droite (d'où son nom). Quand un chevalier parle de son cheval, il s'agit de son destrier, et, dans les romans de Chrétien de Troyes, les chevaliers ne désignent jamais autrement leur monture de combat. Pour le voyage ou pour la parade, on utilise un *palefroi*, dont le pas est plus doux et qui est plus confortable à chevaucher. Quand Yvain veut s'éloigner de la cour sans qu'on le sache pour aller tenter l'aventure de la fontaine, il sort de la ville sur son palefroi et se fait apporter son « cheval » (c'est-à-dire son destrier) à l'extérieur de la ville par son valet. On disposait également de chevaux spécialement dressés pour la chasse, les *chaceors*. Mais il est aussi des chevaux de charge et de travail, le roncin, cheval de paysan, qui n'a aucune beauté et dont l'usage est infamant ; c'est une honte pour un chevalier que de se retrouver assis sur un *roncin*. (Voir : Jean Dufournet, *Cours sur la Chanson de Roland*, Paris, CDU, p. 77ss., et André Eskénazi, « *Cheval* et *destrier* dans les romans de Chrétien de Troyes », *Revue de linguistique romane*, 53, 1989, p. 398-433.)

Chevalier. — L'amélioration de la race chevaline, l'emploi de l'étrier et de la grande selle, amènent une transformation profonde dans l'art du combat. Désormais, le combattant par excellence est celui qui a un cheval et l'équipement guerrier adapté. Le chevalier appartient à l'aristocratie féodale, et doit disposer de moyens suffisants pour se procurer cheval et armement, mais aussi pour trouver le loisir nécessaire à l'entraînement indispensable. Les chevaliers constituent une catégorie à l'intérieur de la noblesse, qui se distingue par sa fonction guerrière et par une mentalité commune, un état d'esprit qui privilégie les qualités morales de courage, de fidélité à la parole donnée, bref un code d'honneur du combattant qui va s'enrichir d'un idéal de courtoisie et d'humanisme. Entre les chevaliers, il existe de profondes différences de fortune, et à côté des grands seigneurs possédant château (v. *Baron*), on trouve des chevaliers moins aisés, dont la demeure beaucoup plus simple, n'est plus qu'un modeste manoir défendu par un fossé (v. *Vavasseur*).

Combat judiciaire. — Il ne fut interdit que sous Louis IX ; il constitue un motif traditionnel de la chanson de geste et du roman. Accusateur et accusé sont aux prises, soit directement s'il s'agit de chevaliers, ou par l'intermédiaire de leurs champions comme dans les deux combats de ce type que soutient Yvain. « Le roi est toujours chargé, dans le motif narratif du duel judiciaire, du rôle de juge organisant le combat et veillant ensuite à l'exécution de la sentence » (Marguerite Rossi, « Le duel judiciaire dans les chansons du cycle carolingien : structure et fonction », *Mélanges René Louis,* p. 945-960). On jugera de la façon dont Chrétien de Troyes met en œuvre ce motif en se reportant à l'analyse de sa structure traditionnelle telle que la présente Marguerite Rossi : après les préliminaires religieux ou juridiques, vient le combat « dont le premier moment est une joute à cheval, suivie d'un long affrontement où les champions, à pied, utilisent généralement l'épée ; chacun assène à l'autre, alternativement, des coups qui portent sur le heaume... ; une progression très fixe conduit des simples atteintes au casque ou à l'armure jusqu'aux blessures graves et aux mutilations — perte de l'oreille et du bras —, que subit seul l'accusateur parjure. Le dénouement intervient quand l'un des deux combattants (dans les chansons de geste, c'est bien entendu le coupable) est abattu à terre par son adversaire et se montre incapable de se relever ; il avoue alors ses forfaits et reconnaît la fausseté des accusations qu'il avait portées ; il est ensuite décapité par le vainqueur... » (« Le motif du duel judiciaire dans *Gaydon :* traitement littéraire et signification », *Mélanges Jeanne Lods,* p. 531.) On notera que.

dans chaque combat, Chrétien omet volontairement de se conformer aux règles de ce type de jugement qui exigeaient que les champions déclinent préalablement leur identité ; le récit est maître de ses effets et le romancier ne juge pas utile de se conformer à une réalité qui lui interdirait les plus riches péripéties. La façon dont il dramatise chacune des interventions d'Yvain, soit pour Lunete, soit pour la fille cadette du seigneur de Noire Epine, lui permet, en faisant surgir son champion au dernier moment, de rendre plausible l'omission du cérémonial préalable.

Costume. — La *chemise* est une pièce de lingerie en toile de fil que l'on porte à même la peau. C'est le minimum que l'on puisse porter sur soi. Lunete, promise au bûcher, ne conserve sur elle que sa chemise. Sur la chemise, on porte une *cotte*, sorte de tunique par-dessus laquelle on passe le *surcot*. C'est là le vêtement ordinaire aussi bien des hommes que des femmes. Le comble de l'élégance était d'ajuster si bien les manches qu'elles devaient être cousues au vêtement chaque fois qu'on s'habillait. En compagnie, pour être plus « habillé », on revêtait un *mantel* d'apparat, taillé en demi-cercle, sans manches, et qui était retenu par une agrafe sur le devant ; mais lorsque l'envoyée de Laudine arrive à la cour, elle ôte son manteau pour indiquer qu'elle a un message à transmettre. Les hommes portaient des *braies,* qui étaient une sorte de culotte, intermédiaire entre le caleçon et le pantalon, que des *chausses* montant au-dessus du genou venaient compléter sur les jambes et les pieds. A l'extérieur, en voyage, on portait une *chape* pour se protéger du froid et de la pluie.

Dame. — La femme d'un seigneur mérite seule d'être appelée de ce nom. A plus forte raison lorsqu'elle est elle-même à la tête d'un fief, en est-elle la dame. La poésie des troubadours qui a transposé les termes de la hiérarchie féodale dans la relation qui s'établit entre l'amant et celle qu'il prie d'amour, donne aussi ce titre à la femme dont le poète est amoureux.

Ecuyer. — L'écuyer est, étymologiquement, le serviteur du chevalier, chargé de porter son écu lors d'une chevauchée guerrière. Mais ce terme fut aussi lié à la famille du latin *equus,* « cheval », d'autant plus facilement que ses fonctions l'amenaient aussi à s'occuper du cheval de son maître. Au XIIe siècle, l'écuyer appartient au cercle noble ; il est homme d'armes vivant dans l'entourage du chevalier, et, s'il n'est pas encore chevalier, c'est qu'il est jeune homme, mais il a bon espoir de l'être un jour. À partir du XVe siècle, l'écuyer fut l'officier de cour chargé tout spécialement du soin des chevaux et de l'*écurie* (terme qui désigne jusqu'à cette époque l'état d'écuyer). Le XVIIe siècle, pour qui l'écuyer n'a plus de lien avec l'écu, désigne de ce mot un cavalier habile.

Essart. — Entre le Xe et le XIIIe siècle la superficie des terres cultivées paraît avoir doublé. Ce fut une époque de grands défrichements, où l'on s'attaqua à la forêt. La population croissait, on disposait aussi d'outils plus efficaces, la scie « passe-partout », la hache, des pics, des pelles ferrées, qui permettaient de couper les arbres, d'arracher les souches, et de passer la charrue dès l'année suivante. Ces terres défrichées sont nommées « essarts ». L'essart est donc un espace de transition entre le monde des cultures et la forêt qui lui est contiguë. Voir : Georges Duby, *L'Economie rurale et la vie des campagnes dans l'Occident médiéval*, Paris, Aubier, 1962, p. 142-169.

Géant. — Le géant est un personnage traditionnel de la littérature arthurienne. Alors que dans la *Chanson de Guillaume*, Renouart au tinel s'est converti au parti du bien, dans les romans arthuriens, le géant appartient toujours au monde maléfique : « Les géants des romans bretons sont toujours des êtres redoutables et cruels et qui, surtout, transgressent les interdits sur lesquels se fonde, du moins dans nos textes, une civilisation : l'inceste et l'anthropophagie » (Emmanuèle Baumgartner, « Géants et chevaliers », *The Spirit of the Court*, Cambridge, Brewer, 1985 ; p. 11). Harpin de la Montagne ne fait pas exception, et l'on reconnaît en lui, sous une forme déviante, la faveur de ces êtres pour les crimes sexuels.

Héraut. — Le héraut est un personnage qui se range parmi les ménestrels. C'est un familier des grandes cours. Lors des fêtes, ils sont, par leur « bel parler », tout désignés pour faire les commentaires de leur déroulement. On les prend même parfois comme juges dans les tournois. Voir : Michel Stanesco, « Le héraut d'armes et la tradition littéraire chevaleresque », *Romania*, 106 (1985), p. 233-253.

Mangonneau, pierrier. — Mangonneau et pierrier étaient des engins de guerre qui servaient à lancer des projectiles sur les murailles d'un château. Le pierrier lançait des pierres, de grosse dimension souvent, et son but était d'ébranler la muraille et d'y faire une brèche.

Monseigneur. — Chrétien de Troyes semble avoir fait descendre « du ciel sur la terre » ce titre de profond respect qui avait été d'abord réservé aux saints (Lucien Foulet, « Sire, messire »,

Romania, 71, 1950, p. 1-48). Dans le monde profane, il s'inscrit comme un raffinement de politesse à l'égard d'un homme que l'on veut particulièrement honorer. Le premier à en avoir bénéficié est Gauvain, exemple parfait du chevalier preux et courtois. Mais dans le *Chevalier au lion*, Keu parfois (non sans doute sans une volonté de malice), et Yvain, de façon presque constante, sont honorés de ce titre. Il faut donc voir dans l'usage de ce titre une marque de déférence respectueuse et souriante, qui souligne la faveur de l'auteur pour son héros ; il le met à égalité avec Gauvain, comme le combat judiciaire le montrera, et les faits donnent même à Yvain l'avantage qui revient à celui qui soutient les justes causes. Après Chrétien de Troyes, l'expression deviendra traditionnelle pour Gauvain dans les romans arthuriens. (Voir : Jean Frappier, *Etude sur Yvain*, p. 142ss.)

Quintaine. — Pour s'entraîner au combat à la lance, les futurs chevaliers s'élançaient contre un mannequin en bois monté sur pivot ; d'un côté, il y avait un écu qu'il s'agissait d'atteindre en son centre, de l'autre, un maillet ou un fléau. Si le coup était bien ajusté, la quintaine était renversée ; sinon, le mannequin tournait sur son pivot, et le novice risquait de recevoir un coup de maillet ou de fléau au passage.

Seigneur. — Ce terme de respect désigne le suzerain par rapport à un vassal dans la hiérarchie féodale ; il désigne le roi de façon privilégiée, quand on s'adresse à lui ; mais il sert aussi à s'adresser avec déférence à tout chevalier que l'on rencontre, même si l'on ignore son rang. Le seigneur est maître d'une terre. L'ancienne langue jouait même d'une autre signification que le français moderne ne permet pas de conserver : seigneur pouvait désigner le mari ; Laudine emploie plusieurs fois ce terme pour désigner son époux défunt.

Vassal. — Le sens premier de ce terme, chevalier noble relevant d'un suzerain, n'apparaît pas dans les romans de Chrétien de Troyes. La valeur laudative qu'il avait dans les chansons de geste, où il désignait le chevalier courageux au combat, s'est conservée, et Yvain et Gauvain, à l'issue de leur glorieux combat seront ainsi désignés (v. 6453) ; mais, curieusement, vassal employé pour s'adresser directement à quelqu'un comporte arrogance et mépris envers celui que l'on interpelle.

Vavasseur. — C'est un petit noble ; il est trop pauvre pour être à la cour ; il vit sur ses terres, et il ne fréquente pas les tournois. L'étymologie de son nom (*vassus vassorum*, « vassal de vassal ») indique bien que son rang est des plus humbles ; c'est « un tenancier d'arrière-fief ». Dans les romans, et sans doute à la suite de Chrétien de Troyes qui en a créé le type, le vavasseur est un hôte hospitalier qui « maintient fidèlement, loin de la vie brillante des cours, les meilleures traditions chevaleresques de prudhommie et de loyauté » (Jean Frappier, *Etude sur Yvain*, p. 95). Voir : Charles Foulon, « Les vavasseurs dans les romans de Chrétien de Troyes », *Mélanges Lewis Thorpe*, 1980.

OWEIN ET LUNET
ou
LA DAME DE LA FONTAINE
Roman gallois du XIIIᵉ siècle [1]

L'empereur Arthur se trouvait à Kaer Llion sur Wysc. Or un jour il était assis dans sa chambre en compagnie d'Owen, fils d'Uryen, de Kynon [2], fils de Klydno et de Kei, fils de Kynyr. Gwenhwyvar et ses suivantes cousaient près de la fenêtre. On disait qu'il y avait un portier à la cour d'Arthur, mais, en réalité, il n'y en avait point : c'était Glewlwyl Gavaelvawr qui en remplissait les fonctions ; il recevait les hôtes et les gens venant de loin ; il leur rendait les premiers honneurs, leur faisait connaître les manières et les usages de la cour ; il indiquait à ceux qui avaient droit d'y entrer la salle et la chambre ; à ceux qui avaient droit au logement, leur hôtel. Au milieu de la chambre était assis l'empereur Arthur sur un siège de joncs verts recouvert d'un manteau de *paile* [3] jaune-rouge ; sous son coude, un coussin recouvert de *paile* rouge. « Hommes », dit Arthur, « si vous ne vous moquiez pas de moi, je dormirais volontiers en attendant mon repas. Pour vous, vous pouvez causer, prendre des pots d'hydromel et des tranches de viande de la main de Kei. » Et l'empereur s'endormit.

Kynon, fils de Klydno, réclama à Kei ce que l'empereur leur avait promis. « Je veux d'abord », dit Kei, « le récit qui m'a été promis. » — « Homme », dit Kynon, « ce que tu as de mieux à faire, c'est de réaliser la promesse d'Arthur, ensuite nous te dirons le meilleur récit que nous pouvons savoir. » Kei s'en alla à la cuisine et au cellier ; il en revint avec des cruchons d'hydromel, un gobelet d'or, et plein le poing de broches portant des tranches de viande. Ils prirent les tranches et se mirent à boire l'hydromel. « Maintenant », dit Kei, « c'est à vous de me payer mon récit. » — « Kynon », dit Owein, « paie son récit à Kei. » — « En vérité », dit Kynon, « tu es plus vieux que moi, meilleur conteur, et tu as vu plus de choses extraordinaires : paye son récit à Kei. » — « Commence, toi, par ce que tu sais de plus remarquable. » — « Je commence », dit Kynon.

1. Voir Introduction, p. 26. La traduction du texte est de J. Loth, dans *Les Mabinogion du Livre Rouge de Hergest*, Paris, 1913, T. II, p. 1-45.
2. *Kynon* est un des trois chevaliers au sage conseil de la cour d'Arthur
3 Étoffe luxueuse venant d'Orient.

J'étais fils unique de père et de mère ; j'étais fougueux, d'une grande présomption ; je ne croyais pas qu'il y eût au monde personne capable de me surpasser en n'importe quelle prouesse. Après être venu à bout de toutes celles que présentait mon pays, je fis mes préparatifs et me mis en marche vers les extrémités du monde et les déserts ; à la fin je tombai sur un vallon le plus beau du monde, couvert d'arbres d'égale taille, traversé dans toute sa longueur par une rivière aux eaux rapides. Un chemin longeait la rivière ; je la suivis jusqu'au milieu du jour et je continuai de l'autre côté de la rivière jusqu'à nones. J'arrivai à une vaste plaine, à l'extrémité de laquelle était un château fort étincelant, baigné par les flots. Je me dirigeai vers le château : alors se présentèrent à ma vue deux jeunes gens aux cheveux blonds frisés portant chacun un diadème d'or ; leur robe était de *paile* jaune ; des fermoirs d'or serraient leurs cous-de-pied ; ils avaient à la main un arc d'ivoire ; les cordes en étaient de nerfs de cerf ; leurs flèches dont les hampes étaient d'os cétacés avaient des barbes de plumes de paon ; la tête des hampes était en or ; la lame de leurs couteaux était aussi en or et le manche d'os de cétacé. Ils étaient en train de lancer leurs couteaux. A peu de distance d'eux, j'aperçus un homme aux cheveux blonds frisés, dans toute sa force, la barbe fraîchement rasée. Il était vêtu d'une robe et d'un manteau de *paile* jaune ; un liséré de fil d'or bordait le manteau. Il avait aux pieds deux hauts souliers de *cordwal* bigarré, fermés chacun par un bouton d'or. Aussitôt que je l'aperçus, je m'approchai de lui dans l'intention de le saluer, mais c'était un homme si courtois que son salut précéda le mien. Il alla avec moi au château.

Il n'y avait d'autres habitants que ceux qui se trouvaient dans la salle. Là se tenaient vingt-quatre pucelles en train de coudre de la soie auprès de la fenêtre, et Kei, je te le dirai, je ne crois pas me tromper en affirmant que la plus laide d'entre elles était plus belle que la jeune fille la plus belle que tu aies jamais vue dans l'île de Bretagne ; la moins belle était plus charmante que Gwenhwyvar, femme d'Arthur, quand elle est la plus belle, le jour de Noël ou le jour de Pâques, pour la messe. Elles se levèrent à mon arrivée. Six d'entre elles s'emparèrent de mon cheval et me désarmèrent ; six autres prirent mes armes et les lavèrent dans un bassin au point qu'on ne pouvait rien voir de plus blanc. Un troisième groupe de six mit les nappes sur les tables et prépara le repas. Le quatrième groupe de six me débarrassa de mes habits de voyage et m'en donna d'autres : chemise, chausses de *bliant*[1], robe, surcot et manteau de *paile* jaune ; il y avait au manteau une large bande d'*orfrois* (galon). Ils étendirent sous nous et autour de nous de nombreux coussins recouverts de fine toile rouge. Nous nous assîmes. Les six qui s'étaient emparées de mon cheval le débarrassèrent de tout son équipement d'une façon irréprochable, aussi bien que les meilleurs écuyers de l'île de Bretagne. On nous apporta aussitôt des aiguières d'argent pour nous laver et des serviettes de fine toile, les unes vertes, les autres blanches.

Quand nous fûmes lavés, l'homme dont j'ai parlé se mit à table ; je m'assis à côté de lui et toutes les pucelles à ma suite au-dessous de moi, à l'exception de celles qui faisaient le service. La table était d'argent, et les

---

1. Riche tissu destiné d'abord à la confection des tuniques (a. fr. bliaut).

linges de table, de toile fine ; quant aux vases qui servaient à table, pas un qui ne fût d'or, d'argent ou de corne de bœuf sauvage. On nous apporta notre nourriture. Tu peux m'en croire, Kei, il n'y avait pas de boisson ou de mets à moi connu qui ne fût représenté là, avec cette différence que mets et boisson étaient beaucoup mieux apprêtés que partout ailleurs.

Nous arrivâmes à la moitié du repas sans que l'homme ou les pucelles m'eussent dit un mot. Lorsqu'il sembla à mon hôte que j'étais plus disposé à causer qu'à manger, il me demanda qui j'étais. Je lui dis que j'étais heureux de trouver avec qui causer et que le seul défaut que je voyais dans sa cour, c'était qu'ils fussent si mauvais causeurs. « Seigneur », dit-il, « nous aurions causé avec toi déjà, sans la crainte de te troubler dans ton repas, nous allons le faire maintenant. » Je lui fis connaître qui j'étais et quel était le but de mon voyage : je voulais quelqu'un qui pût me vaincre, ou moi-même triompher de tous. » Il me regarda et sourit : « Si je ne croyais », dit-il, « qu'il dût t'en arriver trop de mal, je t'indiquerais ce que tu cherches. » J'en conçus grand chagrin et grande douleur. Il le reconnut à mon visage et me dit : « Puisque tu aimes mieux que je t'indique chose désavantageuse pour toi plutôt qu'avantageuse, je le ferai : couche ici cette nuit. Lève-toi demain de bonne heure, suis le chemin sur lequel tu te trouves tout le long de cette vallée là-bas jusqu'à ce que tu arrives au bois que tu as traversé. Un peu avant dans le bois, tu rencontreras un chemin bifurquant à droite ; suis-le jusqu'à une grande clairière unie ; au milieu s'élève un tertre sur le haut duquel tu verras un grand homme noir, aussi grand au moins que deux hommes de ce monde-ci ; il n'a qu'un pied et un seul œil au milieu du front ; à la main il porte une massue de fer, et je te réponds qu'il n'y a pas deux hommes au monde qui n'y trouvassent leur faix. Ce n'est pas que ce soit un homme méchant, mais il est laid. C'est lui qui est le garde de la forêt, et tu verras mille animaux sauvages paissant autour de lui. Demande-lui la route qui conduit hors de la clairière. Il se montrera bourru à ton égard, mais il t'indiquera un chemin qui te permette de trouver ce que tu cherches. »

Je trouvai cette nuit longue. Le lendemain matin je me levai, m'habillai, montai à cheval et j'allai devant moi le long de la vallée de la rivière jusqu'au bois, puis je suivis le chemin bifurquant que m'avait indiqué l'homme, jusqu'à la clairière. En y arrivant, il me sembla bien voir là au moins trois fois plus d'animaux sauvages que ne m'avait dit mon hôte. L'homme noir était assis au sommet du tertre ; mon hôte m'avait dit qu'il était grand : il était bien plus grand que cela. La massue de fer qui, d'après lui, aurait chargé deux hommes, je suis bien sûr, Kei, que quatre hommes de guerre y eussent trouvé leur faix : l'homme noir la tenait à la main. Je saluai l'homme noir qui ne me répondit que d'une façon bourrue. Je lui demandai quel pouvoir il avait sur ces animaux. « Je te le montrerai, petit homme », dit-il. Et de prendre son bâton et d'en décharger un bon coup sur un cerf. Celui-ci fit entendre un grand bramement, et aussitôt, à sa voix accoururent des animaux en aussi grand nombre que les étoiles dans l'air, au point que j'avais grand'peine à me tenir debout au milieu d'eux dans la clairière ; ajoutez qu'il y avait des serpents, des vipères, toute sorte d'animaux. Il ieta les yeux sur eux et leur ordonna d'aller paître. Ils baissèrent la tête et lui témoignèrent le même respect que des hommes soumis à leur seigneur. « Vois-tu, petit homme », me dit alors l'homme noir, « le pouvoir que j'ai sur ces animaux. »

Je lui demandai la route. Il se montra rude, mais il me demanda néanmoins où je voulais aller. Je lui dis qui j'étais et ce que je voulais. Il me renseigna : « Prends le chemin au bout de la clairière et marche dans la direction de cette colline rocheuse là-haut. Arrivé au sommet, tu apercevras une plaine, une sorte de grande vallée arrosée. Au milieu tu verras un grand arbre ; l'extrémité de ses branches est plus verte que le plus vert des sapins ; sous l'arbre est une fontaine et sur le bord de la fontaine une dalle de marbre, et sur la dalle un *bassin* d'argent attaché à une chaîne d'argent de façon qu'on ne puisse les séparer. Prends le bassin et jettes-en plein d'eau sur la dalle. Aussitôt tu entendras un si grand coup de tonnerre qu'il te semblera que la terre et le ciel tremblent ; au bruit succédera une ondée très froide ; c'est à peine si tu pourras la supporter la vie sauve ; ce sera une ondée de grêle. Après l'ondée, il fera beau. Il n'y a pas sur l'arbre une feuille que l'ondée n'aura enlevée ; après l'ondée viendra une volée d'oiseaux qui descendront sur l'arbre ; jamais tu n'as entendu dans ton pays une musique comparable à leur chant. Au moment où tu y prendras le plus de plaisir, tu entendras venir vers toi le long de la vallée gémissements et plaintes, et aussitôt t'apparaîtra un chevalier monté sur un cheval tout noir, vêtu de *paile* tout noir, la lance ornée d'un gonfanon[1] de toile fine tout noir. Il t'attaquera le plus vite possible. Si tu fuis devant lui, il t'atteindra ; si tu l'attends, de cavalier que tu es, il te laissera piéton. Si cette fois tu ne trouves pas souffrance, il est inutile que tu en cherches tant que tu seras en vie. »

Je suivis le chemin jusqu'au sommet du tertre, d'où j'aperçus ce que m'avait annoncé l'homme noir ; j'allai à l'arbre et dessous je vis la fontaine, avec la dalle de marbre et le bassin d'argent attaché à la chaîne. Je pris le bassin et je le remplis d'eau que je jetai sur la dalle. Voilà aussitôt le tonnerre et beaucoup plus fort que ne m'avait dit l'homme noir, et après le bruit, l'ondée : j'étais bien convaincu, Kei, que ni homme, ni animal, surpris dehors par l'ondée, n'en échapperait la vie sauve. Pas un grêlon n'était arrêté par la peau ni par la chair : il pénétrait jusqu'à l'os. Je tourne la croupe de mon cheval contre l'ondée, je place le *soc* de mon bouclier sur la tête de mon cheval et sur sa crinière, la housse sur ma tête, et je supporte ainsi l'ondée. Je jette les yeux sur l'arbre : il n'y avait plus une feuille. Alors le temps devient serein ; aussitôt les oiseaux descendent sur l'arbre et se mettent à chanter ; et je suis sûr, Kei, de n'avoir jamais entendu, ni avant, ni après, de musique comparable à celle-là. Au moment où je prenais le plus de plaisir à les entendre, voilà les plaintes venant vers moi le long de la vallée, et une voix me dit : « Chevalier, que me voulais-tu ? Quel mal t'ai-je fait pour que tu me fisses à moi et à mes sujets ce que tu m'as fait aujourd'hui ? Ne sais-tu pas que l'ondée n'a laissé en vie ni créature humaine, ni bête

---

1. *Gonfanon*, étendard ou enseigne quadrangulaire terminé en pointe, enroulé quand on ne combattait pas, flottant en cas de combat Il s'attachait à la hampe de la lance.

qu'elle ait surprise dehors ? » Aussitôt se présente le chevalier sur un cheval tout noir, vêtu de *paile* tout noir, avec un gonfanon de toile fine tout noir. Nous nous attaquons. Le choc fut rude, mais je fus bientôt culbuté. Le chevalier passa le fût de sa lance à travers les rênes de mon cheval, et s'en alla avec les deux chevaux en me laissant là. Il ne me fit même pas l'honneur de me faire prisonnier ; il ne me dépouilla pas non plus.

Je revins par le chemin que j'avais déjà suivi. Je trouvai l'homme noir à la clairière, et je t'avoue, Kei, que c'est merveille que je ne sois pas fondu de honte, en entendant les moqueries de l'homme noir. J'arrivai cette nuit au château où j'avais passé la nuit précédente. On s'y montra encore plus courtois que la nuit d'avant, on me fit faire bonne chère, et je pus causer à mon gré avec les hommes et les femmes. Personne ne fit la moindre allusion à mon expédition à la fontaine. Je n'en soufflai mot non plus à personne. J'y passai la nuit. En me levant, le lendemain matin, je trouvai un palefroi brun foncé, à la crinière toute rouge, aussi rouge que la pourpre, complètement équipé. Après avoir revêtu mon armure, je leur laissai ma bénédiction et je revins à ma cour. Le cheval, je l'ai toujours ; il est à l'étable là-bas, et par Dieu et moi, Kei, je ne le donnerais pas encore pour le meilleur palefroi de l'île de Bretagne. Dieu sait que personne n'a jamais avoué pour son compte une aventure moins heureuse que celle-là. Et cependant, ce qui me semble le plus extraordinaire, c'est que je n'ai jamais ouï parler de personne ni avant ni après qui sût la moindre chose au sujet de cette aventure, en dehors de ce que je viens de raconter ; et aussi que l'objet de cette aventure se trouve dans les États de l'empereur Arthur sans que personne arrive dessus. — « Hommes », dit Owein, « ne serait-il pas bien de chercher à tomber sur cet endroit-là ? » — « Par la main de mon ami », dit Kei, « ce n'est pas la première fois que ta langue propose ce que ton bras ne ferait pas. » — « En vérité », s'écria Gwenhwyvar, « mieux vaudrait te voir pendre, Kei, que tenir des propos aussi outrageants envers un homme comme Owein. » — « Par la main de mon ami », répondit-il, « princesse, tu n'en as pas plus dit à la louange d'Owein que je ne l'ai fait moi-même. » A ce moment Arthur s'éveilla et demanda s'il avait dormi quelque temps. — « Pas mal de temps, seigneur », dit Owein. — « Est-il temps de se mettre à table ? » — « Il est temps, seigneur », dit Owein. Le cor donna le signal d'aller se laver, et l'empereur, avec toute sa maison, se mit à table. Le repas terminé, Owein disparut. Il alla à son logis et prépara son cheval et ses armes.

Le lendemain, dès qu'il voit le jour poindre, il revêt son armure, monte à cheval, et marche devant lui au bout du monde et vers les déserts des montagnes. A la fin, il tombe sur le vallon boisé que lui avait indiqué Kynon, de façon à ne pouvoir douter que ce ne soit lui. Il chemine par le vallon en suivant la rivière, puis il passe de l'autre côté et marche jusqu'à la plaine ; il suit la plaine jusqu'en vue du château. Il se dirige vers le château, voit les jeunes gens en train de lancer leurs couteaux à l'endroit où les avait vus Kynon, et l'homme blond, le maître du château, debout à côté d'eux. Au moment où Owein va pour le saluer, l'homme blond lui adresse son salut et le précède au château. Il aperçoit une chambre, et en entrant dans la chambre, des pucelles en train de coudre de la *paile* jaune, assises dans des chaires dorées. Owein les trouva beaucoup plus belles et plus gracieuses encore que ne l'avait dit Kynon. Elles se levèrent pour servir Owein comme elles l'avaient fait pour Kynon. La chère parut encore meilleure à Owein qu'à Kynon. Au milieu du repas, l'homme blond demanda à Owein quel voyage il faisait. Owein ne lui cacha rien : « Je voudrais », dit-il, « me rencontrer avec le chevalier qui garde la fontaine. » L'homme blond sourit ; malgré l'embarras qu'il éprouvait à donner à Owein des indications à ce sujet comme auparavant à Kynon, il le renseigna cependant complètement. Ils allèrent se coucher.

Le lendemain matin, Owein trouva son cheval tenu prêt par les pucelles. Il chemina jusqu'à la clairière de l'homme noir, qui lui parut encore plus grand qu'à Kynon. Il lui demanda la route. L'homme noir la lui indiqua. Comme Kynon, Owein suivit la route jusqu'à l'arbre vert. Il aperçut la fontaine et au bord de la dalle avec le bassin. Owein prit le bassin, et en jeta plein d'eau sur la dalle. Aussitôt voilà un coup de tonnerre, puis après le tonnerre, l'ondée, et les deux bien plus forts que ne l'avait dit Kynon. Après l'ondée, le ciel s'éclaircit. Lorsque Owein leva les yeux vers l'arbre, il n'y avait plus une feuille. A ce moment les oiseaux descendirent sur l'arbre et se mirent à chanter. Au moment où il prenait le plus de plaisir à leur chant, il vit un chevalier venir le long de la vallée. Owein alla à sa rencontre et ils se battirent rudement. Ils brisèrent leurs deux lances, tirèrent leurs épées et s'escrimèrent. Owein bientôt donna au chevalier un tel coup qu'il traversa le heaume, la cervelière et la ventaille et atteignit à travers la peau, la chair et les os jusqu'à la cervelle. Le chevalier noir sentit qu'il était mortellement blessé, tourna bride et s'enfuit. Owein le poursuivit et, s'il ne pouvait le frapper de son épée, il le serrait de près. Un grand château brillant apparut. Ils arrivèrent à l'entrée. On laissa pénétrer le chevalier noir, mais on fit retomber sur Owein la herse. La herse atteignit l'extrémité de la selle derrière lui, coupa le cheval en deux, enleva les molettes des éperons du talon d'Owein et ne s'arrêta qu'au sol. Les molettes des éperons et un tronçon du cheval restèrent dehors, et Owein, avec l'autre tronçon, entre les deux portes. La porte intérieure fut fermée, de sorte qu'Owein ne pouvait s'échapper.

Il était dans le plus grand embarras, lorsqu'il aperçut, à travers la jointure de la porte une rue en face de lui, avec une rangée de maisons des deux côtés, et une jeune fille aux cheveux blonds frisés, la tête ornée d'un bandeau d'or, vêtue de *paile* jaune, les pieds chaussés de deux brodequins de *cordwal* tacheté, se dirigeant vers l'entrée. Elle demanda qu'on ouvrît : « En vérité », dit Owein, « dame, il n'est pas plus possible de t'ouvrir d'ici que tu ne peux toi-même de là me délivrer. » — « C'est vraiment grande pitié », dit la pucelle, « qu'on ne puisse te délivrer. Ce serait le devoir d'une femme de te rendre service. Je n'ai jamais vu assurément jeune homme meilleur que toi pour une femme. Si tu avais une amie, tu serais bien le meilleur des amis pour elle ; si tu avais une maîtresse, il n'y aurait pas meilleur amant que toi ; aussi ferai-je tout ce que je pourrai pour te tirer d'affaire. Tiens cet anneau et mets-le à ton droigt. Tourne le chaton à l'intérieur de ta main et ferme la main dessus. Tant que tu le cacheras, il te cachera toi-même. Lorsqu'ils seront revenus à eux, ils accourront ici de nouveau pour te livrer au supplice à cause du chevalier. Ils seront fort irrités quand ils ne te trouveront pas. Moi je serai sur le montoir de pierre là-bas à t'attendre. Tu me verras sans que je te voie. Accours et mets ta main sur mon épaule ; je saurai ainsi que tu es là. Suis-moi alors où j'irai. » Sur ce, elle quitta Owein.

Il fit tout ce que la pucelle lui avait commandé. Les hommes de la cour vinrent en effet chercher Owein pour le mettre à mort, mais ils ne trouvèrent que la moitié du cheval, ce qui les mit en grande fureur. Owein s'échappa du milieu d'eux, alla à la pucelle et lui mit la main sur l'épaule. Elle se mit en marche suivie par Owein et ils arrivèrent à la porte d'une chambre grande et belle. Elle ouvrit, ils entrèrent et fermèrent la porte. Owein promena ses regards sur tout l'appartement : il n'y avait pas un clou qui ne fût peint de riche couleur, pas un panneau qui ne fût décoré de diverses figures dorées. La pucelle alluma un feu de charbon, prit un bassin d'argent avec de l'eau, et, une serviette de fine toile blanche sur l'épaule, elle offrit l'eau à Owein pour qu'il se lavât. Ensuite, elle plaça devant lui une table d'argent doré, couverte d'une nappe de fine toile jaune et lui apporta à souper. Il n'y avait pas de mets connu d'Owein dont il ne vît là abondance, avec cette différence que les mets qu'il voyait étaient beaucoup mieux préparés qu'ailleurs. Nulle part il n'avait vu offrir autant de mets ou de boissons excellentes que là. Pas un vase de service qui ne fût d'or ou d'argent. Owein mangea et but jusqu'à une heure avancée du temps de nones. A ce moment, ils entendirent de grands cris dans le château. Owein demanda à la pucelle quels étaient ces cris : « On donne l'extrême-onction au maître du château », dit-elle. Owein alla se coucher. Il eût été digne d'Arthur, tellement il était bon, le lit que lui fit la pucelle, de tissus d'écarlate, de *paile*, de *cendal*[1] et de toile fine.

Vers minuit, ils entendirent des cris perçants. « Que signifient ces cris maintenant ? » dit Owein. — « Le seigneur, maître du château, vient de mourir », répondit la pucelle. Un peu après le jour retentirent des cris et des lamentations d'une violence inexprimable. Owein demanda à la jeune fille ce que signifiaient ces cris. « On porte », dit-elle, « le corps du seigneur, maître du château, au cimetière. » Owein se leva, s'habilla, ouvrit la fenêtre et regarda du côté du château. Il ne vit ni commencement ni fin aux troupes qui remplissaient les rues, toutes complètement armées ; il y avait aussi beaucoup de femmes à pied et à cheval, et tous les gens d'Église de la cité étaient là chantant. Il semblait à Owein que le ciel resonnait sous la violence des cris, du son des trompettes, et des chants des hommes d'Église. Au milieu de la foule était la bière, recouverte d'un drap de toile blanche, portée par des hommes dont le moindre était un baron puissant. Owein n'avait jamais vu assurément une suite aussi brillante que celle-là avec ses habits de *paile*, de soie et de *cendal*.

Après cette troupe venait une femme aux cheveux blonds, flottant sur les deux épaules, souillés à leur extrémité de sang provenant de meurtrissures, vêtue d'habits de *paile* jaune en lambeaux, les pieds chaussés de brodequins de *cordwal* bigarré. C'était merveille que le bout de ses doigts ne fût écorché, tant elle frappait avec violence ses deux

1. Le *cendal* est une espèce de soie.

mains l'une contre l'autre. Il était impossible de voir une aussi belle
femme, Owein en était bien persuadé, si elle avait eu son aspect habituel.
Ses cris dominaient ceux des gens et le son des trompettes de la troupe.
En la voyant Owein s'enflamma de son amour au point qu'il en était
entièrement pénétré. Il demanda à la pucelle qui elle était. « On peut en
vérité te dire », répondit-elle, « que c'est la plus belle des femmes, la
plus généreuse, la plus sage et la plus noble ; c'est ma dame ; on l'appelle
la Dame de la Fontaine, c'est la femme de l'homme que tu as tué hier. »
— « Dieu sait », dit Owein, « que c'est la femme que j'aime le plus. » —
« Dieu sait qu'elle ne t'aime ni peu ni point. » La pucelle se leva et
alluma un feu de charbon, remplit une marmite d'eau et la fit chauffer.
Puis elle prit une serviette de toile blanche et la mit autour du cou
d'Owein. Elle prit un gobelet d'os d'éléphant, un bassin d'argent, le
remplit d'eau chaude et lava la tête d'Owein. Puis elle ouvrit un coffret
de bois, en tira un rasoir au manche d'ivoire, dont la lame avait deux
rainures dorées, le rasa et lui essuya la tête et le cou avec la serviette.
Ensuite elle dressa la table devant Owein et lui apporta son souper.
Owein n'en avait jamais eu de comparable à celui-là, ni d'un service plus
irréprochable. Le repas terminé, la pucelle lui prépara son lit. « Viens ici
te coucher », dit-elle, « et j'irai faire la cour pour toi. »

Elle ferma la porte et s'en alla au château. Elle n'y trouva que tristesse
et soucis. La comtesse était dans sa chambre, ne pouvant, dans sa
tristesse, supporter la vue de personne. Lunet s'avança vers elle et la
salua. Elle ne répondit pas. La pucelle se fâcha et lui dit : « Que t'est-il
arrivé, que tu ne répondes à personne aujourd'hui ? » — « Lunet », dit
la comtesse, « quel honneur est le tien, que tu ne sois pas venue te rendre
compte de ma douleur. C'est moi qui t'ai faite riche. C'était bien mal à
toi de ne pas venir, oui, c'était bien mal. » — « En vérité », dit Lunet,
« je n'aurais jamais pensé que tu eusses si peu de sens. Il vaudrait mieux
pour toi chercher à réparer la perte de ce seigneur que de t'occuper d'une
chose irréparable. » — « Par moi et Dieu, je ne pourrai jamais remplacer
mon seigneur par un autre homme au monde. » — « Tu pourrais
épouser qui le vaudrait bien et peut-être mieux. » — « Par moi et Dieu, s'il
ne me répugnait de faire périr une personne que j'ai élevée, je te ferais
mettre à mort, pour faire en ma présence des comparaisons aussi
injustes. Je t'exilerai en tout cas. » — « Je suis heureuse que tu n'aies pas
à cela d'autre motif que mon désir de t'indiquer ton bien, lorsque tu ne le
voyais pas toi-même. Honte à la première d'entre nous qui enverra vers
l'autre, moi pour solliciter une invitation, toi pour la faire. » Et Lunet
sortit. La dame se leva et alla jusqu'à la porte de la chambre à la suite de
Lunet ; là elle toussa fortement. Lunet se retourna. La comtesse lui fit
signe et elle revint auprès d'elle. « Par moi et Dieu, dit la dame, tu as
mauvais caractère, mais puisque c'est mon intérêt que tu veux m'enseigner, dis-moi comment cela se pourrait. » — « Voici », dit-elle. « Tu
sais qu'on ne peut maintenir ta domination que par vaillance et armes.
Cherche donc au plus tôt quelqu'un qui la conserve. » — « Comment
puis-je le faire ? » — « Voici : si tu ne peux conserver la fontaine, tu ne
peux conserver tes États ; il ne peut y avoir d'autre homme à défendre la
fontaine que quelqu'un de la cour d'Arthur. J'irai donc à la cour, et
honte à moi si je n'en reviens avec un guerrier qui gardera la fontaine

aussi bien ou mieux que celui qui l'a fait avant. » — « C'est difficile ; enfin, essaie ce que tu dis. »

Lunet partit comme si elle allait à la cour d'Arthur, mais elle se rendit à sa chambre auprès d'Owein. Elle y resta avec lui jusqu'au moment où il eût été temps pour elle de d'être de retour de la cour d'Arthur. Alors elle s'habilla et se rendit auprès de la comtesse, qui la reçut avec joie : « Tu apportes des nouvelles de la cour d'Arthur ? » dit-elle. — « Les meilleures du monde, princesse ; j'ai trouvé ce que je suis allée chercher. Et quand veux-tu que je te présente le seigneur qui est venu avec moi ? » — « Viens avec lui demain vers midi pour me voir. Je ferai débarrasser la maison en vue d'un entretien particulier. » Lunet rentra.

Le lendemain, à midi, Owein revêtit une robe, un surcot et un manteau de *paile* jaune, rehaussé d'un large *orfrei* de fil d'or ; ses pieds étaient chaussés de brodequins de *cordwal* bigarré, fermés par une figure de lion en or. Ils se rendirent à la chambre de la dame qui les accueillit d'aimable façon. Elle considéra Owein avec attention : « Lunet », dit-elle, « ce seigneur n'a pas l'air de quelqu'un qui a voyagé. » — « Quel mal y a-t-il à cela, princesse ? », dit Lunet. — « Par Dieu et moi, ce n'est pas un autre que lui qui a fait sortir l'âme du corps de mon seigneur. » — « Tant mieux pour toi, princesse ; s'il n'avait pas été plus fort que lui, il ne lui eût pas enlevé l'âme du corps ; on n'y peut plus rien, c'est une chose faite. » — « Retournez chez vous », dit la dame, « et je prendrai conseil. » Elle fit convoquer tous ses vassaux pour le lendemain et leur signifia que le comté était vacant, en faisant remarquer qu'on ne pouvait le maintenir que par chevalerie, armes et vaillance. « Je vous donne à choisir : ou l'un de vous me prendra, ou vous me permettrez de choisir un mari d'ailleurs qui puisse défendre l'État. » Ils décidèrent de lui permettre de choisir un mari en dehors du pays. Alors elle appela les évêques et les archevêques à la cour pour célébrer son mariage avec Owein. Les hommes du comté prêtèrent hommage à Owein. Owein garda la fontaine avec lance et épée, voici comme : tout chevalier qui y venait, il le renversait et le vendait pour toute sa valeur. Le produit, il le partageait entre ses barons et ses chevaliers ; aussi n'y avait-il personne au monde plus aimé de ses sujets que lui. Il fut ainsi pendant trois années.

Un jour que Gwalchmei se promenait avec l'empereur Arthur, il jeta les yeux sur lui et le vit triste et soucieux, Gwalchmei fut très peiné de le voir dans cet état, et lui demanda : « Seigneur, que t'est-il arrivé ? » — « Par moi et Dieu, Gwalchmei, j'ai regret après Owein qui a disparu d'auprès de moi depuis trois longues années ; si je suis encore une quatrième sans le voir, mon âme ne restera pas dans mon corps. Je suis bien sûr que c'est à la suite du récit de Kynon, fils de Klydno, qu'il a disparu du milieu de nous. » — « Il n'est pas nécessaire », dit Gwalchmei, « que tu rassembles les troupes de tes États pour cela ; avec tes gens seulement, tu peux venger Owein s'il est tué, le délivrer s'il est prisonnier, et l'emmener avec toi s'il est en vie. » On s'arrêta à ce qu'avait dit Gwalchmei. Arthur et les hommes de sa maison firent leurs préparatifs pour aller à la recherche d'Owein. Ils étaient au nombre de trois mille sans compter les subordonnés. Kynon, fils de Klydno, leur servait de guide. Ils arrivèrent au château fort où avait été Kynon : les jeunes gens étaient en train de lancer leurs couteaux à la même place, et l'homme blond était debout près d'eux. Dès qu'il aperçut Arthur, il le salua et l'invita : Arthur accepta l'invitation. Ils allèrent au château. Malgré leur grand nombre, on ne s'apercevait pas de leur présence dans le château. Les pucelles se levèrent pour les servir. Ils n'avaient jamais vu auparavant de service irréprochable en comparaison de celui des femmes. Le service pour les valets des chevaux, cette nuit-là, ne se fit pas plus mal que pour Arthur lui-même dans sa propre cour.

Le lendemain matin Arthur se mit en marche, avec Kynon pour guide. Ils arrivèrent auprès de l'homme noir ; sa stature parut encore beaucoup plus forte à Arthur qu'on ne le lui avait dit. Ils gravirent le sommet de la colline, et suivirent la vallée jusqu'auprès de l'arbre vert, jusqu'à ce qu'ils aperçurent la fontaine et le bassin sur la dalle. Alors Kei va trouver Arthur, et lui dit : « Seigneur, je connais parfaitement le motif de cette expédition, et j'ai une prière à te faire : c'est de me laisser jeter de l'eau sur la dalle, et recevoir la première peine qui viendra. » Arthur le lui permet. Kei jette de l'eau sur la pierre, et aussitôt éclate le tonnerre ; après le tonnerre, l'ondée : jamais ils n'avaient entendu bruit ni ondée pareille. Beaucoup d'hommes de rang inférieur de la suite d'Arthur furent tués par l'ondée. Aussitôt l'ondée cessée, le ciel s'éclaircit. Lorsqu'ils levèrent les yeux vers l'arbre, ils n'y aperçurent plus une feuille. Les oiseaux descendirent sur l'arbre ; jamais, assurément, ils n'avaient entendu musique comparable à leur chant. Puis ils virent un chevalier monté sur un cheval tout noir, vêtu de *paile* tout noir, venant d'une allure ardente. Kei alla à sa rencontre et se battit avec lui. Le combat ne fut pas long : Kei fut jeté à terre. Le chevalier tendit son pavillon ; Arthur et ses gens en firent autant pour la nuit.

En se levant, le lendemain matin, ils aperçurent l'enseigne de combat flottant sur la lance du chevalier. Kei alla trouver Arthur : « Seigneur », dit-il, « j'ai été renversé hier dans de mauvaises conditions ; te plairait-il que j'allasse aujourd'hui me battre avec le chevalier ? » — « Je le permets », dit Arthur. Kei se dirigea sur le chevalier, qui le jeta à terre aussitôt. Puis il jeta un coup d'œil sur lui ; et, lui donnant du pied de sa lance sur le front, il entama heaume, coiffe, peau et même chair jusqu'à l'os, de toute la largeur du bout de la hampe. Kei revint auprès de ses compagnons. Alors les gens de la maison d'Arthur allèrent tour à tour se battre avec le chevalier, jusqu'à ce qu'il ne resta plus debout qu'Arthur et Gwalchmei. Arthur revêtait ses armes pour aller lutter contre le chevalier, lorsque Gwalchmei lui dit : « Oh ! seigneur, laisse-moi aller le premier contre le chevalier. » Et Arthur y consentit. Il alla donc contre le chevalier ; comme il était revêtu d'une couverture de *paile* que lui avait envoyée la fille du comte d'Anjou, lui et son cheval, personne de l'armée ne le reconnaissait. Ils s'attaquèrent et se battirent, ce jour-là, jusqu'au soir, et cependant aucun d'eux ne fut près de jeter l'autre à terre. Le lendemain ils allèrent se battre avec des lances épaisses, mais aucun d'eux ne put triompher de l'autre. Le jour suivant, ils allèrent au combat avec des lances solides, grosses et épaisses. Enflammés de colère, ils se chargèrent jusqu'au milieu du jour, et enfin ils se donnèrent un choc si violent que les sangles de leurs chevaux se rompirent, et que chacun d'eux roula par-dessus la croupe de son cheval à terre. Ils se levèrent

vivement, tirèrent leurs épées, et se battirent. Jamais, de l'avis des
spectateurs, on n'avait vu deux hommes aussi vaillants, ni si forts. S'il y
avait eu nuit noire, elle eût été éclairée par le feu qui jaillissait de leurs
armes. Enfin le chevalier donna à Gwalchmei un tel coup, que son
heaume tourna de dessus son visage, de sorte que le chevalier vit que
c'était Gwalchmei. « Sire Gwalchmei », dit alors Owein, « je ne te
reconnaissais pas à cause de ta couverture ; tu es mon cousin germain.
Tiens mon épée et mes armes. » — « C'est toi qui es le maître, Owein »,
répondit Gwalchmei, c'est toi qui as vaincu ; prends donc mon épée. »
Arthur les remarqua dans cette situation, et vint à eux. « Seigneur
Arthur », dit Gwalchmei, « voici Owein qui m'a vaincu, et il ne veut pas
recevoir de moi mon épée. » — « Seigneur », dit Owein, « c'est lui qui
est le vainqueur, et il ne veut pas de mon épée. » — « Donnez-moi vos
épées », dit Arthur, « et ainsi aucun de vous n'aura vaincu l'autre. »
Owein jeta les bras autour du cou d'Arthur, et ils se baisèrent. L'armée
accourut vers eux. Il y eut tant de presse et de hâte pour voir Owein et
l'embrasser, que peu s'en fallut qu'il n'y eût des morts. Ils passèrent la
nuit dans leurs pavillons.

Le lendemain, Arthur manifesta l'intention de se mettre en route.
« Seigneur », dit Owein, « ce n'est pas ainsi que tu dois agir. Il y a
aujourd'hui trois ans que je t'ai quitté, et que cette terre m'appartient.
Depuis ce temps jusqu'aujourd'hui, je prépare un banquet pour toi. Je
savais que tu irais à ma recherche. Tu viendras donc avec moi pour te
débarrasser de ta fatigue, toi et tes hommes. Vous aurez des bains. » Ils
se rendirent au château de la Dame de la Fontaine tous ensemble, et le
festin qu'on avait mis trois ans à préparer, ils en vinrent à bout en trois
mois de suite. Jamais banquet ne leur parut plus confortable ni meilleur.
Arthur songea alors au départ, et envoya des messagers à la dame pour
lui demander de laisser Owein venir avec lui, afin de le montrer aux
gentilshommes et aux dames de l'île de Bretagne pendant trois mois. La
dame le permit malgré la peine qu'elle en éprouvait. Owein alla avec
Arthur dans l'île de Bretagne. Une fois arrivé au milieu de ses
compatriotes et de ses compagnons de festins, il resta trois années au lieu
de trois mois.

Owein se trouvait, un jour, à table à Kaer Llion sur Wysc, lorsqu'une
jeune fille se présenta, montée sur un cheval brun, à la crinière frisée ;
elle le tenait par la crinière. Elle était vêtue de *paile* jaune. La bride et
tout ce qu'on apercevait de la selle était d'or. Elle s'avança en face
d'Owein, et lui enleva la bague qu'il avait au doigt. « C'est ainsi qu'on
traite », dit-elle, « un trompeur, un traître sans parole : honte sur ta
barbe ! » Elle tourna bride et sortit. Le souvenir de son expédition revint
à Owein, et il fut pris de tristesse. Le repas terminé, il se rendit à son
logis, et y passa la nuit dans les soucis.

Le lendemain il se leva, mais ce ne fut pas pour se rendre à la cour ; il
alla aux extrémités du monde et aux montagnes désertes. Et il continua
ainsi jusqu'à ce que ses habits fussent usés, et son corps pour ainsi dire
aussi ; de longs poils lui poussèrent par tout le corps. Il fit sa compagnie
des animaux sauvages, il se nourrit avec eux, si bien qu'ils devinrent
familiers avec lui. Mais il finit par s'affaiblir au point de ne pouvoir les
suivre. Il descendit de la montagne à la vallée, et se dirigea vers un parc,

le plus beau du monde, qui appartenait à une comtesse veuve. Un jour, la comtesse et ses suivantes allèrent se promener au bord de l'étang qui était dans le parc, jusqu'à la hauteur du milieu de l'eau. Là elles aperçurent comme une forme et une figure d'homme. Elles en conçurent quelque crainte, mais, néanmoins, elles approchèrent de lui, le tâtèrent et l'examinèrent. Elles virent qu'il était tout couvert de teignes, et qu'il se desséchait au soleil. La comtesse retourna au château. Elle prit plein une fiole d'un onguent précieux, et le mit dans la main d'une de ses suivantes en disant : « Va avec cet onguent, emmène ce cheval-là, et emporte des vêtements que tu mettras à la portée de l'homme de tout à l'heure. Frotte-le avec cet onguent dans la direction de son cœur. S'il y a encore de la vie en lui, cet onguent le fera lever. Épie ce qu'il fera. » La pucelle partit. Elle répandit sur lui tout l'onguent, laissa le cheval et les habits à portée de sa main, s'éloigna un peu de lui, se cacha et l'épia. Au bout de peu de temps, elle le vit se gratter les bras, se relever et regarder sa peau. Il eut grande honte, tellement son aspect était repoussant. Apercevant le cheval et les habits il se traîna jusqu'à ce qu'il pût tirer les habits à lui de la selle, et les revêtir. Il put à grand'peine monter sur le cheval. Alors la pucelle parut et le salua. Il se montra joyeux vis-à-vis d'elle, et lui demanda quels étaient ces domaines et ces lieux. « C'est à une comtesse veuve », dit-elle, « qu'appartient ce château fort là-bas. Son mari, en mourant, lui avait laissé deux comtés, et aujourd'hui, elle n'a plus d'autre bien que cette demeure : tout le reste lui a été enlevé par un jeune comte, son voisin, parce qu'elle n'a pas voulu devenir sa femme. » — « C'est triste », dit Owein. Et la jeune fille et lui se rendirent au château.

Owein descendit ; la jeune fille le mena à une chambre confortable, alluma du feu, et le laissa. Puis elle se rendit auprès de la comtesse, et lui remit la fiole. « Hé, pucelle », dit la dame, « où est tout l'onguent ? » — « Il est tout entier perdu », dit-elle. — « Il m'est difficile de te faire des reproches à ce sujet. Cependant il était inutile pour moi de dépenser en onguent précieux la valeur de cent vingt livres pour je ne sais qui. Sers-le tout de même », ajouta-t-elle, « de façon qu'il ne lui manque rien. » C'est ce que fit la pucelle ; elle le pourvut de nourriture, boisson, feu, lit, bains, jusqu'à ce qu'il fût rétabli. Les poils s'en allèrent de dessus son corps par touffes écailleuses. Cela dura trois mois, et sa peau devint plus blanche qu'elle ne l'avait été.

Un jour, Owein entendit du tumulte dans le château, et un bruit d'armes à l'intérieur. Il demanda à la pucelle ce que signifiait ce tumulte. « C'est le comte dont je t'ai parlé », dit-elle, « qui vient contre le château, à la tête d'une grande armée, dans l'intention d'achever la perte de la dame. » Owein demanda si la comtesse avait cheval et armes. « Oui », dit-elle, « les meilleures du monde. » — « Irais-tu bien lui demander en prêt, pour moi, un cheval et des armes de façon que je puisse aller voir de près l'armée ? » — « J'y vais. » Et elle se rendit auprès de la comtesse, à laquelle elle exposa toute leur conversation. La comtesse se mit à rire. « Par moi et Dieu », s'écria-t-elle, « je lui donne le cheval et l'armure pour toujours. Et il n'en a, sûrement, jamais eu en sa possession de pareils. J'aime mieux qu'il les prenne que de les voir devenir la proie de mes ennemis, demain, malgré moi, et cependant je ne sais ce qu'il veut en faire. »

On lui amena un gascon noir, parfait, portant une selle de hêtre, et une armure complète pour cheval et cavalier. Owein revêtit son armure, monta à cheval, et sortit avec deux écuyers complètement armés et montés. En arrivant devant l'armée du comte, ils ne lui virent ni commencement ni fin. Owein demanda aux écuyers dans quelle bataille était le comte. « Dans la bataille, là-bas, où tu aperçois quatre étendards jaunes, deux devant lui, et deux derrière. » — « Bien », dit Owein, « retournez sur vos pas et attendez-moi auprès de l'entrée du château. » Ils s'en retournèrent, et lui poussa en avant jusqu'à ce qu'il rencontra le comte. Il l'enleva de sa selle, le plaça entre lui et son arçon de devant, et tourna bride vers le château. En dépit de toutes les difficultés, il arriva avec le comte au portail, auprès des écuyers. Ils entrèrent, et Owein donna le comte en présent à la comtesse, en lui disant : « Tiens, voici l'équivalent de ton onguent béni. » L'armée tendit ses pavillons autour du château. Pour avoir la vie sauve, le comte rendit à la dame ses deux comtés ; pour avoir la liberté, il lui donna la moitié de ses domaines à lui, et tout son or, son argent, ses joyaux et des otages en outre ainsi que tous ses vassaux. Owein partit. La comtesse l'invita bien à rester, mais il ne le voulut pas, et se dirigea vers les extrémités du monde et la solitude.

Pendant qu'il cheminait, il entendit un cri de douleur dans un bois, puis un second, puis un troisième. Il se dirigea de ce côté, et aperçut une éminence rocailleuse au milieu du bois, et un rocher grisâtre sur le penchant de la colline. Dans une fente du rocher se tenait un serpent, et, à côté du rocher, était un lion tout noir. Chaque fois qu'il essayait de s'échapper, le serpent s'élançait sur lui et le mordait. Owein dégaîna son épée, et s'avança vers le rocher, il le frappa de son épée et le coupa en deux. Il essuya son épée et reprit sa route. Tout à coup, il vit le lion le suivre et jouer autour de lui comme un lévrier qu'il aurait élevé lui-même. Ils marchèrent tout le jour jusqu'au soir. Quand Owein trouva qu'il était temps de se reposer, il descendit, lâcha son cheval au milieu d'un pré uni et ombragé, et se mit à allumer du feu. Le feu était à peine prêt, que le lion avait apporté assez de bois pour trois nuits. Puis il disparut. En un instant, il revint apportant un fort et superbe chevreuil qu'il jeta devant Owein. Il se plaça de l'autre côté du feu, en face d'Owein. Owein prit le chevreuil, l'écorcha, et en mit des tranches à rôtir sur des broches autour du feu. Tout le reste du chevreuil, il le donna à manger au lion.

Pendant qu'il était ainsi occupé, il entendit un grand gémissement, puis un second, puis un troisième, tout près de lui. Il demanda s'il y avait là une créature humaine. « Oui, assurément », fut-il répondu. — « Qui es-tu ? » dit Owein. — « Je suis Lunet, la suivante de la dame de la fontaine. » — « Que fais-tu ici ? » » — « On m'a emprisonnée à cause d'un chevalier qui vint de la cour d'Arthur, pour épouser ma dame ; il resta quelque temps avec elle, puis il alla faire un tour à la cour d'Arthur, et jamais plus il ne revint. C'était pour moi un ami, celui que j'aimais le plus au monde. Un jour, deux valets de la chambre de la comtesse dirent du mal de lui et l'appelèrent traître. Je leur dis que leurs deux corps ne valaient pas le sien seul. C'est pour ce motif qu'on m'a emprisonnée dans ce *vaisseau* de pierre, en me disant que je perdrais la vie s'il ne venait lui-même me défendre à jour fixé. Je n'ai plus que jusqu'après demain, et je n'ai personne pour aller le chercher : c'est Owein, fils d'Uryen. » — « Es-tu sûre que si ce chevalier le savait, il viendrait te défendre ? » — « J'en suis sûre par moi et Dieu. » Quand les tranches de viande furent suffisamment cuites, Owein les partagea par moitié entre lui et la pucelle. Ils mangèrent et s'entretinrent jusqu'au lendemain.

Le lendemain, Owein lui demanda s'il y avait un lieu où il pourrait trouver nourriture et bon accueil pour la nuit. « Oui, seigneur », dit-elle, « va là, à la traverse ; suis le chemin le long de la rivière, et, au bout de peu de temps, tu verras un grand château surmonté de nombreuses tours. Le comte à qui appartient le château est le meilleur homme du monde pour ce qui est du manger. Tu pourras y passer la nuit. » Jamais guetteur ne veilla aussi bien son seigneur que ne fit le lion pour Owein, cette nuit-là. Owein équipa son cheval, et marcha, après avoir traversé le gué, jusqu'à ce qu'il aperçut le château. Il entra. On le reçut avec honneur. On soigna parfaitement son cheval, et on mit de la nourriture en abondance devant lui. Le lion alla se coucher à l'écurie du cheval ; aussi personne de la cour n'osa approcher de celui-ci. Nulle part, assurément, Owein n'avait vu un service aussi bien fait que là. Mais chacun des habitants était aussi triste que la mort. Ils se mirent à table. Le comte s'assit d'un côté d'Owein, et sa fille unique de l'autre. Jamais Owein n'avait vu une personne plus accomplie qu'elle. Le lion alla se placer sous la table entre les pieds d'Owein, qui lui donna de tous les mets qu'on lui servait à lui-même. Le seul défaut qu'Owein trouva là, ce fut la tristesse des habitants. Au milieu du repas, le comte souhaita la bienvenue à Owein : « Il est temps pour toi », dit Owein, « d'être joyeux. » — « Dieu nous est témoin », dit-il, « que ce n'est pas envers toi que nous sommes sombres, mais il nous est venu grand sujet de tristesse et de souci. Mes deux fils étaient allés, hier, chasser à la montagne. Il y a là un monstre qui tue les hommes et les mange. Il s'est emparé de mes fils. Demain est le jour convenu entre lui et moi où il me faudra lui livrer cette jeune fille, ou bien il tuera mes fils en ma présence. Il a figure d'homme, mais pour la taille, c'est un géant. » — « C'est, assurément, triste », dit Owein, « et quel parti prendras-tu ? » — « Je trouve, en vérité, plus digne de lui laisser détruire mes fils, qu'il a eus malgré moi, que de lui livrer, de ma main, ma fille pour la souiller et la tuer. » Et ils s'entretinrent d'autres sujets. Owein passa la nuit au château.

Le lendemain, ils entendirent un bruit incroyable : c'était le géant qui venait avec les deux jeunes gens. Le comte voulait défendre le château contre lui, et, en même temps, voir ses deux fils en sûreté. Owein s'arma, sortit, et alla se mesurer avec le géant, suivi du lion. Aussitôt qu'il aperçut Owein en armes, le géant l'assaillit et se battit avec lui. Le lion se battait avec lui avec plus de succès qu'Owein. « Par moi et Dieu », dit-il à Owein, « je ne serais guère embarrassé de me battre avec toi, si tu n'étais aidé par cet animal. » Owein poussa le lion dans le château, ferma la porte sur lui, et vint reprendre la lutte contre le grand homme. Le lion se mit à rugir en s'apercevant qu'Owein était en danger, grimpa jusque sur la salle du comte, et de là sur les remparts. Des remparts, il sauta jusqu'aux côtés d'Owein, et donna, sur l'épaule du grand homme, un tel coup de griffe, qu'il le déchira jusqu'à la jointure des deux hanches, et qu'on voyait les entrailles lui sortir du corps. L'homme tomba mort. Owein rendit ses deux fils au comte. Le comte invita Owein, mais il refusa, et se rendit au vallon où était Lunet.

Il vit qu'on y allumait un grand feu ; deux beaux valets bruns, aux cheveux frisés, amenaient la pucelle pour l'y jeter. Owein leur demanda ce qu'ils lui voulaient. Ils racontèrent leur différend comme l'avait raconté la pucelle, la nuit d'avant. « Owein lui a fait défaut », ajoutèrent-ils, « et c'est pourquoi nous allons la brûler. » — « En vérité », dit Owein, « c'était cependant un bon chevalier, et je serais bien étonné, s'il savait la pucelle en cet embarras, qu'il ne vînt pas la défendre. Si vous vouliez m'accepter à sa place, j'irais me battre avec vous. » — « Nous le voulons bien, par celui qui nous a créés. » Et ils allèrent se battre contre Owein. Celui-ci trouva fort à faire avec les deux valets. Le lion vint l'aider et ils prirent le dessus sur les deux valets. « Seigneur », lui dirent-ils, « nous n'étions convenus de nous battre qu'avec toi seul ; or, nous avons plus de mal à nous battre avec cet animal, qu'avec toi. » Owein mit le lion où la pucelle avait été emprisonnée, plaça des pierres contre la porte, et revint se battre avec eux. Mais sa force ne lui était pas encore revenue, et les deux valets avaient le dessus sur lui. Le lion ne cessait de rugir à cause du danger où était Owein ; il finit par faire brèche dans les pierres, et sortir. En un clin d'œil, il tua un des valets, et, aussitôt après, l'autre. C'est ainsi qu'ils sauvèrent Lunet du feu. Owein et Lunet allèrent ensemble aux domaines de la Dame de la Fontaine ; et, quand Owein en sortit, il emmena la dame avec lui à la cour d'Arthur, et elle resta sa femme tant qu'elle vécut.

Alors il prit le chemin de la cour du Du Traws (le Noir Oppresseur), et se battit avec lui. Le lion ne quitta pas Owein avant qu'il ne l'eût vaincu. Aussitôt arrivé à la cour du Noir Oppresseur, il se dirigea vers la salle. Il y aperçut vingt-quatre femmes, les plus accomplies qu'il eût jamais vues. Elles n'avaient pas, sur elles toutes, pour vingt-quatre sous d'argent, et elles étaient aussi tristes que la mort. Owein leur demanda la cause de leur tristesse. Elles lui dirent qu'elles étaient filles de comtes, qu'elles étaient venues en ce lieu, chacune avec l'homme qu'elles aimaient le plus. « En arrivant ici », ajoutèrent-elles, « nous trouvâmes accueil courtois et respect. On nous enivra, et, quand nous fûmes ivres, le démon à qui appartient cette cour vint, tua tous nos maris, et enleva nos chevaux, nos habits, notre or et notre argent. Les corps de nos maris sont ici, ainsi que beaucoup d'autres cadavres. Voilà, seigneur, la cause de notre tristesse. Nous regrettons bien que tu sois venu ici, de peur qu'il ne t'arrive malheur. » Owein prit pitié d'elles et sortit. Il vit venir à lui un chevalier qui l'accueillit avec autant de courtoisie et d'affection qu'un frère : c'était le Noir Oppresseur. « Dieu sait », dit Owein, « que ce n'est pas pour chercher bon accueil de toi que je suis venu ici. » — « Dieu sait que tu ne l'obtiendras pas non plus. » Et, sur-le-champ, ils fondirent l'un sur l'autre, et se maltraitèrent rudement. Owein se rendit maître de lui et lui attacha les deux mains derrière le dos. Le Noir Oppresseur lui demanda merci en disant : « Seigneur Owein, il était prédit que tu viendrais ici pour me soumettre. Tu es venu, et tu l'as fait.

J'ai été en ces lieux un spoliateur, et ma maison a été une maison de dépouilles ; donne-moi la vie, et je deviendrai hospitalier, et ma maison sera un hospice pour faible et fort, tant que je vivrai, pour le salut de ton âme. » Owein accepta. Il y passa la nuit, et, le lendemain, il emmena avec lui les vingt-quatre femmes avec leurs chevaux, leurs habits, et tout ce qu'elles avaient apporté de biens et de joyaux.

Il se rendit avec elles à la cour d'Arthur. Si Arthur s'était montré joyeux vis-à-vis de lui auparavant, après sa première disparition, il le fut encore plus cette fois. Parmi les femmes, celles qui voulurent rester à la cour en eurent toute liberté, les autres purent s'en aller. Owein resta, à partir de là, à la cour d'Arthur, comme *Penteulu*, très aimé d'Arthur, jusqu'à ce qu'il retourna vers ses vassaux, c'est-à-dire les trois cents épées de la tribu de Kynvarch et la troupe des corbeaux. Partout où il allait avec eux, il était vainqueur.

Cette histoire s'appelle l'histoire de la Dame de la Fontaine.

BIBLIOGRAPHIE

On a beaucoup écrit sur *Le Chevalier au lion*. Nous donnerons seulement quelques titres pris surtout parmi les plus récents. Pour plus de renseignements, on aura recours à :

KELLY (Douglas), *Chrétien de Troyes : an analytic bibliography*, Londres, Grant and Cutler, 1976.

Bulletin bibliographique de la société internationale arthurienne (paraît chaque année et donne un résumé de tous les articles et ouvrages répertoriés).

EDITIONS

CHRISTIAN VON TROYES, *Sämtliche erhaltene Werke, II : Der Löwenritter (Yvain)*, herausgegeben von Wendelin Foerster, Halle, 1887.

KRISTIAN VON TROYES, *Yvain (Der Löwenritter)*, Textausgabe von W. Foerster, Halle, 1912 (Romanische Bibliothek).

CHRESTIEN DE TROYES, *Yvain (Le Chevalier au lion)*, The critical text of Wendelin Foerster with introduction, notes and glossary, by T.B.W. Reid, Manchester university press, 1942 (French classics).

CHRÉTIEN DE TROYES, *Le Chevalier au lion (Yvain)*, édité par Mario Roques d'après la copie de Guiot (B.N., fr. 794), Paris, Champion, 1960 (Classiques français du Moyen Age, 89).

TRADUCTIONS

CHRÉTIEN DE TROYES, *Le Chevalier au lion (Yvain)*, traduit en français moderne par Claude Buridant et Jean Trotin, Paris, Champion, 1982 (Traductions des classiques français du Moyen Age, 5).

CHRÉTIEN DE TROYES, *Yvain. Le Chevalier au lion,* traduit par Claude-Alain Chevallier, Paris, Le Livre de poche, 1988.
CHRÉTIEN DE TROYES, *Yvain ou le Chevalier au lion. Extraits,* par André Eskénazi, Paris, Larousse, 1974 (Classiques Larousse).

ETUDES

ACCARIE (M.), « La structure du *Chevalier au Lion* de Chrétien de Troyes », *Le Moyen Age,* 84 (1978), p. 13-34.
AUERBACH (Erich), *Mimesis. La représentation de la réalité dans la littérature occidentale* (traduit de l'allemand par C. Heim), Paris, Gallimard, 1968. Chapitre : « Les aventures du chevalier courtois », p. 133-152.
BEDNAR (J.), *La Spiritualité et le symbolisme dans les œuvres de Chrétien de Troyes,* Paris, Nizet, 1974.
BELLAMY (Félix), *La Forêt de Bréchéliant, la fontaine de Barenton, quelques lieux d'alentour, les principaux personnages qui s'y rapportent,* Rennes, Plihon, 2 vol., 1895. Réédition : *La Forêt de Brocéliande,* Paris, Librairie Guénégaud, 1979.
BEZZOLA (Reto R.), *Le Sens de l'aventure et de l'amour. Chrétien de Troyes,* Paris, 1947.
BEZZOLA (Reto R.), *Les Origines et la formation de la littérature courtoise en Occident (500-1200).* Troisième partie, *La société courtoise : littérature de cour et littérature courtoise,* 2 tomes, Paris, Champion, 1963.
BRAULT (Gérard J.) « Fonction et sens de l'épisode du château de Pesme Aventure dans l'*Yvain* de Chrétien de Troyes », *Mélanges Charles Foulon,* Rennes, 1980, t. 1, p. 59-64.
Brocéliande ou l'obscur des forêts (recueil collectif), Artus, La Gacilly, 1988.
CARASSO-BULOW (Lucienne), *The Merveilleux in Chrétien de Troyes Romances,* Genève, Droz, 1976.
CHANDÈS (Gérard), « Recherches sur l'imagerie des eaux dans l'œuvre de Chrétien de Troyes », *Cahiers de Civilisation médiévale,* 74, 1976, p. 151-164.
CHÊNERIE (Marie-Luce), *Le Chevalier errant dans les romans arthuriens en vers des XIIe et XIIIe siècles,* Genève, Droz, 1986 (Publications romanes et françaises, 172).
Chrétien de Troyes, numéro de la revue *Europe,* 641, octobre 1982.
CIGAAR (Krijnie), « Chrétien de Troyes et la *matière byzantine :* les demoiselles du Château de Pesme Aventure », *Cahiers de Civilisation médiévale,* 32, 1989, p. 327-331.

COHEN (Gustave), *Un grand romancier d'amour et d'aventure au XIIe siècle : Chrétien de Troyes et son œuvre*, Paris, 1931.

CONNOCHIE-BOURGNE (Chantal), « La fontaine de Barenton dans l'*Image du monde* de Gossuin de Metz : réflexion sur le statut encyclopédique du merveilleux », *Mélanges Charles Foulon*, Rennes, 1980, t. 1, p. 37-48.

DE CALUWÉ-DOR (Juliette), « Prolégomènes à une étude comparée de la Dame à la Fontaine, *Yvain* et *Ywain et Gawain* », *Lancelot, Yvain et Gauvain, Colloque arthurien belge de Wégimont*, Paris, Nizet, 1984 (Lettres médiévales), p. 43-61.

DUBOST (F.), « *Le Chevalier au lion :* une conjointure signifiante », *Le Moyen Age*, 90, 1984, p. 195-222.

DUFOURNET (Jean), *Le Chevalier au lion. Approches d'un chef-d'œuvre* (Etudes réunies par J.D.), Paris, Champion, 1988.

FOULON (Charles), « Le nom de Brocéliande », *Mélanges Pierre Le Gentil*, Paris, 1973, p. 257-263.

FOULON (Charles), « Le *Rou* de Wace, l'*Yvain* de Chrétien de Troyes et Éon de l'Etoile », *Bulletin bibliographique de la société internationale arthurienne*, 17, 1965, p. 93-102.

FOULON (Charles), « Les Serves du château de Pesme Aventure, *Mélanges Rita Lejeune*, Gembloux, 1969, t. 2, p. 999-1006.

FOURRIER (Anthime), « Encore la chronologie des œuvres de Chrétien de Troyes », *Bulletin bibliographique de la société internationale arthurienne*, 2, 1950, p. 69-88.

FRAPPIER (Jean), *Chrétien de Troyes, l'homme et l'œuvre*, Paris, Hatier, 1968 (Connaissance des lettres, 50).

FRAPPIER (Jean), *Etude sur Yvain ou le Chevalier au Lion de Chrétien de Troyes*, Paris, SEDES, 1969.

GALLAIS (Pierre), « Littérature et médiatisation, réflexions sur la genèse du genre romanesque », *Etudes littéraires*, 4, 1971, p. 51-57.

GALLAIS (Pierre), *Dialectique du récit médiéval (Chrétien de Troyes et l'hexagone logique)*, Amsterdam, Rodopi, 1982.

GALLIEN (S.), *La Conception sentimentale de Chrétien de Troyes*, Paris, Nizet, 1975.

GUIETTE (Robert), « Li conte de Bretaigne sont si vain et plaisant », *Romania*, 88, 1967, p. 1-12.

GUYONVARC'H (Christian J.) et Françoise LE ROUX, *La Civilisation celtique*, Rennes, Ouest-France, 1989.

HAIDU (Peter), *Lion-queue-coupée. L'écart symbolique chez Chrétien de Troyes*, Genève, Droz, 1972.

HUNT (Tony), « The lion and Yvain », *The Legend of Arthur in the Middle Ages*, Studies presented to A. Diverres, t. 7 de *Arthurian studies*, 1983, p. 86-98.

HUNT (Tony), *Chrétien de Troyes : Yvain*, Londres, Grant and Cutler, 1986 (Critical guides to french texts, 55).

IMBS (Paul), « La reine Guenièvre dans le *Chevalier au lion* », *Mélanges Félix Lecoy*, Paris, 1973, p. 235-260.

JONIN (Pierre), « Aspects de la vie sociale au XIIᵉ siècle dans *Yvain* », *L'Information littéraire*, 16, 1964, p. 47-54.

KELLOG (Judith L.), « Economic and social tensions reflected in the romances of Chrétien de Troyes », *Romance Philology* 39, 1985, p. 1-21.

KELLY (Douglas), éd., *The Romances of Chrétien de Troyes. A symposium*, Lexington, French Forum, 1985.

KOEHLER (Erich), *L'aventure chevaleresque : idéal et réalité dans le roman courtois. Etudes sur la forme des plus anciens poèmes d'Arthur et du Graal*, Paris, Gallimard, 1974.

KOEHLER (Erich), « Le rôle de la coutume dans les romans de Chrétien de Troyes », *Romania*, 1960, p. 386-397.

KOOIJMAN (Jean-Claude), « Temps réel et temps romanesque : le problème de la chronologie relative d'*Yvain* et de *Lancelot* de Chrétien de Troyes », *Le Moyen Age*, 83, 1977, p. 225-237.

LE GOFF (Jacques), « Lévi-Strauss en Brocéliande », *L'imaginaire médiéval. Essais*, Paris, Gallimard, 1985 (Bibliothèque des histoires), p. 151-187.

LECOUTEUX (Claude), « Harpin de la Montagne », *Cahiers de Civilisation médiévale*, 30, 1987, p. 219-225.

LEFAY-TOURY (Marie-Noëlle), « Roman breton et mythes courtois. L'évolution du personnage féminin dans les romans de Chrétien de Troyes », *Cahiers de Civilisation médiévale*, 15, 1972, p. 183-204 et 283-294.

LOOMIS (Roger S.), Arthurian tradition and Chrétien de Troyes, New York, Columbia University Press, 1949.

LOOMIS (Roger S.) ed., *Arthurian literature in the Middle Ages : A collaborative history*, Oxford, Clarendon Press, 1959.

LOTH (J.), *Les Mabinogion*, trad. de J. L., Paris, Fontemoing, 1913 (2ᵉ éd.). Réédition : *Les Mabinogion : contes bardiques gallois*, Paris, Les Presses d'aujourd'hui, 1979.

LOZACHMEUR (Jean-Claude), « A propos des sources du mabinogi d'*Owein* et du roman d'*Yvain* », *Etudes celtiques*, 15, 1978, p. 573-575.

LOZACHMEUR (Jean-Claude), *La Genèse de la légende d'Yvain. Essai de synthèse*, Rennes, 1979, 2 vol. (Thèse pour le doctorat ès lettres).

LYONS (Faith), « Sentiment et rhétorique dans l'*Yvain* », *Romania*, 83, 1962, p. 370-377.

MARX (J.), *La Légende arthurienne et le Graal*, Paris, 1952.

MÉLA (Charles), *La reine et le Graal : la conjointure dans les romans du Graal, de Chrétien de Troyes au Livre de Lancelot*, Paris, Seuil, 1984.

MÉNARD (Philippe), *Le Rire et le sourire dans le roman courtois en France au Moyen Age (1150-1250)*, Genève, Droz, 1969.

MÉNARD (Philippe), « Le temps et la durée dans les romans de Chrétien de Troyes », *Le Moyen Age*, 73, 1967, p. 375-401.

MICHA (Alexandre), « Temps et conscience chez Chrétien de Troyes », *Mélanges Pierre Le Gentil*, Paris, SEDES, 1973, p. 553-560.

OLLIER (Marie-Louise) et Pascal Bonnefois, *Yvain ou le Chevalier au lion*, Concordance lemmatisée, Paris, D.R.L., Université de Paris 7, 1988.

PHILIPOT (Emmanuel), « Le roman du *Chevalier au lion* de Chrétien de Troyes. Etude littéraire », *Annales de Bretagne*, 1892-1893, p. 33-83, 321-345, 455-479.

PICKENS (Rupert T.) éd., *The Sower and his seed. Essays on Chrétien de Troyes*, Lexington, French Forum, 1983.

POIRION (Daniel), *Le merveilleux dans la littérature du Moyen Age*, Paris, P.U.F., 1982 (Que sais-je ?, 1938).

POIRION (Daniel), *Résurgences. Mythe et littérature à l'âge du symbole (XIIe siècle)*, Paris, P.U.F., 1986 (Ecriture).

PRIS-MA, Bulletin de liaison de l'équipe de recherche sur la littérature d'imagination du Moyen Age ; a consacré ses deux fascicules de 1987 et le premier fascicule de 1988 à un ensemble d'*Etudes sur Yvain*, Centre d'Etudes supérieures de Civilisation médiévale, Poitiers.

STANESCO (Michel), « Le Chevalier au lion d'une déesse oubliée : Yvain et Dea Lunae », *Cahiers de Civilisation médiévale*, 34 (1981), p. 221-232.

STANESCO (Michel), « Le lion du Chevalier : de la stratégie romanesque à l'emblème poétique », *Littératures* (Toulouse), 19, automne 1988, p. 13-35.

UITTI (Karl D.), « Intertextuality in *Le Chevalier au lion* », *Dalhousie French Studies*, 2, 1980, p. 3-13.

WALTER (Philippe), « Moires et mémoires du réel : la complainte des tisseuses dans *Yvain* », *Littérature*, 59, 1985, p. 71-84.

WALTER (Philippe), *Canicule. Essai de mythologie sur Yvain de Chrétien de Troyes*, Paris, SEDES, 1988.

WOLEDGE (B.), *Commentaire sur Yvain (Le Chevalier au Lion) de Chrétien de Troyes*, Genève, Droz, 2 vol., 1986 et 1988, (Publications romanes et françaises, 170 et 186).

ZADDY (Z.P.), « Chrétien de Troyes and the epic tradition », *Cultura neolatina*, 21, 1961.

CHRONOLOGIE

(La présence d'un astérisque accolé à une date indique que cette date est hypothétique.)

1130-1190. Repères historiques

1135-1444*. L'abbé Suger dirige la reconstruction du porche et du chœur de Saint-Denis.

1137-1180. Règne de Louis VII, roi de France.
1137. Louis VII épouse Aliénor, duchesse d'Aquitaine et comtesse de Poitou, petite-fille du prince troubadour Guillaume IX d'Aquitaine.
1140. Abélard est condamné au concile de Sens.
1144. En Terre Sainte, Zenghi prend Edesse aux Latins, nouvelle qui déclenche une grande émotion en Occident.
1145*. Construction du portail royal de Chartres.
1146. Nour al-Dîn succède à son père Zenghi dans la principauté d'Alep.
1147. Saint Bernard prêche la deuxième croisade.
1147-1149. Deuxième croisade, menée par Louis VII, roi de France, et l'empereur Conrad III, empereur d'Allemagne. Ils échouent devant Damas et se rembarquent.
1149-1151. Nour al-Dîn conquiert une partie de la principauté d'Antioche et le comté d'Edesse.
1150. Louis VII répudie Aliénor d'Aquitaine.

1130-1190. La littérature

1130*. *La Chanson de Guillaume.*
1130-1150. Epoque où fleurissent les troubadours occitans Cercamon, Marcabru, Jaufré Rudel.

1136. Geoffroy de Monmouth, *Historia regum Britanniae* (« Histoire des rois de Bretagne »), livre qui célèbre en latin les rois bretons et accorde près de la moitié de son texte au roi Arthur.

1130-1190. Repères historiques

1130-1190. La littérature

1150-1160*. On situe vers le milieu du XIIe siècle les chansons de geste qui constituent le noyau primitif de la biographie de Guillaume : le *Couronnement de Louis*, le *Charroi de Nîmes*, la *Prise d'Orange*, le *Moniage de Guillaume*. De cette même époque date aussi le premier texte de théâtre en français : le *Jeu d'Adam*. Dans ces années également, un jongleur alsacien, Henri le Glichezare traduit en allemand des branches perdues du *Roman de Renart*.

1150-1180. Age d'or de la chanson d'amour des troubadours occitans. Parmi les plus grands, Bernard Marti et surtout Bernard de Ventadour, qui dédia une chanson à la reine Aliénor et qui fit un séjour à la cour de Londres, où il composa plusieurs chansons en l'honneur du roi Henri II (entre 1154 et 1173, sans que l'on puisse préciser).

1152-1190. Règne de Frédéric Barberousse, empereur d'Allemagne.

1152. Aliénor d'Aquitaine épouse Henri Plantagenêt, comte d'Anjou et duc de Normandie.

1153. Mort de saint Bernard.

1154. Henri II Plantagenêt devient roi d'Angleterre (meurt en 1189).

1154. Prise de Damas par Nour al-Dîn.

1155*. Un auteur de l'Ouest (sans doute Poitevin) écrit le *Roman de Thèbes* qui se fonde sur la *Thébaïde* de Stace, probablement à la cour d'Angleterre. C'est le plus ancien des romans « antiques », c'est-à-dire qui puisent leur matière dans les œuvres de l'Antiquité latine.

1155. Wace offre le *Roman de Brut* à Aliénor d'Aquitaine. C'est une libre adaptation de l'*Historia regum Britanniae* de Geoffroi de Monmouth. Wace raconte l'histoire des rois bretons depuis Brut, compagnon d'Enée, qui serait leur ancêtre. L'ouvrage fait une large place à Arthur et a joué un rôle capital dans l'introduction de la « matière de Bretagne » dans la littérature française.

1159. Jean de Salisbury écrit, à la cour d'Henri II, le *Policraticus sive de nugis curialium et vestigiis philosopho-*

1130-1190. Repères historiques

1130-1190. La littérature

rum (« Policraticus, ou les frivolités des courtisans et l'exemple des philosophes ») ; ouvrage qui décrit la vie de cour et ses embûches et constitue le premier exposé systématique au Moyen Age d'une philosophie politique.

1160*. *Roman d'Enéas,* roman « antique » qui retrace les aventures d'Enée en transformant ce que l'*Enéide* lui offrait. Innove dans l'importance accordée à l'amour et à la description des sentiments.

1160*. *Floire et Blancheflor,* roman d'inspiration byzantine, qui a pu être composé dans le Maine, lors d'un séjour qu'y fit Aliénor d'Aquitaine.

1160-1165*. Récits brefs inspirés d'Ovide : *Pyrame et Thisbé, Narcisse,* et de Chrétien de Troyes, *Philomena.*

1160-1174. Wace écrit pour Henri II le *Roman de Rou,* qui se veut une histoire des ducs de Normandie.

1160-1170*. Marie de France écrit ses *Lais.*

1163-1196. Construction de Notre-Dame de Paris (nef et chœur).

1164. Henri le Libéral, comte de Champagne, épouse Marie de France, fille aînée de Louis VII et Aliénor d'Aquitaine.

1165*. Benoît de Sainte-Maure (bourgade située entre Tours et Poitiers) compose le *Roman de Troie,* roman « antique ». Il appartient probablement à la cour d'Aliénor d'Aquitaine et d'Henri II Plantagenêt.

1165-1170*. Gautier d'Arras écrit *Eracle,* roman d'inspiration byzantine, à la cour de Blois et à la cour de Flandre, puis *Ille et Galeron.*

1170*. *Chronique des ducs de Normandie,* écrite par Benoît (sans doute l'auteur du *Roman de Troie*) pour Henri II.

1170*. Chrétien de Troyes écrit *Erec et Enide,* peut-être à la cour d'Angleterre.

1170. Meurtre de Thomas Becket.

1172-1175*. Thomas écrit un *Roman de Tristan* qu'il dédie à Aliénor d'Aquitaine.

1173-1174. Révolte des fils d'Henri II Plantagenêt contre leur père.

1130-1190. Repères historiques

1173. Guerre entre Louis VII, roi de France, et Henri II, roi d'Angleterre.

1174. Paix de Montlouis entre Henri II Plantagenêt et ses fils.

1130-1190. La littérature

1174. Guernes de Pont-Sainte-Maxence, *Vie de Thomas Becket*.

1174-1177*. *Roman de Renart*, Branches II et Va (Renart est confronté à Chantecler, à la mésange, à Tibert ; viol d'Hersent ; l'escondit Renart), dues à Pierre de Saint-Cloud. Ce sont les branches les plus anciennes ; elles tournent en dérision les romans courtois.

1175*. Henri de Veldeke, chevalier néerlandais, traduit le *Roman d'Eneas*.

1176*. Chrétien de Troyes, *Cligès*.

1176-1181*. Chrétien de Troyes écrit en même temps *Yvain ou le Chevalier de la Charrette*, à la cour de Marie de Champagne.

1177-1185. Construction du Pont d'Avignon.

1178. Plusieurs branches du *Roman de Renart* : III (le vol des anguilles, la pêche à la queue) ; XV (Renart, Tibert et l'andouille) ; IV (Renart et Ysengrin dans le puits) ; XIV (Renart et Primaut).

1179. *Roman de Renart*, Branche I (le jugement de Renart et le siège de Maupertuis).

1180. Philippe Auguste devient roi de France (meurt en 1223).

1180*. *Roman de Tristan* de Béroul.

1180-1190*. *Roman de Renart*, Branche X (Renart médecin).

1182-1183. Chrétien de Troyes, *Perceval ou le Conte du Graal*.

1184-1186. André le Chapelain rédige à la cour de Marie de Champagne son traité *De Amore*, qui se présente comme un « art d'aimer » inspiré d'Ovide et reflétant les nouvelles conceptions de l'amour... Il y cite trois fois des jugements rendus par Aliénor d'Aquitaine sur des questions d'amour, et la comtesse Marie de Champagne, sa fille, y arbitre treize jugements, dont le seul qui soit daté est du 1er mai 1174.

1187. Prise de Jérusalem par Saladin.

1189. Richard Cœur de Lion devient roi d'Angleterre (meurt en 1199).

1190-1192. Troisième croisade (Frédéric Barberousse, Philippe Auguste, Richard Cœur de Lion).

1190*. *Roman de Renart*, Branches VI (duel de Renart et d'Isengrin), XII (les vêpres de Tibert).

TABLE

GF — TEXTE INTÉGRAL — GF

1/161-I-1995. — Imp. BCI, St-Amand (Cher).
N° d'édition 15776. — Septembre 1990. — Printed in France.